Sophia Farago wurde in Linz geboren, wo sie auch heute nach Studienaufenthalten in Wien, Innsbruck und München wieder lebt. Sie hat Rechtswissenschaften studiert und arbeitet als Wirtschaftsjuristin und Managerin in einem großen österreichischen Handelsunternehmen, ein Fulltime-Job, der mit vielen Auslandsreisen verbunden ist. Sophia Farago hat zwei Kinder.
Von Sophia Farago erschienen im Fischer Taschenbuch Verlag bereits die Romane ›Die Braut des Herzogs‹ (Bd. 11495), ›Maskerade in Rampstade‹ (Bd. 11430) und ›Hochzeit in St. George‹ (Bd. 12156).

Schneegestöber. Charlotta (»Kitty«) Stapenhill und Mary Ann Rivingston sind fast erwachsene Internatsschülerinnen. Das strenge Töchterinstitut in der Nähe von Bath, in dem nur junge Damen hochadeliger Herkunft erzogen werden, würden sie lieber heute als morgen verlassen.
Nachdem ein heimlicher Ballbesuch der beiden in der Nachbarschaft entdeckt wurde und unangenehme Folgen nach sich zieht, beschließen sie, aus dem Internat davonzulaufen und nach London zu fahren. Kitty Stapenhill erwartet dort von dem ihr bisher unbekannten zweiten Vormund, dem Earl of St. James, verständnisvolle Hilfe. Aber das Treffen mit dem Earl spielt sich völlig anders ab als erwartet. Die vernunftbegabte Mary Ann ergreift geistesgegenwärtig die Initiative, die beiden jungen Damen schlüpfen unversehens in die Rolle von Detektivinnen, die dem Earl dabei helfen sollen, seine verschwundene Braut zu finden.
Schnell rollt die Kutsche mit den dreien über knirschenden Schnee in ein düsteres Schloß an der Küste, wo die junge Braut vermutet wird.
Und in dem kalten, einsam gelegenen Gemäuer setzt ein ebenso kriminalistisches wie komödiantisches und erotisches Verwechslungs- und Versteckspiel ein.

Sophia Farago

SCHNEEGESTÖBER

Roman

Fischer Taschenbuch Verlag

Originalausgabe
Veröffentlicht im Fischer Taschenbuch Verlag GmbH,
Frankfurt am Main, November 1996

© Fischer Taschenbuch Verlag GmbH, Frankfurt am Main 1996
Gesamtherstellung: Clausen & Bosse, Leck
Printed in Germany
ISBN 3-596-12459-X

Gedruckt auf chlor- und säurefreiem Papier

I.

»Du wirst nie erraten, wen ich eben gesehen habe!« Kitty nahm sich nicht die Zeit, die Türklinke in die Hand zu nehmen. Mit einem undamenhaften Stoß beförderte sie die Zimmertür ins Schloß. Ein lautes Krachen erschütterte die stillen, weitläufigen Gänge von Mrs. Cliffords Institut für höhere Töchter.

Mary Ann war eben dabei, den Brief zu öffnen, den ihr eine der jüngeren Schülerinnen vorbeigebracht hatte. Nun fuhr sie erschrocken zusammen und hielt in ihrer Tätigkeit inne: »Mr. Simmons nehme ich an«, sagte sie trocken.

Kitty hatte die Bänder ihres kecken Reithutes gelöst und warf diesen im hohen Bogen auf ihr Bett. »Mr. Simmons?« wiederholte sie erstaunt.

Mary Ann nickte: »Ja, Mr. Simmons, den Musiklehrer.«

Sie nahm den weißen Bogen aus dem Briefumschlag. »Wenn ich mich nicht irre, dann ist heute Dienstag. Und da steht die Klavierstunde bei Mr. Simmons auf deinem Stundenplan.«

»Ach so, ich habe die Stunde abgesagt«, Kitty machte eine wegwerfende Handbewegung. »Wir haben heute so schönes Wetter. *No puede ser mejor!* Zu Mittag hat sogar die Sonne durch die Wolkendecke geblinzelt. Da habe ich beschlossen, den Tag nicht nur zwischen den dicken Mauern des Hauses zu vergeuden. Ich bin statt dessen ausgeritten. Und ich bin so froh, daß ich es getan habe! Denn es war ein wunderbarer Ritt. Und was das allerschönste ist: Ich habe *ihn* gesehen.«

»So, und wer hat *dich* gesehen?« erkundigte sich Mary Ann, ohne von dem Schreiben aufzublicken, das sie in beiden Händen hielt. Sie war weit davon entfernt, die Begeisterung ihrer Freundin zu teilen.

»Niemand. *Estoy seguro.* Ich bin ganz sicher. Wirklich, Annie, du brauchst dir keine Sorgen zu machen. Ich passe immer sehr gut auf, wenn ich alleine ausreite. Wenn mich Mrs. Clifford dabei erwischt, dann ist es sicherlich aus mit diesem Vergnügen. Und es werden uns hier wahrlich nicht sehr viele Vergnügungen geboten. Aber nun muß ich dir von meinem Erlebnis erzählen. Mary Ann, hörst du mir überhaupt zu?«

Ihre Freundin saß reglos in ihrem Sessel und starrte auf das Blatt Papier in ihren Händen. Und doch hatte es den Anschein, als nehme sie nicht wahr, was dort geschrieben stand. Ihr Blick war traurig und abwesend. Mit raschen Schritten war Kitty bei ihr und legte fürsorglich den Arm auf ihre Schulter: »Um Himmels willen, Annie. Was ist passiert? Was steht denn in diesem Brief, das dich so erschreckt hat?«

Mary Anns Blick löste sich langsam von dem Schreiben. Tränen waren in ihre Augenwinkel getreten, als sie sich nun ihrer Freundin zuwandte: »John hat den Vertrag mit Mrs. Clifford verlängert«, sagte sie mit ausdrucksloser Stimme.

Kitty war, als könne sie ihren Ohren nicht trauen: »Er hat was getan?« rief sie aus. »Aber Annie, du wirst im Dezember einundzwanzig Jahre alt!«

»Das weiß ich auch«, bestätigte diese mutlos.

»Dein Bruder kann dich doch nicht bis zu deinem Lebensende hier auf diese Schule schicken! Du bist doch jetzt schon viel zu alt für das Internat. Alle Mädchen verlassen das Haus mit siebzehn, spätestens mit achtzehn Jahren. Wenn ich im nächsten Februar achtzehn werde, ziehe ich zu Tante Jane und werde in die Gesellschaft eingeführt. Dein Bruder hätte dich längst nach London holen müssen, um dein Debüt für dich auszurichten.«

Mary Ann zuckte resigniert mit den Schultern: »Hätte er wohl«, bestätigte sie. »Aber er tat es nicht.«

»Und warum nicht, wenn ich fragen darf?« ereiferte sich ihre Freundin. »Dein Bruder, der hoch ehrenwerte Lord Ringfield, bewohnt eines der schönsten Häuser im vornehmen Stadtteil Mayfair. Wenn man den Gesellschaftsspalten der Gazetten glauben darf, gibt er in jeder Saison einen Ball und zahlreiche Soireen. Deine Schwägerin ist tonangebend in der mondänen Damenwelt. Es sollte doch ein leichtes für die beiden sein, dich in die Gesellschaft einzuführen.«

»Ach, Kitty, dieses Thema haben wir doch schon so oft besprochen. Denkst du denn, ich wäre nicht gerne in London? Denkst du denn,

ich mache mir keine Gedanken über das Verhalten meines Bruders?« entgegnete Mary Ann, und Unmut war aus ihrer Stimme zu hören. »Tatsache ist, daß mein Bruder mich nicht bei sich haben will. Es scheint, als müßte ich mich damit abfinden. In den Wochen, die ich in den Ferien auf seinem Landsitz Ringfield Place verbringe, ist er eigentlich immer ganz freundlich und nett zu mir.«
»Warum sollte er das auch nicht sein!« warf Kitty spöttisch ein. »Wenn ich mich recht entsinne, besteht deine Hauptbeschäftigung in Ringfield Place darin, dich um seine beiden kleinen Söhne zu kümmern.«
Mary Ann überhörte diesen Einwand. »Warum habe ich nur ständig das Gefühl, als stehe eine Art unsichtbare Mauer zwischen meinem Bruder und mir?« fragte sie mehr an sich selbst als an Kitty gerichtet. »Eine Mauer, die ich nicht durchbrechen kann. Schon als Kind konnte ich nie voraussagen, wie mein Bruder denken oder handeln würde. Stets ging er seinen eigenen Weg, und ich hatte das Gefühl, ihm als Schwester eine Belastung zu sein.«
»Wie du weißt, habe ich keinen Bruder«, antwortete Kitty. »Ich habe das immer bedauert. Doch wenn ich dich so sprechen höre, bin ich geradezu froh darüber. Bruder und Schwester, das scheint eine höchst komplizierte Beziehung zu sein. Auf wie lange, sagtest du, hat dein Bruder den Vertrag mit dem Internat verlängert?«
Mary Ann reichte ihr wortlos den Brief. Kitty überflog die mit steiler Handschrift flüssig zu Papier gebrachten Zeilen: »Bis zu deinem fünfundzwanzigsten Geburtstag!« rief sie schließlich aus. »Ja, ist denn dieser Mann verrückt geworden? *Qué mala suerte!* Du kannst doch nicht bis zu deinem fünfundzwanzigsten Geburtstag in diesen Mauern eingesperrt sein! Ich kann mir nicht vorstellen, daß Mrs. Clifford dem zustimmt.«
Mary Ann lachte bitter auf: »Natürlich tut sie das! John zahlt einen guten Preis.«
»Aber du wirst doch in Kürze volljährig«, wandte Kitty ein, die es nicht glauben konnte. »Dann kannst du selbst entscheiden, wo du leben und wie du deine Zukunft gestalten willst.«
»Du vergißt die Klausel in Papas Testament. Ich werde zwar im Dezember dieses Jahres volljährig. Doch die Verfügungsgewalt über

mein Vermögen bekomme ich erst nach meinem fünfundzwanzigsten Geburtstag. Bis dahin verwaltet John meinen Besitz. Es sei denn, ich heirate vorher.«

Kitty, die sich auf der Bettkante niedergelassen hatte, war wieder aufgesprungen: »Jetzt ist mir alles klar!« rief sie aus. »Das ist der Grund, warum dein Bruder dich hier einsperren will. Er weiß genau, daß du im Pensionat keine Gelegenheit hast, einen passenden Ehemann zu finden. Und so kann er in aller Ruhe noch vier weitere Jahre über dein Eigentum verfügen. Ist es ein großes Vermögen?«

Mary Ann schüttelte den Kopf: »Nein, nur gerade das, was man ein Auskommen nennt. Ein paar wertvolle Schmuckstücke aus Großmutters Besitz und etwas Geld, das mir monatlich ausbezahlt werden soll. Bis zu meinem fünfundzwanzigsten Lebensjahr habe ich aber nicht einmal das. Ich bin auf das Taschengeld angewiesen, das John mir zukommen läßt. Und du weißt, wie wenig das ist.« Sie war nun ebenfalls aufgesprungen und riß mit einer ungeduldigen Handbewegung die Tür des breiten Schranks auf, den sie sich mit ihrer Freundin teilte. »Sieh dir nur meine Garderobe an! All diese Kleider aus derbem Wollstoff. Die altmodische Façon, die entsetzlich düsteren Farben! Ich höre Johns Stimme förmlich noch vor mir: Du bist kein dahergelaufenes junges Ding, du bist eine Lady, Mary Ann. Bei deiner Figur und deinem Stand ist diese Garderobe angemessen. Edel und korrekt.« Sie hatte den schulmeisterlichen Tonfall ihres Bruders so treffend nachgemacht, daß sie selbst wider Willen lachen mußte.

Kitty stimmte in das Gelächter ein: »Ich kann es einfach nicht fassen«, sagte sie, als sie sich wieder beruhigt hatte. Sie selbst zählte sehnsüchtig jeden Tag bis zu ihrem achtzehnten Geburtstag. Dann würde Tante Jane sie abholen und endlich, endlich mit nach London nehmen. Dort würde ihr »wahres« Leben beginnen. Allein die verbleibenden vier Monate erschienen ihr wie eine halbe Ewigkeit. Und jetzt sollte ihre liebe Freundin Annie noch weitere vier Jahre hier im Internat verbringen? Nein, das konnte sie nicht zulassen. Sie mußte etwas unternehmen. »Hast du denn keine anderen Verwandten, zu denen du ziehen könntest?«

Mary Ann schüttelte den Kopf und seufzte: »Leider nein. Meine Eltern sind tot. Meine Mama hatte keine Geschwister. Papas Schwester war die letzte Verwandte, bei der ich hätte leben können. Doch sie starb im Vorjahr bei diesem schrecklichen Unfall mit der Postkutsche. Ich habe dir davon erzählt. Nun gibt es nur noch eine Cousine meines Vaters. Sie wohnt irgendwo in Schottland, aber wir haben jeden Kontakt zu ihr verloren. Wenn ich ehrlich bin, habe ich weder das Geld noch die Lust, sie zu suchen.«

»Dann mußt du eben heiraten«, schlug Kitty energisch vor. Ihre Augen leuchteten auf. Warum war sie nicht schon längst auf diese glänzende Idee gekommen? Wenn Mary Ann erst einmal mit einem passenden jungen Mann verheiratet war, dann konnte sie nach London gehen und ihr Debüt nachholen. Sie konnte frei über ihr Geld verfügen und sich in all die Vergnügungen stürzen, die ihr bisher verwehrt wurden. Mary Ann, die eben den Kleiderschrank wieder zugesperrt hatte, fuhr herum und blickte mit spöttischem Lächeln zu ihrer Freundin hinüber: »Was für eine großartige Idee! Und wer ist der Bräutigam, wenn ich fragen darf?«

»Na, dein Bernard natürlich«, entgegnete Kitty, als sei dies das Natürlichste auf der Welt.

»Bernard? Bernard Westbourne?« rief Mary Ann aus. »Du willst mir doch nicht im Ernst vorschlagen, daß ich Reverend Bernard Westbourne heiraten soll!«

»Aber warum denn nicht?« entgegnete Kitty mit vor Begeisterung glühenden Wangen. »Du bist doch schon seit Jahren in ihn verliebt.«

Mary Ann errötete leicht, widersprach jedoch nicht. »Er ist unser Lehrer. Er sieht mich als Schülerin wie jede andere auch. Er wird niemals um meine Hand anhalten.«

»Aber natürlich wird er das!« rief Kitty aus. »Wir müssen es nur schaffen, daß er dich einmal nicht als Schülerin sieht. Wir müssen ein Treffen außerhalb dieses Gemäuers arrangieren. Ihn dazu bringen, dich als Frau zu sehen«, erklärte sie bestimmt. »Als sehr hübsche Frau…«

»…mit zu breiten Hüften und einem üppigen Oberkörper, der ganz und gar nicht der herrschenden Mode entspricht«, vollendete Mary Ann diesen Satz. Es klang mutlos und bitter.

Kitty wurde schlagartig ernst. »Wer sagt das?«

»John sagt das«, erklärte Mary Ann. »Und das nicht nur einmal. Seit meinem zwölften Lebensjahr höre ich diese Kritik. Jedesmal, wenn ich ihn sehe.«

»Dein Bruder ist ein Dummkopf«, erklärte Kitty in entschiedenem Tonfall. »Männer lieben Frauen mit großem Busen, das kannst du in jedem Roman nachlesen. Sieh mich an, ich bin so klein und zart. Jeder könnte mich für einen Knaben halten! Ich habe mir schon manchmal eine andere Figur gewünscht.«

Mary Ann blickte fassungslos zu ihrer Freundin hinüber. Kitty war ein Bündel an Energie. Die dunklen großen Augen blickten interessiert und lebhaft aus ihrem feingeschnittenen Gesicht. Die langen, fast schwarzen Locken, die sie normalerweise im Nacken zusammengesteckt trug, hatten sich selbständig gemacht und fielen in dichten Wellen auf ihre Schultern. Die Lippen ihres vollen Mundes waren fein geschwungen und von einem natürlichen, leuchtenden Rot. Niemand konnte die südländische Herkunft ihrer spanischen Mutter übersehen. Und niemand hätte sie je für einen Knaben gehalten. Sie wollte ihr das eben sagen, als Kitty bereits weitersprach: »Weil wir gerade von Bernard reden«, sagte sie und nahm auf dem Stuhl vor dem hohen Spitzbogenfenster Platz, »ich habe ihn vor nicht ganz einer Stunde am Waldrand gesehen. Hinter dem kleinen Ententeich.«

Mary Ann setzte sich ihr gegenüber: »Ach, er war es, den du gemeint hast, als du vorhin das Zimmer betratst.«

»Ja und nein. Nein, eigentlich meinte ich jemand anderen.« Kitty beugte sich vor und sagte mit leuchtenden Augen: »Ich habe dir doch von dem Gentleman erzählt, mit dem ich vor zwei Tagen vor der Trinkhalle in Bath beinahe zusammengestoßen wäre? Jenem ungeheuer imposanten Herrn, mit den durchdringenden grauen Augen und den längeren, glänzenden braunen Locken?«

Mary Ann nickte belustigt: »Nicht nur einmal, hundertmal.«

»Ich habe ihn wiedergesehen.«

»Er war mit Reverend Westbourne zusammen?« erkundigte sich Mary Ann interessiert. Kitty nickte. »Am Waldrand hinter dem Ententeich? Welch seltsamer Ort für eine Begegnung. Hast du mit den beiden gesprochen?«

»*No, no!* Wo denkst du hin! Ich bin mit ›Salomon‹ hinter einer dichten Eibenhecke gestanden und habe mich mucksmäuschenstill verhalten. Bis das Pferd plötzlich unruhig wurde, weil ihm eine Biene zu nahe an die Nüstern gekommen war. Es begann laut zu wiehern. Jas blickte auf, und ich beeilte mich, so schnell ich konnte, das Weite zu suchen.«
»Jas?« wiederholte Mary Ann irritiert.
»Jas, der Gentleman, von dem ich dir erzählt habe. Reverend Westbourne nannte ihn so. Vermutlich ist sein wirklicher Vorname Jasper. Wir müssen in deinem dicken Buch über die adeligen Familien im Königreich nachschlagen. Sicher finden wir einen Jasper passenden Alters. Ich möchte so gerne wissen, wer er wirklich ist. Bestimmt ist er von hohem Adel. Diese Ausstrahlung, dieses Auftreten – ich kann mich nicht irren.« Kitty war aufgesprungen und suchte das Bücherregal neben Mary Anns Bett ab. »Wo hast du das Buch hingestellt, Annie?« wollte sie wissen. »Hier kann ich es nicht sehen.«
»Es liegt in der Schublade meines Nachttisches. Was haben die beiden Herren denn am Waldrand gemacht? Einen Spaziergang?« wollte Mary Ann wissen.
Kitty nahm das Buch aus der Lade: »Sagte ich das nicht?« Sie drehte sich um und ging zu ihrem Stuhl zurück, den Kopf bereits in die ersten Seiten des Adelsregisters vergraben. »Sie trugen einen Fechtkampf aus. Ein Duell nehme ich an. Sieh nur, was hier steht...«
Mary Anns Augen weiteten sich: »Was hast du gesagt?« rief sie fassungslos. »Das kann doch nicht dein Ernst sein. Niemand ficht ein Duell am hellichten Nachmittag. Überdies, wenn ich mich recht entsinne, dann sind Duelle verboten.«
Kitty hielt im Blättern inne: »Wirklich?« erkundigte sie sich leicht zerstreut. »Nicht bei uns in Spanien.«
»Du bist hier aber nicht in Spanien. Du bist in England.« Mary Ann unterbrach sie mit deutlicher Ungeduld. »Würdest du jetzt bitte die Freundlichkeit haben, das Buch wegzulegen und mir alles haargenau zu schildern. Ich bestehe darauf, jedes Detail zu hören. Ich kann mir nicht vorstellen, daß sich Bernard, ich meine, Reverend Westbourne, duelliert. Er ist so ein ernsthafter, vernünftiger Mann. Stets der perfekte Gentleman, korrekt und überlegt...«

Kitty nickte: »Ich weiß, was du sagen willst: ein steifer Mensch ohne jedes Temperament. Ich kenne ihn nur zu gut. Und dennoch, er hat sich duelliert. Ich war selbst überrascht.«

Mary Ann entschied sich, auf diese wenig schmeichelhafte Beschreibung ihres Schwarms nichts zu erwidern. Gebannt wartete sie, daß Kitty in ihrer Erzählung fortfuhr: »Ich war gerade eine gute Viertelstunde geritten, als ich an dem Teich vorbeikam. Ursprünglich hatte ich vorgehabt, über die großen Felder in Richtung Radstock zu reiten. Die sind längst abgeerntet und liegen brach. Eine geradezu endlose Weite. Wie geschaffen für einen schnellen Galopp. Was ist schon eine langweilige Klavierstunde gegen einen flotten Ritt? Gibt es etwas Schöneres, als auf einem Pferderücken im gestreckten Galopp durch die Gegend zu fliegen, den Wind in den Haaren zu spüren, die...?«

»Also ich könnte dir da eine ganze Menge aufzählen«, unterbrach Mary Ann sie trocken. »Aber wie du weißt, reite ich überhaupt nicht. Könntest du jetzt bitte zur Sache kommen?«

»Aber ich bin doch schon mitten in meiner Geschichte«, verteidigte sich Kitty. »Ich wollte eben am Teich vorbeireiten, als mir eine Entenfamilie auffiel. Ich hatte für Salomon einige Brotrinden in meiner Satteltasche. Da dachte ich, er könnte es verschmerzen, wenn er diese mit den Enten teilen müßte. Ich weiß nicht, ob du dich erinnern kannst, aber an der südlichen Seite des Teiches ist dieser durch eine Eibenhecke vom Weg getrennt. Ich wollte eben absitzen, da hörte ich Stimmen hinter der Hecke. Und das Geklirr von aufeinandertreffendem Stahl. Du kannst dir vorstellen, daß ich sofort neugierig wurde und wissen mußte, was hier vor sich ging. Ich brachte Salomon ganz nahe an die Hecke heran und suchte eine unbelaubte Stelle im Gebüsch, um das Geschehen beobachten zu können. Oh, Annie, du hättest Jas sehen sollen.« Kitty sprang auf, machte einen Ausfallschritt und tat so, als ob sie mit einem Degen gegen einen nicht vorhandenen Gegner vorgehen wollte. »Wenn du gesehen hättest, wie elegant er den Degen führt, wie leichtfüßig er sich bewegt! Dabei ist er doch so groß und *fornido*, ich meine, er hat so breite Schultern.« Ihre Hände zeichneten seinen Oberkörper nach, wie sie ihn in Erinnerung hatte. Dann ließ sie sich wieder auf ihren Stuhl zurückfallen und sagte mit verträumtem Blick: »Und er ist so schön. So außergewöhnlich schön. Annie, ich habe noch nie so einen gutaussehenden Mann gesehen. Groß und stattlich. Er überragt den Reverend sicher um einen ganzen Kopf.«

»Das muß ja ein Riese sein!« rief Mary Ann mit leichtem Spott. »Ich kann ihn schon fast vor mir sehen. Ein Ungeheuer mit enormen Ausmaßen und langer wallender Mähne.«

»Er hatte die Haare zu einem Zopf zusammengebunden«, berichtigte ihre Freundin.

Mary Ann starrte sie mit offenem Mund an: »Er trug einen Zopf?« wiederholte sie ungläubig. »Meine Liebe, du machst Scherze. Schon als du die schulterlangen Haare erwähntest, konnte ich es kaum glauben. Seit Beau Brummel in London das Sagen hat, sind Kurzhaarschnitte in der mondänen Herrenwelt *en vogue*. Lange Haare erscheinen mir bereits völlig unpassend... ein Relikt aus dem vorigen Jahrhundert. Aber ein Zopf! Weißt du, Kitty, ich denke, du irrst dich: Einen bezopften Riesen, der mitten am Tag Duelle ficht, wirst du im Adelsregister nicht finden. Den suchst du am besten auf der Liste der entsprungenen Patienten aus der Anstalt für Geisteskranke.«

Kitty, weit davon entfernt, über die Worte ihrer Freundin gekränkt zu sein, kicherte belustigt: »Du vergißt, daß auch dein Bernard den Degen schwang. Steht er ebenfalls auf dieser Liste?«

»Es ist mir unerklärlich, wie Reverend Westbourne in diese Lage gekommen sein könnte«, gab Mary Ann zu. »Vielleicht hat ihn das Ungeheuer dazu gezwungen? Hast du ein Gespräch zwischen den beiden verfolgen können?«

Kitty kräuselte die Stirn, wie sie es immer tat, wenn sie angestrengt nachdachte: »Es ging alles sehr schnell«, sagte sie schließlich. »Das Duell war bereits in vollem Gange, als ich beim Ententeich ankam. Ich hörte, wie der Reverend sagte: ›Du wirst doch nicht im Ernst angenommen haben, Jas, daß du von mir auch nur ein Wort erfährst‹, und darauf erwiderte dieser: ›Das werden wir schon sehen‹, oder so ähnlich. Erwidern ist eigentlich nicht das richtige Wort. Er zischte es durch die geschlossenen Zähne. Sein Gesicht war angespannt, das energische Kinn vorgestreckt. Er unternahm einen ungestümen Angriff...«

Mary Ann schrie erschrocken auf. Kitty schreckte aus ihren Gedanken: »Keine Angst. Dein Bernard schlug sich sehr tapfer. Und dabei hätte ich bisher nicht angenommen, daß er überhaupt in der Lage ist zu fechten. Ich habe den guten Reverend nie für einen Sportsmann gehalten.«

»Du meinst, das Ungeheuer hat ihn nicht getötet?« vergewisserte sich Mary Ann.

Kitty schüttelte den Kopf: »Zumindest nicht, solange ich dabei war. Dann begann allerdings Salomon laut zu wiehern, und ich beeilte mich, so schnell ich konnte davonzureiten. Ich hatte keine Lust, von den beiden Männern als Spionin hinter dem Busch zur Rede gestellt zu werden.«

»Zu dumm.« Mary Ann seufzte. »Ich hätte so gern den Ausgang des Duells erfahren. Sicher war dein Ungeheuer dem armen Reverend bei diesem Fechtkampf überlegen. Wenn er ihn nur nicht ernsthaft verletzt hat. Der Reverend wollte erst nächste Woche wieder zum Schachspielen kommen! So lange kann ich nicht warten. Ich muß wissen, was es mit diesem seltsamen Abenteuer auf sich hat. Und ob der Geistliche das Duell unverletzt überstanden hat. Glaubst du, wir finden einen Grund, im Pfarrhaus vorzusprechen?«

Kitty erhob sich: »Ich glaube, das wird gar nicht notwendig sein«, sagte sie langsam. »Ich habe eine viel bessere Idee. Ich wollte zwar zuerst absagen, aber das werde ich jetzt natürlich nicht tun.« Mit diesen rätselhaften Worten schritt sie zu ihrem Sekretär, schloß ihn auf und klappte die Schreibplatte herunter. Dann entnahm sie einem der Fächer eine violette Karte aus schwerem Büttenpapier und reichte sie an ihre Freundin weiter.

»Das ist eine Einladung«, las Mary Ann ungläubig. »Wie kommst du denn zu dieser Einladungskarte?«

»Du kennst doch Mrs. Nestlewood«, erklärte Kitty. »Du weißt, diese entsetzlich überschwengliche, dicke Dame, die vorgibt, eine entfernte Cousine meines verstorbenen Vaters zu sein. Kannst du dich erinnern, wie überrascht ich war, als sie vor einigen Monaten hier vorsprach und mich ›ihre liebe Nichte‹ nannte? Ich habe so meine Zweifel, ob sie tatsächlich meine Tante ist. Ich kann mir nicht vorstellen, daß Papa derart vulgäre Verwandte besaß. Mrs. Clifford scheint sie jedoch überzeugt zu haben, sonst würde diese die zahlreichen Besuche nicht gestatten. Das wäre mir im Grunde auch lieber. Natürlich würden wir die Schokolade und die anderen Süßigkeiten vermissen, die Mrs. Nestlewood mir mitbringt, nicht wahr, Annie? Doch auf die Plaudereien könnte ich gerne verzichten. Ich weiß nie, worüber ich mich mit der Dame unterhalten soll. Und gestern nachmittag hat sie dann überraschend diese Einladungskarte mitgebracht. Ich habe ganz vergessen, sie dir zu zeigen. Allerdings hielt ich es auch nicht für wichtig, denn ich hatte ja nicht vor, die Einladung anzunehmen. Du hättest Mrs. Nestlewood sehen sollen, als sie mir das Kuvert überreichte. Ich solle unbedingt kommen, hat sie geflötet, und es hätte nicht viel gefehlt, und sie hätte mich wieder an ihren mächtigen Busen gedrückt. So wie sie es einmal tat, als ich noch nicht vorgewarnt war und mich nicht rechtzeitig in Sicherheit bringen konnte. Sie meinte, ich müsse unbedingt kommen, um ihren Sohn Arthur kennenzulernen. Er sei ein so hübscher, aufstrebender junger Mann. Das hat mich in meinem Entschluß, nicht hinzugehen, natürlich bestärkt. Der Sohn von Mrs. Nestlewood! Entsetzlich! Sicher ähnelt er seiner Mama.«

Mary Ann mußte über das Gesicht ihrer Freundin lächeln, in dem sich die Abscheu nur allzu deutlich widerspiegelte: »Wie auch immer Mr. Nestlewood aussieht, Kitty, du wirst ihn nicht sehen. Zumindest nicht auf dem Ball, den seine Mutter gibt.«

»Aber natürlich werde ich das!« widersprach diese resolut. »Und du wirst auch das Vergnügen haben. Denn natürlich wirst du mich begleiten. Mrs. Nestlewood hat mir erlaubt, eine Freundin mitzubringen. Wir werden also beide den Ball besuchen. Ist das nicht ein verlockender Gedanke? Die gesamte vornehme Gesellschaft der Umgebung wird sich in Mrs. Nestlewoods Haus einfinden.«

»Meinst du das im Ernst?« Mary Ann war hin- und hergerissen zwischen Sehnsucht und Vernunft. »Du wirst doch nicht annehmen, daß uns Mrs. Clifford erlaubt, einen Ball zu besuchen?«

Kitty machte eine ungeduldige Handbewegung: »Natürlich weiß ich, daß der Besuch von Abendveranstaltungen ohne Mrs. Cliffords Begleitung streng verboten ist. Und sicher ist diese nicht bereit, uns auf einen Ball zu begleiten. Ich glaube, sie hält die langweiligen Musikabende in unseren Assembly Rooms bereits für den Gipfel der Frivolität.« Kitty kicherte und senkte ihre Stimme: »Wir werden uns daher hüten, Mrs. Cliffords Erlaubnis einzuholen. Wenn sie nichts von unserem Unternehmen weiß, kann sie es auch nicht verbieten.«

»Du meinst, wir sollten uns heimlich aus dem Haus schleichen?« fragte Mary Ann mit großen Augen. »Und wie, bitte, willst du das Haus der Nestlewoods erreichen?« setzte sie hinzu, als Kitty nickte.

»Die liebe Tante hat versprochen, eine Kutsche zu schicken«, erklärte Kitty fröhlich. »Sicher hat sie nichts dagegen, wenn ich sie bitte, diese beim Seiteneingang warten zu lassen. Wir können uns dann nach dem Abendessen über die Hintertreppe in den Garten schleichen. Diesen Weg nehme ich immer, wenn ich unerlaubterweise ausreiten will. Wir müssen nur den Kiesweg überqueren, und schon erreichen wir die Fliederbüsche. In deren Schatten können wir uns ohne Probleme bis zu der schmalen schmiedeeisernen Pforte schleichen. Am besten, ich verschaffe mir den Schlüssel der Pforte. Dann sind wir sicher, daß niemand den geheimen Weg versperrt. Obwohl diese Tür anscheinend keiner kennt. Zumindest dürfte sie nicht kontrolliert werden.«

»Du willst wirklich, daß wir bei Nacht und Nebel aus der Schule durchbrennen?« Mary Ann war unschlüssig, ob ihre Abenteuerlust oder ihre Angst überwog. »Was ist, wenn man uns erwischt? Ist dieses Risiko nicht zu hoch für einen Abend sorgenfreien Vergnügens?«

»Wer soll uns denn erwischen? Ach, Annie, sei doch nicht so ein Angsthase. Wir werden es so geschickt anstellen, daß niemand unser Weggehen bemerkt.« Kitty tanzte durch den Raum. »Und dann werden wir die Männer wiedersehen, die wir lieben. Ich werde in Jaspers Armen liegen und im Walzertakt über das Parkett wirbeln.«

»In Jaspers Armen?« unterbrach Mary Ann, »du denkst doch nicht wirklich, daß du das bezopfte Ungeheuer auf dem Ball von Mrs. Nestlewood wiedertriffst!«

»Aber natürlich glaube ich das!« widersprach Kitty voll Überzeugung. »Der Ball ist in dieser Gegend ein herausragendes Ereignis. Sicher hat Jasper hier Freunde, die ihn mit nach Nestlewood Manor bringen. Ach, *querida*, glaube mir, es wird traumhaft werden! Und du hast Gelegenheit, dich persönlich vom Wohlergehen des guten Bernard zu überzeugen. Und ihm zu beweisen, daß du kein Schulmädchen mehr bist, sondern eine erwachsene Frau. Bezaubernd und aufregend und genau jenes weibliche Wesen, dem er gerne einen Heiratsantrag machen möchte. Na, sag selbst, ist das nicht ein bißchen Risiko wert?«

II.

Bernard Westbourne war ein ernster, beherrschter junger Mann mit festen Grundsätzen und strengen Moralvorstellungen. Wie dies in adeligen Familien üblich war, hatte er als dritter Sohn die Laufbahn eines Geistlichen eingeschlagen. Sein ältester Bruder Joseph würde einst das Erbe seines Vaters in Lincolnshire antreten und auch den Titel eines Earl of Westmore übernehmen. Der zweite Bruder Richard fuhr als Marineoffizier zur See. Er selbst hatte nach dem Studium in Eton und Cambridge die Stelle des Pfarrers von St. Ermins nahe Bath übernommen, was den Ausgangspunkt für einen Aufstieg in der kirchlichen Hierarchie bilden sollte. Neben seiner seelsorgerischen Tätigkeit hatte er sich entschlossen, dem Vorbild seines Vorgängers zu folgen und den jungen Damen im Institut von Mrs. Clifford Religionsunterricht zu erteilen. Dies brachte nicht nur eine angenehme Abwechslung im oft eintönigen Alltag mit sich, sondern auch eine höchst willkommene Aufbesserung der Finanzen der Pfarre. Dort stand es mit dem Geld wahrlich nicht zum besten. Der alte Pfarrer hatte seinem Nachfolger nichts als Schulden hinterlassen. Von seinem Vater, dem Earl, der neben seinen drei Söhnen auch noch drei Töchter zu versorgen hatte, konnte Mr. Westbourne keinerlei Unterstützung erwarten. Mrs. Cliffords Angebot, den Religionsunterricht weiterzuführen, hatte er daher mit großer Freude angenommen. Die Stunden selbst gestaltete er anschaulich und abwechslungsreich, und es war ihm bald gelungen, die Mädchen für sein Fach

zu interessieren. Nicht im Traum wäre ihm eingefallen, daß die Begeisterung, mit der die Schülerinnen seinem Vortrag folgten, weniger dem Inhalt seiner Worte galten als seinem Äußeren. Man hielt ihn allgemein für einen hübschen jungen Mann, mit gepflegtem, streng gescheitelten, brünetten Haar, tiefliegenden blauen Augen und feingeschwungenen Lippen. Er war nicht allzu groß, doch durchaus stattlich. Für die Mädchen, die selten Gelegenheit hatten, mit heiratsfähigen, jungen Männern zu verkehren, wurde er bald zum begehrtesten Schwarm.
Eines Tages hatte der Reverend zu seiner Überraschung festgestellt, daß es Schülerinnen gab, die sich nicht nur für Religion, sondern auch für das Erlernen der lateinischen Sprache interessierten. So hatte er in Absprache mit Mrs. Clifford begonnen, auch diese zu unterrichten. Er bemühte sich dabei auch, die geschichtlichen Hintergründe herauszuarbeiten und die Mädchen in die Welt der römischen Kultur einzuweihen. Eine höchst angenehme Aufgabe, da sich zumindest zwei der Damen wirklich für das Altertum zu interessieren schienen. Die eine war Miss Eliza Boulington, nicht hübsch, doch klug und belesen. Ihre detaillierten Zwischenfragen machten deutlich, daß sie sich auch nach den Unterrichtsstunden intensiv mit der Materie beschäftigte. Die zweite Dame war Miss Mary Ann Rivingston, die nicht minder klug war als ihre Schulkollegin, doch bei weitem erfreulicher anzusehen. Natürlich war er als ehrbarer Geistlicher stets bemüht, die Menschen nur nach ihren inneren Werten zu beurteilen. Und dennoch waren ihm die äußeren Vorzüge von Miss Rivingston nicht verborgen geblieben, obwohl ihre Formen in den schlichten, dunklen Schulkleidern, die ihr Bruder ihr zugestanden hatte, gar nicht richtig zur Geltung kamen. Nicht auszudenken, wie reizvoll Miss Rivingston aussehen würde, wenn sie erst die eleganten, dezent dekolletierten Roben trug, die ihr, ihrem gesellschaftlichen Rang nach, zukamen. Eine Vorstellung, in der Reverend Westbourne gerne schwelgte, bevor er sich selbst streng zur Ordnung rief.
Miss Rivingston war seine Schülerin und sollte es, wie ihm Mrs. Clifford mitgeteilt hatte, noch einige Zeit bleiben. Er konnte den Entschluß von Lord Ringfield nur gutheißen. Es war ihm eine große Beruhigung, das Mädchen noch weitere vier Jahre hier in den ge-

schützten, ehrbaren Hallen des Internats zu wissen. Um nichts in der Welt wollte er es vermissen, wie sie ihre wißbegierigen Augen auf ihn richtete, wenn sie interessiert seinem Unterricht folgte. Und er freute sich jede Woche erneut auf die Stunden, die sie gemütlich vor dem Kamin in der Bibliothek des Schulhauses verbrachten, in ein Schachspiel vertieft. Stolz konnte er feststellen, daß sich sein Schützling zu einer wahren Meisterin in diesem Spiel entwickelt hatte. Vielleicht würde es ihm mit der Zeit auch noch gelingen, durch sanftes Einwirken Miss Rivingstons Temperament zu zügeln und sie so zu einer passenden Braut für einen aufstrebenden Geistlichen zu erziehen. Eine ebenso reizvolle Vorstellung wie die andere. Und doch: Ihre feuerroten, dichten, langen Locken deuteten darauf hin, daß ihm noch viel Mühe bevorstand, wollte er dieses Ziel erreichen.

An diesem Nachmittag war er, wie er es gerne tat, wenn seine Pflichten es zuließen, auf dem ruhigen Weg entlang des Waldrandes spazierengegangen. Das kleine schwarze Büchlein in seiner Rechten, in das er während der Studienzeit Verse von Ovid geschrieben hatte und in das er sich immer wieder gerne vertiefte. Es war einer jener Spätherbsttage, in denen die schwachen Sonnenstrahlen kaum wärmend ihren fahlen Schein durch die dichte Wolkendecke warfen. Die Saatkrähen hatten schon Einzug gehalten und suchten mit lautem Gekreisch auf den abgeernteten Feldern nach übriggebliebenen Körnern. Bald würden die Tage kommen, an denen sich die dichten Nebel auch bis zum Nachmittag nicht auflösten. Tage, die er lieber vor dem wärmenden Kaminfeuer verbrachte und an denen er das Haus nur dann verließ, wenn unaufschiebbare seelsorgerische Pflichten dies erforderten.
Doch noch war es nicht soweit. Noch luden einzelne Sonnenstrahlen zum Spazieren über Wald und Flur, boten ausgedehnte Wanderungen in der Natur willkommene Gelegenheit, seine Gedanken zu ordnen und Pläne für die Zukunft zu überdenken. Natürlich wäre er zu Hause geblieben, wenn er geahnt hätte, daß er an diesem Nachmittag Besuch erhalten würde. Seine eigenen vier Wände hätten ihm mehr Schutz vor dessen aufgebrachtem Zorn geboten – hier auf dem freien Feld war er dessen Launen nahezu schutzlos ausgeliefert.

Justin Tamworth, der zweite Earl of St. James, hatte bereits am Vortag vergeblich im Pfarrhaus von Reverend Westbourne vorgesprochen. Mrs. Blooms, die Köchin, hatte ihm die Tür geöffnet, ihn jedoch nicht ins Haus gebeten. Weitschweifig, wie das ihre Art war, hatte sie Auskunft darüber gegeben, daß der Geistliche nach Bradford-upon-Avon gefahren war. Der alte Nichols würde begraben werden, der vergangene Woche von der Leiter gefallen war. Ob er denn das nicht wisse, da doch Mrs. Nichols auch Doctor Rilly-Bengstonfield hatte rufen lassen. Dabei hatte doch schon Mrs. Fisher, die Mutter von Mrs. Mouhan…
Seine Lordschaft hatte nicht die Höflichkeit gehabt, der alten Frau länger zuzuhören. Er war derart erzürnt, den Pfarrer nicht zu Hause angetroffen zu haben, daß er sie grußlos in der offenen Tür stehenließ. Es war ihm nicht aufgefallen, daß er weder seinen Namen genannt noch angekündigt hatte, abermals vorsprechen zu wollen. Als der Geistliche am späten Abend erschöpft von dem langen Ritt nach Bredford-upon-Avon zurückgekommen war, hatte ihm Mrs. Blooms von dem seltsamen, ja geradezu furchteinflößenden Besucher erzählt. Mr. Westbourne konnte sich keinen Reim auf das Gehörte machen. Nie wäre ihm der Gedanke gekommen, bei dem aufbrausenden, unbeherrschten Fremden mit dem unhöflichen Betragen könnte es sich um Justin Tamworth gehandelt haben. Justin Tamworth, ein Freund aus seiner Studienzeit. Ein Mann, den er jahrelang nicht mehr gesehen hatte. Tamworth hatte die Offizierslaufbahn eingeschlagen und in Spanien gegen Napoleon gekämpft. Später war er zurückgekehrt, um das nicht unbeträchtliche Erbe seines Vaters anzutreten und den Titel eines Earl of St. James zu übernehmen. Er, Westbourne, war inzwischen der Pfarrer der Gemeinde St. Ermins geworden, und es schien, als hätte er seinen Studienkollegen für immer aus den Augen verloren. Doch dann, vor drei Wochen, hatten sich überraschend ihre Wege wieder gekreuzt. Er war nach London gereist, da seine jüngste Schwester Silvie heiraten wollte. Die Trauung fand in der Kirche zu St. George am Hanover Square statt. Zu seiner Überraschung war sein Studienfreund der Bräutigam. Justin Tamworth war immer ein Musterbeispiel an kühler Gelassenheit gewesen. Ein Gentleman vom Scheitel bis zur Sohle. Immer umgab ihn die Aura

unnahbarer Arroganz. Natürlich, er war herablassend und bisweilen zynisch. Ohne Frage konnte er bei weitem selbstsicherere Gemüter als Mrs. Blooms durch seine hochfahrende Art erschüttern. Doch die Köchin hatte den Fremden ganz anders beschrieben: unbeherrscht und wild. Nein, er hatte wirklich nicht damit rechnen können, daß es Justin Tamworth war, der ihn da aufgesucht hatte. Als dieser nun am Tag darauf abermals energisch an die Pfarrhofstür klopfte, versetzte er Mrs. Blooms allein schon durch seinen Anblick derart in Angst und Schrecken, daß sie ihm den Waldweg beschrieb, auf dem der Geistliche gerne spazierenging. Der Wunsch, den unangenehmen Fremden loszuwerden, siegte über die Angst, einem ausdrücklichen Befehl ihres Herrn zuwiderzuhandeln.

Und so kam es, daß der Reverend nichtsahnend, in die Lektüre seines Büchleins vertieft, sich langsam der Stelle näherte, an der sich der Waldweg und die kaum befahrene Straße kreuzten, die zu einer kleinen Siedlung westlich von Bath führte. Dort angekommen, fiel sein Blick auf ein sportliches schwarzes Kutschgefährt. Er wäre achtlos daran vorbeigegangen, hätte er nicht durch Zufall zu dem Gentleman aufgeblickt, der regungslos auf dem Kutschbock saß. Dessen Miene verriet nichts Gutes.

»Tamworth!« rief Westbourne überrascht. »Ich meine natürlich: St. James. Sei mir gegrüßt, alter Freund. Was treibt dich denn in diese einsame Gegend?«

»Es nützt dir nichts, so zu tun, als wüßtest du nicht, daß ich dich suche«, entgegnete der so Angesprochene anstelle einer Begrüßung. Sein Ton klang unüberhörbar gereizt. Mit einer eleganten Bewegung ließ er sich vom Kutschbock gleiten. »Ich habe dich bereits gestern in deinem Haus aufgesucht. Man sagte mir, du seist nicht anwesend. Und heute finde ich dich hier…« Er blickte sich um und setzte mit spöttischem Blick fort: »… versteckt zwischen Bäumen und Büschen. Wenn du schon vor mir davonläufst, dann solltest du dein Personal besser abrichten. Ohne die Wegbeschreibung deiner Köchin hätte ich dich hier sicher nicht gefunden.«

Reverend Westbourne preßte die Lippen zusammen. Es hätte nicht viel gefehlt, und er hätte Tamworth mit barschen Worten zurechtgewiesen. Wie kam dieser Mann dazu, ihn bei seinen einsamen Gedanken so rüde zu unterbrechen? Dazu die aus der Luft gegriffenen Vorwürfe! Eine Ungeheuerlichkeit! Doch schon als Kind hatte Westbourne gelernt, sich zu beherrschen, das unselige aufbrausende Temperament zu zügeln, das ihm, wie anderen Mitgliedern seiner Familie, zu eigen war. Und überhaupt: diese unglaublichen Vorwürfe waren es nicht wert, daß er weiter darauf einging. »Du suchst mich?« fragte er daher schlicht.

»So ist es. Und du weißt auch, was ich von dir wissen will: Wo ist meine Frau, Westbourne? Wo hältst du Silvie versteckt?« entgegnete der Earl. Obwohl diese Sätze mit ruhiger Stimme vorgebracht worden waren, klangen sie wie eine Drohung.

Reverend Westbourne seufzte indigniert: »Hast du denn meinen Brief nicht gelesen?« erkundigte er sich in einem Tonfall, den er pflichtvergessenen Schülern gegenüber gerne anschlug: »Ich habe dir doch mitgeteilt, daß ich nicht bereit bin, dieses Thema mit dir zu besprechen.«

Mit diesen Worten schickte er sich an, an der Kutsche Seiner Lordschaft vorbeizugehen und seinen Spaziergang fortzusetzen, so als habe diese Unterhaltung nicht stattgefunden. Im Innersten war er jedoch beunruhigt und aufgewühlt. Auch er machte sich Sorgen um seine jüngste Schwester. Große Sorgen. Hatte diese mit ihrer überstürzten Abreise nicht doch eine nicht wiedergutzumachende Fehlentscheidung getroffen? Wäre es nicht ihre Pflicht gewesen, bei Tamworth zu bleiben? Ein Leben zu führen im gesicherten Wohlstand? Doch diese Gedanken würde er gewiß nicht mit Justin besprechen – dem Mann, vor dem Silvie davongelaufen war.

Der Earl hatte die Reise nach Bath mit den besten Vorsätzen begonnen. Er wollte mit seinem alten Studienfreund ein ernstes Gespräch führen. Seine Braut war verschwunden – da war es doch natürlich, daß er nach ihr suchte. Bernard Westbourne, sein alter Schulfreund, konnte ihm nicht ernsthaft seine Hilfe verweigern. Natürlich hatte er bereits mit Silvies Eltern gesprochen. Der Besuch in ihrem Elternhaus, einen Tag nach der Hochzeitsfeier, brachte jedoch nicht den gewünschten Erfolg. Silvies Vater hatte sich ihm, dem Jüngeren gegenüber bisher stets devot, um nicht zu sagen unterwürfig verhalten.

Nun empfing er ihn mit einem seiner cholerischen Ausbrüche, derentwegen er in der ganzen Stadt bekannt und gefürchtet war. Er hatte gezetert und getobt. Er hatte Justin mit geröteten Wangen und hervorquellenden Augen beschuldigt, am Unglück seiner Tochter schuld zu sein. Lady Westmore, Silvies Mutter, war während dieser unangenehmen Unterredung still in einer Ecke des kahlen Wohnzimmers gesessen. Sie tat so, als sei sie in eine Stickerei vertieft, während ihr die Tränen unablässig über ihre weißen, früh gealterten Wangen liefen. Um die Peinlichkeit ins Unerträgliche zu steigern, hatte Lord Westmore sich nicht nur nicht gescheut, seine Gattin vor dem Besucher mehrmals zurechtzuweisen. Er bezeichnete sie darüber hinaus als hysterisches Weib, das schuld daran sei, daß ihre Jüngste verwöhnt und aufmüpfig geworden war. Eine Tochter, die sich erdreistete, sich über die Befehle ihres Vaters hinwegzusetzen, sei nicht länger seine Tochter. St. James erkannte nach wenigen Worten, daß Lord Westmore wohl der letzte Mann war, dem Silvie ihr Vertrauen geschenkt haben würde. Er beeilte sich, die Unterredung zu beenden und das Haus am Hanover Square eilends zu verlassen. Zwei Tage später kehrte er jedoch noch einmal dahin zurück. Er hatte von Bekannten erfahren, daß der Hausherr in Begleitung zweier Freunde aufs Land gereist war, um an einer Fuchsjagd teilzunehmen. Vielleicht hatte sich Lady Westmore in der Zwischenzeit beruhigt. Vielleicht war sie in Abwesenheit ihres gestrengen Gatten redseliger. Mylady ließ ihn umgehend in ihren Salon bitten. Doch seine Hoffnungen wurden auch diesmal herb enttäuscht. Bereits sein Anblick reichte aus, um die unglückliche Dame abermals in Tränen ausbrechen zu lassen. Sie schluchzte und zitterte und konnte sich kaum beruhigen. Zwischendurch stammelte sie in unüberhörbarer Aufregung Sätze, die St. James seltsam wirr erschienen und deren Zusammenhang ihm nicht klar wurde. Hauptaussage schien zu sein, daß Mylady ihren Gatten zutiefst fürchtete und sich, gleich nachdem sie dies bekannt, erschrocken und schuldbewußt dafür entschuldigte und erklärte, Westmore sei ein wackerer Mann mit aufrichtiger Gesinnung. Es dauerte nicht lange, und St. James verlor die Geduld. Er sah ein, daß ihn dieser Besuch auf seiner Suche nach Silvie nicht weiterbringen würde. Also erhob er sich, verabschiedete sich brüsk und ließ Mylady allein.

Eine Vorsprache bei Mr. Joseph Westbourne, Silvies ältestem Bruder, war nicht minder verlorene Zeit. Joseph hatte sowohl die kleingewachsene, gedrungene Gestalt seines Vaters geerbt als auch dessen cholerisches Temperament. Zudem schien er schon am frühen Nachmittag ausgiebig dem Alkohol zugesprochen zu haben. Als St. James in dessen Wohnung vorsprach, fand er ihn zum Ausgehen gekleidet in der Eingangshalle. Mr. Westbourne erklärte unumwunden, daß er nicht viel Zeit für eine Unterredung habe, da er sich mit ein paar Freunden zum Hahnenkampf verabredet habe: »Nichts für ungut, St. James. Aber das soll der Kampf des Jahres werden. Greenhood hat einen roten Hahn erworben, der schlägt sie alle. Kommen Sie doch mit mir, wir plaudern unterwegs weiter.«

Der Earl lehnte entschieden ab. Hahnenkämpfe gehörten nicht zu den Belustigungen, für die er etwas übrig hatte. »Ich will Sie nicht aufhalten, Westbourne«, bemerkte er statt dessen und schlug ungeduldig mit der Reitgerte gegen den Schaft seines Stiefels. »Sagen Sie mir nur, wo ich Ihre Schwester finde, und Ihre Freunde brauchen nicht auf Sie zu warten.« Joseph war nicht überrascht. »Ja, ja, Sie kommen wegen Silvie. Dacht ich's mir doch.« Er kramte ein Taschentuch aus der Hosentasche und schneuzte sich ausgiebig. »Eine verdammte Sache ist das. Ich hab keine Ahnung, wo sich das undankbare Weibsstück aufhält. Auf meine Ehr'. Aber eins weiß ich: Ich dreh ihr eigenhändig den Hals um, wenn ich sie erwische. Das versprech ich Ihnen, Mylord.« Der Earl erklärte angewidert, daß dies nicht nötig sei. Er forderte Mr. Westbourne statt dessen auf, sich bei ihm zu melden, falls er etwas von Silvie erfuhr.

Dann machte er eilends kehrt und bestieg seine Kutsche. Es war zum Verrücktwerden! Gab es denn wirklich niemanden, der wußte, wo sich Silvie aufhielt? St. James überlegte. Der zweite Sohn aus dem Hause Westbourne kreuzte mit seiner Fregatte soeben im Mittelmeer. Er war nicht einmal zur Hochzeit erschienen und schied als Auskunftsperson aus. Blieb also nur der dritte Bruder: Bernard. Und doch: St. James war sich sicher, daß Silvie sich nicht an diesen Bruder gewandt hatte. Wer würde sich dem steifen Geistlichen mit der belehrenden Art in seiner seelischen Not anvertrauen? Er kannte Bernard. Nicht umsonst hatte er in Eton jahrelang das Zimmer mit ihm geteilt. Erst mit den Jahren war es ihm gelungen, nicht jedesmal die Geduld zu verlieren, wenn Bernard mit seinen weitschweifigen Ausführungen anfing, die Welt verbessern zu wollen. Nie hätte er sich an ihn gewandt, wenn er Hilfe brauchte. Schon gar nicht dann, wenn diese Hilfe aufgrund eines Verstoßes gegen die Konventionen – ja gegen alle guten Sitten – notwendig geworden wäre. Es schien ihm unvorstellbar, daß der Geistliche eine Frau schützte, die ihrem Mann davongelaufen war. Oder war St. James sich nur deshalb so sicher, daß Bernard nichts über das Verschwinden seiner jüngsten Schwester wußte, weil er die weite Fahrt nach Bath scheute? Jedenfalls entschied er sich, dem Geistlichen einen Brief zu schreiben, und machte sich auf den Weg nach Hempsteade Heath, wo die älteste der Schwestern mit ihrem Mann und ihrem kleinen Sohn lebte. Lady Mancroft war ihrem Vater und ihrem Bruder Joseph wie aus dem Gesicht geschnitten. Klein, untersetzt, mit hektischen roten Flecken auf den Wangen. Ein energisches Kinn unter ihrem schmalen, blassen Mund. Nein, sie wisse nicht, wo Silvie sich aufhalte, wurde ihm mit lauter Stimme erklärt. Und ihre Schwester täte gut daran, sich nicht bei ihr blicken zu lassen. Sie hatte Silvie den eindringlichen Rat gegeben, ihn, St. James, zu ehelichen. Schließlich kam dann das Vermögen des Earls den Westbournes zugute, wie sie ungeschminkt verkündete. Es war Silvies gottverdammte Pflicht, die Gelegenheit zu ergreifen, wenn sie sich schon so überraschend bot. Statt dessen habe sie aus irgendwelchen Flausen heraus die Chance in den Wind geschlagen, ihren Geschwistern finanziell unter die Arme greifen zu können.

Bevor sie den Earl fragen konnte, ob er sich nicht dennoch moralisch verpflichtet fühle, einen Scheck zugunsten der Familie Mancroft auszustellen, verließ dieser fluchtartig das Haus. Welche Familie hatte er sich da ausgesucht, um einzuheiraten! Aber Silvie war so ganz anders als ihre Eltern und Geschwister. Sie war bezaubernd, zart und zerbrechlich. In ihrem Aussehen kam sie wohl mehr nach der Mutter, die in jungen Jahren eine sehr hübsche Frau gewesen sein dürfte. Bevor sie durch ihre Heirat mit dem aufbrausenden Earl und die Geburt von sechs Kindern in vierzehn Jahren rasch gealtert war. St. James sah Silvie vor sich: Die langen blonden Locken, im Nacken aufgesteckt, schienen fast zu schwer zu sein für ihren kleinen Kopf. Die dunklen Augen, die stets ernst und ein wenig traurig blickten. Der kleine wohlgeformte Mund, der nie lächelte. Der Earl stutzte: Hatte er eben gedacht, Silvies Augen seien traurig gewesen? Unsinn, er mußte sich irren. Welchen Grund hätte sie gehabt, traurig zu sein? Sie bekam ihn, den angesehenen, wohlhabenden Earl of St. James zum Mann. Sie hatte ihm selbst gesagt, wie ehrend sie seinen Antrag gefunden hatte und wie glücklich er sie machte.

Vielleicht konnte Silvies zweite Schwester Licht ins mysteriöse Dunkel dieser Angelegenheit bringen. Diese lebte von der Umwelt abgeschieden als Klosterfrau in der Abtei von St. Ann nahe Woborn. St. James hatte sie vorher noch nicht kennengelernt. Die Äbtissin hatte ihr keine Erlaubnis erteilt, zur Hochzeit ihrer Schwester nach London zu reisen. Als der Earl nunmehr im Kloster vorsprach, wollte man ihn erst gar nicht vorlassen. Er mußte all seine Autorität und eine beträchtliche Spende für die Armen in die Waagschale werfen, ehe man ihm eine Viertelstunde Sprechzeit im Beisein zweier weiterer Nonnen gewährte. Doch auch dieses hart erkämpfte Gespräch brachte Justin nicht weiter. Für Barbara war Silvie noch ein Kind, und sie konnte sich nicht vorstellen, daß diese überhaupt schon im richtigen Alter war, eine Ehe einzugehen.

»Silvie ist achtzehn«, hatte der Earl daraufhin ungeduldig eingewandt. Das schien Schwester Barbara zu überraschen. Sie lebte hier seit Jahren hinter Klostermauern, jenseits der Wirklichkeit. Der spärliche Kontakt zu ihrer Familie ließ sie in dem Glauben, die Welt jenseits der Klostermauern würde stillstehen. Alles würde so bleiben, wie sie es in Erinnerung hatte. Und in ihrer Erinnerung war Silvie vierzehn. Ein wildes, fröhliches, stets zu Scherzen und verwegenen Streichen aufgelegtes Mädchen. Schwester Barbara lächelte in Gedanken versunken. Der Earl erhob sich. Es war eindeutig, daß die Klosterfrau nichts wußte, ja sich nicht einmal richtig erinnerte. Die stille, sanfte Silvie als wildes Mädchen zu beschreiben schien ihm geradezu absurd.

Am nächsten Tag erreichte er London in den frühen Mittagsstunden. Sein Kopf schmerzte, als würde er zerbrechen. Es war eine ungeheure Dummheit gewesen, in dem Wirtshaus, in dem er übernachtet hatte, eine derart große Menge eines drittklassigen Brandys in sich hineinzuschütten. Damit waren seine Probleme auch nicht gelöst. Er beschloß, sich zu Bett zu begeben, um sich von den Strapazen der Reise zu erholen. Doch ein Blick in seine Post, die ihm Butler Higson noch in der Halle überreichte, änderte seine Pläne schlagartig. Zu seiner Überraschung fand er nämlich einen Brief von Bernard Westbourne vor. Er hatte nicht erwartet, daß ihm dieser so rasch antworten würde. St. James riß mit den Fingern achtlos den Briefumschlag auf und überflog die Zeilen. »Ich bin nicht bereit, mit dir dieses Thema zu besprechen«, las er. Der Earl stieß einen triumphierenden Schrei aus. Bernard schrieb nicht, daß er nicht wisse, wo Silvie sich aufhalte. Er schrieb lediglich, daß er nicht darüber sprechen wollte. Also wußte er Bescheid! Bernard war der Schlüssel zum unergründlichen Geheimnis. Endlich ein Lichtstreifen am Horizont. Er würde ihn schon zum Sprechen bringen, da hatte St. James keine Angst.

So kam es, daß er den übermüdeten Kammerdiener anwies, abermals die Koffer zu packen, und noch am selben Nachmittag mit leichtem Gepäck in Richtung Bath reiste. Es sollte zwei Tage dauern, bis er endlich jemanden gefunden hatte, der die kleine Pfarre von St. Ermins westlich der Stadt kannte und der ihm den richtigen Weg weisen konnte. Er hatte die halbe Stadt nach seinem Freund abgesucht. War in der Trinkhalle gewesen und hatte eine Soiree in den Assembly-Rooms besucht. Doch seine Hoffnung, Reverend Westbourne bei diesem gesellschaftlichen Ereignis zufällig zu treffen, wurde enttäuscht. Der Abend erschien ihm im Vergleich zu den Veranstaltungen, die er in der Hauptstadt besuchte, ungewöhnlich langweilig. Bath mochte ja vor vielen Jahren einmal ein mondäner Kurort gewesen sein, der auch die adelige Gesellschaft aus London anlockte. Doch die Zeiten waren vorbei. Nun waren es wirklich vor allem alte und leidende Menschen, die hierherkamen, um die Wasser der Heilquellen zu trinken und auf eine Linderung der Schmerzen zu hoffen. Zudem schrieb man Mitte November – ein Monat, in dem die Jagd das herausragende Betätigungsfeld der noblen Gesellschaft war und nicht der Ballsaal einer Provinzstadt. Der Umstand, daß St. James an diesem Abend vergeblich nach dem Reverend Ausschau hielt, verdroß ihn noch mehr. Als er Tags darauf endlich vor dem Pfarrhaus stand und ihm eine ältere Frau eine umständliche Geschichte über Personen erzählte, die er nicht kannte, war es da ein Wunder, daß er nahe daran war, die Geduld zu verlieren? War der Reverend wirklich nicht zu Hause, oder hatte er Anweisungen gegeben, sich verleugnen zu lassen? Als er ihn am nächsten Tag abermals nicht im Pfarrhaus antraf, da hegte St. James keinerlei Zweifel mehr. Westbourne wich ihm aus. Und nun fand er ihn hier am Waldrand – einer Stelle, die doch kein vernunftbegabter Mensch freiwillig aufsuchen würde. Es sei denn, er hätte etwas zu verbergen. Dieses Verhalten war geradezu lächerlich. Allerdings war das Verhalten, zu dem er sich nun selbst hinreißen ließ, noch bei weitem lächerlicher.

Das sollte er sich allerdings erst später eingestehen. In diesem Augenblick hatten der Zorn, die lange aufgestaute Ungeduld seine Sinne vernebelt. Dazu kam, daß er sich dem Pfarrer gegenüber ungewohnt hilflos fühlte. Er kannte Bernard, sein stures, hartnäckiges Wesen. Die Art, wie er ein frommes, lehrerhaftes Gesicht aufsetzte, um sich unliebsame, neugierige Fragen vom Hals zu halten. Und er hatte nicht die geringste Lust, sich wieder eine Abfuhr von einem Mitglied der Familie Westbourne zu holen. Da doch der Reverend seine letzte Hoffnung war. Wen sollte er denn noch fragen, wo noch suchen? Es war genug Zeit vergangen – es wurde Zeit, daß er Silvie fand.

»So kommst du mir nicht davon, mein Freund. Du wirst mir sofort sagen, wo Silvie ist«, fuhr er den Geistlichen an, ihn fest am rechten Arm packend. »Ich bin ihr Mann. Ich habe das Recht zu erfahren, wo sie sich befindet.«

Der Reverend sagte kein Wort, sondern blickte indigniert vom Gesicht seines Angreifers zu dessen Hand, die seinen Oberarm umklammerte, und wieder zurück. St. James ließ ihn abrupt los. Daraufhin strich der Geistliche betont langsam seinen Ärmel glatt, bevor er erwiderte: »Dieser Ansicht bin ich nicht.« Es schien, als sei mit diesen knappen Worten das Gespräch für ihn beendet.

»So, du bist nicht dieser Ansicht?!« brüllte Seine Lordschaft, nun wirklich völlig außer sich. »Dann wird es Zeit, deine Ansichten zu ändern!« Er griff hinter sich auf den Kutschbock und holte mit raschem Handgriff zwei Duelldegen hervor. Einen davon drückte er dem fassungslosen Geistlichen in die Hand. Dann schlüpfte er aus

seinem warmen Kutschiermantel aus braunem Wollstoff, dessen zahlreiche Schulterkragen ihn als Mitglied des »Four Horses Club« auswiesen. Er zog den Degen aus der Scheide und ging in Angriffsstellung: »*En garde, Monsieur!*« rief er aus.
Der Geistliche wußte nicht, wie ihm geschah: »Jus! Bist du verrückt geworden? Du glaubst doch nicht im Ernst, daß ich mich mit dir duelliere?« Der Degen Seiner Lordschaft strich haarscharf an seinem Ohr vorbei. Der Reverend ließ vor Schreck sein Buch fallen. Dann zückte er den Degen, um den nächsten Angriff abzuwehren.
»Also noch einmal, Bernard: Wo ist Silvie?« wiederholte sein Widersacher und zielte gekonnt auf den Oberarm des Reverends. Dieser parierte und wich auch den nächsten Angriffen geschickt aus.
»Laß es genug sein!« rief er schwer atmend.
»Nicht bevor du mir sagst, wo Silvie ist«, beharrte St. James hartnäckig.
»Du wist doch nicht im Ernst annehmen, Jus, daß du das auf diese Weise erfährst«, entgegnete der Geistliche.
»Das werden wir ja sehen«, zischte der Earl zwischen geschlossenen Zähnen zurück. In diesem Augenblick wieherte ein Pferd ganz in der Nähe. Reverend Westbourne war sofort abgelenkt. Erschrocken fuhr er herum. In diesem Augenblick spürte er einen stechenden Schmerz im rechten Oberarm. Er stolperte und fiel der Länge nach auf den Rücken. Sein Kopf schlug auf dem festgefrorenen Boden des Weges auf. Benommen blieb er einige Augenblicke liegen.

Als er wieder zu sich kam, blickte er in das wutentbrannte Gesicht seines Widersachers, der sich zu ihm hinabbeugte: »Bist du verrückt geworden, Westbourne!« fuhr ihn Seine Lordschaft mit scharfer Stimme an: »Wie konntest du so unvorsichtig sein, dich mitten im Duell abzuwenden? Es hätte nicht viel gefehlt, und ich hätte dich niedergestochen.«
Der Reverend setzte sich stöhnend auf: »Ich dachte, das wäre von Anfang an deine Absicht gewesen«, sagte er trocken und griff sich aufseufzend an den schmerzenden Hinterkopf.

»Unsinn«, widersprach St. James entrüstet. »Ich wollte nichts dergleichen. Du weißt genau, daß ich nie ernsthaft vorhatte, dich zu verletzen. Es ging mir einzig und allein darum zu erfahren, wo Silvie…« Er unterbrach sich, als sein Blick auf den Ärmel des Geistlichen fiel. Aus einem glatten Riß begann Blut zu sickern.
»Zieh deine Jacke aus!« forderte er mit befehlsgewohnter Stimme. »Ich scheine dich doch ärger getroffen zu haben, als ich zuerst angenommen hatte.«
Reverend Westbourne stützte sich auf seine linke Hand und erhob sich mühevoll. Es fiel ihm nicht leicht, das Gleichgewicht zu halten. Schwankend ging er ein paar Schritte zur Seite, um seinen Hut aufzuheben, den er beim Fallen verloren hatte. Dieser sah reichlich mitgenommen aus. Es war schwer, ihn mit einer Hand halbwegs wieder in Form zu bringen. Der rechte Arm brannte. Er wagte nicht, ihn zu bewegen. So drückte er mit der Linken den Hut auf seine kurzen Locken und machte sich daran, das Versbuch zu suchen.
St. James verstellte ihm den Weg: »Sei kein Kindskopf, Bernard«, sagte er, und ein reuevolles Lächeln erschien auf seinen Lippen: »Laß mich die Wunde ansehen. Du weißt, ich war Offizier. Ich habe schon ganz andere Schnittwunden verbunden.«
»Wenn du mir bitte aus dem Weg gehen würdest…« Der Reverend fuhr sich mit erschrockener Geste an den Hals: Seine Lordschaft hatte ungerührt damit begonnen, ihm die Jacke aufzuknöpfen. Energisch schlug er ihm mit seiner Linken grob auf die Hand: »Du denkst doch nicht, daß ich mich von dir auf offenem Feld entkleiden lasse«, fuhr er ihn gereizt an.
»Du wirst verbluten«, prophezeite ihm der Earl düster.
»Deine Sorge ehrt mich«, entgegnete der Reverend spöttisch. »Dennoch fällt es mir schwer, sie ernst zu nehmen. Hättest du mich nicht in dieses haarsträubende Duell verwickelt, so hätten wir uns unterhalten können, wie es zivilisierten Menschen zukommt. Doch dazu sehe ich mich nunmehr außerstande. Leb wohl, St. James. Ich mache mich jetzt auf den Heimweg. Mein Pfarrdiener ist ein heilkundiger Mann. Er wird wissen, was zu tun ist.« Mit schwankenden Schritten, das Versbuch unter den linken Arm geklemmt, den rechten Arm auf die linke Hand gestützt, machte er sich auf den Weg. St. James, der

eben die Degen im Kutschkasten verstaut hatte, rief über die Schulter hinweg: »Komm zurück, Bernard, und steig auf. Ich fahre dich nach Hause.«

Der Geistliche zögerte. Eigentlich hatte er genug von St. James, doch dieses verlockende Angebot konnte er nicht ablehnen. Widerwillig ließ er sich auf den Kutschbock helfen. Der Earl nahm auf dem Fahrersitz Platz und ergriff die Zügel. Obwohl er in seinem Vorhaben keinen Schritt weitergekommen war, hatte sich sein Temperament merklich abgekühlt. Er sah ein, daß er Bernard unterschätzt hatte. Vermutlich würde nicht einmal die Folter diesem Mann ein Geheimnis entlocken. Und dennoch ließ ihm dieses Thema keine Ruhe: »Gib wenigstens zu, daß du weißt, wo Silvie ist«, forderte er ihn auf, nachdem sie den ersten Teil des Weges schweigend zurückgelegt hatten.

Der Geistliche nickte: »Natürlich weiß ich das«, bestätigte er gelassen.

»Ich habe deine Eltern aufgesucht, war bei allen deinen Geschwistern. Keiner wußte Bescheid. Warum hat sich deine Schwester gerade dir anvertraut? Gibt es dafür einen besonderen Grund?«

Der Reverend nickte: »Das ist gut möglich.«

»Wenn ich wenigstens wüßte, warum sie verschwunden ist. Dann wüßte ich vielleicht auch, wo ich sie suchen soll.«

Der Reverend nickte schweigend und hielt seufzend seinen verletzten Arm fest.

»So kann ich nur Vermutungen anstellen«, fuhr St. James fort. »Vermutungen, die sich alle in Luft auflösen. Ich verstehe das alles nicht.«

»Silvie ist eine Frau«, erklärte ihm der Geistliche schlicht. »Welcher Mann kann schon von sich behaupten, die Frauen wirklich zu verstehen?«

Für kurze Zeit war der Earl von seinen Grübeleien abgelenkt. Mit großen Augen sah er den Reverend an. Er kannte eine ganze Anzahl von Frauen. Und er hatte noch nie Probleme damit gehabt, sie zu verstehen. Was sollte daran auch schwierig sein?

»Ich denke manchmal, daß nur eine Frau eine Frau wirklich verstehen kann«, erklärte ihm der Reverend. »Wir Männer denken doch zu lo-

gisch, zu verstandesbetont. Wenn du jetzt bitte stehenbleiben würdest. Wir sind eben an meinem Haus vorbeigefahren.«
Mit einem Ruck straffte St. James die Zügel. Er sprang ab und half seinem Freund aus der Kutsche. Der Abschied war knapp und wenig herzlich. Nachdenklich sah er dem Reverend nach, bis dieser im Pfarrhaus verschwunden war. Was hatte ihn bloß dazu getrieben, den Geistlichen in ein derart sinnloses Duell zu verwickeln? Das hätte schlimm ausgehen können. Die Verletzung, die er ihm zugefügt hatte, war peinlich genug. Auch wenn es sich vermutlich um nicht viel mehr als einen Kratzer handelte. Es war Zeit, daß er seine Pläne neu überdachte. Zeit für etwas Erholung und Entspannung. Weilte sein Cousin Albert nicht eben auf seinem Gut nahe Bristol, um Rotwild zu jagen? Nun, er würde sich ihm anschließen. Vielleicht kam ihm die rettende Idee, wo er Silvie suchen konnte, wenn er nicht den ganzen Tag angestrengt über dieses Thema nachdachte.

III.

Das Institut von Mrs. Clifford war in einem weitläufigen Backsteingebäude untergebracht. Dieses lag inmitten ausgedehnter Parkanlagen am äußersten Stadtrand von Bath. Dreißig Schülerinnen im Alter zwischen zwölf und achtzehn Jahren lebten und lernten hier und wurden in exklusiver Atmosphäre auf ihr späteres Leben vorbereitet. Mary Ann Rivingston war die einzige Schülerin, die sich länger als die üblichen Jahre im Internat aufhielt. Mrs. Clifford hatte den Ruf, jeder jungen Dame den nötigen Schliff fürs gesellschaftliche Parkett zu geben. Das Schulgeld war hoch, die Auswahlkriterien streng, und nur Mädchen aus den ersten Häusern fanden Aufnahme in diesem Institut. Dafür war die Ausbildung, die man hier bot, bei weitem umfangreicher als in anderen derartigen Schulen. Nicht nur trockenes Wissen in Geschichte, Religion und Geographie wurde vermittelt. Auch auf die korrekte Erlernung der Muttersprache in Wort und Schrift wurde Wert gelegt. Dazu kamen Grundkenntnisse in Französisch, seit Mademoiselle Jeanette Berais, eine zu Zeiten der Revolution geflohene Lehrerin, dem Institut zur Verfügung stand. Der Umstand, daß Reverend Westbourne begonnen hatte, einigen Mädchen Lateinunterricht zu geben, wurde von Mrs. Clifford eher geduldet als geschätzt. Dafür hielt sie die Anstellung von Miss Sarah Chertsey für einen wahren Glückstreffer. Miss Chertsey war eine verarmte Landadelige unbestimmten Alters. Lange Jahre hatte sie als Gouvernante in einem hochherrschaftlichen Haus im vornehmen Londoner Stadtteil Belgravia gedient. Sie kannte eine ganze Anzahl der tonangebenden Mitglieder der besten Gesellschaft persönlich und verfügte über ein weitreichendes Wissen über die Geschichte der hochadeligen Familien.

Vor zwei Jahren, als die letzte der drei Töchter des Hauses das Schulzimmer verlassen hatte, war Miss Chertsey in ihre Heimatstadt Bath zurückgekehrt, mit einem exzellenten Zeugnis in der Tasche, in dem ihr Wissen und ihre Fähigkeiten in höchsten Tönen gelobt wurden. Sie hatte sich bei Mrs. Clifford beworben und wurde auf der Stelle eingestellt. Seit diesem Tag unterrichtete sie die Mädchen in »Geschichte adeliger Häuser«, wie Mrs. Clifford diesen Unterrichtsgegenstand nannte. Miss Chertsey konnte den Stammbaum der wichtigsten Familien auswendig auf die Tafel zeichnen. Wußte die Lebensgeschichte der wichtigsten Persönlichkeiten, klärte die Schülerinnen über verwandtschaftliche Beziehungen innerhalb der Familien auf und zeigte Bilder der Adeligen und beschrieb deren Landsitze. Da sie ihren Vortrag flott und lebendig zu gestalten wußte – und da sie diesen auch mit zahlreichen den Klatschspalten der Zeitungen entnommenen Tratschgeschichten garnierte, ein Umstand, der der gestrengen Mrs. Clifford keinesfalls zu Ohren kommen durfte –, war ihr Unterricht das Lieblingsfach der meisten Mädchen. Besonders Mary Ann folgte gebannt ihren Ausführungen. Sie hatte sich bereits selbst von ihrem spärlichen Taschengeld eine Ausgabe von *Kenneth' Adelsregister* gekauft, in dem sie in freien Stunden gerne schmökerte. Natürlich gab es dann auch noch Unterricht in Zeichnen, Malen, Gesang und Klavierspiel. Jeden Donnerstag kam ein Tanzlehrer, um die Mädchen in die Kunst der Quadrille und der ländlichen Tanzfolgen einzuweihen. Und erst kürzlich hatte Mrs. Clifford sich erweichen lassen, den

Schülerinnen das Erlernen des neuartigen Walzers zu erlauben. Ein Tanz, der ihr doch ein seltsam frivoles Vergnügen zu sein schien. Wenn sich aber die Londoner Gesellschaft diesem Vergnügen hingab, ja wenn sogar die strengen Patronessen des noblen Almack Clubs nichts gegen einen Walzer unter ihrer Aufsicht einzuwenden hatten, dann konnte sich auch Mrs. Clifford den modischen Sitten nicht verschließen. Sie selbst unterrichtete ihre Schützlinge in Etikette und Haushaltsführung. Bereiche, die für angehende adelige Ehefrauen von allergrößter Wichtigkeit waren. Natürlich wurde von den Mädchen nicht verlangt, daß sie selbst kochten oder gar andere Handgriffe im Haushalt übernahmen. Statt dessen wurden sie gelehrt, die Dienerschaft zielführend zu beschäftigen, mit der Köchin den Speiseplan zu erstellen und ein Bankett für mehr als hundert geladene Gäste auszurichten. Rechnen, das ausreichte, um die Buchführung der Haushälterin zu kontrollieren, rundete die Ausbildung ab. Zudem lernten die Mädchen reiten – soweit sie sich dabei nicht zu ungeschickt anstellten wie Mary Ann Rivingston. Diese hatte nach dem dritten Abwurf beschlossen, sich nie mehr in den Sattel zu schwingen. Als weitere Besonderheit der Schule galt es, daß es den Schülerinnen erlaubt war, eigene Pferde ins Internat mitzubringen. Auch Fahrzeuge konnten untergestellt werden. Dies allerdings nur unter der Bedingung, daß ein eigener Pferdeknecht, der über den Ställen wohnte und von den Familien gesondert bezahlt wurde, sich um Wagen und Tiere kümmerte. Und daß dieser bei Ausfahrten die Gespanne lenkte. Denn bei allem Verständnis für zeitgemäße Erziehung konnte sich Mrs. Clifford eine Dame auf dem Kutschbock beim besten Willen nicht vorstellen. Mary Ann stand aufgrund ihrer knapp bemessenen Mittel keine eigene Kutsche zur Verfügung. Doch natürlich hatte Kitty, die reichste Erbin, die derzeit bei Mrs. Clifford unterrichtet wurde, sowohl eine geschlossene Kutsche als auch einen Phaeton in der Wagenhalle stehen. Mit diesen Gefährten konnte ihre Freundin ausfahren, sooft sie wollte. Zur Zeit standen die beiden Fahrzeuge jedoch ungenützt in der Remise, nachdem Kitty vor drei Wochen Joe, den Reitknecht, hinausgeworfen hatte. Sie war ihm auf die Schliche gekommen, daß er regelmäßig an ihre Tante nach London Bericht erstattete. Einen Spion wollte sie keinesfalls in ihrer

Nähe dulden. Die Briefe, die Mrs. Clifford an Mylady in regelmäßigen Abständen schrieb, waren unangenehm genug. Was konnte sie denn dafür, daß sie das heißblütige Temperament ihrer lieben Mama geerbt hatte? Es war doch nicht ihr Fehler, daß die verknöcherten englischen Ladys ihr Verhalten als ungestüm bezeichneten. Und daß sie sich jedesmal über Gebühr aufregten, wenn sie, deren Meinung nach, gegen die Konventionen verstoßen hatte.
Wehmütig dachte sie an ihre Kindheit in Madrid zurück. Ihr Vater war Gesandter der englischen Botschaft gewesen, als er eine junge spanische Adelige kennenlernte. Er heiratete sie kurz darauf, und neun Monate später bekamen sie ihr einziges Kind. Die Mutter nannte es Charlotta, wie dies auch in ihrem Taufschein stand. Der Vater rief es zärtlich Kitty. Zwölf Jahre lebten sie glücklich in ihrem Palais im sonnigen Süden. Kitty war noch zu jung, um das strenge Zeremoniell des spanischen Hofes zu spüren, dem sich ihre Mutter nur allzuschwer fügen konnte.
Eines Tages hatte ihr Papa ein Schreiben bekommen, durch das sich ihr weiteres Leben schlagartig ändern sollte. Es wurde ihnen mitgeteilt, daß ein betagter Onkel, der Herzog von Elmington verstorben war. Es hatte einen Brand auf Elmington Palace gegeben, und er sowie sein einziger Sohn Horace waren in den Flammen ums Leben gekommen. Kittys Vater, Mr. Stapenhill, war der nächste männliche Angehörige. Er, der nie damit gerechnet hatte, fand sich plötzlich als sechster Herzog von Elmington wieder. Und damit mit der Verpflichtung konfrontiert, das beschauliche Leben in Madrid aufzugeben und nach London zurückzukehren, um das Erbe anzutreten. Seine Gattin fügte sich nur schweren Herzens diesen Plänen. Sie war an das warme südliche Klima gewöhnt und konnte dem naßkalten englischen Wetter, das sie von einigen Besuchen her kannte, nichts abgewinnen. Auch das Temperament der Inselbewohner schien ihr seltsam steif und unnahbar. An die englische Küche wollte sie erst gar nicht denken. Dennoch entschloß sie sich, mit ihrem Gatten nach London zu reisen, als dieser in die Hauptstadt mußte, um die notwendigen Dinge zu erledigen und die Unterschriften beim Notar zu leisten. Sie wollten das Haus in der Charles Street für ihren Einzug vorbereiten und anschließend nach Madrid zurückkehren, um ihre

Tochter zu holen und endgültig nach England zu übersiedeln. Doch dazu sollte es nie kommen. Das Schiff, auf dem Mr. und Mrs. Stapenhill reisten, sank in einem Sturm im Atlantik. Keiner der Passagiere konnte gerettet werden. Durch den Tod von Mr. Stapenhill starb der letzte männliche Nachkomme von Elmington. Der Titel und ein Teil der Besitztümer fielen an die Krone zurück. Kitty erbte ein großes Vermögen. Dem Wunsch ihres Vaters entsprechend, der bei seinem Schwiegervater, so als habe er das Unglück geahnt, ein Testament hinterlassen hatte, wurde Kitty von ihren spanischen Verwandten nach England gebracht, um in Zukunft im Lande ihrer Väter erzogen zu werden.

Tante Jane Farnerby war die einzige Schwester ihres Vaters und somit ihre nächste Angehörige. Sie hatte selbst zwei Töchter großgezogen und passend verheiratet. Nun brachte sie ihre Nichte im Institut von Mrs. Clifford unter, wo sie sich langsam von der Trauer um ihre Eltern und dem Abschied von Spanien erholte. Zu der um drei Jahre älteren Mary Ann Rivingston hatte sich bald eine enge Freundschaft entwickelt. Und sie begann auch in ihrer neuen Heimat Dinge zu entdecken, die das Leben lebenswert, aufregend und angenehm machen konnten.

Ihr Taschengeld war großzügig bemessen. Sie konnte sich die schönsten Kleider leisten, die sie sich von der Schneiderin in Bath anfertigen ließ. Sie ritt den Vollbluthengst Salomon und sehnte ihren achtzehnten Geburtstag herbei. Tante Jane hatte versprochen, sie an diesem Tag abzuholen und in die Gesellschaft einzuführen. Die Vormundschaft bis zu ihrem einundzwanzigsten Lebensjahr teilten sich Tante Jane sowie deren Halbbruder, den Kitty noch nie zu Gesicht bekommen hatte. Seine Lordschaft war mehr für die Vermögensverwaltung zuständig, während sich Tante Jane um die Erziehung ihrer Nichte kümmern wollte. Einer Nichte, die ihr in ihrer ungestümen Art fremd und unvertraut war. Und um deren Schicksal sie sich nur deshalb annahm, damit der gute Bruder Harry in Frieden ruhen konnte.

Es war am Tag, nachdem Kitty heimlich Zeuge des Duells geworden war, als sie bereits nach dem Frühstück zu Mrs. Clifford gerufen wurde. Das Zimmer der Schulleiterin lag am Ende eines langen Korridors. Es war ein großer, düsterer Raum, der mit eleganten Möbeln geradezu überladen wirkte. Erst kürzlich war eine Garnitur im Queen-Ann-Stil hinzugekommen, die eine dankbare Schülerin dem Institut vermachte. Von den Wänden blickten in dunklen Ölbildern die strengen Gesichter der Förderer der Schule.

Mrs. Clifford war eine kleine Dame mittleren Alters. Die glatten, grauen Haare waren, zu einem Zopf geflochten, am Hinterkopf aufgesteckt und unter einem Turban versteckt, der farblich abgestimmt zur jeweiligen Garderobe paßte. Ein Zwicker auf der Nase gab ihrem Gesicht ein strenges Aussehen, das durch die schmalen, bläulichen Lippen und das spitze Kinn noch unterstrichen wurde. Das Auffallendste jedoch war eine kreisrunde Warze auf der linken Wange, aus der Haare in unterschiedlicher Länge und Farbe wuchsen. Dieser seltsame Anblick hatte schon manchen Besucher so verwirrt, daß er einem Gespräch mit der Schulleiterin nur mit Mühe folgen konnte. Die Mädchen aber hatten sich längst an Mrs. Cliffords Aussehen gewöhnt.

Kitty betrat das Zimmer mit dem unbehaglichen Gefühl, daß ihr unerlaubter Ausritt vom Vortag entgegen ihren Hoffnungen nicht unbemerkt geblieben war. Doch Mrs. Clifford hatte etwas ganz anderes mit ihr zu besprechen: »Es ist untragbar, daß deine Pferde keine geeignete Betreuung haben, Charlotta«, begann sie ohne Umschweife und blickte, hoch aufgerichtet in ihrem Schreibtischstuhl, mit ernstem Blick zu ihrer Schülerin empor. Wie immer, wenn eines der Mädchen gerügt wurde, wartete auch Kitty vergeblich darauf, daß ihr ein Sitzplatz angeboten wurde. »Hast du deiner Tante geschrieben, daß sie einen Pferdeknecht einstellen und hierherschicken soll, wie ich es dir aufgetragen habe?«

Kitty hatte nichts dergleichen getan. Sie wußte, daß Tante Jane wieder einen Mann ihres Vertrauens auswählen würde. Und dieser würde sie abermals über das Verhalten und die Unternehmungen ihrer Nichte auf dem laufenden halten. Sie hatte gehofft, selbst einen Burschen zu finden. Doch dieses Unterfangen erwies sich als unmöglich. Überdies war es angenehm, die Tiere von Susann Corplets Knecht Fred mitbetreuen zu lassen. Dieser sattelte Salomon für sie, ohne lange Fragen zu stellen. Mrs. Clifford deutete das Schweigen ihres Schützlings richtig: »Du enttäuschst mich sehr, Charlotta«, sagte sie streng: »Ich vertraue darauf, daß meine Schülerinnen meine Anweisungen befolgen. Dein Verhalten jedoch zwingt mich dazu, selbst an Lady Farnerby zu schreiben und um einen Reitknecht zu bitten.«

Es war erst nach dem Mittagessen, die Mädchen hatten sich wie gewöhnlich zu einer Stunde Ruhepause in ihre Zimmer zurückgezogen, als Kitty dazu kam, ihrer Freundin den Inhalt des Gespräches mit Mrs. Clifford zu erzählen.
»Das war also der Grund, daß sie dich zu sich holen ließ«, sagte Mary Ann aufseufzend. »Und ich dachte schon, dein gestriger Ausritt sei ihr zu Ohren gekommen. Weißt du, Kitty, vielleicht wäre es wirklich nicht schlecht, wenn du wieder einen Stallknecht hättest. Als Joe hier war, konnten wir jederzeit eine Ausfahrt unternehmen, wenn uns der Sinn danach stand. Nun müssen wir stets Mrs. Clifford um Erlaubnis bitten, daß einer ihrer Stallburschen deinen Wagen kutschiert.«
»Du hast ja recht«, erwiderte Kitty. »Mir ist auch nicht wohl dabei, daß Mrs. Clifford über jeden unserer Schritte Bescheid weiß. Außerdem habe ich ernstliche Zweifel, ob Fred Salomon ordentlich versorgt. Er scheint mir nicht so zuverlässig zu sein, wie ich anfangs gehofft hatte. Und dennoch...« Sie lehnte sich in ihrem Fauteuil zurück und streckte ihre Arme in die Höhe, bevor sie sie mit einem Aufseufzen wieder in ihren Schoß sinken ließ. »Wenn wir doch nur einen Ausweg wüßten. Natürlich will ich einen eigenen Pferdeknecht, aber nicht einen, der aus Tante Janes Diensten kommt und der ihr alles über unsere Unternehmungen erzählt. Ständig Tantes Briefe mit den vielen Ermahnungen. Ständig die wiederkehrende Drohung, mich von Mrs. MacWetherby erziehen zu lassen. Du weißt, das ist eine ehemalige Gouvernante ihrer Töchter, die meine Cousinen Lizzy und June zu ordentlichen Damen der Gesellschaft erzogen hat. *No, gracias*. Wir müssen selbst einen geeigneten Burschen finden.«
»Bis heute ist uns das nicht gelungen«, warf Mary Ann trocken ein. »Und ich wüßte auch nicht, wie uns das in Hinkunft gelingen sollte.

Gute Pferdeknechte klopfen nicht an die Schultür und bitten um Arbeit.«

Kitty lachte amüsiert: »Du hast recht«, stimmte sie zu. »Außerdem haben wir ohnehin keine Wahl: Mrs. Clifford wird noch heute nachmittag eines der Mädchen mit einem Brief an Tante Jane zum Postamt nach Bath schicken. Also können wir nur warten und hoffen, daß uns Mylady einen Mann schickt, der wenigstens mit Pferden umzugehen weiß.«

Sie begann ihr Kleid aufzuknöpfen und öffnete den Schrank, um nach einem freien Bügel Ausschau zu halten. Es war Zeit, daß sie sich für den Nachmittag umkleidete. Nachdenklich betrachtete sie ihre Garderobe, die dicht gedrängt nahezu den gesamten Schrank füllte. Tante Jane war nicht knausrig, wenn es darum ging, ihre Nichte standesgemäß auszustatten. Zahlreiche Tageskleider in zarten Streifen oder kleingeblümtem feinem Musselin hingen neben den beiden Reitkleidern aus modischem Samt. Das eine war im Husarenstil geschnitten mit goldenen Knöpfen und Epauletten an den Schultern, wie es das *Lady's Journal* in einer seiner letzten Ausgaben als den neuesten Schrei der Mode angepriesen. Die Abendkleider waren in Pastellfarben gehalten und von schlichter Eleganz. Alle mit kleinem Ausschnitt, wie es sich für ein Mädchen ziemte, dessen Debüt in London noch bevorstand und das seinen Knicks vor der Königin noch nicht absolviert hatte. Die Hutablage quoll über vor reizenden Kreationen, mit bunten Bändern oder kleinen Blümchen aufgeputzt, die der Garderobe erst den richtigen Schliff gaben. Neben diesen Träumen aus Musselin, Tüll und Voile nahmen sich die Kleider ihrer Freundin besonders trostlos aus. Mit spitzen Fingern ergriff sie Mary Anns einziges Abendkleid. Es war aus einem weinroten Wollstoff, hochgeschlossen mit langen Ärmeln, die eng um das Handgelenk geknöpft wurden. Verächtlich rümpfte sie die Nase. Es war ausgeschlossen, daß Mary Ann diese langweilige Toilette beim Ball von Mrs. Nestlewood tragen konnte. Nie und nimmer würde es ihr damit gelingen, das Herz von Reverend Westbourne zu erobern. Nein, Annie brauchte eine aufregende Kreation, die die Vorzüge ihrer Figur zur Geltung brachte. In einer Farbe, die die Makellosigkeit ihres Teints unterstrich, die die Blicke der Herren magisch auf sich zog, die ... »Grün!« rief Kitty unvermittelt aus.

Mary Ann hatte sich in der Zwischenzeit wieder ihrer Lieblingslektüre, dem Register adeliger Familien, zugewandt. Die kritischen Blicke, mit denen die Freundin ihr Abendkleid gemustert hatte, waren ihr völlig entgangen. Nun fuhr sie von ihrem Buch auf und hörte erstaunt zu, als diese fortfuhr: »Smaragdgrün. Der Ausschnitt auf keinen Fall zu klein. Am besten, man säumt ihn mit einem Satinband. Oder meinst du, daß dein Dekolleté besser zur Geltung kommt, wenn man den Ausschnitt mit zarten Perlen bestickt? Du solltest Mrs. Millcock fragen. Deine Haare dürfen auch nicht so streng nach hinten gebunden werden, wie du sie in der Schule trägst. Am besten, wir lassen sie locker auf die Schultern rieseln und flechten ein grünes Band hinein. Ja, das kann ich mir gut vorstellen. Ich sehe dich richtig vor mir. Du siehst phantastisch aus.«
Mary Ann klappte ihr dickes Buch mit einem lauten Klatschen zu: »Wovon sprichst du um Himmels willen?«
»Von deinem Ballkleid *naturalmente*!« rief Kitty aus. »Ich spreche von dem Ballkleid, das du bei Mrs. Nestlewood tragen wirst. Dachtest du denn, ich würde dich dort in Sack und Asche erscheinen lassen? Du wirst natürlich eine hinreißende Kreation tragen. Deinem guten Bernard wird der Mund vor Staunen offen stehenbleiben.«
Vor Mary Anns Augen erschien eine aufregende Vision aus schimmernder grüner Seide. Die klugen blauen Augen des Reverend blickten voll Bewunderung und Ehrfurcht auf ihre elegante Gestalt. »Miss Rivingston!« hörte sie ihn ausrufen. »Wie konnte mir nur bisher entgehen, daß Sie eine Schönheit sind?«
Mary Ann rieb sich aufgeregt die Hände: »Wie komme ich zu diesem grünen Kleid?« erkundigte sie sich mit unüberhörbarer Vorfreude.
»Du mußt ohne weiteren Aufschub Mrs. Millcock aufsuchen. Natürlich ist die Zeit schon äußerst knapp. Und doch sollte die Schneiderin in der Lage sein, in drei Tagen ein passendes Kleid für dich anzufertigen. Am besten du gehst sofort zu Mrs. Clifford und bittest sie, daß Harris dich nach Bath bringen darf. Ach, wenn wir doch schon wieder einen eigenen Pferdeknecht hätten. Jetzt beginne ich mich selbst schon mit dem Gedanken anzufreunden, daß Tante Jane einen ihrer Bediensteten schickt. Ein eigener Pferdeknecht ist jedenfalls besser als gar keiner.«

»Mrs. Millcock!« rief Mary Ann. »Ich kann mir doch von meinem Taschengeld nie im Leben eines ihres Kunstwerke leisten.«
»Ich werde dir etwas von meinem Geld leihen«, erklärte Kitty und eilte zu ihrem Sekretär. Mit geübtem Griff klappte sie ihn auf und öffnete die Geheimlade, die ihr als Versteck für ihre Barschaft diente. Mit skeptischem Blick entnahm sie einige Scheine: »Leider ist es nicht viel. Wie du weißt, ist mein nächster Scheck Anfang Dezember fällig. Daher ist mein Geld fast zur Gänze aufgebraucht.«
Mary Ann war aufgesprungen. Mit geröteten Wangen zählte sie die Geldscheine, die Kitty ihr reichte: »Nicht viel Geld? Das ist ein Vermögen!« rief sie aus. »Kitty, das ist viel zuviel. Ein einziges Kleid kann doch kein solches Vermögen kosten.«
»Es kann ein noch viel größeres Vermögen kosten«, erklärte Kitty gelassen. »Aber wenn wir unser Ziel erreichen, dann macht sich diese Ausgabe mehr als bezahlt.«
Da wurde sie von Mary Ann auch schon stürmisch umarmt: »Oh, vielen, vielen Dank!« rief diese aus. »Du ahnst gar nicht, wie ich mich freue. Ich habe aber ein schlechtes Gewissen, dein verlockendes Angebot anzunehmen ...«
»Ein schlechtes Gewissen?« entgegnete Kitty. »Das ist völlig überflüssig. Der einzige, der hier ein schlechtes Gewissen haben sollte, ist dein verehrter Herr Bruder. Ihm sollte es schlaflose Nächte bereiten, daß er seine Schwester in trostlosen, unmodischen Kreationen herumlaufen läßt. Aber nun wird alles anders. Nun machen wir ihm einen Strich durch die Rechnung. Ehe sich Seine Lordschaft versieht, bist du verheiratet, und damit ist er nicht mehr Herr über dein Vermögen ...«
Es klopfte an der Tür. Rasch ließ Mary Ann die Geldscheine hinter ihrem Rücken verschwinden. Heather, das Hausmädchen, streckte ihren Kopf zur Türe herein: »Sie sollen zu Mrs. Clifford kommen, Miss Rivingston«, erklärte sie mit ihrer hohen, piepsenden Stimme. »Mrs. Clifford sagte, Sie sollen sich beeilen. Sie hat einen Auftrag von großer Dringlichkeit.«
Mary Ann öffnete ihr Retikül, stopfte die Geldscheine hinein und beeilte sich, dem Mädchen auf den Gang hinaus zu folgen.

IV.

Eine gute halbe Stunde später rollte die alte, behäbige Kutsche durch das schmiedeeiserne Tor aus dem Schulhof hinaus. Mary Ann lehnte sich in die abgewetzten schwarzen Lederpolster zurück und lächelte zufrieden. Das hatte ja besser geklappt, als sie zu hoffen gewagt hatte. Von allen Mädchen der Schule hatte Mrs. Clifford gerade sie ausgewählt, den Brief an Kittys Tante zur Post zu bringen. Und deshalb hatte sie ohne zu zögern ihrer Schülerin die Erlaubnis erteilt, bei dieser Gelegenheit auch die Schneiderin in Bath aufzusuchen. Mary Ann hatte ihr erklärt, daß die Säume zweier ihrer Kleider nachgenäht werden müßten. Das war nicht einmal gelogen. Und daß Mary Ann derartige Näharbeiten normalerweise selbst verrichtete, um ihr knappes Taschengeld zu schonen, konnte Mrs. Clifford ja nicht wissen.

»Da fällt mir ein... wenn du schon bei Mrs. Millcock vorbeikommst... warte hier.« Mrs. Clifford eilte aus dem Direktionszimmer auf den Gang hinaus und verschwand in ihrem gegenüberliegenden Schlafgemach. Nach kurzer Zeit kam sie zurück, einen ihrer maisfarbenen Umhänge über dem Arm: »Das gute Stück braucht dringend neue Knöpfe«, erklärte sie. »Ich verlasse mich auf Mrs. Millcocks guten Geschmack. Sie wird sicher die passenden Knöpfe aussuchen. Bitte betone, daß ich keinen Wert auf modischen Aufputz lege, Mary Ann. Am besten, man nimmt Knöpfe aus gutem, gediegenem Hirschhorn. Und bitte die Schneiderin, diese mit doppeltem Faden anzunähen. Ich erwarte, daß ich die neuen Knöpfe nicht so rasch verliere wie die letzten.«

Mary Ann nickte und versprach, die Anweisungen an die Schneiderin weiterzugeben.

»So und nun gehe, mein gutes Kind.« Mrs. Clifford tätschelte mit einem seltenen Anflug von mütterlichem Wohlwollen Mary Anns Wange. »Ich weiß, daß Harris nicht gerne kutschiert, wenn es dunkel ist. Und vergiß nicht, den Brief an Mylady Farnerby aufzugeben. Es ist höchste Zeit, daß Charlotta einen neuen Pferdeknecht bekommt. Susanns Kutscher kommt mit ihrem kapriziösen Reitpferd nicht zurecht. Harris findet fast täglich einen Grund zur Beanstandung. Ich

habe keine Lust, mir ständig seine Klagen anzuhören. Das siehst du doch ein, Mary Ann, nicht wahr?«
Diese nickte, während sie den Umhang der Schulleiterin an sich nahm. Je eher wir wieder einen eigenen Pferdeknecht haben, desto besser, dachte sie bei sich.
»Das habe ich angenommen«, entgegnete die Schulleiterin zufrieden. »Ich halte dich für eine sehr verständige junge Dame, Mary Ann. Das muß einmal gesagt werden. Auch von den anderen Lehrkräften höre ich so gut wie nie eine Klage über dich. Du bist ein sehr aufmerksames, wohlerzogenes Mädchen. Ich darf nicht vergessen, dies in meinem nächsten Schreiben an deinen ehrenwerten Bruder zu erwähnen.«
Mary Ann biß sich auf die Lippen, sagte jedoch nichts. Wie hätte sie Mrs. Clifford auch erklären können, daß ein derartiges Lob sie nicht stolz, sondern wütend machte? Sie war nun einundzwanzig Jahre alt, viel zu alt für diese Schule. Viel zu alt, um sich über ein Lob zu freuen, das für eine Vierzehnjährige angebracht gewesen wäre. Mrs. Clifford sollte ihrem Bruder etwas ganz anderes schreiben. Nämlich, daß es seine Pflicht wäre, sie endlich von hier wegzuholen und ihr ein standesgemäßes Leben zu bieten. Er sollte endlich ihr Debüt in London ausrichten, sie der Königin vorstellen…
Mrs. Clifford sah die erröteten Wangen und lächelte mild. Es war reizend anzusehen, daß sich das liebe Ding so über ihr Lob freute. Sie beschloß, noch ein Schäuflein nachzulegen: »Und ich sehe auch, daß du einen wohltuenden Einfluß auf Charlotta ausübst«, setzte sie daher lobend hinzu. »Ihr undamenhaftes Temperament wird durch deine wohltuende Zurückhaltung in wünschenswerte Bahnen gelenkt. Ich darf gar nicht daran denken, mit welch unpassenden Ideen, mit welch verwilderter Erziehung Charlotta einst dieses Haus betrat…« Sie unterbrach sich und schüttelte aufseufzend den Kopf. Nun war es an Mary Ann, wirklich zu erröten. Wenn Mrs. Clifford wüßte, welch unpassende Idee Kitty derzeit im Sinn hatte. Was würde sie wohl dazu sagen, wenn sie wüßte, daß Kitty sich heimlich aus dem Internat schleichen wollte, um an einem Ball teilzunehmen! Und wenn sie darüber hinaus wüßte, daß die eben so hoch gelobte Mary Ann weit davon entfernt war, ihrer Freundin diesen Plan aus-

zureden. Nein, daß sie sie vielmehr darin unterstützte. Mary Ann beschloß, die Unterredung so rasch wie möglich zu beenden, um nicht Gefahr zu laufen, ein schlechtes Gewissen zu bekommen.
»Ich werde Ihren Brief an Lady Farnerby gerne zur Post bringen«, versprach sie.
»Ich weiß, daß ich mich auf dich verlassen kann…«, Mrs. Clifford nickte. »Sag Harris, er soll anspannen. Heather soll dir eine Decke und einen heißen Ziegelstein in das Fahrzeug legen.«
Mary Ann bedankte sich artig, knickste und eilte in ihr Zimmer. Es war höchste Zeit, daß sie sich für die Fahrt in die Stadt umkleidete. Doch zuerst mußte sie noch das Hausmädchen Heather zu den Ställen schicken. Ein heißer Ziegelstein würde ihre Füße trotz des kalten Wetters warmhalten. Was war nur über Mrs. Clifford gekommen? Einen derartigen Luxus gönnte sie ihren Schülerinnen nur zu besonderen Anlässen.

Mit den Füßen auf dem Ziegelstein fand Mary Ann es einigermaßen angenehm warm in der Kutsche. Sie hatte eine Decke um ihren Körper geschlungen und bis zur Brust heraufgezogen. Es war ein kalter Novembertag. Wenn man den Worten des alten Kutschers glauben konnte, dann würde es bald noch kälter werden. Ein langer, eisiger Winter stand bevor. »Glauben Sie mir, Miss Mary Ann«, hatte dieser mit mürrischem Blick zum Himmel gemeint, als er ihr in die Kutsche half: »Es dauert nicht mehr lange, und wir bekommen Schnee. So viel Schnee wie wir seit Jahren nicht mehr gehabt haben.« Er deutete mit der Hand auf sein rechtes Bein, das er beim Gehen deutlich nachzog: »Seit mir diese verdammten Franzosen das Bein zerschossen haben, kann ich jeden Wetterwechsel deutlich spüren, wissen Sie, Miss Mary Ann.« Dann hatte er die Wagentür geschlossen, den Kutschbock erklommen und die Pferde in Bewegung gesetzt.
Mary Ann griff nach ihrem Retikül. Da war also Mrs. Cliffords Brief. Und daneben lagen die Geldscheine, die Kitty ihr gegeben hatte. Ehrfürchtig nahm sie das Bündel heraus und zählte es nach. So viel Geld! Was für eine Verschwendung, es für ein einziges Ballkleid auszugeben. Als sie von der Unterredung mit Mrs. Clifford zurückgekehrt war, hatte sie Kitty noch einmal gefragt, ob nicht die Hälfte des

Betrages für ein Ballkleid ausreichen sollte. Doch diese hatte ihren Einwand mit einer energischen Handbewegung vom Tisch gewischt: »Denkst du denn, dein guter Bernard gerät in Entzücken, wenn du aussiehst wie im Schulzimmer? Nein, nein, du brauchst ein neues, aufregendes Kleid. Und ich habe auch schon einen bestimmten Stoff dafür im Auge. Mrs. Millcock hat ihn mir gezeigt, als ich das letztemal in ihrem Salon war. Es ist ein schwerer Brokat aus leuchtendem Grün, das genau zu deinen Augen passen müßte. Mit goldenen Fäden durchwirkt, die im Schein der Kerzen Funken sprühen werden.« Kitty hatte vor Begeisterung in die Hände geklatscht: »Der gute Reverend wird aus dem Staunen nicht mehr herauskommen.«
Mary Ann mußte lächeln: Die liebe Kitty. Was war sie für eine gute Freundin. Und was für eine verlockende Vorstellung, sich Mr. Westbourne sprachlos vor Bewunderung vorzustellen.
»Der Stoff ist natürlich nicht billig«, hatte Kitty hinzugefügt, und man hatte ihr angemerkt, daß dieser Umstand keinen Grund zur Beunruhigung für sie darstellte. »Und da du das Kleid bereits in drei Tagen brauchst, wird Mrs. Millcock weitere Näherinnen einstellen müssen, die auch in der Nacht daran arbeiten.«
Dieser Gedanke hätte Mary Ann fast die Vorfreude verdorben.
»Wenn ich daran denke, daß junge Mädchen und Frauen nur deshalb die ganze Nacht aufbleiben müssen, damit ich mein Vergnügen dran habe«, hatte sie nachdenklich eingeworfen.
»Aber die Frauen verdienen doch Geld dabei«, hatte Kitty erwidert. »Und sie können damit zum Unterhalt ihrer Familien beitragen. Also werden sie froh sein, wenn sie für dich nähen dürfen. Und überdies: Du brauchst dir wirklich kein schlechtes Gewissen zu machen, wenn du dir einmal ein Vergnügen gönnst. Wer, frage ich dich, zerbricht sich denn den Kopf darüber, daß du hier in dieser freudlosen Schule leben mußt?«
Da hatte ihr Mary Ann recht gegeben. Es wurde Zeit, daß sie auch einmal an ihr eigenes Vergnügen dachte.
Warm in ihre Decke gehüllt, genoß sie die Fahrt in die nahe Stadt. Sie war unterwegs, um sich das Kleid ihrer Träume schneidern zu lassen. Und sie würde in Kürze ihren ersten Ball besuchen. Sie würde sich im vornehmen Haus von Mrs. Nestlewood im Arm von Mr. West-

bourne im Walzertakt drehen. Welch ein Abenteuer! Ach, wie sehr sie sich nach Abwechslung und Abenteuer sehnte!
Ein lautes Krachen unterbrach jäh ihre Gedanken. Bevor sie recht wußte, wie ihr geschah, bevor sie noch Gelegenheit hatte, sich festzuhalten, kippte die Kutsche zur Seite. Mit voller Wucht prallte sie gegen das linke Fenster und blieb leicht benommen liegen. Das laute Wiehern der Pferde war zu vernehmen, ihr aufgeregtes Stampfen auf dem Lehmboden. Sie rüttelten und zogen an der Kutsche, doch sie rührte sich nicht vom Fleck. Dann war Harris' Stimme zu hören, er sprach besänftigend auf die Tiere ein. Es war ihm anscheinend gelungen, vom Kutschbock zu steigen, und nun bemühte er sich, die Pferde zu beruhigen. Mary Ann blickte durch das Fenster; ein Glück, daß die Scheibe nicht zerborsten war. Vor dem linken Fenster war nur Gras zu erkennen. Die Halme waren geknickt und niedergedrückt. Ein Blick aus dem rechten Fenster zeigte den grauen, wolkenverhangenen Himmel. In diesem Augenblick wurde der rechte Schlag aufgerissen, und der alte Harris streckte sein zerfurchtes Gesicht ins Wageninnere: »Sind Sie verletzt, Miss Mary Ann?«
Mary Ann fühlte sich noch immer leicht benommen, ihr linker Arm schmerzte. Dennoch hatte sie das Kutschenunglück heil überstanden.
»So ein Glück aber auch, daß wir gerade an dieser Böschung vorbeifuhren, als es passieren mußte«, erklärte der Kutscher. »Geben Sie mir Ihre Hand, Miss Mary Ann. Geben Sie mir Ihre Hand.« Er beugte sich so weit vor, wie er nur konnte, und ergriff ihr Handgelenk. Es war gar nicht so leicht, aus der schräggestellten Kutsche zu klettern. Und dann stand sie also endlich im Freien, das Retikül eng an ihre Brust gedrückt, und fröstelte. Wie kam sie jetzt bloß auf dem schnellsten Weg zur Schneiderin?
Harris hatte andere Sorgen: »Das linke Vorderrad ist angeknackst«, stellte er sachkundig fest, nachdem er die Räder einer eingehenden Prüfung unterzogen hatte. »Kein Wunder bei dem alten Gefährt. Ich hab Mrs. Clifford schon so oft darauf hingewiesen, daß es einmal ein Unglück geben wird. Ich hab sie schon so oft gebeten, eine neue Kutsche anzuschaffen. Aber sie tut's nicht, und ich kann's nicht ändern.« Er hinkte zu den Pferden vor, die durch das Umkippen der

Kutsche keinen Schaden erlitten zu haben schienen. »Ich spann mir mal die Lilly aus und reite in die Stadt hinein. Mal sehen, ob ich einen Schmied auftreibe, der den Schaden da beheben kann.«

»Sie wollen mich hier allein stehenlassen, mitten in dieser verlassenen Gegend?« fuhr Mary Ann erschrocken auf.

»Es tut mir ja auch leid, Miss, aber wir haben keine andere Wahl. Und die Gegend ist gar nicht so verlassen, wie Sie vielleicht meinen. Sehen Sie nur, da vorne sieht man die ersten Häuser der Stadt.«

Mary Ann blickte sich um, und es war ihr gar nicht wohl zumute. Der Kutscher erkannte, wie unbehaglich sich die junge Dame fühlte: »Ich kann Sie doch nicht mitnehmen, Miss Mary Ann. Das sehen Sie doch sicher ein. Wir haben ja nicht einmal einen Sattel für Sie.« Behende, wie man es ihm aufgrund seines Alters nicht zugetraut hätte, schwang er sich auf den Rücken des Kutschpferdes und ergriff die Zügel.

»Bitte beeilen Sie sich, Mr. Harris!« rief Mary Ann ihm nach. »Ich muß heute unbedingt noch zur Schneiderin.«

Der Mann hob grüßend die Hand zur Mütze: »Ich will sehen, was sich machen läßt, Miss«, rief er zurück. Dann ritt er in gemächlichem Tempo die lange Straße hinunter. Am Horizont waren tatsächlich die ersten, aus Sandstein gebauten Häuser zu sehen, die den Stadtrand von Bath anzeigten. Hoffentlich hat er Glück, dachte Mary Ann, und findet bereits in der ersten Siedlung einen Schmied, der das Rad reparieren kann. Sie beschloß, ihre Decke aus dem Wageninneren zu holen. Obwohl es sich um ein derbes, dickes, durch und durch unmodisches Stück handelte. Es war ein außergewöhnlich kalter Tag, und der Mantel allein konnte die Kälte nicht abhalten. Sie legte die Decke um ihre Schultern, zog sie eng am Busen zusammen und begann, neben dem Fahrzeug auf und ab zu gehen. Das zweite Kutschpferd stand regungslos und starrte trübe auf den Lehmboden des Weges. Hoffentlich kam Harris innerhalb der nächsten Stunde zurück. Dann würde sie ihr Pensum noch schaffen. Zuerst zur Schneiderin. Wenn sie sich beeilte, dann würde das Maßnehmen nicht mehr als eine Stunde in Anspruch nehmen. Ein Glück, daß Kitty bereits den passenden Stoff für sie ausgewählt hatte. Und dann mußte sie nur noch rasch zum Postamt. Um spätestens vier Uhr wollte der Kutscher die Rückfahrt antreten, um vor Einbruch der Dunkelheit das Schulgebäude wieder zu erreichen. Das mußte sie einfach schaffen. Sie brauchte dieses grüne Traumgebilde von einem Ballkleid. Sie mußte Mr. Westbourne endlich dazu bringen, sie nicht nur als seine Schülerin, sondern als Frau zu sehen. Wenn sie doch schon verheiratet wäre! Dann könnte sie über ihr eigenes Geld verfügen, nach London gehen, Bälle besuchen, Konzerte, Theater. Sie würde tanzen, sich vergnügen, all das nachholen, was ihr durch die Sparsamkeit ihres Bruders bisher verwehrt geblieben war. Der Reverend war der Sohn des Earl of Westmore. Sicher besaßen seine Eltern ein Haus in einem vornehmen Stadtteil Londons. Ob sie ihnen wohl gestatteten, dort zu wohnen? Nur schade, daß Kitty nicht sofort mit ihnen kommen konnte. Aber es war ja bereits Ende November. Kitty würde im Februar achtzehn. Dann würde auch sie nach London kommen, um ihr Debüt in der Hauptstadt zu geben. Während Mary Ann in die dicke Decke gehüllt auf der einsamen schmalen Landstraße auf und ab ging, schwelgte sie in Gedanken in den verlockendsten Phantasien. Sicher würde Bernard sie zu einer Hochzeitsreise einladen. Wohin fuhr man in dieser kalten Jahreszeit? Nach Italien vielleicht? Oder nach Griechenland, um die Tempel und Statuen zu besichtigen, die Bernard auf Abbildungen so sehr bewunderte? Würden sie ihre Abende damit verbringen, daß Bernard mit ihr lateinische Verse übersetzte? Mary Ann mußte kichern. Sie versuchte sich vorzustellen, wie es war, von Bernard geküßt zu werden. Sie konnte es nicht.

Ein kalter Windstoß fuhr ihr über das Gesicht. Erschrocken fuhr sie aus ihren Gedanken auf und blickte die lange Straße hinunter. Noch keine Spur von Harris. Auch von anderen Kutschen war weit und breit nichts zu sehen. Mary Ann fröstelte. Wenn der Kutscher doch nur endlich zurückkäme. Was war das? Ging dort nicht ein einzelner Mann auf der Straße, der mit großen Schritten immer näher kam? Ja, sie hatte sich nicht getäuscht. Der Mann schlug ein ordentliches Tempo an. Vor wenigen Augenblicken hatte sie ihn noch gar nicht gesehen. Und nun kam er näher und näher. Wer war dieser Mann? Was machte er auf der einsamen Landstraße? Wer sagte denn, daß Straßenräuber immer zu Pferd sein mußten. Was mochte dieser

Mann für Absichten haben? Erschrocken blickte sie sich um. Wenn sie doch nur eine Pistole hätte oder wenigstens einen Prügel. Wo blieb Harris? Wie kam er dazu, sie so schutzlos, jedem Fremden ausgeliefert, in dieser verlassenen Gegend zurückzulassen? Sie stellte sich in den Schatten der Kutsche und beschloß abzuwarten. Klopfenden Herzens hörte sie, wie energische Schritte auf dem knirschenden Lehmboden immer näher kamen. Schon wurde sein heißer Atem sichtbar, der sich in der kalten Luft abzeichnete. Der Atem ging schnell, ein deutliches Schnaufen war zu vernehmen. Schon war der Bursche auf Höhe der Kutsche. Würde er sie ansprechen? Würde er sie angreifen? Mary Ann wagte nicht zu atmen. Doch der Mann beachtete sie kaum. Im Vorbeieilen hob er grüßend die Hand zur Mütze, dann war er an ihr vorüber. Mary Ann stieß geräuschvoll die Luft aus. »Angsthase«, schalt sie sich selbst. Anscheinend las sie zu viele Romane. Wie konnte sie nur einen harmlosen Wanderburschen für einen Räuber halten. Die Anspannung, die sie befallen hatte, ließ nach. Befreit lehnte sie sich gegen die Kutschenwand.

Mit einem lauten Rumpeln gab die Kutsche jedoch plötzlich nach und rutschte ein Stück das nasse Gras der Böschung entlang. Das Kutschpferd wurde aus seiner Erstarrung gerissen. Es fing wie wild zu wiehern an und versuchte in Panik, das umgestürzte Fahrzeug hinter sich her der Stadt entgegenzuschleifen. Als es merkte, daß ihm dies nicht gelang, schlug es nach allen Richtungen aus und drohte an der Kutsche noch weit größeren Schaden anzurichten, als dies das kaputte Wagenrad getan hatte. Mit erschrockenem Aufschrei wich Mary Ann zurück. Sie hatte keine Ahnung vom Umgang mit Pferden. Es war ihr bereits beim Gedanken nicht wohl, eines dieser hohen Tiere zu besteigen, um damit auszureiten. Geschweige denn wollte sie sich dieser wildgewordenen Furie nähern, um sie zu beruhigen und Schaden am Fahrzeug zu verhindern. »He, Sie!« rief sie aus Leibeskräften dem Wanderburschen nach. »Sie müssen mir helfen! He, Sie, junger Mann!« Es hatte den Anschein, als habe der Bursche sie nicht gehört. Oder als wollte er sie nicht hören. Da rief ihn Mary Ann abermals, so laut sie konnte. Langsam wandte sich der Mann um. Als er das wild um sich schlagende Pferd sah und die Miss, die hilflos am Straßenrand stand, da beschloß er doch, kehrtzumachen, um ihr zu

Hilfe zu eilen. Mit raschen Schritten war er bei der Kutsche. Er ergriff die Zügel mit fester Hand und sprach mit ruhiger Stimme auf das Pferd ein. Mit einer Mischung aus Bewunderung und Erleichterung sah Mary Ann zu, wie sich das Tier beruhigte und bald wieder friedlich auf den Lehmboden starrte, als sei nichts geschehen. Sie wollte sich eben bei ihrem Retter bedanken, als das Knallen einer Peitsche die Luft durchschnitt. Sie hatte ihre ganze Aufmerksamkeit dem Burschen und dem Kutschpferd gewidmet, so daß ihr ganz entgangen war, daß sich ein älterer, untersetzter Bauer auf seinem mageren, hochbeinigen Roß genähert hatte. Der Bursche warf ihr aus tiefen blauen Augen ein Vergebung heischendes Lächeln zu: »'tschuldigen Sie, Miss«, flüsterte er ihr zu. »Ich hätt gern verhindert, daß Sie in diese Geschichte hineingezogen werden.«

»Hier finde ich dich also, du nichtsnutziger Tagedieb!« brüllte der Bauer und drohte, die Peitsche auf den Körper des Burschen niedersausen zu lassen. Er hätte es zweifellos getan, hätte ihn nicht die Gegenwart einer Dame von Stand davon abgehalten. Wenn sie überhaupt eine Dame von Stand war. Abschätzend glitt sein Bick über das schwarze, altmodische Gefährt, über das anspruchslose Kutschpferd zurück zu der jungen Frau. Der graue, einfache Mantel und die karrierte Decke, die sie gegen alle modischen Konventionen über die Schultern gebunden hatte, ließen sie eher wie eine Dienerin erscheinen. Auch die schmale, schmucklose Haube, die die roten Locken ungenügend im Zaum hielt, wollte nicht so recht in sein Bild von einer noblen Lady passen. Seine Eliza trug da ein viel eleganteres Ding auf dem Kopf, wenn sie sonntags in die Kirche gingen. Und doch: Wie die Dame da stand und ihn mit weit aufgerissenen Augen ungeniert musterte, da hatte er doch das Gefühl, daß es sich um eine Lady handelte. Er glitt ächzend aus dem Sattel und wischte sich mit einem großen braunen Taschentuch über das gerötete Gesicht. »Ich muß mich wohl vorstellen«, sagte er, und seine Stimme klang rauh und ungeduldig. »Jack Biggar, Madam. Ich bin Bauer auf dem Gut von Lord Redbridge. Ich hoffe, der Kerl da hat Sie nicht belästigt.« Er wartete die Antwort nicht ab, sondern richtete sich mit drohender Gebärde an den Burschen, der still das Geschehen verfolgte: »Und du kommst mit mir, du Mistkerl. Und wenn ich dich an meinen Gaul anbinden muß. Dir verdresch ich heut noch anständig den Buckel, das schwör ich dir, du elendiglicher Hurensohn. Dir mach ich noch Beine.«

»Was hat er denn angestellt?« erkundigte sich Mary Ann, die ihre Neugierde nicht unterdrücken konnte. Voller Abscheu beobachtete sie, wie der Bauer sich in seinen Zorn hineinsteigerte. Die dicken Wangen seines feisten Gesichts wurden immer röter und röter. Zornadern traten an Hals und Stirn hervor. »Faul ist er, und abgehaun ist er, Miss. Und Millie, die Küchendirne, hat er verführt, der Saukerl. 'tschuldigen schon, Madam, aber wo Sie mich so fragen...«

»Das habe ich nicht«, entgegnete der Bursche kühl und blickte mit undurchdringlicher Miene seinem Dienstherrn entgegen.

Donnerwetter, der Kerl hat Mut, dachte Mary Ann anerkennend.

Den Bauern konnte er damit nur kurz beeindrucken: »Hast du wohl. Millie hat's mir selbst erzählt. Doch was du mit der Dirne machst, ist mir im Grunde völlig egal!« Er ergriff des Burschen Handgelenk. »Aber mit mir kommst du zurück. Du wirst schuften, bis dir das Kreuz bricht. Und du wirst mir jeden Cent abarbeiten, den du mir schuldest, das schwör ich dir.«

Mary Anns Blick ruhte nachdenklich auf dem Burschen: Er war groß und kräftig, er hatte klare, offene Gesichtszüge und freundliche Augen. Seine Hände waren an Arbeit gewöhnt, und er konnte mit Pferden umgehen. Sicher würde er auch wissen, wie man ein Fahrzeug kutschiert. Einer plötzlichen Eingebung folgend fragte sie: »Wieviel schuldet Ihnen der Mann, Mr. Biggar?«

»Acht Pfund und zwanzig Cent«, antwortete der Bauer wie aus der Pistole geschossen. »Er war nämlich schuld, daß mir der Stall abgebrannt ist, müssen Sie wissen. Nur seiner Blödheit ist's zu verdanken, und da ist's ja wohl nur recht und billig, daß ich das Geld von ihm zurückverlang, nicht wahr, Miss?«

Mary Ann überlegte: »Und wenn er den Betrag zurückgezahlt hat, dann kann er gehen? Dann geben Sie ihn frei?« wollte sie wissen. Der Bauer nickte und schob sich überlegend den Hut in den Nacken. Was konnte diese seltsame Lady mit der Frage bezwecken? Und überhaupt: Er hatte es eilig. Er mußte auf seinen Hof zurückkehren und nicht unnötig Zeit damit vertrödeln, mit einer unbekannten Miss zu

plaudern: »Wenn er gezahlt hat, dann kann er sich zum Teufel scheren«, sagte er unwirsch und wollte sich zum Gehen wenden.
»Einen Moment«, rief ihm Mary Ann energisch nach. Der Bauer verhielt umgehend im Schritt. Er drehte sich um und wollte seinen Augen nicht trauen: Die unbekannte Lady hatte doch wirklich ihr Retikül geöffnet und hielt ihm nun zwei Geldscheine entgegen: »Hier haben Sie zehn Pfund, das ist mehr, als der Bursche Ihnen schuldig ist.« Sie bemühte sich um ein aufmunterndes Lächeln. »Na, nehmen Sie es schon. Sie haben einen guten Handel gemacht und können beruhigt nach Hause reiten. Der Bursche bleibt bei mir«, setzte sie hinzu, als der Bauer keine Anstalten machte, dessen Handgelenk loszulassen. »Ich habe ihn abgekauft. Ich denke, das haben Sie verstanden.«
Der Bauer schnaufte unwillig. Mit schnellem Griff schnappte er nach den Geldscheinen, bevor die fremde Lady es sich noch einmal überlegen konnte. Rasch stopfte er das Geld in die ausgebeulten Taschen seiner kurzen Jacke: »Hoffentlich bereuen Sie es nicht«, sagte er zum Abschied nicht gerade aufmunternd. Dann ging er zu seinem alten Klepper und erklomm mit einiger Mühe den Sattel. »Er wird Ihnen Ihre Großzügigkeit schlecht danken«, rief er, während er das Pferd wendete: »Passen Sie gut auf Ihre Sachen auf, Madam. Er stiehlt alles, was nicht niet- und nagelfest ist.« Darauf lachte er schadenfroh auf und machte sich auf den Heimweg.
Mary Ann wandte sich, nun doch etwas unsicher geworden, an den Burschen, der noch immer schweigend neben dem Kutschbock stand.
»Werden Sie das tun?« fragte sie und blickte zu ihm auf. Was sie sah, schien ihr vertrauenerweckend zu sein. Obwohl man vom Gesicht des jungen Mannes nicht viel erkennen konnte. Dichte Bartstoppeln bedeckten Kinn und Wangen. Die blonden Haare hingen ihm bis zur Schulter, sie waren fettig und verfilzt. Nun trat ein Lächeln auf seine Lippen, die durchdringenden blauen Augen blieben jedoch ernst.
»Ich weiß, ich müßte jetzt sagen, Sie hätten mich dem alten Biggar nicht abkaufen dürfen«, antwortete er zu ihrem Erstaunen. Seine Aussprache verriet, daß er aus der Gegend von York stammen mußte. Sein Dialekt war unverkennbar. »Zehn Pfund, das ist ein

ganzer Batzen Geld. Sicherlich viel mehr, als ihm zusteht, dem Halsabschneider. Und dennoch: Ich danke Ihnen von ganzem Herzen, daß Sie das für mich getan haben. Sie werden's nicht bereuen, Miss, das verspreche ich.«
»Das hoffe ich, das hoffe ich wirklich«, entgegnete Mary Ann und betrachtete nachdenklich seine schäbige Kleidung. Seine Hose war mit Lehm beschmiert und an manchen Stellen aufgerissen. Die Schuhe waren derb, völlig verschmutzt, und beim linken Schuh löste sich die Sohle bereits vom Leder. Das karierte Hemd war notdürftig geflickt, ebenso die braune Wolljacke. Und das sollte Kittys neuer Pferdeknecht sein! So konnte er sich unmöglich weder vor ihrer Freundin noch vor Mrs. Clifford sehen lassen. Nun war es jedoch zu spät, sich darüber Gedanken zu machen, ob sie richtig gehandelt hatte. Nein, nun mußte sie sich etwas einfallen lassen: Wie konnte sie es anstellen, daß dieser junge Mann wie ein ehrenwerter Stallbursche aussah? Mary Ann seufzte und blickte auf ihre Uhr: Es war bereits mehr als eine Stunde vergangen. Harris konnte jeden Augenblick zurückkommen. Er durfte den Burschen in diesem Aufzug keinesfalls zu Gesicht bekommen.
»Wie heißen Sie?« erkundigte sie sich.
»Al Brown, Madam, tief in Ihrer Schuld.«
Mary Ann überlegte: »Also passen Sie auf, Al. Hören Sie mir bitte gut zu. Ich habe folgende Anweisungen.« Ihre Wangen waren vor Aufregung zart gerötet, die grünen Augen strahlten. Nun war es ihr also doch noch gelungen, einen Pferdeknecht einzustellen, ohne Lady Farnerby bemühen zu müssen. Kitty würde Augen machen! Sie genoß es zunehmend, ihren wagemutigen Plan in die Tat umzusetzen. Al blickte interessiert zu ihr hinab. Wer sie wohl sein mochte? Zuerst hatte er sie für eine Dienerin gehalten, doch dann war auch ihm ihre selbstsichere, vornehme Art nicht entgangen. Gut bemittelt konnte sie nicht sein. Das zeigte das klapprige Fahrzeug, und das zeigte die schmucklose Kleidung. Nun, sie würde sich ihm bald vorstellen, und es ging nicht an, daß er sie nach ihren Namen fragte.
»Ich gebe Ihnen hier ein wenig Geld«, hörte er sie zu seiner großen Überraschung sagen. »Sie werden sich umgehend auf den Weg nach Bath machen. Es ist nicht allzuweit. Das werden Sie doch sicher zu

Fuß schaffen, nicht wahr?« Al nickte fassungslos. Wie kam dieses Mädchen dazu, ihm, einem Wildfremden, Geld zu geben? War sie wirklich so vertrauensselig? Und sie, würde sie hier in dieser einsamen Straße in der Zwischenzeit auf ihn warten? Wie kam es überhaupt, daß er sie hier angetroffen hatte? Das war doch ganz bestimmt nicht der richtige Ort, wo sich vornehme Damen alleine aufzuhalten pflegten. Was für ein seltsamer Tag.

»Besorgen Sie sich zwei Garnituren Kleidung und auch einen Kutschiermantel. Sie können doch kutschieren?« vergewisserte sie sich. Al nickte stumm und wartete gespannt, daß sie weitersprach. »Wir werden Sie als Pferdeknecht und Kutscher einstellen«, erklärte ihm Mary Ann. »Das heißt eigentlich nicht wir, sondern meine Freundin wird dies tun. Miss Charlotta Stapenhill. Miss Charlotta Stapenhill. Können Sie sich diesen Namen merken?«

Die Augen des Burschen weiteten sich unmerklich. Er sagte jedoch nichts, sondern nickte abermals.

»Gut«, meinte Mary Ann befriedigt. »Sie kaufen anständige Kleidung und lassen sich am besten von einem Barbier rasieren und die Haare schneiden. Das Geld sollte dafür auch noch reichen.«

Al betrachtete die Banknoten in seiner Hand und nickte wieder.

»Wenn Sie fertig sind, gehen Sie aufs Postamt und warten dort auf mich«, fuhr Mary Ann fort.

»Aufs Postamt?« erkundigte sich Al verwundert.

»Ja, aufs Postamt.« Mary Ann nickte. »Sie müssen vorgeben, daß Sie soeben mit der Postkutsche aus London angekommen sind.«

»Aus London?« wiederholte Al überrascht.

»Richtig. Sie werden mich ansprechen und nach dem Weg zum Internat für höhere Töchter von Mrs. Clifford fragen. Haben Sie das verstanden?«

»Ja, freilich, Miss. Ich werde Sie ansprechen und nach dem Institut von Mrs. Clifford fragen«, wiederholte der Bursche.

»Sehr gut. Dort werde ich Sie dann mit Miss Stapenhill bekanntmachen. Wenn man Sie fragt, und ich bin sicher, Mrs. Clifford wird Sie fragen, dann antworten Sie, daß Lady Farnerby Sie in den Dienst genommen und hierher geschickt hat. Sie sollen sich um die Pferde und den Wagen ihrer Nichte kümmern.«

»Lady Farnerby?« rief Al aus.
»Sie kennen Mylady?« fragte Mary Ann erstaunt.
Al schüttelte den Kopf: »Nein, woher denn auch. Also, Lady Farnerby sagten Sie. Ich werd's mir merken.«
»Dann machen Sie sich auf den Weg, Al Brown. Und vergessen Sie nicht, punkt vier Uhr müssen Sie beim Postamt sein. Und sagen Sie niemandem, daß wir uns hier getroffen haben. Ich verlasse mich auf Sie.«
»Natürlich sage ich das keinem, Madam. Ich werde tun, was Sie mich geheißen haben.« Er hob grüßend die Hand zur Mütze und machte sich rasch auf den Weg in die Stadt. Sein Gang war nun nicht mehr so gehetzt wie vorher, obwohl er zügig voranschritt. Und Mary Ann war sich nicht sicher, ob sie ihn nicht ein Lied pfeifen hörte. Sie sah ihm nach, bis er kurz darauf in einen Fußweg einbog, auf dem man allem Anschein nach die Stadt rascher erreichen konnte. Keinen Augenblick zu früh. Denn in diesem Moment wurde die kleine Gestalt des Kutschers hoch zu Roß sichtbar. Neben ihm ritt eine massige, hochgewachsene Person, bei der es sich nur um den Schmied handeln konnte.

Der Besuch bei der Schneiderin gestaltete sich kürzer und bei weitem weniger angenehm, als Mary Ann sich das vorgestellt hatte. Eine mürrische ältere Angestellte nahm den Umhang von Mrs. Clifford entgegen und erklärte schroff, daß es sich bei dem alten Mantel gar nicht mehr lohne, neue Knöpfe anzunähen. Sie riet Mary Ann, das Kleidungsstück zu zerschneiden und zum Polieren von mit Wachs eingelassenen Holztischen zu verwenden. Als Mary Ann auf ihrem Auftrag bestand, schnappte die Bediente den Umhang und warf ihn achtlos über einen bereits überfüllten Kleiderständer. Das Benehmen der Angestellten änderte sich erst, als Mary Ann es für angebracht hielt, Kittys Namen zu erwähnen und nach Mrs. Millcock persönlich zu fragen. Kitty war eine Stammkundin dieses Salons, bereit, für gewagte Kreationen, die nach den Entwürfen des *Lady's Journal* geschneidert wurden, außerordentliche Preise zu bezahlen. Mrs. Millcock ließ nicht lange auf sich warten. Mit ausgestreckten Armen kam sie aus einem der hinteren Zimmer und begrüßte Mary Ann überschwenglich: »Meine liebe Miss Rivingston, welche Freude, Sie hier zu sehen. Ist Miss Stapenhill mit Ihnen gekommen?« Sie versank in einen kleinen Knicks.

»Nein«, erwiderte Mary Ann nach der Begrüßung. »Diesmal bin ich es, die Ihrer Hilfe bedarf. Ich möchte mir ein Ballkleid schneidern lassen. Kitty, ich meine Miss Stapenhill, riet mir zu dem mit Gold durchwirkten Stoff, den sie ihr letztens gezeigt haben. Sie meinte, ein Oberteil mit Perlenstickerei müßte mir gut stehen. Und dann ist da noch ein Problem, Miss Millcock. Ich würde das Kleid bereits am Samstag benötigen.«

Die Schneiderin hatte bei Mary Anns Worten skeptisch die Brauen gerunzelt: »Die Zeit soll kein Problem sein«, sagte sie mit einer wegwerfenden Handbewegung und bat Mary Ann, ihr zu folgen. »Da sie eine Freundin der lieben Miss Stapenhill sind, meine Liebe, sind wir selbstverständlich bereit, Überstunden zu machen. Wieviel, sagten Sie, wollten Sie für die Toilette ausgeben?« Mary Ann schüttelte ihre gesamte Barschaft auf den kleinen achteckigen Mahagonitisch. Mit geschickten Fingern zählte Mrs. Millcock die Scheine. »Das ist nicht allzuviel«, meinte sie schließlich und wiegte überlegend ihren Kopf, auf dem die grauen Haare zu Zöpfen geflochten wie eine Krone aufgesteckt waren. »Allein der Stoff mit den Goldfäden kostet mehr, als Sie zur Verfügung haben. Das soll uns aber nicht weiter stören, Miss Rivingston«, fügte sie hinzu, als sie Mary Anns enttäuschte Miene bemerkte. »Ich denke nicht, daß Smaragdgrün die richtige Farbe für Sie wäre. Es scheint mir eine viel zu auffallende Couleur zu sein. Zu Ihren roten Haaren geradezu vulgär. Nein, ich habe hier einen Ballen schwerer Seide in einem dunklen Mitternachtsblau.« Sie wandte sich ab und zog aus einem Berg von Stoffen einen schlichten, fast schwarzen Ballen hervor. Sie wickelte einige Meter Stoff ab und breitete ihn vor Mary Ann aus: »Na, was sagen Sie dazu, meine Liebe. Das gibt eine elegante Robe ab, die Ihre Vorzüge optimal zur Geltung bringt.«

Mary Ann war so enttäuscht, daß sie kaum ein Wort hervorbrachte. Auch die Modellzeichnungen, die die Schneiderin nun vor ihr ausbreitete, trugen nicht dazu bei, sie in bessere Laune zu versetzen. »Ich halte es nicht für klug, Ihren, nun, sagen wir, wohlgeratenen Busen noch durch eine Perlenstickerei zu betonen. Nein, im Gegenteil: Sehen Sie nur, Miss Rivingston. Die Taille rutscht tiefer.« Sie deutete mit spitzem Finger auf eine vor ihr liegende Zeichnung: »Was ich sagen will, ist, daß die Mode nicht mehr eine unter den Busen geschobene Taille zwingend vorschreibt. Es scheint, als würde sich in den nächsten Jahren die Taille wieder ihrer natürlichen Höhe anpassen. Dies wollen wir vorwegnehmen. Ich stelle mir vor, daß ein enges Leibchen mit gekreuzten Bändern hübsch aussehen müßte. Ich werde Ihnen ein Band in derselben Farbe für Ihre Haare mitgeben. Na, was sagen Sie dazu? Ist dies nicht schlicht und elegant?« Sie blickte Mary Ann so erwartungsvoll entgegen, daß diese sich um ein Lächeln bemühte. Und doch war ihr eher zum Weinen zumute. Das sollte das Traumkleid werden, in dem sie Reverend Westbourne bezaubern sollte? Dieses einfache Kleid, ohne Stickerei, ohne Rüschen als Aufputz? Das war ja nicht viel besser als ihre verhaßten grauen Schulkleider. Da konnte sie ja gleich in dem alten weinroten Abendkleid den Ball besuchen.

Für Mrs. Millcock war die Enttäuschung ihrer Kundin nur zu offensichtlich. Beruhigend tätschelte sie ihr die Hand: »Warten Sie nur ab, Miss Rivingston. Lassen Sie mich nur machen. Ich verstehe mein Handwerk, glauben Sie mir. Sie werden hinreißend aussehen.«

Die Maße waren rasch notiert, und zehn Minuten vor vier Uhr trat Mary Ann aus dem Salon auf die Straße hinaus. Harris wartete bereits ungeduldig. Er hatte das Rad, das der Schmied auf der Landstraße provisorisch repariert hatte, in der Werkstätte ordentlich herrichten lassen. Nun stand nicht mehr zu befürchten, daß ihnen auf dem Heimweg, bei einbrechender Dunkelheit, dasselbe Mißgeschick noch einmal passieren würde. Der alte Mann stieg vom Kutschbock und öffnete den Schlag: »Nun aber rasch, Miss Mary Ann. Zum Glück sind es nur wenige Meter bis zum Postamt. Ich hoffe, Sie können dort Ihre Angelegenheit schnell erledigen. Es ist schon verflixt dunkel geworden. Zeit, daß wir nach Hause kommen.«

Vor der Poststation stand die große weit ausladende Postkutsche aus Bristol. Die letzten Fahrgäste stiegen aus dem Wageninneren. Schwere Koffer und Hutschachteln wurden unter lautem Geschrei und Rufen vom Dach geladen. Das paßt ja großartig, dachte Mary Ann im stillen. Jetzt konnte Al Brown behaupten, er sei soeben mit der Postkutsche angekommen, ohne einen Verdacht zu erregen. Durch die niedrige Tür betrat sie den Innenraum des Hauses, dicht gefolgt von Harris. Keinesfalls wollte er das Mädchen in dieser Ansammlung fremder Menschen der niedrigsten Stände alleine lassen. Mary Ann sah sich um: Wo war Al Brown? Sie konnte ihn nirgends entdecken.

»Sehen Sie nur, Miss Mary Ann.« Der Diener deutete auf einen der beiden Postschalter: »Dort hinten können Sie Ihren Brief aufgeben. Es steht zwar eine größere Menschenmenge vor dem Schalter, aber es scheint, als würde sie rasch abgefertigt. Dort drüben Miss, sehen Sie.«

Natürlich sah Mary Ann die Schlange vor dem Schalter. Allein, sie hatte keine Lust sich anzustellen. Wo war Al? Die große Uhr an der Stirnseite des Raumes zeigte fünf Minuten vor vier. Der Bursche müßte längst da sein. Halbherzig reihte sie sich in die Reihe der Wartenden ein. Immer und immer wieder glitt ihr Blick über die anwesenden Personen.

»Die Postkutsche nach Wells und Glastonburry ist einsteigebereit!« rief ein kleiner Mann mit schwarzer Uniform von der Eingangstüre her: »Kaufen Sie sich rasch Ihre Fahrkarten. Wir fahren in zehn Minuten. Diese Auskunft gilt für die Postkutsche nach Wells und Glastonburry!«

Die Menschenschlange vor ihr wurde immer kürzer. Mary Ann blickte verzweifelt durch den großen Raum. Wo blieb der Brusche bloß? Und dann war sie an der Reihe. Schweren Herzens gab sie Mrs. Cliffords Brief an Lady Farnerby in die Hände des Schalterbeamten. Nun würden sie also doch noch einen Pferdeknecht aus Myladys Stall bekommen. Sie hatte sich das alles so schön ausgedacht. Sie hatte sich schon so auf Kittys Gesicht gefreut, wenn sie ihr mitteilen konnte, daß sie selbst einen Pferdeknecht gefunden hatte. Mit bedrückter Miene folgte sie Harris zur Kutsche. Was für ein mißlungener Nachmittag: Zuerst der Unfall mit der Kutsche, das Kleid, das so gar nicht ihren Träumen entsprach, und dann hatte sie auch noch einen großen Teil des Geldes für einen treulosen Pferdeknecht ausgegeben – Kittys Geld.

Traurig und mutlos blickte sie aus dem schmutzigen, grauen Fenster der Kutsche, während sich Harris vorsichtig den Weg durch die Menschenmenge bahnte. Mit einem letzten Funken Hoffnung erwartete sie, plötzlich Al Browns großgewachsene Gestalt in der Menge zu entdecken. Vergeblich.

V.

»*Como?* Du hast was getan?« Kitty konnte es nicht glauben: »Du hast einem wildfremden, dahergelaufenen Schurken die Hälfte des Geldes gegeben? Freiwillig? Ohne, daß er dich gezwungen hat? Du mußt verrückt geworden sein!«
Es war nach dem Abendessen und den daran anschließenden Darbietungen des Schulchores mit Klavierbegleitung durch Mrs. Clifford persönlich, als Mary Ann endlich Gelegenheit fand, ihre Freundin über die Geschehnisse dieses Nachmittags ins Bild zu setzen. »Ich dachte, du wolltest unbedingt einen Pferdeknecht, der nicht im Dienste deiner Tante steht«, verteidigte sie sich kleinlaut.
»Aber doch keinen Mann, den man auf der Landstraße aufliest. Noch dazu einen, der so ungepflegt aussieht, wie du ihn mir eben beschrieben hast. Da bin ich ja geradezu froh, daß er nicht erschienen ist.« Sie schüttelte sich voller Abscheu: »Unrasiert, fettige Haare, sicher hat er übel gerochen. Und zu allem Überfluß ist er auch noch ein Betrüger! Schade um das schöne Geld.«
Mary Ann nickte: »Ich hoffe, du bist mir nicht allzu böse. Natürlich zahle ich dir den Betrag zurück, wenn ich einmal in den Besitz meines Vermögens gekommen bin. Weißt du, ich war so sicher, mit der Anstellung des Burschen einen guten Fang gemacht zu haben. Du hättest den Bauern sehen sollen. Das war erst ein ungehobelter Mensch und brutal obendrein. Ich konnte einfach nicht mitansehen, wie er seinen Knecht behandelte. Er wollte ihn mit der Peitsche verprügeln, stell dir das vor!«
Kitty zuckte uninteressiert die Schultern: »Wahrscheinlich hatte er es

verdient«, war ihr einziger Kommentar dazu. »Und für so einen Gauner läßt du dir die Chance entgehen, das schönste Kleid auf Mrs. Nestlewoods Ball zu tragen. Wenn ich mir denke, daß du dir den Stoff nur deshalb nicht leisten konntest, weil du die Hälfte des Geldes dem Gauner gegeben hast! Es ist eine Schande.«
»Du bist mir also doch böse«, stellte Mary Ann fest und seufzte. Kitty sah, daß ihrer Freundin Tränen in die Augen traten und wie ihre Lippen zitterten. Das konnte sie keinesfalls zulassen. Lächelnd ergriff sie ihre Handgelenke: »*Querida*, wie sollte ich dir böse sein!« rief sie aus. »Ich bin nur so erstaunt, ja völlig überwältigt. Du bist doch die kluge Miss Rivingston, unser aller Vorbild an Vernunft!«
Nun mußte auch Mary Ann lächeln: »Du hast recht«, sagte sie. »Aber manchmal ist es sehr langweilig, immer vernünftig zu sein. Ich glaube, ich werde künftig viel öfter unvernünftig sein, das macht bei weitem mehr Spaß.«

Am nächsten Vormittag, die Französischstunde bei Madame Berais hatte eben begonnen, steckte Heather, das Hausmädchen, schüchtern ihren Kopf zur Tür herein. Mrs. Clifford lasse Miss Stapenhill zu sich bitten. Kitty warf Mary Ann quer durch das Zimmer einen fragenden Blick zu. Ob ihre Freundin wohl den wichtigen Grund kannte, warum man sie mitten aus der Unterrichtsstunde in das Direktorat rief? Doch Mary Ann war ebenso ratlos wie sie selbst. Also entschuldigte sich Kitty bei Madame Berais und machte sich auf den Weg durch die langen Gänge des Schulhauses, um dem Ruf der Schulleiterin zu folgen. Nach kurzem Klopfen trat sie ein. Die Direktorin saß hinter ihrem Schreibtisch und blickte ihrer Schülerin wartend entgegen. Wie immer waren ihre schütteren grauen Locken unter einer voluminösen Haube versteckt. »Ach, da bist du ja, Charlotta«, sagte sie. Das freundliche Lächeln, mit dem sie Kitty begrüßte, unterschied sich deutlich von der Miene, mit der sie sie am Vortag verabschiedet hatte. »Es scheint, als müßte ich dir Abbitte leisten. Du hast also doch deine liebe Tante benachrichtigt, dir einen Pferdeknecht zu schicken.« Kitty lauschte diesen Worten mit zunehmender Verwunderung und einem Hauch von schlechtem Gewissen. Nun nahm sie auch die hochgewachsene Gestalt wahr, die schweigend neben dem breiten Schrank

stand, in dem Mrs. Clifford ihre Akten und Bücher aufbewahrte. Der Mann musterte sie ungeniert. Das war also der Pferdeknecht, den Tante Jane geschickt hatte. Woher Mylady wohl wußte, daß sie Joe entlassen hatte? Ob er es ihr selber gesagt hatte? Mary Ann hatte Mrs. Cliffords Brief doch erst gestern zur Post gebracht. Den konnte Tante Jane nie und nimmer bereits erhalten haben. Wie seltsam. Wie kam dieser Mann dazu, sie so ungebührlich anzustarren? Das war ungeheuerlich. Warum hatte bisher noch niemand diesem Lümmel Manieren beigebracht? Sie warf dem Knecht einen bösen und, wie sie hoffte, Ehrfurcht einflößenden Blick zu. Worauf dieser leicht den Kopf neigte und seine Lippen zu einem kaum merklichen Lächeln verzog. Kitty ließ einen unwilligen Laut hören.
»Der Mann hier heißt Al Brown«, erklärte Mrs. Clifford, die von dem kleinen Zwischenspiel nichts bemerkt hatte. »Er ist zweiundzwanzig Jahre alt und hat bereits in mehreren sehr guten Häusern gedient. So, Mr. Brown, das ist Miss Stapenhill, Ihre neue Herrin. Sie werden sich um ihre Pferde kümmern und ihr zur Verfügung stehen, wann immer sie eine Ausfahrt unternehmen möchte. Und Sie werden ihre Besorgungen erledigen. Ich erwarte von Ihnen ordentliches Benehmen und ein striktes Befolgen der Hausordnung. Ich habe Ihnen eine genaue Aufstellung Ihrer Pflichten bereits übergeben.«
»Wenn der Kerl überhaupt in der Lage ist zu lesen«, murmelte Kitty böse.
Zu ihrer Überraschung hielt es der Bursche gerade jetzt für angebracht, seine ersten Worte zu äußern: »Ja freilich kann ich das, Missy. Und nicht mal schlecht. Wenn auch nicht so gut wie Ihnen«, erklärte er in breitestem Yorkshire-Dialekt.
Mrs. Clifford zog indigniert eine Augenbraue in die Höhe: Wie kam diese verwöhnte Miss Stapenhill dazu, dem armen Kerl so deutlich zu zeigen, was sie von der minderbemittelten, ungebildeten Klasse hielt? Wahrlich nicht damenhaft, dieses Betragen, und wahrlich nicht den Zielen der Schule entsprechend. Eigentlich hatte sie vorgehabt, nach Heather zu läuten. Doch nun beschloß sie, der hochnäsigen Schülerin eine Lektion zu erteilen: »Miss Stapenhill wird Ihnen den Stall zeigen, Mr. Brown. Der Stallmeister wird dann alles weitere veranlassen.«

Kitty wollte eben Protest einlegen, entschied sich aber dafür, den Befehl ohne Widerrede auszuführen. Sie wollte dem Burschen nicht die Genugtuung gönnen, von Mrs. Clifford als ungezogenes Schulkind behandelt zu werden. Al Brown hielt ihr die Tür auf, zumindest das hatte er gelernt. Sie gingen schweigend nebeneinander den Gang hinunter. Kitty betrachtete ihren neuen Diener verstohlen von der Seite. Er war außergewöhnlich groß, die blonden Haare waren kurz geschnitten und aus der Stirn gekämmt. Die braune Jacke saß ordentlich, die Reitstiefel waren blank geputzt. Aber das war keine Überraschung. Tante Jane würde keine ungepflegten Diener dulden. Was sie irritierte, war die ungewöhnliche Selbstsicherheit, die von diesem jungen Mann ausging. Für einen Stallknecht völlig unpassend.
»Na, wie ist die Musterung ausgefallen, Missy?« unterbrach der Bursche ihre Gedanken. »Findet mein Aussehen Gnade vor Ihrem gestrengen Auge? Wenn Sie mich nicht haben wollen, Missy, dann müssen Sie es mir nur sagen.«
Kitty errötete leicht. Zu dumm, daß der Bursche ihre Musterung bemerkt hatte: »Warum soll ich Sie nicht haben wollen?« sagte sie leichthin. »Sie sind ein Knecht, so gut wie jeder andere. Hauptsache ist, daß Sie mit Pferden umgehen können. Und das können Sie doch wohl?«
Al nickte: »Ja, freilich kann ich das«, entgegnete er und grinste breit. Kitty zuckte bei diesen Worten zusammen. Sie konnte diesen entsetzlichen Dialekt nicht ausstehen. »Ich werde Ihnen ein gepflegtes Englisch beibringen«, entschied sie zu ihrer eigenen Überraschung. »Es ist ja nicht auszuhalten, wie Sie sprechen.«
Als Augen leuchteten vor Vergnügen. Er verbeugte sich leicht und sagte, daß ihm das »einen Mordsspaß« bereiten würde. Sie hatten die breite Treppe zum Haupteingang hinunter erreicht und waren eben dabei, in die Eingangshalle hinabzusteigen. Da kam ihnen Mary Ann entgegen: »Da bist du ja, Kitty!« rief sie aus. »Ich hielt es einfach nicht mehr aus. Ich mußte wissen, was Mrs. Clifford... Al!« Sie hatte die großgewachsene Gestalt an Kittys Seite erst jetzt richtig wahrgenommen: »Al Brown! Wo kommen Sie denn her?«
Der so Angesprochene verbeugte sich höflich: »Sie haben mich doch gestern gekauft, erinnern Sie sich nicht mehr, Madam?«

»Psst!« Kitty legte warnend ihren Zeigefinger an die Lippen. »Wenn Sie jemand hört. Komm mit uns, Mary Ann. Wir sind eben auf dem Weg zum Stall. Das ist also der Bursche, den du gestern auf der Straße aufgelesen hast? Ich dachte mir schon, daß Tante Jane keinen derart dreisten Diener herschicken würde. Und noch dazu einen, der nicht einmal ordentlich sprechen kann.«
»Kitty!« rief Mary Ann entgeistert.
»Mir scheint, Sie hätten mich nicht in Ihren Dienst nehmen sollen, Miss Mary Ann. Miss Stapenhill kann mich nicht ausstehen«, verkündete Al, und es hatte nicht den Anschein, als würde ihn diese Tatsache ernstlich betrüben.
»Es geht hier nicht darum, ob ich Sie mag«, entgegnete Kitty streng. »Wichtig ist, daß Sie Ihre Pflichten erledigen.«
Sie schritten über den kiesbestreuten Vorplatz und den breiten Weg hinter dem Schulgebäude entlang, wo sich die ausgedehnten Stallungen befanden. Mr. Harris war eben dabei, ein Pferd aus dem Stall zu führen, als er die drei entgegenkommen sah. »Guten Morgen, Miss Kitty, guten Morgen, Miss Mary Ann. Was kann ich für Sie tun?«
»Dies hier ist mein neuer Pferdeknecht. Er heißt Al Brown. Würden Sie ihn bitte unter Ihre Fittiche nehmen, Mr. Harris? Und ihm alles Nötige beibringen. Sicher haben Sie dabei einiges zu tun«, fügte Kitty mit aufreizendem Lächeln hinzu.
Der Stallmeister kratzte sich erstaunt am Kopf: »Der neue Pferdeknecht, Miss Kitty?« erkundigte er sich. »Das ist aber flott gegangen: Wir sind doch erst gestern in Bath gewesen und haben den Brief aufgegeben. Und jetzt ist der neue schon da.« Er ergriff Al mit seiner freien Hand am Ärmel: »Laß dich mal ansehen, Junge.« Kritisch beäugte er den Neuankömmling: »Na, Kraft scheinst du ja zu haben. Muskulöse Arme, starke Beine. Nicht schlecht. Und doch schaust du nicht aus wie ein Pferdeknecht.«
Mary Ann hatte sich dasselbe auch schon gedacht. Al Brown wirkte heute so verändert. Was neue Kleidung, ein glatt rasiertes Gesicht und ein frischer Haarschnitt ausmachten! Al wartete gespannt, daß der Stallmeister fortfuhr. »Nein«, sagte dieser, »du siehst eher aus wie ein verdammter Kammerdiener.«
Da lachte Al herzlich auf: »Vielleicht werde ich mal so einer!«

»Nicht mit diesem Dialekt«, entschied Kitty kategorisch.
»Aber den hab ich ja bald nicht mehr«, erwiderte Al fröhlich. »Miss Stapenhill wird mir Unterricht im Sprechen geben. Ist das nicht eine Mordsidee?«
Mary Ann blickte ihre Freundin erstaunt an. Was hatte Kitty wohl veranlaßt, ihrem neuen Diener ein derart ungewöhnliches Angebot zu machen.
Kitty zuckte betont lässig mit den Schultern: »Irgendwer muß sich ja darum kümmern, daß der Mann sprechen lernt«, erklärte sie. »Und nun, Al Brown, überlasse ich Sie Mr. Harris. Er wird Ihnen Salomon und die übrigen Pferde zeigen. Dann können Sie Ihr Gepäck auf Ihr Zimmer bringen. Ich erwarte Sie um punkt zwei Uhr. Da möchte ich ausreiten.«

Der gemeinsame Ausritt trug einiges dazu bei, daß Kitty ihr anfänglich strenges Urteil über ihren neuen Reitknecht schnell revidierte. Sie hatte für ihn das feurigste Pferd der Schule satteln lassen. Es war erst kürzlich von einer Schülerin, die das Haus verlassen hatte, dem Institut geschenkt worden. Das Mädchen hatte tränenreich von seinem Liebling Abschied genommen. Ihr Vater war Archäologe, und sie würde mit ihren Eltern zwei Jahre in Ägypten leben. Es war unmöglich, »Firefly« dorthin mitzunehmen. So blieb das edle Tier im Stall der Schule zurück, und Harris sorgte dafür, daß es ausreichend bewegt wurde. Als Augen leuchteten auf, als ihn Kitty zu der Koppel führte, in der der Hengst unruhig tänzelnd darauf wartete, ins Freie zu gelangen.
»Den werden Sie nehmen. Falls Sie sich zutrauen, ihn zu reiten«, sagte sie herausfordernd.
Al hörte diese Provokation nicht: »Was für ein prachtvolles Tier!« rief er begeistert. Ohne zu zögern trat er zu dessen Kopf und tätschelte ihm liebevoll den Hals: »Nur ruhig, mein Guter. Gleich kommst du hier raus. Wo finde ich einen Sattel, Miss Stapenhill?« Kitty, die staunend die Verwandlung des wilden Hengstes beobachtet hatte, der nun ruhig neben dem Burschen stand, wies mit der Hand auf einen Verschlag, hinter dem Sattel und Zaumzeug aufbewahrt wurden.
Sie ritten einige Zeit schweigend. Kitty, die mit der Gegend vertraut

war, voran, Al, wie es sich gehörte, zwei Pferdelängen hinter ihr. Sie hatten den Schulhof verlassen und ritten zuerst die schmale Straße entlang, die nach Bath führte, und bogen dann auf ein brachliegendes Stoppelfeld ein, das sich weitläufig gegen Westen ausdehnte. Am gegenüberliegenden Ende war es von einer hohen Hecke begrenzt. Kitty ließ Salomon in leichten Galopp fallen, steigerte dann das Tempo und sprang mit ihm im weiten Satz über die Hecke. Al setzte nahezu gleichzeitig neben ihr auf.

»Man springt nicht über Hindernisse, wenn man das Gelände dahinter nicht kennt«, rügte Kitty ihn streng.

»Aber Sie kennen's doch, Missy, nicht wahr? Und Ihnen vertraue ich«, entgegnete Al grinsend. Er wollte sich wieder einige Schritte hinter sie zurückfallen lassen, doch Kitty forderte ihn mit einer energischen Handbewegung auf, neben ihr zu reiten. Das hatte sie noch mit keinem Pferdeknecht gemacht. Allerdings hatte sie auch noch bei keinem Lust verspürt, sich mit ihm zu unterhalten. Er vertraute ihr also. Wirklich ein seltsamer Bursche, dieser Al Brown.

»Ein Pferdeknecht sollte nicht zu vertrauensselig sein«, belehrte sie ihn.

»Bin ich ja nicht, Missy. Aber Ihnen kann ich wohl trauen. Klar kann ich das. Auch wenn Sie vielleicht glauben, Sie wären froh, wenn ich mir das Genick bräche, so sind Sie's doch nicht. Denn dann käme ein neuer Pferdeknecht und diesmal wirklich von Mylady, der Tante. Und das wollen Sie doch ganz gewiß nicht. Was verständlich ist, denn wer will schon einen Spion im eigenen Stall. Hab ich recht, Missy?«

Kitty mußte lächeln. Der Bursche war schlau, kein Zweifel. Doch das würde sie nicht zugeben: »Seien Sie sich da nicht so sicher«, sagte sie daher kühl. »Und nennen Sie mich nicht immer Missy. Das ist völlig unangebracht.«

Al grinste frech: »Gut, geht klar«, sagte er fröhlich. »Ich werd Kitty zu Ihnen sagen, das gefällt mir sowieso besser.«

Er sah, daß ihn seine Herrin sprachlos, mit blitzenden Augen, zornig anfunkelte. Da trieb er sein Pferd an und rief, so als würde er sich tatsächlich vor ihr fürchten: »Hilfe, zu Hilfe! Meine Herrin will mich ermorden! So rettet mich, zu Hilfe!« Er galoppierte quer über das Feld

davon und fuchtelte dabei aufgeregt mit dem linken Arm in der Luft herum. Kitty hatte alle erdenkliche Mühe, ihm zu folgen. Zum einen konnte sie vor Belustigung die Zügel kaum halten, zum anderen legte Firefly ein Tempo vor, das Salomon kaum mithalten konnte. Bei der nächsten Hecke zügelte Al sein Pferd und wartete gespannt, bis Kitty näher kam. Mit geröteten Wangen und lachendem Gesicht blieb sie neben ihm stehen. »Sie sind ein unmöglicher Mensch, Mr. Brown«, rief sie aus. »Hat Ihnen denn noch niemand Manieren beigebracht?«
»Sie sind die erste, Missy«, sagte er freundlich.
»Na, ich weiß nicht, ob ich damit Erfolg haben werde«, entgegnete sie daraufhin mit ernstlichen Zweifeln. »Mit Pferden können Sie allerdings umgehen. Das muß man Ihnen lassen. Und das ist eigentlich das wichtigste, wenn man es genau bedenkt.«

VI.

»Findest du, daß mir die Frisur gut gelungen ist?« Kitty saß vor ihrer kleinen Kommode und betrachtete sich kritisch im Spiegel. »Oder findest du, die Seidenblumen im Haar wirken zu affektiert?«
Mary Ann warf ihr einen nervösen Blick zu: »Du siehst sehr hübsch aus«, sagte sie fahrig. »Wirklich, Kitty, es könnte nicht besser sein. Kannst du mir bitte helfen, das Kleid zuzuhaken?«
Kitty erhob sich sofort. Mary Ann riß ihre Augen auf: »Um Himmels willen, was hast du denn mit deinem Kleid gemacht?« rief sie erschrocken.
Kitty hob rasch ihren Zeigefinger an die Lippen: »Pst. Nicht so laut! Willst du, daß Mrs. Clifford auf uns aufmerksam wird? Ich habe die Unterröcke angefeuchtet, das ist alles.«
»Du hast was? Das kann ich einfach nicht glauben. Wozu soll denn das gut sein? Draußen ist es bitter kalt. Du wirst dir den Tod holen.«
»In der letzten Ausgabe von *La belle Assemblee* stand, daß alle jungen Damen in London ihre Unterkleider anfeuchten«, verteidigte sich

Kitty. »Es heißt, dadurch würden die Formen des Körpers erst so richtig hervorgehoben. Die Männerwelt soll hingerissen und begeistert sein. Denkst du, Jasper wird es gefallen?«

Mary Ann zog die Nase kraus: »Ich weiß nicht, was einem Mann gefällt«, erklärte sie. »Männer haben oft einen seltsamen Geschmack. Mir jedenfalls erscheint dein Kleid beinahe unanständig. Lady Farnerby würde dir nie erlauben, etwas Derartiges zu tragen.«

Kitty kicherte: »Wohl kaum«, bestätigte sie. Mary Ann hatte ihr den Rücken zugedreht und die langen roten Locken mit beiden Händen hochgehoben. Mit geschickten Fingern schloß Kitty die Häkchen des Kleides. »Nun laß dich ansehen, Annie.«

Mary Ann drehte sich um und blickte ihrer Freundin mit verlegenem Lächeln entgegen. Kitty beäugte sie kritisch von oben bis unten, dann nickte sie zufrieden: »Du siehst großartig aus, Mary Ann. Ich hätte nie gedacht, daß dieses schlichte, dunkle Kleid deine Vorzüge so perfekt hervorheben würde. Mrs. Millcock hat wirklich ein fachkundiges Auge. Wenn es dir heute nicht gelingt, den guten Bernard für dich zu gewinnen, dann weiß ich nicht, was du sonst noch tun könntest.«

Mary Ann errötete: »Ich hoffe, du hast recht«, sagte sie und griff nach ihrem Retikül.

»*Que hora es?* Wie spät ist es?« erkundigte sich Kitty und legte ihren Umhang vorsichtig über die Schultern. »Bereits nach acht? Wir müssen uns beeilen. Die Kutsche wird sicher schon am vereinbarten Ort warten.«

Mary Ann seufzte und rieb sich nervös die Hände: »Bist du sicher, daß wir es wagen sollen, Kitty? Noch ist es nicht zu spät, den verrückten Plan abzublasen und brav und vernünftig zu Bett zu gehen.«

»Unsinn!« fuhr Kitty auf. »Wir sind lang genug brav und vernünftig gewesen. Heute werden wir uns einmal ordentlich amüsieren. Denke an deine Zukunft. Heute kannst du die Weichen dafür stellen. He, Annie, was machst du denn da?«

Mary Ann hatte begonnen, die Überdecke ihres Bettes zurückzuschlagen, und war eben dabei, ihre Daunendecke zu einer dicken

Rolle zu drehen. Daraufhin zog sie die Rolle nach oben, so daß sie das halbe Kopfkissen bedeckte, und legte die Überdecke darüber. »Wenn Mrs. Clifford nach uns schaut, wird sie meinen, wir liegen im Bett«, erklärte sie flüsternd und begab sich zu Kittys Bett, um dort den Vorgang zu wiederholen. »Hoffentlich bleibt sie mit der Kerze in der Tür stehen und tritt nicht näher. Dann wird sie dieser Anblick bestimmt täuschen.«
Kitty lächelte anerkennend: »Was hast du doch für einen klugen Kopf, Mary Ann. Ich bin richtig stolz, so eine schlaue Freundin zu haben. Man könnte meinen, du hättest dich schon öfter nachts heimlich aus dem Internat geschlichen.«
»Bis jetzt noch nicht«, lächelte Mary Ann zurück. »Aber wenn heute alles gutgeht, dann kann ich mir vorstellen, daß ich das künftig öfter machen werde.« Sie griff nach ihrem Mantel. Kitty war mit wenigen Schritten bei der Tür und spähte vorsichtig hinaus. Der Gang war beinahe dunkel, nur eine Kerze brannte im Wandleuchter neben der Treppe. Kein Laut war zu hören. Sie wandte sich um: »Wir können gehen. Die Mädchen scheinen alle in ihren Zimmern zu sein. Vermutlich sitzen die Lehrerinnen unten im Musikraum, denn ich kann leises Klavierklimpern hören. Nimm die Kerze mit.«
Mary Ann beeilte sich, ihr zu folgen. Ihr Herz klopfte bis zum Hals, als sie mit ängstlichem Blick auf den Gang hinaustrat. Wenn nur wirklich alles klappte! Sie wollte gar nicht daran denken, was passieren würde, wenn Mrs. Clifford von ihrer ungeheuerlichen Tat erfuhr. Vorsichtig schloß sie die Tür zu ihrem Schlafzimmer. Kitty war schon bei der Tapetentür angelangt, hinter der sich die Treppe zum Garten verbarg. »Du mußt mit der Kerze vorangehen. Ich kann im Dunklen nichts sehen«, erklärte sie und winkte Mary Ann mit energischer Handbewegung zu sich. Vorsichtig schlichen sie die schmale Treppe hinunter. Die Tür zum Garten quietschte ein wenig, als sie sie öffneten. Mary Ann blies die Kerze aus und stellte den Leuchter ans untere Ende der Treppe. Kittys Plan klappte wie am Schnürchen. Niemand erschien, um sie aufzuhalten. Keine Stimme aus dem Dunklen forderte sie auf, stehenzubleiben. Geschwind huschten sie über den Kiesweg, um sich im Schatten der Bäume zu verbergen. Der zunehmende Mond stand groß und hell am Himmel und beleuchtete

den Weg. Ganz in der Nähe rief ein Käuzchen. Sonst war es still ringsherum. Geradezu beunruhigend still. Auf Zehenspitzen schlichen sie an der breiten Hecke entlang und überquerten den Rasen, der sie schneller zur hinteren Gartenpforte brachte als die verschlungenen Wege.
»Wenn das nur gutgeht«, flüsterte Mary Ann mit bangem Herzen.
»Was soll denn jetzt noch schiefgehen?« flüsterte Kitty leicht ungeduldig zurück. »Komm schon, Annie, beeil dich. Mir ist so kalt, daß meine Zähne klappern. Ich hätte nie gedacht, daß dieser Garten im Dunklen so gespenstisch wirkt. Was war das?« Sie hielt erschrocken im Schritt inne und hob ihre Rechte an die Brust.
»Hast du das gehört, Annie?«
Mary Ann schüttelte den Kopf. »Was soll ich gehört haben?« erkundigte sie sich atemlos.
»Es klang wie Schritte«, flüsterte Kitty ihr zu. »Da! Da ist dieses Geräusch wieder.«
»Das klingt wie Knacken von Zweigen.« Mary Ann versuchte ihre Freundin zu beruhigen. »Ich kann nicht erkennen, daß es sich um Schritte handeln könnte. Wer sollte auch zu so später Stunde...«
»Guten Abend, Ladys.« Eine tiefe männliche Stimme knapp hinter ihren Köpfen ließ sie herumfahren. »Sie machen wohl einen Spaziergang oder so etwas Ähnliches, nicht wahr?«
»Al!« rief Mary Ann aufatmend aus.
»Wie kommen Sie dazu, uns so zu erschrecken?« fuhr ihn Kitty an. Sie blickte zu ihrem Diener auf. Sein Gesicht war im fahlen Licht des Mondes nur schemenhaft zu erkennen. »Und nun hören Sie sofort auf zu grinsen. Sie haben uns fast zu Tode erschreckt.«
»Was machen Sie denn zu so später Stunde an diesem ungewöhnlichen Ort?« erkundigte sich Mary Ann.
Al zog die Stirn in Falten: »Ungewöhnlicher Ort?« wiederholte er. »Sie sind doch auch da, Miss Mary Ann. Und Missy ist auch da. Also kann der Ort so ungewöhnlich nicht sein.«
»Unsinn«, meldete sich Kitty energisch zu Wort. »Natürlich ist es ungewöhnlich, zu so später Stunde durch die Gärten zu spazieren. Zumal zu dieser Jahreszeit. Das wissen Sie genausogut wie wir. Und nun komm, Mary Ann, wir haben keine Zeit zu verlieren.« Sie

machte kehrt und setzte mit energischen Schritten den Weg über den Rasen fort. Mary Ann beeilte sich, ihr zu folgen. Al, die Hände in die Hosentaschen vergraben, schloß sich ihnen an.

»Ich werde den Verdacht nicht los, daß Sie auf uns gewartet haben«, flüsterte Mary Ann über die Schulter zurück. »Wie kommt es, daß Sie wußten, daß Sie uns hier treffen würden?«

Al zuckte mit den Schultern: »Ich habe Missy gesehen, wie sie heute den Schlüssel zum kleinen Gartentor in ihrem Retikül verschwinden ließ. Da habe ich zwei und zwei zusammengezählt. Ich dachte, am besten wartest du ab und schaust, was die Mädchen vorhaben. Vielleicht können sie ja deine Hilfe gebrauchen.«

»Es ist nicht gut, wenn sich ein Diener in fremde Angelegenheiten mischt«, entgegnete Kitty streng, ohne sich umzudrehen.

»Aber es sind doch Ihre Angelegenheiten, Missy, nicht wahr? Sie sind meine Herrin. Da kann man doch nicht von fremden Angelegenheiten reden. Ich dachte, vielleicht haben Sie ein heimlichen Rendezvous. Vielleicht treffen Sie sich mit einem Verehrer...«

»Sind Sie verrückt geworden!« Nun wandte sich Kitty doch um und stampfte undamenhaft mit ihrem rechten Fuß auf. »Wie kommen Sie dazu, mir ein derart unschamhaftes Verhalten zu unterstellen? Und überhaupt, wenn ich ein heimliches Rendezvous hätte – würde ich dann Mary Ann mitnehmen?«

Al grinste: »Das habe ich mir auch gedacht. Drum bin ich ja auch so froh, Miss Rivingston an Ihrer Seite zu sehen. Darf ich fragen...«

»Sie dürfen überhaupt nichts fragen«, herrschte Kitty ihn an. Mary Ann hob beschwichtigend die Hand. »Würdet ihr wohl aufhören zu streiten. Wenn du so schreist, Kitty, wird uns am Ende doch noch jemand hören. Und da Sie schon so neugierig sind, Al, wir gedenken einen Ball zu besuchen. Mrs. Nestlewood war so freundlich, uns einzuladen.«

»Mrs. Nestlewood«, erwiderte Al. »Sie wollen den ganzen Weg zu Fuß zu Nestlewood Manor zurücklegen? Wäre es nicht besser, ich würde Sie kutschieren?«

Mary Ann schüttelte den Kopf: »Nein, danke, Al, aber das geht nicht. Das Fehlen der Kutsche würde im Stall Aufmerksamkeit erregen. Mrs. Nestlewood war so freundlich, ihren Kutscher anzuweisen, an

der hinteren Gartentür auf uns zu warten. Sie sehen also, es gibt keinen Grund, sich zu beunruhigen...«
»Und nun gehen Sie!« befahl Kitty. »Ich habe keine Lust, mich vor meinem eigenen Pferdeknecht zu rechtfertigen.«
»Ich bin sicher, Mr. Brown hat sich Sorgen gemacht«, erklärte Mary Ann beschwichtigend.
»Ich mag nicht, wenn sich jemand um mich Sorgen macht«, erklärte Kitty trotzig. »Schon gar nicht mein eigener Pferdeknecht.«
Sie waren bei der kleinen schmiedeeisernen Pforte angelangt, die, völlig von Rosenranken überwachsen, in den letzten Jahren kaum mehr benutzt wurde. Vorsichtig öffneten sie sie einen Spalt, gerade breit genug, um hindurchschlüpfen zu können.
Al hielt auch Mary Ann die Türe auf: »Ich wünsche Ihnen beiden einen schönen Abend«, erklärte er und verbeugte sich höflich. »Ich hoffe, Sie passen gut auf sich auf.« Mit diesen Worten machte er kehrt und verschwand in der Dunkelheit.
»Einen seltsamen Diener hast du da ins Haus gebracht«, äußerte Kitty mit deutlichem Unmut. Nach wenigen Schritten waren plötzlich die Umrisse einer Kutsche zu erkennen, die bewegungslos und still am vereinbarten Ort wartete.
»Das ist sie!« rief Kitty aus. »Mrs. Nestlewoods Kutsche, siehst du sie, Mary Ann! Na, hab ich dir zu viel versprochen? Das hat ja alles vorzüglich geklappt!« Sie faßte ihre Freundin bei der Hand, und gemeinsam eilten sie auf das große, schwerfällige Gefährt zu. Der Stallknecht war längst vergessen.

Mrs. Nestlewoods große, üppige Gestalt überragte gut und gerne die Hälfte der anwesenden Herren. Das füllige Haar war kupferrot gefärbt und hatte einen deutlichen Stich ins Grünliche. Sie hatte es zu einem dicken Knoten am Oberkopf aufgetürmt und zu allem Überfluß noch mit einer ganzen Anzahl von Pfauenfedern geschmückt. Die Robe, die sie trug, war einfach und konnte nicht den Anspruch erheben, besonders modisch zu sein. Dennoch mußte sie erst kürzlich für die Gastgeberin angefertigt worden sein, denn Kitty erkannte auf den ersten Blick den golddurchwirkten grünen Stoff wieder, den sie ursprünglich Mary Anns Abendkleid zugedacht hatte. Sie warf ihrer

Freundin einen kritischen Seitenblick zu. Wie Mary Ann dastand, die Wangen vor Aufregung leicht gerötet, die dichten Locken auf die Schultern rieselnd, konnte sie den Geschmack von Mrs. Millcock nur anerkennen. Mary Ann hätte in einer auffallenden grünen Robe nie so hübsch ausgesehen wie in ihrem stilvollen, mitternachtsblauen Abendkleid. In diesem Augenblick bemerkte Mrs. Nestlewood ihre jungen Gäste, und ein triumphierendes Leuchten trat in ihre tiefliegenden Augen. Der schmale Mund unter der auffallenden Hakennase verzog sich zu einem strahlenden Lächeln. »Da bist du ja, Charlotta, mein Engel!« Ihre Stimme war ungewöhnlich rauh und dunkel. »Wie freue ich mich, dich zu sehen.« Sie reichte Kitty die Hand, die diese ergriff. Sittsam versank Kitty in einen angemessenen Knicks. »Es war sehr freundlich von Ihnen, uns einzuladen, Madam.«
»Du siehst wunderschön aus, Charlotta, das muß man wirklich sagen. Und erst dieses Abendkleid. Ich bin sicher, es hat ein Vermögen gekostet. Im düsteren Licht des Schulhauses kommt gar nicht richtig zur Geltung, was für eine hübsche junge Dame du bist.«
Kitty wünschte sich, Mrs. Nestlewood würde nicht so laut sprechen. Die Umstehenden hatten bereits ihre Gespräche unterbrochen und sich ihnen neugierig zugewandt. »Arthur kann es gar nicht erwarten, seine Cousine kennenzulernen«, fuhr Mrs. Nestlewood fort. Sie wandte sich um und rief: »Arthur! Arthur!« in alle Ecken des Raumes. Daraufhin löste sich ein junger Mann von einer Gruppe Landadeliger, die in einer Ecke im gegenüberliegenden Teil des Saales in ein Gespräch vertieft gewesen waren, und bahnte sich mit schnellen Schritten seinen Weg durch die anwesenden Gäste. Der Gentleman war großgewachsen und stämmig und wies auch sonst deutliche Ähnlichkeit mit seiner Mama auf. Wenn auch die Augen nicht tiefliegend waren, sondern eher aus den Höhlen zu quellen drohten, so hatten sie doch dieselbe blaßblaue Farbe. Die Hakennase, die dem Gesicht etwas Raubvogelähnliches gab, hatte sich von der Mutter auf den Sohn vererbt, ebenso die schmalen Lippen. Das Haar über der auffallend hohen Stirn war streng gescheitelt. Mrs. Nestlewood streckte ihrem Sohn beide Arme entgegen: »Ah, da bist du ja, Arthur, mein Teuerster. Ich hatte dir doch ver-

sprochen, dich umgehend zu verständigen, wenn unsere liebe Charlotta eintrifft. Nun sieh, wen wir hier haben. Ist sie nicht reizend?«
Mr. Arthur Nestlewood verbeugte sich vor Kitty und hob galant ihre Rechte zu seinen Lippen. »Du untertreibst, Mama. Cousine Charlotta ist eine wahre Schönheit.« Er lächelte, und seine Lippen entblößten eine Reihe von kleinen, weit auseinanderstehenden Zähnen. »Die Kapelle wird in Kürze beginnen, die Eröffnungsquadrille zu spielen. Würden Sie mir die Ehre erweisen, Cousine, mir die Hand zu diesem Tanz zu reichen?« Mr. Nestlewood bot ihr seinen Arm.
Die verschiedensten Gedanken fuhren Kitty duch den Kopf. Mrs. Nestlewood hatte sie keinesfalls nur deswegen eingeladen, um ihr einen amüsanten Abend abseits des tristen Schulalltags zu gönnen. Es war offensichtlich, daß ihr eine Verbindung zwischen ihr und ihrem einzigen Sohn vorschwebte. War es nicht ein kluger Schachzug, sich die Hand der Erbin zu sichern, bevor diese zu ihrer ersten Saison in London aufbrach, wo sie bei weitem interessantere Männer treffen würde als ihren Sohn? Nun, sie würde den beiden diese Freude bestimmt nicht machen. Mr. Nestlewood entsprach keineswegs ihren Vorstellungen von einem Traummann. Dieser hatte lange, glänzende braune Locken und durchdringende graue Augen. Verstohlen blickte sie sich um. Sie konnte ihn in der Schar rotbäckiger Landadeliger, die interessiert ihre neugierigen Augen ihr zugewandt hatten, nirgends erkennen.
Ein leises Hüsteln brachte ihr die Gegenwart ihrer Freundin in Erinnerung. Sie ignorierte den dargebotenen Arm und wandte sich wieder der Gastgeberin zu: »Oh, Mrs. Nestlewood, darf ich Ihnen meine liebe Freundin vorstellen? Sie waren so freundlich, mir zu erlauben, sie mitzubringen.« Rasch schob Kitty Mary Ann, die bisher schweigend im Hintergrund gewartet hatte, nach vorne: »Dies ist Miss Mary Ann Rivingston. Sie ist die Schwester von John Rivingston, dem Earl of Ringfield von Ringfield Place in Surrey.«
»Sehr schön«, murmelte die Dame des Hauses und reichte Mary Ann gnädig zwei Finger. Diese versank in einen Knicks und bedankte sich höflich für die Einladung. Es war offensichtlich, daß weder die Gastgeberin noch ihr Sohn irgendein Interesse an Miss Rivingston hatten. Warum sollte man Zeit und Energie damit verbrauchen, einer nicht

überdurchschnittlich bemittelten jungen Dame den Hof zu machen, wenn doch eine reiche Erbin zum Greifen nahe war?

Die Musik begann die Takte des ersten Tanzes anzustimmen. Kitty blieb nichts anderes übrig, als sich vom Hausherrn aufs Parkett führen zu lassen. Mrs. Nestlewood beeilte sich, auch für Mary Ann einen geeigneten Tänzer zu finden. Sie fand ihn in einem jungen Leutnant, der etwas verloren neben der Eingangstür gewartet hatte. Er trug einen gutsitzenden roten Uniformrock, seine weißblonden Haare waren kurz geschnitten, ein korrekt gestutzter Bart zierte seine Oberlippe. Er schlug die Hacken zusammen, verbeugte sich vor Mary Ann und bot ihr galant den Arm. Dabei konnte er kaum den Blick von Mary Anns Figur wenden, die sich deutlich in ihrem modischen Kleid abzeichnete. Mit stolzgeschwellter Brust führte er sie aufs Parkett. Daß er während des ersten Tanzes die Unterhaltung zur Gänze alleine bestritt, störte Mary Ann nicht weiter. Sie war viel zu aufgeregt, um einen Ton herauszubringen. Nur der Umstand, daß der Offizier um einen guten Kopf kleiner war als sie, machte ihr doch sehr zu schaffen. Sie folgte seinen Ausführungen über die Erfolge der königlichen Kavallerie nur mit halbem Ohr und ließ ihren Blick über die anwesenden Gäste schweifen. Reverend Westbourne schien nicht zu ihnen zu gehören.

So hatte dieser lang ersehnte Abend nicht sehr erfreulich begonnen. Und auch der weitere Verlauf erwies sich alles andere als erfreulich. Da die beiden Mädchen nicht offiziell in die Gesellschaft eingeführt worden waren, nahmen die anwesenden Gäste von ihnen kaum Notiz. Natürlich gab es genug alleinstehende Herren, die darum baten, ihnen vorgestellt zu werden. Weder Kitty noch Mary Ann mußten einen der Tänze auslassen. Und doch hatten sie sich ihr Abenteuer ganz anders vorgestellt. Was war denn schon großartig daran, sich mit irgendeinem Landadeligen im Kreis zu drehen, während sich die Kapelle redlich abmühte, nicht allzuoft aus dem Takt zu geraten? War das das heißersehnte Gesellschaftsleben? Mit uninteressanten Herren langweilige Gespräche zu führen? War dieses Gedränge auf der Tanzfläche, dieser durch die vielen Kerzen und das mannshohe Kaminfeuer überhitze Ballsaal wirklich das Ziel ihrer Träume gewesen? Die Luft war zum Schneiden, und doch dachte offensichtlich niemand daran, ein Fenster zu öffnen. Zudem wurde es nach kurzer Zeit traurige Gewißheit: Weder Reverend Westbourne noch Jasper, der interessante Unbekannte, waren im Ballsaal anwesend.

Zu später Stunde wurde die Stimmung zunehmend ausgelassen. Einige der Herren hatten reichlich dem Alkohol zugesprochen. Nun flirteten sie ungeniert mit den Damen ihrer Wahl. Diese wiederum kicherten und warfen ihnen kokette Blicke hinter vorgehaltenen Fächern zu. Mary Ann fühlte sich zunehmend fehl am Platze. Dies war nicht die Art von harmloser Unterhaltung, die Mrs. Clifford notfalls tolerieren könnte. Das Verhalten mancher der Anwesenden schien ihr geradezu schamlos. Geschützt durch die dicken Mauern der Schule, hätte sie sich nie träumen lassen, daß die vornehme Gesellschaft sich derart frivol benehmen könnte. Sie stand eben an der Längsseite des Saals und nippte an einem Glas Champagner, den ihr Sir Parzival Rifleight, ein Baron aus der Gegend, gebracht hatte. Der junge Mann stand an ihrer Seite und erzählte ihr mit vor Begeisterung glühenden Augen von dem neuen Gespann, das er soeben für seine Kutsche erworben hatte. Die Grauen waren wirklich vortreffliche Renner, deren Vorzüge man nicht genug loben konnte. Mary Ann, die von Pferden nichts verstand, konnte nur mit Mühe verhindern, daß ihre Langeweile offensichtlich wurde. Sie gab vor zuzuhören, doch ihre Gedanken waren bei etwas ganz anderem. Beunruhigt runzelte sie die Stirn. Kitty war eben an ihr vorübergetanzt, in den Armen von Arthur Nestlewood, dem Sohn der Hausherrin. Falls sie richtig mitgezählt hatte, war dies bereits der vierte Tanz, den die beiden zusammen absolvierten. Das war absolut nicht *comme il faut*. Bereits zwei Tänze mit demselben Herrn getanzt, berechtigte zu der Vermutung, die beiden hätten *Tendre* füreinander gefaßt.

Sicher war mehreren Anwesenden aufgefallen, wie oft Kitty mit Mr. Nestlewood tanzte, und sie konnte nur hoffen, daß nicht bereits Vermutungen darüber angestellt wurden, daß eine Verlobung unmittelbar bevorsteht. Sie kannte Kittys Geschmack. Sie kannte ihre hochfliegenden Pläne für die Saison in London. Und auch aus ihrem Gesichtsausdruck zu schließen war sie alles andere als glücklich, so sehr von diesem Mann in Beschlag genommen zu werden. Es schien, als könne sie sich seiner Gunstbezeugungen kaum erwehren. Da fiel Mary Anns Blick zu einer der Fensternischen. Dort stand die Hausherrin selbst, umringt von einigen ihrer Freundinnen, und wies eben mit stolzem Blick auf das vorbeitanzende Paar. Mary Ann biß die Zähne zusammen. Es war zu offensichtlich, daß Lady Nestlewood ihren Sohn darin unterstützte, sich eine reiche Erbin zu angeln. Sie mußte Kitty augenblicklich aus den Fängen dieses jungen Mannes befreien. Doch wie sollte sie das anstellen, ohne Aufsehen zu erregen? Ihr Blick schweifte weiter und blieb wie von selbst an der Eingangstür des Ballsaales hängen. Mit einem Schlag waren alle ihre Gedanken vergessen. Denn in der offenen Tür stand, eindrucksvoll in einen Abendanzug aus mattem Rostrot gekleidet, niemand anderer als Reverend Bernard Westbourne. Seine Augen glitten über die anwesenden Gäste. Kein Lächeln zeigte sich auf den wohlgeschwungenen Lippen. Wie gut tat es, sein hübsches, ernstes Gesicht zu sehen. Die brünetten, stets wohlfrisierten Haare, die elegante Krawattennadel auf dem sorgsam gebundenen Halstuch. Mary Ann überlegte, wie sie ihn auf sich aufmerksam machen könnte, da hatte er sie auch schon entdeckt. Seine Augen weiteten sich vor Erstaunen. Mit klopfendem Herzen sah Mary Ann ihre kühnsten Vorstellungen Wirklichkeit werden. Der Reverend schien so begeistert von ihrem Anblick zu sein, daß er nicht in der Lage war, auch nur einen Ton hervorzubringen. Es würde nicht mehr lange dauern, da würde er vor sie hintreten, sie um den nächsten Tanz bitten! Er würde seine Bewunderung ausdrücken, ihr sein Herz zu Füßen legen...

»Miss Rivingston!« seine fassungslose Stimme klang laut und deutlich vernehmbar durch den Ballsaal. So manche Unterhaltung wurde abrupt unterbrochen, und neugierige Blicke wandten sich ihm zu. Mit energischen Schritten drängte er sich durch die erstaunte Menge.

Mary Anns Mut sank. Es hatte nicht den Anschein, als wäre er sehr erfreut, sie hier zu sehen. Eben diesen Moment wählte die Kapelle aus, um eine Pause einzulegen. Es war plötzlich still im Ballsaal. Nur ein paar Leute am anderen Ende des Raumes, die nichts von der spannungsgeladenen Stimmung mitbekommen hatten, die sich eben in der Umgebung des Reverend breitmachte, unterhielten sich weiter und prosteten sich laut lachend zu. Das Aufsehen, das sie erregte, war Mary Ann zutiefst peinlich.

»Reverend Westbourne«, sagte sie, als er zu ihr hintrat. Sie errötete und sank artig in einen Knicks. »Welche Überraschung, Sie hier zu sehen.«

»Ich kann mir denken, daß Sie nicht mit meinem Erscheinen gerechnet haben«, entgegnete der Geistliche nicht gerade scharfsinnig. »Ich kann mir nicht vorstellen, daß Sie es sonst gewagt hätten, diesen Ball zu besuchen. Sie kommen umgehend mit mir. Ich bringe Sie nach Hause.«

Mary Ann war, als sehe sie ihn zum ersten Mal. Natürlich, er hatte recht, es war nicht richtig, wenn eine junge Dame ohne Anstandsdame an derartigen Vergnügungen teilnahm. Und doch regte sich Widerspruch in ihr. Sie war hier nicht in der Schule. Er war hier nicht ihr Lehrer. Sie wollte, daß er ihr Komplimente machte, sie umwarb. Nicht, daß er Befehle erteilte. Energisch straffte sie die Schultern und sagte mit mehr Entschiedenheit, als sie tatsächlich empfand: »Ich habe noch nicht vor aufzubrechen, Sir.« Sie wandte sich demonstrativ wieder dem jungen Baron zu, der offenen Mundes und mit verstörtem Blick ihrer Unterhaltung gefolgt war. »Bitte fahren Sie fort, Mylord. Sie waren eben dabei, mir von dem spannenden Wettrennen zu erzählen, das Sie gestern in Glastonburry gewonnen haben. Wer, sagten Sie, war Ihr Kontrahent?«

»Miss Rivingston!« zischte der Reverend zwischen geschlossenen Zähnen hervor. »Entweder Sie kommen freiwillig mit mir, oder ich werde dafür sorgen, daß Mrs. Clifford umgehend verständigt wird.«

Mary Ann fuhr herum: »Nein!« rief sie aus. »Ich kann mir nicht vorstellen, daß Sie imstande sind, so etwas Gemeines zu tun.«

»So war meine Ahnung also richtig, daß Mrs. Clifford nichts von Ihrem Hiersein weiß. Ich muß sagen, Miss Rivingston, Sie haben mich zutiefst enttäuscht. Nie hätte ich Ihnen ein derart unschamhaftes Verhalten zugetraut. Und nun rate ich Ihnen, mir freiwillig zu folgen, wenn Sie nicht wünschen, daß ich Gewalt anwende.« Es war offensichtlich, daß der Geistliche auf das Äußerste empört war.

»Gewalt?« wiederholte der Baron ungläubig. »Belästigt Sie dieser Herr, Madam? Ich muß gestehen, ich verstehe nicht ganz, worum es hier geht. Doch wenn Sie meine Hilfe brauchen, Miss, ich stehe zu Ihren Diensten.«

»Sie halten sich hier raus«, herrschte der Reverend ihn an und packte Mary Ann am Oberarm. Diese wollte sich eben in das Unvermeidliche fügen. Sie hatte den Reverend noch nie derart außer Fassung erlebt.

»Lassen Sie die Dame sofort los!« meldete sich der Baron nun viel energischer zu Wort, und seine pausbäckigen Wangen glühten vor Empörung. Es hatte den Anschein, als würde nicht viel fehlen, und der beherzte junge Mann würde den Geistlichen zum Duell fordern. Mary Ann war den Tränen nahe. So hatte sie sich den Abend weiß Gott nicht vorgestellt. In diesem Augenblick bemerkte Kitty, daß sich der Reverend mit Mary Ann unterhielt. Sie war so damit beschäftigt gewesen, die Gunstbezeugungen von Mr. Nestlewood abzuwehren, daß ihr Mr. Westbournes Erscheinen im Ballsaal völlig entgangen war. Nun sah sie sein vor Zorn gerötetes Gesicht und Mary Anns zitternde Lippen. Man brauchte wahrlich kein Hellseher zu sein, um festzustellen, daß das Gespräch, das die beiden führten, nicht nach Mary Anns Vorstellungen verlief. Mit einer energischen Bewegung machte sie sich von ihrem Verehrer los und stürmte davon, um ihrer Freundin zu Hilfe zu kommen.

»Guten Abend, Reverend«, rief sie schon von weitem und bemühte sich um ein besonders freundliches Lächeln. »Wie schön, ein bekanntes Gesicht unter all diesen unbekannten Menschen zu entdecken.« Sie versank in einen tiefen Knicks.

»Ich hätte mir denken können, daß Sie auch da sind«, entgegnete Mr. Westbourne anstelle einer Begrüßung. Seine Stimme klang bitter.

»Ja natürlich hätten Sie sich das denken können«, erwiderte Kitty betont fröhlich. »Ich lasse es doch nicht zu, daß Mary Ann alleine einen Ball besucht. Ich bin ja sozusagen ihre Anstandsdame.«

Hatte Mr. Westbourne bisher, wenn auch nur mit Mühe, seine Fassung bewahrt, so drohte er sie nunmehr zu verlieren. Viel später in der Nacht, als er bereits wieder in seinem Haus war und sich auskleidete, fragte er sich selbst, was ihn derart hatte in Rage bringen können. Er galt doch im allgemeinen als besonnener junger Mann, dessen wohlüberlegte Handlungen und dessen ruhiges, gelassenes Temperament allgemein anerkannt wurden. Nicht einmal seinen älteren Brüdern war es je gelungen, ihn aus der Reserve zu locken. Und diese hatten doch weiß Gott alles mögliche unternommen, um ihn zu reizen und in Wut zu versetzen. Doch stets war es ihm gelungen, zumindest äußerlich ruhig und gelassen zu bleiben. Und hier, im vollen Ballsaal, vor all den vielen Menschen hatten ihn mit einemmal eben diese Ruhe und Gelassenheit verlassen.

Natürlich war daran Miss Rivingston schuld. Daran bestand kein Zweifel. Sie, die Frau, die er für würdig befunden hatte, einst seine Gemahlin zu werden, sie hatte ihn bitter enttäuscht. Sie war wie all die anderen schamlosen jungen Dinger. Er war wütend auf sich. Wie hatte er sich nur so täuschen können? Wie hatte er Miss Rivingston für eine kluge junge Frau mit gefestigter Moral halten können. Natürlich war es Miss Stapenhills Plan gewesen, heimlich den Ball zu besuchen. Als er sie im Saal sah, wie sie ihn anlächelte, als sei nichts geschehen, da hätte er ihr am liebsten den Hals umgedreht.

»Sie, Sie sind keine Anstandsdame«, brachte er mühsam hervor. »Sie sind ja nicht viel mehr als ein Kind«, mühsam rang er nach Luft. Mit einem Schlag wurde er der vielen Augen gewahr, die neugierig dem Schauspiel folgten, das er und die beiden Mädchen zum Besten gaben. Es war unter seiner Würde. Er würde die beiden zwingen, den Ball zu verlassen, und wenn er sie eigenhändig an den Haaren herausziehen mußte. Und er würde dafür sorgen, daß dieses schändliche Betragen ein Nachspiel hatte.

Zum Glück war nicht notwendig, daß der Geistliche Gewalt anwendete. Auch wenn die beiden Mädchen sich nur widerwillig seiner herrischen Art fügten, so waren sie doch nur zu froh, Mrs. Nestlewoods Ballsaal verlassen zu können. Schweigend folgten sie ihm in die Halle hinaus. Arthur Nestlewood sah ihren Abgang aus einiger Entfernung. Ein zufriedenes Lächeln trat auf seine schmalen Lippen. Er dachte nicht daran einzugreifen. Was für eine glückliche Fügung, daß der steife Geistliche wider Erwarten doch noch auf dem Ball erschienen war. Er hatte schon nicht mehr mit seinem Kommen gerechnet. Sicher würde man Charlotta für ihr unerlaubtes Handeln zur Rechenschaft ziehen. Ob man sie wohl bei Wasser und Brot in ihrem Zimmer einschloß? Mr. Nestlewoods Lächeln wurde breiter. Was auch immer sich die Schulleitung an Strafe einfallen ließ, ihm konnte es nur recht sein. Er würde einige Tage verstreichen lassen und dann mit Charlotta Kontakt aufnehmen. Sicher war sie dann nur allzu bereit, der Schule zu entkommen. Sie würde seinen Antrag mit Freuden annehmen.

Kitty war in diesem Augenblick weit entfernt davon, für irgend jemanden wohlwollende Gedanken zu hegen. Sie saß eingezwängt neben Mary Ann in der engen Kutsche, die dem Pfarrer gehörte. Es war bitterkalt im Wagen. Keine heißen Ziegelsteine lagen bereit, und die Kälte kroch unbarmherzig durch die dünnen Sohlen ihrer Abendschuhe. Eine einzige Decke wurde über die Knie der Mädchen ausgebreitet. Sie war dünn und spendete kaum Wärme. Es war stockdunkel. Der Mondschein, der dem Kutscher den Weg wies, konnte das Innere des Fahrzeugs nicht erhellen. Eisblumen überzogen die Fensterscheiben. Die Frostigkeit, die zwischen den Kutscheninsassen herrschte, stand der eisig kalten Winternacht um nichts nach. Es war alles schiefgelaufen, was nur schieflaufen konnte, dachte Kitty erbittert. Der Ball war eine einzige Enttäuschung gewesen. Mrs. Nestlewood war eine vulgäre alte Frau. Dachte sie wirklich, sie würde ihr Spiel nicht durchschauen und auf die plumpen Schmeicheleien ihres widerlichen Sohnes hereinfallen? Kitty biß die Zähne zusammen. Für wie dumm hielt man sie denn? Wenn nur der faszinierende Unbekannte gekommen wäre. Dann hätte sich das Abenteuer ausgezahlt. Doch so: Sie hatte ihren guten Ruf aufs Spiel gesetzt und Mary Anns guten Ruf dazu. Reverend Westbourne war wütend. Sie hatte ihn noch nie vorher derart aufgebracht gesehen. Sollte dies vielleicht gar ein gutes Zeichen sein? Warum sollte er sich derart echauffieren, wenn ihm an Mary Ann nichts lag? Natürlich hatten sie sich seine Reaktion ganz anders ausgemalt. Aber vielleicht hatten sie dasselbe Ergebnis erzielt, und Mr. Westbourne würde doch um Mary Anns Hand anhalten. Kitty seufzte. Sie konnte nur hoffen, daß es so war. Mary Ann kämpfte mit den widerstreitendsten Gefühlen. Natürlich war da schlechtes Gewissen, die Sorge, die Achtung des Geistlichen für immer aufs Spiel gesetzt zu haben. Und doch regte sich auch Trotz: Was war denn so schlimm daran, wenn sie sich auch einmal amüsieren wollte? Sie war alt genug, um selbst über die Gestaltung des Lebens bestimmen zu können. Würde der Reverend ihre Beweggründe verstehen, wenn sie in Ruhe mit ihm darüber sprach? Verstohlen blickte sie zur Seite. Sie konnte Mr. Westbourne neben sich nur schemenhaft erkennen. Er saß stockstéif und bemühte sich, jeder Berührung mit ihr auszuweichen. Seine Augen waren starr nach vorne gerichtet, seine Lippen verkniffen. Warum sprach er nicht mit ihr? Warum verurteilte er sie und strafte sie mit Schweigen? Sie konnte es nicht leiden, wenn sie wie ein ungezogenes Schulkind behandelt wurde. Schon gar nicht von dem Mann, der ihr besser gefiel als all die anderen, dessen Klugheit und Verstand sie immer geschätzt hatte.

»Reverend Westbourne«, begann sie und versuchte ihre Stimme ruhig und erwachsen klingen zu lassen: »Es tut mir leid, aber…«

»Das kann Ihnen auch leid tun«, unterbrach er sie schroff. »Doch hier ist nicht der geeignete Ort, darüber zu sprechen.« Die Kutsche war langsamer geworden. »Ah, da sind wir ja endlich.«

Kitty hatte mit der flachen Hand das Eis von ihrem Fenster weggeschmolzen. Nun sah sie, daß die Kutsche vor dem Pförtnerhaus zum Stehen gekommen war. Mit bedächtigen Schritten trat der alte Huckney ins Freie, um das große schmiedeeiserne Tor zu öffnen. »Wir sind schon beim Pförtnerhaus, Mary Ann«, rief sie aus. »Das ist aber schnell gegangen. Komm, es ist besser, wir steigen hier aus.« Sie wandte sich dem Geistlichen zu. »Danke, daß Sie uns mitgenommen haben«, brachte sie zwischen zusammengepreßten Lippen hervor.

Sie wollte eben den Schlag öffnen, als ein lautes Geräusch sie zusammenfahren ließ. Der Reverend hatte seinen Spazierstock in die Hand genommen und trommelte nun lautstark gegen die Decke. Der Pfarrdiener sprang vom Bock und blickte durch die vereisten Scheiben ins Wageninnere. Er hatte die Kapuze tief in die Stirn gezogen. Sein Gesicht war nicht wahrzunehmen, nur sein Atem hob sich deutlich gegen die kalte Winternacht ab.

»Fahr er bis vor den Haupteingang zur Schule« befahl ihm der Pfarrer. »Dann steige ab, und wecke den Diener.«

»Aber Reverend, Sir. Das ist doch nicht notwendig. Wir gehen gerne die wenigen Schritte zum Schulhaus hinauf. Nicht wahr, Mary Ann?«
Diese nickte: »Ja, natürlich, Kitty. Es ist nicht nötig, Mr. Reinsborough aus dem Schlaf zu reißen. Wir finden einen Weg, ins Haus zu kommen, ohne jemanden zu wecken, Mr. Westbourne.«
Der Geistliche machte eine ungeduldige Handbewegung: »Sie werden sich nirgendwo hineinschleichen, Miss Rivingston. Nicht, solange ich es verhindern kann. Dies hier ist ein ehrbares Haus, und ich werde es nicht dulden, daß sein Ruf durch zwei unbelehrbare Schülerinnen Schaden erleidet. Nun fahr schon zu!« herrschte er seinen Diener an. »Du tust, was ich dir gesagt habe.« Der Diener nickte und erklomm behende den Kutschbock. Die Kutsche setzte sich wieder in Bewegung. Es dauerte nicht lange, und der Backsteinbau tauchte vor ihnen auf. Er lag friedlich in der Dunkelheit. Kein Licht zeigte sich hinter den Fenstern. Sie mußten geraume Zeit warten, bis der betagte Diener das energische Klopfen an der Haustür gehört hatte. Den grauen, wollenen Hausmantel über das Nachthemd gezogen, die Schlafmütze noch auf seinem kahlen Kopf, erschien er im Türspalt, um sich zu erkundigen, wer zu so unchristlicher Stunde Einlaß begehrte. Seine dünnen, mit blauen Adern durchzogenen Füße steckten in dicken Filzpantoffeln. »Wer ist draußen?« fragte er mit rauher Stimme.
»Hier ist Reverend Westbourne, guter Mann!« verkündete der Geistliche so laut, daß die Mädchen schon fürchteten, er würde das gesamte Haus aufwecken: »Ich bringe hier zwei Schülerinnen zurück. Seien Sie so gut, und begleiten Sie die jungen Damen auf ihr Zimmer, Mr. Reinsborough. Am besten, Sie schließen die Türe von außen ab, damit die beiden nicht auf weitere unpassende Gedanken kommen. Es ist nicht nötig, Mrs. Clifford noch in der Nacht Bescheid zu geben. Doch teilen Sie ihr mit, daß ich morgen um zehn Uhr vorsprechen werde. Ich habe der Schulleiterin einiges mitzuteilen.«
Mit diesen Worten wandte er sich ab und ging erhobenen Hauptes zur Kutsche zurück, wo der Pfarrdiener bereits den Schlag geöffnet hatte. Weder Mary Ann noch Kitty würdigte er eines weiteren Blickes.

VII.

Mrs. Clifford saß steif aufgerichtet in ihrem Sessel und blickte starr geradeaus. Ihre bleichen, von zahlreichen Adern durchzogenen Hände waren höchst undamenhaft zu Fäusten geballt. Ein Benehmen, das sie bei ihren Schülerinnen nicht gutgeheißen hätte. Ihre schmalen Lippen waren zu einem bläulichen, verkniffenen Strich zusammengepreßt. Ohne ein Wort zu sagen, starrte sie auf die schmale Zimmertür, die zum Gang hinausführte und hinter der leise Schritte immer näher kamen. Neben ihr stand, die Arme hinter dem Rücken verschränkt, Reverend Westbourne. Er hatte die Schulleiterin soeben von den unseligen Ereignissen des vergangenen Abends in Kenntnis gesetzt. Wie nicht anders zu erwarten war, teilte Mrs. Clifford seine Entrüstung voll und ganz. Zwei Schülerinnen, die heimlich das Institut verließen, um an einem Ball teilzunehmen! Noch dazu in einem derart zweifelhaften Haus wie dem von Mrs. Nestlewood. Nicht auszudenken, wenn die Eltern der anderen Schülerinnen von diesem Skandal erführen. Mußte sie nicht damit rechnen, daß diese ihre Töchter umgehend nach Hause beorderten? Würde man den Namen ihrer Schule nur mehr mit gerümpfter Nase aussprechen, als Ort, in dem dem Laster Tür und Tor geöffnet war? Ein leises Klopfen an der Tür unterbrach ihre düsteren Gedanken. Als erste trat Mary Ann ins Zimmer. Wie Reverend Westbourne mit Zufriedenheit feststellte, trug sie wieder eines ihrer korrekten, soliden grauen Kleider. Die roten Locken waren streng aus dem Gesicht frisiert, am Hinterkopf zu einem festen Knoten gedreht. Wie sie nun vor der Schulleiterin stand, die Augen sittsam zu Boden gerichtet, da hätte er sie am liebsten in die Arme genommen. Doch natürlich war dies ausgeschlossen. Es konnte nicht schaden, wenn Mary Ann die gerechte Strafe für ihr unüberlegtes Handeln erhielt. Dies würde ihr helfen, sich zu einer ernsthaften Persönlichkeit zu entwickeln. Zu einer passenden Ehefrau für einen Geistlichen, der die Ambition hatte, in einigen Jahren Bischof zu werden. Ein kleines Lächeln erschien auf seinen Lippen. Welch angenehme Gedanken. Kitty war hinter ihrer Freundin ins Zimmer getreten. Auch ihr war das Schuldbewußtsein deutlich ins Gesicht geschrieben. Sie hatte die ganze Nacht wachgelegen und war erst in den Morgenstunden in einen unruhigen Schlaf verfallen. Nein, sie bereute es nicht wirklich, daß sie diesen Ball besucht hatte. Sie hatte ja nicht vorausahnen können, daß Jasper dieses Ereignis nicht besuchen würde. Er hätte es genausogut tun und so den Ball zu einem erfreulichen Abenteuer machen können.

Leid tat es ihr, daß sie Mary Ann in diese Geschichte mit hineingezogen hatte. Wie hatte sie nur so dumm sein können, die Reaktion von Reverend Westbourne nicht vorauszusehen? Mrs. Clifford hatte mit ihrer Strafpredigt begonnen, doch die gestrengen Worte der Schulleiterin fanden bei Kitty nicht das gewünschte Gehör. Sie war sich sicher, daß der nächtliche Ausflug keine ernsthaften Folgen haben konnte. Wenn Mary Ann und sie zerknirscht genug um Verzeihung baten, dann würde die Strafe wohl nicht so schlimm ausfallen. Obwohl es ihr sehr schwerfiel, sich demütig und zerknirscht zu geben, solange der junge Geistliche im Raum war. Verstohlen glitt ihr Blick zu Reverend Westbourne hinüber. Da sah sie das kleine Lächeln auf seinen Lippen. Dieses kleine, selbstgefällige Lächeln. Mit einem Schlag war jedes Schuldbewußtsein wie weggewischt. Wie kam dieser Mann dazu, sich als Richter aufzuspielen? Wie kam er dazu, sie zu demütigen, Mary Ann zu demütigen? »Etwas derart Vulgäres ist mir in meinen zwanzig Jahren als Leiterin dieser Schule noch nicht untergekommen«, hörte sie Mrs. Clifford sagen. Die Schulleiterin wandte sich an Reverend Westbourne, der noch immer hoch aufgerichtet neben ihrem Schreibtisch stand. Seine Miene war nun wieder ernst. »Ich danke Ihnen, Reverend Westbourne, daß Sie so beherzt eingegriffen haben.« Mrs. Clifford war aufgestanden, um dem Geistlichen die Hand zu reichen. »Sie haben dem Institut einen großen Dienst erwiesen. Ich hoffe, es ist Ihnen gelungen, einen Skandal zu verhindern. Ja, in der Tat, das hoffe ich wirklich. Ich darf gar nicht daran denken. Schülerinnen meines Hauses bei einer frivolen Ballveranstaltung, inmitten von Jux und Tollerei...« Mr. Westbourne verneigte sich und nahm den Dank der Schulleiterin mit sichtlicher Genugtuung entgegen.

»Was tat er dann dort?« konnte sich Kitty nicht verkneifen, ihrer Freundin zuzuflüstern.

»Wie bitte?« Mrs. Clifford fuhr auf. »Hast du etwas dazu zu bemerken, Charlotta?«

Kitty überlegte. »Nein, nichts, Mrs. Clifford«, antwortete sie schließlich. Ihre Wangen waren gerötet, ihre dunklen Augen blitzten. Mary Ann beobachtete diesen Blick ihrer Freundin mit Unbehagen. Es war nur noch eine Sache von wenigen Augenblicken, dann würde Kittys südländisches Temperament mit ihr durchgehen. Und das würde ihrer beider Lage wohl kaum verbessern. Obwohl sie selbst Reverend Westbourne ihre Meinung am liebsten ins Gesicht geschrien hätte. Hatte sie diesen Mann wirklich für liebenswert gehalten? Warum war ihr nie aufgefallen, wie selbstgerecht er war?

»Miss Stapenhill, Sie wiederholen sofort Ihre Worte!« hörte sie nun seine Stimme. Die Worte waren in einem Tonfall gesprochen, der keinen Widerspruch duldete. Mary Ann schnappte nach Luft. Wie konnte er nur so unklug sein, Kitty wie ein Kind zu behandeln? Das würde sie sich niemals gefallen lassen!

»Gerne, Mr. Westbourne«, hörte sie ihre Freundin auch schon sagen. Kittys wutentbrannte Miene war einem nichtssagenden Lächeln gewichen: »Wie Mrs. Clifford eben meinte, war der Ball bei Mrs. Nestlewood ein frivoles Vergnügen. Jux und Tollerei. Und da frage ich mich, wie es kommen konnte, daß Sie diese Stätte des Lasters besuchten, Reverend.«

Während der Geistliche sie anstarrte, als habe er nicht recht gehört, schnappte Mrs. Clifford vor Empörung nach Luft: »Charlotta!« rief sie aus, und ihre Stimme überschlug sich beinahe: »Bist du wohl still, du ungezogenes Kind! Das geht nun wirklich zu weit. Mr. Westbourne ist ein Mann. Für ihn gelten ganz andere Maßstäbe von Sittlichkeit und Anstand als für eine junge Dame. Sofort entschuldigst du dich bei Mr. Westbourne.«

Kitty kniff die Lippen zusammen und sagte keinen Ton.

»Wie oft habe ich den Tag verwünscht, da Sie dieses Institut betraten!« entfuhr es dem Geistlichen. Er sprach mit so viel Inbrunst und Temperament, wie es ihm keine der Damen zugetraut hätte. »Bevor Sie kamen, war dies eine Stätte der Ruhe und der Stille. Eine Stätte der Gelehrsamkeit und des Gebets. Aber dann kamen Sie und brachten mit ihren ausländischen Gewohnheiten alles in Aufruhr. Sehen Sie sich doch Miss Rivingston an.« Er machte drei Schritte auf Mary Ann zu, ergriff ihren Arm und zwang sie, sich ihm zuzuwenden.

»Was war sie doch für ein sittsames, scheues Mädchen, bevor Sie kamen. Und was tut sie jetzt? Sie treibt sich heimlich auf Bällen herum wie eine x-beliebige... Dirne!«

Ein lautes Klatschen folgte diesem Ausbruch. Kitty hatte ihm ohne zu zögern mit der flachen Hand ins Gesicht geschlagen. »Sie werden es nicht wagen, noch einmal meine Freundin zu beleidigen«, fuhr sie ihn an.

»Ich denke wirklich, Sie gehen zu weit, Sir«, kam von Mrs. Clifford unerwartete Schützenhilfe.

Der Geistliche nestelte an seinem Kragen. Es hatte den Anschein, als sei ihm dieser mit einem Mal viel zu eng geworden. Dann wandte er sich zu der Schulleiterin um, verbeugte sich angemessen und bemühte sich, die Gefühle, die in ihm loderten, zu unterdrücken: »Entschuldigen Sie mich bitte, Madam«, brachte er mühsam hervor. Mit großen Schritten eilte er aus dem Zimmer. Auf seiner Wange brannten feuerrot Kittys fünf Finger. Krachend fiel die Tür ins Schloß.

Mary Ann war wie versteinert. Die Tränen brannten in ihren Augen. Das soll der Mann gewesen sein, in den sie sich verliebt hatte? Dieser cholerische, selbstgerechte Mensch, der die wüstesten Beschimpfungen ausstieß? Der ihr keine Gelegenheit gab, sich zu verteidigen? Der sie verurteilte, ohne sie anzuhören? Was für eine Gans war sie doch gewesen. Was für eine unverzeihlich dumme Gans. Kitty legte den Arm fürsorglich um ihre Schulter. »Er ist es nicht wert!« flüsterte sie ihr zu.

»Charlotta Stapenhill!« brüllte Mrs. Clifford. Die Zornadern traten an ihrem schlanken langen Hals hervor. Ihre sonst weißen Wangen waren vor Zorn tief gerötet. »Jetzt habe ich endgültig genug von deinem schlechten Benehmen. Du bist in meinem Hause nicht länger erwünscht. Ich werde noch heute einen Brief an deine leidgeprüfte Tante richten und sie auffordern, dich abzuholen. Du begibst dich jetzt hinauf auf dein Zimmer. Dort wirst du dich bis auf weiteres aufhalten.« Sie warf Kitty noch einen letzten bösen Blick zu, bevor sie sich Mary Ann zuwandte. Mühsam rang sie nach Fassung. »Mit dir, Mary Ann, will ich diesmal noch nicht so streng ins Gericht gehen«, sagte sie schließlich. »Ich denke, es wird noch einmal ohne einen Brief an deinen werten Bruder, Lord Ringfield, abgehen. Sicherlich war der Ballbesuch nicht deine Idee. Ich nehme an, du bist dazu überredet worden.«

Mary Ann schüttelte den Kopf. »Nein, das stimmt nicht, Mrs. Clifford«, begann sie mit energischer Stimme. Keinesfalls wollte sie es zulassen, daß die Direktorin Kitty die Alleinschuld an ihrem schändlichen Betragen gab. Doch die Schulleiterin unterbrach sie mit einer energischen Handbewegung: »Ich will jetzt keinen Widerspruch hören«, sagte sie streng. »Du bist zu diesem Ballbesuch überredet worden, das steht für mich fest. Und nun geht auf euer Zimmer. Du wirst dich ab heute nachmittag wieder am Unterricht beteiligen, Mary Ann. Was mit dir passiert, Charlotta, das wird Lady Farnerby entscheiden.«

»Ich kann dir sagen, wie Lady Jane entscheiden wird«, sagte Kitty, als sie ihr Zimmer erreicht hatten. Sie ließ sich auf den Sessel fallen, der neben dem Fenster stand, und blickte düster nach draußen: »Ich habe dir doch von Mrs. MacWetherby erzählt. Du weißt schon, die Gouvernante, die meine Cousinen Lizzy und June erzogen hat. Tante Janes langweilige Töchter. Mrs. MacWetherby war für ihre Erziehung verantwortlich. Sie hat ihnen standesgemäßes, damenhaftes Benehmen beigebracht.« Kitty machte eine abfällige Handbewegung. »Nie möchte ich werden wie die beiden. Sie sind einfach überheblich und langweilig. Und ich mag auch die Gouvernante nicht. Doch Tante Jane hält sehr viel von ihr.«

»Ja und?« erkundigte sich Mary Ann. Sie hatte nur mit halbem Ohr Kittys Ausführungen zugehört. Ihre Gedanken kreisten um Reverend Westbourne. »Was hat diese Mrs. MacWetherby mit dir zu tun? Glaubst du, deine Tante holt dich nach London, damit die Gouvernante auch dich erzieht?«

Kitty seufzte. »Wenn es nur das wäre. Doch Mrs. Wetherby ist nicht mehr in London. June und Lizzy haben bereits vor Jahren geheiratet, und da hatte Tante Jane keine Verwendung mehr für die alte Gouvernante. Daher ging diese wieder zu ihrer Familie nach Schottland zurück. Ich habe die Frau einmal kennengelernt, Annie. Sie ist eine verknöcherte alte Jungfer, streng und unnachgiebig. Ich kann den Ge-

danken nicht ertragen, daß mich Tante Jane zu ihr nach Schottland schickt...«
»Aber das kann deine Tante doch nicht tun!« rief Mary Ann dazwischen. »Es ist nicht mehr lange bis Februar. Dann bist du achtzehn, und dein Debüt beginnt. Sicher wird dich Lady Farnerby gleich jetzt zu sich in die Hauptstadt holen.«
Kitty schüttelte resigniert den Kopf. »Wird sie nicht«, seufzte sie. »Das hat sie mir bereits bei ihrem letzten Besuch angedroht. Wenn Mrs. Clifford noch einmal Grund zur Klage über mein Benehmen hätte, dann würde sie mich nach Schottland schicken. Und mein Debüt verschiebt sich um ein Jahr.«
»Um ein ganzes Jahr?« rief Mary Ann ungläubig. »Das kann ich nicht glauben. Bestimmt ist deine Tante nicht so grausam.«
»Da kennst du sie schlecht.« Kitty seufzte tief. »Sie hat es stets bedauert, daß mich meine spanischen Verwandten nach London geschickt haben. Welche Lady, die zwei wohlerzogene Töchter zu ehrbaren Frauen erzogen hat, möchte sich auch mit einem ungezähmten, wilden Fohlen abgeben...«
»Ungezähmten wilden Fohlen!« rief Mary Ann spöttisch. »Bist mit diesem poetischen Ausdruck etwa du gemeint?«
Kitty nickte, und ihr Humor bekam die Oberhand über ihre tristen Gedanken: »Ja«, kicherte sie. »Es war Tante Jane persönlich, die mich so nannte.«
»Ich wollte, Mrs. Clifford hätte John aufgefordert, mich von der Schule zu nehmen«, überlegte Mary Ann. »Was mein lieber Bruder wohl mit mir machen würde?«
»Na, was wohl?« entgegenete Kitty nicht gerade aufmunternd. »Er würde dich nach Ringfield Place holen, und du könntest auf seine beiden Söhne aufpassen. So wie du das doch in den Ferien auch immer tust. Und er würde dich von allen männlichen Wesen fernhalten. Damit du ja nicht auf den Gedanken kommst zu heiraten, bevor du fünfundzwanzig Jahre alt bist.«
Mary Ann seufzte: »Du hast recht. Obwohl mir im Augenblick nicht der Sinn nach heiratsfähigen Männern steht. Das Erlebnis mit Reverend Westbourne genügt mir.« Sie ballte ihre Hände zu Fäusten. »Ich wollte, ich hätte ihm die Ohrfeige gegeben.«

Kitty kicherte: »Ich habe diese Aufgabe gerne für dich übernommen«, sagte sie und umarmte ihre Freundin herzlich.
»Wie soll ich es nur aushalten ohne dich«, fragte Mary Ann traurig. »Die Schule wird unerträglich werden.«
»Wir werden beisammenbleiben, liebe Freundin, das verspreche ich dir«, meinte Kitty zuversichtlich. Mary Ann befreite sich aus der Umarmung und blickte Kitty erstaunt an: »Aber wie soll das gehen?« erkundigte sie sich. »Du bist in Schottland, ich bin hier...«
»Ich werde nicht nach Schottland gehen«, verkündete Kitty bestimmt.
»Nicht nach Schottland gehen?« wiederholte Mary Ann mit leuchtenden Augen. »Aber wie willst du das anstellen? Wie willst du deine Tante von ihrem Vorhaben abbringen? Hast du schon einen Plan?«
Kitty schüttelte den Kopf: »Nein, aber mir wird schon etwas einfallen«, sagte sie mit mehr Zuversicht, als sie tatsächlich empfand. »Ich darf ja den Unterricht nicht mehr besuchen. Da habe ich nun genug Zeit, darüber nachzudenken.«

VIII.

Die nächsten Tage vergingen zäh und langsam. Der Dezember war ins Land gezogen. Mit ihm die ersten leichten Schneefälle. Es war bitterkalt geworden. Vor allem in den Nächten, wenn der zunehmende Mond sich am sternenklaren Himmel zeigte, sanken die Temperaturen weit unter den Gefrierpunkt. Im Institut von Mrs. Clifford herrschte emsiges Treiben. Alle Schülerinnen würden die Weihnachtsfeiertage zu Hause verbringen. Die Vorbereitungen für die Heimreise hatten begonnen. Die Unterrichtsstunden wurden dazu genutzt, Geschenke für die Lieben zu Hause zu fertigen. Taschentücher wurden mit feinen Spitzen umhäkelt, Bildchen gestickt oder Aquarelle gemalt. Der Schulchor probte Lieder für die Weihnachtsfeier, zu der auch die Eltern der Mädchen geladen waren. Aus der Küche drangen verlockend die Düfte von Zimt und Honig. Von all dem bekam Kitty nichts mit. Sie blieb, wie befohlen, weiterhin auf ihrem Zimmer. Den Stuhl dicht an den Kamin geschoben, die Beine auf einen Hocker gelegt, saß sie da und grübelte. Heute morgen war Tante Janes Brief eingetroffen. Kitty hatte mit ihrer Befürchtung recht gehabt. Lady Farnerby hatte entschieden, sie zu Mrs. MacWetherby nach Glasgow zu schicken. In den nächsten Tagen würde eine Kutsche kommen, um die unbelehrbare Nichte abzuholen. Mylady selbst liege mit einer kleinen Influenza darnieder, hatte sie Mrs. Clifford geschrieben, so daß sie sich außerstande sehe, sich selbst nach Bath zu bemühen. Keineswegs fühle sie sich gesundheitlich in der Lage, sich den Strapazen einer Reise in den Norden auszusetzen. Im übrigen wollte sie wissen, was es mit einem Stallburschen namens Al Brown auf sich habe, von dem ihr Mrs. Clifford geschrieben und um eine Entscheidung über dessen weiteres Schicksal gebeten hatte. Sie selbst kenne keinen Al Brown und könne mit Sicherheit sagen, daß sie einen Mann dieses Namens weder eingestellt noch zu ihrer Nichte nach Bath geschickt habe. Zum Abschluß des Briefes sparte Mylady nicht mit Kritik an der Schule und schalt Mrs. Clifford dafür, daß es ihrer Nichte überhaupt gelungen war, sich bei Nacht und Nebel aus dem Schulhaus zu schleichen. Zum Glück für die Mädchen war die Direktorin durch diese ungerechten Rügen derart aufgebracht, daß sie sich nicht näher mit den Aussagen über Al Brown befaßte. Sobald sie jedoch zur Ruhe gekommen war, würde sie dies ohne Zweifel tun, und dann würde sie eine Erklärung über die Herkunft des Reitknechts verlangen. Was sie wohl sagen würde, wenn sie noch einem Schwindel der Mädchen auf die Schliche kam? Kitty seufzte. Dies war ein weiterer Grund, umgehend eine Lösung für ihre schier aussichtslose Lage zu finden. Al kümmerte sich rührend um Salomon, den sie ja zur Zeit selbst nicht reiten durfte. Er sorgte bestens für die Kutschpferde. Und er hatte den Wagen auf Hochglanz poliert, wie ihr Mary Ann mitgeteilt hatte. Nein, der Bursche verdiente es nicht, daß man ihn ohne Zeugnis davonjagte. Er würde nie wieder eine Anstellung als Reitknecht finden. Zudem war nun Winter. Die Ernte war längst eingefahren. Die Bauern suchten keine Hilfskräfte mehr. Sie würden Al nicht vor dem Frühjahr in ihren Dienst stellen. Kitty seufzte abermals. Die Verantwortung lastete schwer auf ihren Schultern. Dazu kam, daß sie im Moment sehr

knapp bei Kasse war. Der Quartalsscheck wäre Anfang dieses Monats fällig gewesen. Er hatte sie aber noch nicht erreicht. Was wohl der Grund für diese Verzögerung war? An Tante Janes Groll über ihr ungebührliches Verhalten konnte es nicht liegen. Denn das Geld bekam sie nicht von Lady Farnerby. Das bekam sie von deren Halbbruder Lord St. James, ihrem... Kitty sprang auf und klatschte in die Hände: ihrem zweiten Vormund! Sie hatte in ihrer Aufregung Lord St. James völlig vergessen. Doch nun erschien er ihr als die Lösung all ihrer Probleme. In diesem Augenblick ging die Tür auf, und Mary Ann kam vom Musikunterricht zurück. Freudlos warf sie ihre Noten auf den Schreibtisch: »Wenn ich an Weihnachten denke, wird mir übel«, sagte sie mit trostloser Stimme. »Es wird sein wie jedes Jahr. Die Kinder werden so aufgeregt sein, daß sie quengeln und streiten, meine Schwägerin wird mit ihnen schimpfen und schließlich in Tränen ausbrechen. John wird lehrreiche Geschichten vorlesen...«
»Laß ihn doch!« rief Kitty dazwischen. »Du wirst sie nämlich nicht hören. Schließ die Tür, Mary Ann. Ich habe endlich die Lösung für all unsere Probleme gefunden!«
Mary Ann tat, wie ihr geheißen, und blickte neugierig zu Kitty hinüber. »Ich habe noch einen zweiten Vormund, wie du weißt«, begann diese.
Mary Ann nickte: »Myladys Bruder.«
»Ihr Halbbruder«, berichtigte sie Kitty. »Lady Farnerbys Mutter hat zweimal geheiratet. Tante Jane und mein Papa entstammen der ersten Ehe. Aus der zweiten Ehe hat sie auch einen Sohn, den jetzigen Earl of St. James. Ich kenne Seine Lordschaft nicht, aber ich weiß, daß Tante Jane ihn nicht ausstehen kann! Also wird auch er sie nicht mögen. Und um sie zu ärgern, wird er unseren Plänen zustimmen. Verstehst du, was ich meine, Annie?«
»Unsere Pläne?« wiederholte Mary Ann verwundert. »Ich wußte nicht, daß wir Pläne haben.«
Kitty lachte auf: »Ich wußte es vor kurzem auch noch nicht«, gestand sie. »Doch nun weiß ich, was wir tun werden: Wir werden Lord St. James bitten, uns bei sich aufzunehmen. Sicher kennt er eine seriöse Dame, die unsere Anstandsdame sein kann. Denn soviel ich

weiß, ist der alte Herr selbst nicht verheiratet. Wir werden unser Debüt haben, Annie. Wir beide, du und ich. Es sollte doch ein leichtes sein, den alten Herrn für uns zu gewinnen, nicht wahr? Und dann kann Tante Jane vor Wut zerplatzen, sie kann nichts dagegen unternehmen, wenn uns Seine Lordschaft in die Gesellschaft einführt. Noch dazu, da er mein Vermögen verwaltet...«

»John wird nicht zustimmen«, war alles, was Mary Ann hervorbrachte.

»Ach, John.« Kitty dachte gar nicht daran, sich ihre Zuversicht durch den Gedanken an Mary Anns langweiligen Bruder verderben zu lassen. »Wir werden ihn vor vollendete Tatsachen stellen. Wenn du erst einmal im Haus von St. James Aufnahme gefunden hast, dann kann sich auch dein Bruder nicht mehr dagegen aussprechen, ohne Seine Lordschaft tödlich zu beleidigen. Und überhaupt: Was soll er schon dagegen haben? Schließlich bist du mein Gast, und ich zahle für deinen Aufenthalt.«

»Du weißt, daß ich das nie annehmen könnte«, wehrte Mary Ann ab.

Kitty ergriff die Hände ihrer Freundin: »Ist ja nur geliehen«, beruhigte sie sie. »Wenn du fünfundzwanzig bist, zahlst du mir alles zurück. Mach dir darüber keine Sorgen. Ich habe genug Geld, ehrlich. Ich lasse es nicht zu, daß du unglücklich bist, nur weil John dir vorenthält, was dir von Rechts wegen an deinem einundzwanzigsten Geburtstag zustünde. Nein, Annie, es wird Zeit, daß du dich aus den Fängen deines Bruders befreist. Bald bist du volljährig. Heute ist bereits der sechste Dezember. Nur mehr wenige Tage bis zu deinem Geburtstag.«

»Deine Tante Jane wird das nie zulassen«, wandte Mary Ann ein. Sosehr sie es sich auch wünschte, sie konnte nicht glauben, daß Kittys aufregender Plan tatsächlich Wirklichkeit werden könnte.

»Natürlich wird sie wütend sein«, gab Kitty zu, und aus ihrem Gesichtsausdruck wurde deutlich, daß ihr dieser Gedanke alles andere als unangenehm war. »Aber Seine Lordschaft verwaltet mein Vermögen. Also ist es sein Wort, das zählt. Alles, was wir jetzt noch müssen, ist nach London gelangen. Dann werden wir den alten Herrn aufsuchen und ihn für unseren Plan gewinnen. Hast du etwa einen

Zweifel daran, daß wir das schaffen? Welcher alte Herr ist nicht entzückt davon, zwei so reizende junge Damen bei sich aufzunehmen?« Sie lachte vergnügt auf, als sie Mary Anns skeptisches Gesicht sah.
Dieses Lachen wirkte ansteckend, und schließlich stimmte auch Mary Ann darin ein. Vergnügt tanzten sie durchs Zimmer.
Erschöpft und außer Atem ließen sie sich schließlich auf das Bett fallen. Nun war also der Plan gefaßt. Sofort begannen sie damit, ihn zu verwirklichen. Zuerst waren die Vorstellungen vage, wie sie nach London gelangen konnten. Sie würden Kittys Kutsche nehmen, das stand fest. Doch wie weit war es bis London? Wie oft mußte man übernachten? Reichte das Geld, das Kitty noch besaß, für mehrere Übernachtungen in den besten Poststationen? Wie fand man sich in der Hauptstadt zurecht? London war groß. Wie sollten sie die Brook Street finden, in der St. James wohnte?
»Am besten, wir fragen Al«, schlug Mary Ann schließlich vor. »Vielleicht haben wir Glück, und er war schon einmal in London. Vielleicht kennt er sich dort aus.«
»Al!« Kitty machte eine wegwerfende Handbewegung. »Al Brown kennt höchstens York und diesen Landstrich hier. Ich kann mir nicht vorstellen, daß er uns irgendwie behilflich sein kann. Aber bitte, schaden kann es nicht, wenn wir ihn fragen.«

»London!« rief Al entgeistert, als er, von Mary Ann geholt, wenig später in die Neuigkeiten eingeweiht worden war. »Sie können doch nicht im Ernst daran denken, nach London zu reisen, Missy. Eine Nacht allein in einer gottverlassenen Poststation. Nur Sie beide. Sie haben keine Anstandsperson. Ihre Verwandten werden nie und niemals die Zustimmung zu so einem waghalsigen Unternehmen erteilen.«
Kitty überhörte geflissentlich diese Einwände. »Nur eine Nacht? Das ist gut. Dafür reicht mein Geld. Sind Sie sich sicher, daß wir nur eine Übernachtung brauchen, Al?«
Dieser antwortete nicht sogleich. Schweigend betrachtete er Kittys Gesichtszüge, als könne er darin lesen, was seine Herrin vorhatte. Schließlich wandte er sich ab und blickte fragend zu Mary Ann:

»Können Sie mir vielleicht sagen, was hier gespielt wird, Miss Mary Ann?« erkundigte er sich. »Wenn ich schon mitspielen soll, würde ich gerne die Regeln kennen.«
»Also, Al, es ist so...«, begann die so Angesprochene zögernd zu antworten.
»Kein Grund, ihm alles zu erzählen«, unterbrach Kitty sie streng. »Er hat zu tun, was man ihm befiehlt. Und nur zu antworten, wenn er gefragt ist.«
»Wenn das so ist, such ich mir 'ne neue Herrschaft«, antwortete der Pferdeknecht gelassen. Er setzte seine Mütze auf die blonden Locken, hob grüßend die Hand und wandte sich zum Gehen.
Kitty konnte es nicht fassen. »Werden Sie wohl hierbleiben, Sie undankbarer Kerl!« rief sie bebend vor Zorn.
»Ja, wirklich«, sagte nun auch Mary Ann. »Bitte bleiben Sie hier, Mr. Brown. Wir brauchen Ihre Hilfe.«
Dieser höflich vorgebrachten Bitte konnte sich der junge Bursche nicht entziehen. Aufseufzend drehte er sich um und nahm auf einem Stuhl Platz, auf den Mary Ann mit freundlichem Lächeln gedeutet hatte. »Ich weiß gar nicht, ob ich's wissen will«, sagte er schließlich ernst. »Mir scheint, Sie haben etwas vor, was einen ganz schönen Wirbel verursachen wird. Und da will ich lieber nicht mit hineingezogen werden. Schadet meinem guten Ruf, wissen Sie.« Nun erhellte sich seine Miene, und ein vergnügtes Grinsen erschien auf seinen Lippen: »Auch ein Stallbursche muß auf seinen guten Ruf achten.«
»Vor allem aber muß er auf seine gute Stellung achten«, wies ihn Kitty zurecht.
»Ha, gute Stellung!« entgegnete Al spöttisch. »Weiß ich denn, daß ich bei Ihnen eine gute Stellung habe? Hab noch keinen lumpigen Cent gesehen, seit ich in Ihren Diensten bin. Außer dem, was mir Miss Mary Ann gegeben hat, selbstverständlich.«
»Soll ich Ihnen einen Vorschuß geben, damit Sie sich ebenso aus dem Staub machen wie bei Ihrem vorigen Dienstherrn?« erkundigte sich Kitty böse.
Al knirschte mit den Zähnen, sagte jedoch nichts.
Mary Ann hielt es für angebracht, die Streithähne zu besänftigen. Die Zeit drängte. In Kürze würde Mrs. Clifford eine Erklärung über

die Einstellung eines Pferdeknechts verlangen, den Lady Farnerby allem Anschein nach gar nicht kannte. Die Kutsche, die Kitty nach Schottland bringen sollte, wurde für die nächsten Tage erwartet. Konnte man da wirklich die kostbare Zeit mit Streiten vergeuden? Zudem hatte sich Reverend Westbourne für den kommenden Nachmittag zu einer Schachpartie angesagt. Keinesfalls wollte sie diesen Mann treffen. Keinesfalls weitere selbstgerechte Rügen über sich ergehen lassen. Zwei Jahre lang war der Reverend ihr Idol gewesen. Es tat weh, ihn so tief stürzen zu sehen.
»Sie werden Ihr Geld bekommen, Mr. Brown«, sagte sie deshalb mit besänftigender Stimme. »Sie sind ja noch keinen Monat bei uns. Miss Stapenhill zahlt ihre Bediensteten immer pünktlich, das versichere ich Ihnen. Doch nun hören Sie zu: Wir haben beschlossen, nach London zu reisen. Und zwar noch heute.«
»Noch heute?« Nun war auch Kitty erstaunt.
Mary Ann nickte. »Seht mal, Mrs. Clifford hat erfahren, daß Al nicht von Lady Farnerby angestellt wurde. Es ist zu befürchten, daß sie ihn noch heute auf die Straße setzt. Dem müssen wir zuvorkommen.«
»Du hast recht!« rief Kitty aus. Sie sprang auf und öffnete den Kleiderschrank: »Wir werden nur das Nötigste mitnehmen. Nur soviel, wie im Inneren der Kutsche Platz hat und wir noch bequem sitzen können…«
»Aber Miss Mary Ann, Missy, ich will auf keinen Fall der Grund sein, daß Sie Ihre Schule so überstürzt verlassen. Um Himmels willen, glauben Sie mir, ich finde mich allein zurecht. Bitte…«, stammelte Al, völlig aus der Fassung gebracht.
»Sie finden keine Stelle im Winter«, entgegnete Kitty energisch und beäugte kritisch ihr dunkelblaues Reisekleid aus schwerem Samt. »Ich denke, daß sich das für unsere Fahrt am besten eignet. Wo ist die Reisetasche?«
»Unser Entschluß steht fest, Al Brown. Wir reisen nach London«, erklärte Mary Ann, die den fassungslosen Blick des Pferdeknechts aufgefangen hatte. »Wir können nicht länger in der Schule bleiben, dafür gibt es gewichtige Gründe, die wir Ihnen später genau erklären werden…«
»Wozu soll das gut sein…«, warf Kitty patzig dazwischen.

»Missy!« murmelte Al drohend.

Kitty blickte sich um. Für einen kurzen Moment traf ihr Blick auf seine stahlharten blauen Augen. Es schien, als würden sie ihre Kräfte messen. Ein Kampf gegen einen Stallburschen, sie mußte verrückt sein.

»Wir werden nach London reisen, um Miss Kittys zweiten Vormund aufzusuchen«, erklärte Mary Ann, die von diesem Zwischenspiel nichts mitbekommen hatte. »Den Earl of St. James. Er wohnt in der Brook Street. Wir fragten uns, ob Sie...«

»Der Earl of St. James!« rief Al ungläubig aus und fuhr herum. »Der Earl of St. James ist Ihr Vormund, Missy?«

»Sie kennen den alten Herrn?« erkundigte sich Mary Ann verwundert.

Al antwortete nicht sogleich. Mit großen Augen und offenem Mund starrte er die Damen an. Kitty rüttelte ihn unsanft am Ärmel. »Was soll das Theater?« erkundigte sie sich neugierig. »Kennen Sie meinen Vormund etwa wirklich?«

»Kennen Sie ihn denn?« lautete die Gegenfrage. Al wartete interessiert auf Kittys Antwort.

»Nein. Ich hatte bisher noch keine Gelegenheit, ihn kennenzulernen. Es war Tante Jane, die sich um mich kümmerte, als ich aus Spanien kam. Sie ist seine Halbschwester.«

»Aber Sie kennen den Earl, geben Sie's zu, Al. Sie haben den alten Herrn bereits gesehen. Was ist er für ein Mensch? Wie kommt es, daß Sie ihn kennen?«

»Na ja, ich kenne ihn ja gar nicht wirklich.« Mary Anns Frage verursachte Al offensichtliches Unbehagen: »Hab ihn bloß ein-, zweimal gesehen. Von der Ferne, versteht sich. Man kommt ja doch nicht in die Nähe von die großen Herrn...« Der Bursche war vor Aufregung wieder in den breitesten Dialekt verfallen.

Kitty war viel zu neugierig, um die Sätze ihres Dieners zu verbessern, wie sie es sonst gerne tat: »Wo war das?« wollte sie wissen. »In London?«

Al nickte. »War dort eine Zeitlang Stallbursche«, erklärte er mit beiläufigem Tonfall.

»Sie waren in London Stallbursche?« wiederholte Mary Ann erstaunt. »Wie kam es dann, daß Sie sich bei einem Bauern in dieser Gegend verdingen mußten? Das ist doch eine viel niedrigere Arbeit.«

»Mein Herr hatte mich rausgeschmissen«, erklärte Al und bemühte sich sichtlich, das Thema zu wechseln. »Wenn Sie heute noch loswollen, dann müssen Sie rasch Ihre Tasche packen…«

»Bei wem standen Sie in Diensten?« unterbrach Kitty ihn. »Ich meine, in London. Wer war Ihr Herr?«

Al seufzte. »Viscount Lornerly«, antwortete er knapp.

»Viscount Lornerly!« rief Kitty aus. »Der Lornerly, dessen Pferd letztes Jahr Ascot gewonnen hat?«

Al nickte mit unverkennbarem Stolz.

»Viscount Lornerly ist der Sohn des Duke of Windon, nicht wahr?« erkundigte sich Mary Ann, die sich an die Schulstunden von Miss Chertsey erinnerte.

Al nickte wiederum: »So ist es, Miss Mary Ann.«

Diese wollte ihn eben fragen, wie er dazu kam, in einem derart vornehmen Haus zu dienen, als ein Klopfen an der Tür sie herumfahren ließ. Kitty beeilte sich, ihre Reisetasche unters Bett zu schieben. Heather trat ein, ein schweres Tablett in ihrer Rechten. »Ich habe Ihnen den Tee heraufgebracht, Miss Kitty. Und für Sie auch, Miss Mary Ann, damit die arme Miss Kitty nicht so alleine essen muß. Ah, Sie sind auch da, Mr. Brown«, stellte sie entzückt fest und schenkte ihm einen koketten Augenaufschlag. Dann stellte sie das Tablett mit der schweren Silberkanne und den zahlreichen kleinen Kuchen auf den Tisch vor der kleinen Kommode. Sie rückte die Teller zurecht und goß die dampfend heiße Flüssigkeit in die zierlichen Tassen.

»Es ist sehr nett, daß du an mich gedacht hast«, erklärte Mary Ann freundlich.

Heather knickste und wollte eben das Zimmer verlassen, als sie sich anders besann: »Kommen Sie mit mir, Mr. Brown? Ich habe ein großes Stück Kuchen für Sie auf die Seite gestellt. Schokoladenkuchen, Ihr Lieblingsgebäck.« Sie blinzelte dem Pferdeknecht verschwörerisch zu.

»Miss Heather, Sie sind ein Schatz!« rief Al fröhlich und machte sich daran, ihr zu folgen.

»Halt, hiergeblieben!« befahl Kitty entrüstet. »Sie haben jetzt keine Zeit, einem Weiberkittel nachzujagen!«
»Kitty!« rief Mary Ann entsetzt.
»Missy!« rief Al, scheinbar ebenso schockiert. Doch das vergnügte Blinzeln in seinen Augen strafte seine Stimme Lügen.
»Du kannst gehen, Heather«, meinte Mary Ann und schob das Mädchen zur Tür. »Miss Kitty hat dem Burschen noch einige Anweisungen wegen Salomon zu geben. Das Tier ist ganz verstört, weil es seine Herrin vermißt. Das verstehst du doch, nicht wahr?«
Heather nickte und zog ihre kindliche Stirn in sorgenvolle Falten. »Es ist wirklich allzu hart von Mrs. Clifford, die arme Miss Kitty die ganze Zeit in ihr Zimmer einzusperren. Und das noch dazu ohne Abendessen. Wie kann sie nur so streng sein?« Sie wandte sich wieder zu Kitty um: »Ich nehm's Ihnen nicht krumm, wenn Sie schlechte Laune haben, Miss Kitty«, versicherte sie gutherzig. »Ich wäre ganz verzweifelt, wäre ich an Ihrer Stelle.« Sie drückte die Türklinke hinunter: »Die Köchin läßt sagen, ich soll Sie schön grüßen«, erinnerte sie sich plötzlich. »Sie hat das Teetablett besonders vollgeladen.«
»Ja, ich seh's«, erwiderte Mary Ann, die sich plötzlich wieder an ihre Pläne erinnerte. »Wenn ich mich daran beteiligen soll, ist's wohl besser, ich komme auch nicht zum Abendessen. Meine Kleider beginnen bereits an der Taille zu spannen. Ich kann meinem armen Bruder John nicht zumuten, mir neue zu kaufen. Bitte sei so freundlich, und entschuldige mich bei Mrs. Clifford.«
Heather nickte, und Kitty warf ihrer Freundin einen anerkennenden Blick zu. »Bist du nicht aus Yorkshire, Heather?« erkundigte sie sich unvermittelt. Das Mädchen ließ die Klinke los und wandte sich ihr zu: »Bin ich, bin ich, Miss. Ganz wie Mr. Brown. Eine so schöne Gegend. Gerade im Winter.« Sie ließ einen tiefen Seufzer hören. Kitty warf ihrer Freundin einen verschwörerischen Blick zu. »Ja, ich weiß«, flüsterte sie schließlich und setzte damit Mary Ann in großes Erstaunen. »Wie sehne ich mich dorthin.« Es schien, als wäre sie den Tränen nahe. Mary Ann hörte diese Worte mit Verwunderung. Sie glaubte nicht, daß Kitty jemals in Yorkshire gewesen war. Doch deren Worte schienen sie eines besseren zu belehren: »Mein... äh... mein Cousin hat ein Landhaus in Yorkshire. Dort habe ich meine

Jugend verbracht. Na ja, zumindest einen Teil davon. Am liebsten würde ich sofort aufbrechen und dorthin fahren.«
»Ich auch, Miss Kitty«, meinte Heather verständnisvoll. »Ach, das finde ich toll, daß Sie schon einmal in Yorkshire waren. Ganz riesig finde ich das.« Als Kitty, scheinbar ganz in Gedanken versunken, nicht mehr weitersprach, knickste sie abermals und verließ geräuschlos den Raum.
»Was soll das?« platze Mary Ann heraus, sobald die Dienerin das Zimmer verlassen hatte. »Du warst doch dein Leben lang noch nicht in Yorkshire!«
»Natürlich nicht!« gab Kitty zu und lachte zufrieden. »Aber wenn man morgen unsere Abwesenheit entdeckt, wird Heather verkünden, wir seien zu meinem Cousin nach Yorkshire gefahren. Damit sind wir unsere Verfolger erst einmal los. Niemand wird so schnell auf die Idee kommen, uns in London zu suchen.«
Nun lachten alle drei.
Die weiteren Vorbereitungen waren rasch getroffen. Kitty und Mary Ann packten das Nötigste in zwei Reisetaschen, die Al noch am selben Abend in der Kutsche verstauen sollte. Über den Beginn der Abfahrt gab es eine kurze Meinungsverschiedenheit, als Al sich weigerte, bei Nacht loszufahren. Der Mond war zur Zeit kaum mehr als eine schmale Sichel. Es war ein zu hohes Risiko, auf der unbeleuchteten Straße in ein Schlagloch zu geraten und mit umgestürzter Kutsche im Straßengraben zu enden. Von der Gefahr, überfallen zu werden, gar nicht zu reden. Zudem würde man keine weite Strecke mehr schaffen und damit den Verfolgern die Möglichkeit geben, sie rasch aufzuspüren. Abgesehen davon, daß ihnen kein Wirt zu allzu später Stunde mehr Unterkunft gewähren würde. Diesen vernünftigen Argumenten konnten sich die beiden Mädchen nicht verschließen.
Sie vereinbarten, sich am kommenden Morgen vor Sonnenaufgang im Stall zu treffen. Um sechs Uhr früh war noch niemand auf, und ihr Verschwinden würde frühestens drei Stunden später bemerkt werden, wenn Heather das Frühstückstablett für Kitty aufs Zimmer brachte. Al nahm die beiden Reisetaschen, spähte vorsichtig auf den Flur hinaus, und als er niemanden sah, verschwand er rasch über die Hintertreppe. Der Abend zog sich in die Länge. Die beiden Freundin-

nen hatten sich früh zu Bett begeben, um am nächsten Morgen ausgeruht und frisch die weite Reise zu beginnen. Doch nun lagen sie noch lange wach und machten Pläne für ihren Aufenthalt in der Hauptstadt. Natürlich würde es ihnen gelingen, den alten Onkel um den Finger zu wickeln. Sicher war er einsam in seinem großen Haus. Er hatte nie geheiratet und daher auch keine Kinder. Würde es ihn da nicht glücklich machen, zwei so hübsche Ersatztöchter ins Haus schneien zu sehen, die Leben in seinen trüben Alltag brachten? Sicher waren die Bälle in London atemberaubend und aufregend – kein Vergleich mit dem mißlungenen Fest bei Lady Nestlewood. Sie würden tanzen und sich vergnügen. Und Kitty würde den großen Gentleman mit den aufregenden grauen Augen und den langen Locken wiedertreffen. »Kennen wir uns nicht, Mylady?« würde er fragen und sie aufs Tanzparkett entführen.

In diesem Augenblick klopfte es an der Tür, und die beiden fuhren erschrocken in ihren Betten auf. Mrs. Clifford persönlich betrat ihr Zimmer. Die Kerze in ihrer Linken beleuchtete ihr blasses Gesicht, das sich nun bleich und gespenstisch von der Umgebung abhob. »Ihr habt euch also tatsächlich bereits zur Ruhe begeben«, stellte sie fest, und ihre Stimme klang erleichtert. Seit jenem Abend, an dem ihre Schülerinnen heimlich das Haus verlassen hatten, hegte sie stets die Befürchtung, dieses unselige Ereignis könnte sich wiederholen. Die Mädchen dankten Al im stillen, daß er sie davon abgebracht hatte, noch an diesem Abend aufzubrechen. Hätte Mrs. Clifford jetzt Alarm geschlagen, hätten sie nur eine Stunde Vorsprung gehabt. Sie wären noch rascher aufgegriffen worden, als sie dies befürchteten.

»Ich komme, um zu sehen, daß ihr keine Dummheiten anstellt«, erklärte Mrs. Clifford mit strenger Stimme. »Soeben ist ein Bote gekommen, der Lady Farnerbys Kutsche für morgen vormittag ankündigt. Du kannst bereits beginnen, dich von deiner Freundin zu verabschieden, Charlotta.« Mrs. Clifford trat ins Zimmer, um die Vorhänge zuzuziehen, und blies die Kerze auf Kittys Nachttisch aus: »Gute Nacht«, wünschte sie. Dann wartete sie, bis die beiden Mädchen den Gruß erwidert hatten, nickte gnadenvoll und rauschte aus dem Zimmer.

Es war früh am Morgen, als die beiden Mädchen aufbrachen. Das Schulhaus lag noch in friedlicher Ruhe. Nicht einmal hinter den Fenstern der Dienstbotenzimmer zeigte das Flackern von Kerzen an, daß sich die Bewohner für ihre tägliche Arbeit zurechtmachten. Al hatte die Pferde bereits vor die Kutsche gespannt und den Wagen auf den Vorplatz hinausgeführt. Nun half er den beiden beim Einsteigen. Dankbar registrierten sie, daß warme Decken bereitlagen. Auch heiße Ziegelsteine hatte ihr fürsorglicher Diener nicht vergessen. Al wollte soeben den Kutschbock erklimmen, als sich der Schlag neuerlich öffnete und Kittys Kopf im Türspalt erschien. »Ich habe mich doch entschieden, Salomon mitzunehmen«, verkündete sie zu seiner Überraschung. »Wir werden das Pferd an die Kutsche anbinden. Ich bringe es einfach nicht über mich, ihn hierzulassen.«
Mit raschen Schritten war Al an ihrer Seite: »Das können Sie doch nicht im Ernst meinen, Missy«, widersprach er energisch. »Was glauben Sie denn, was für ein seltsames Gespann wir abgeben würden? Die Alte, ich meine die ehrenwerte Mrs. Clifford bräuchte sich doch nur umzuhören, und jeder, der unseren Weg kreuzt, könnte sich an uns erinnern. Sie schnappt uns, ehe wir Bradford erreicht haben.«
»Ja wirklich, Kitty«, meldete sich nun auch Mary Ann zu Wort. »Al hat recht. Wir können ja Salomon sofort nachkommen lassen, wenn wir uns bei deinem Onkel eingerichtet haben. Al muß ohnehin noch einmal zurückkehren, um unsere Kleider zu holen. Um deine Kleider zu holen«, verbesserte sie sich. »Denn meine grauen Gewänder möchte ich mein Leben lang nicht mehr zu Gesicht bekommen.«
Kitty schien noch nicht ganz überzeugt.
Al warf ihr einen mitfühlenden Blick zu: »Ich weiß, wie sehr Sie an dem Pferd hängen, Missy. Ich bin sicher, Harris weiß das auch, und er wird besonders gut auf Salomon achtgeben.« Dann drehte er sich um, griff hinter sich auf den Kutschbock und holte eine weiße Serviette hervor, deren Enden zu einem Knoten verschlugen waren. »Ich habe hier etwas für euch«, erklärte er und reichte Kitty vorsichtig die Enden des Tuches: »Schokoladenkuchen. Möge es ihm gelingen, euch die Abreise zu versüßen.«
Während Mary Ann sich freudig bedankte, rümpfte Kitty die Nase. »Heathers Schokoladenkuchen etwa?«

Al grinste: »Heathers Schokoladenkuchen«, bestätige er. Dann schloß er vorsichtig den Schlag, um nicht allzuviel Lärm zu verursachen, und stieg behende auf den Kutschbock hinauf.

IX.

Sie fuhren die ersten beiden Stunden zügig und in flottem Tempo. Die karge braune Winterlandschaft zog im Dämmerlicht an den Kutschenfenstern vorbei. Die beiden Mädchen lehnten sich in die Polster zurück und waren nach kurzer Zeit eingenickt. Dann hielt Al an, um die Pferde zu wechseln und um seinen beiden Reisenden zwei Becher dampfend heißen Kaffee ins Wageninnere zu reichen. Zu Mittag waren sie in Avebury. Sie kehrten in einer kleinen Poststation ein und nahmen ein karges Mittagessen zu sich. Al mied die großen Poststationen absichtlich. Denn dort würden ihre Verfolger als erstes nach ihnen fragen. Keiner der drei verspürte großen Appetit. Zu groß war die Angst, daß plötzlich ein schnelles Gefährt kam, sie überholte und zum Stehenbleiben zwang. Wenn sie doch nur schon in London wären, und wenn der Earl sich doch schon bereit erklärt hätte, sie bei sich aufzunehmen. Al versuchte, ihre Zweifel zu zerstreuen. Miss Stapenhills Kutsche war eine der modernsten Ausführungen. Es würde kaum möglich sein, sie heute noch einzuholen. Und doch schien auch er von der Aufregung, die seine Begleiterinnen erfaßt hatte, angesteckt worden zu sein. Jedenfalls wurde er zunehmend schweigsamer, je mehr sie sich der Hauptstadt näherten. Am Nachmittag gönnten sie sich nur eine weitere kurze Pause zum Pferdewechsel und um ein Glas Limonade zu trinken. Dann trieb der Bursche die Pferde unbarmherzig an. Es wurde rasch dunkel um diese Jahreszeit. Bereits gegen vier Uhr verschwanden die letzten Sonnenstrahlen am Horizont. Ein Glück, daß es wenigstens nicht schneite. Sie beschlossen, in Reading zu übernachten. Der Ort war so groß, daß sie auch abseits der Poststation geeignete Unterkunft finden sollten. Nun hatten sie den Großteil der Strecke zurückgelegt. Am frühen Nachmittag des nächsten Tages würden sie in London ankommen.

Als sie ihr Ziel für den ersten Tag erreichten, hatten die beiden Kutscheninsassinnen das Rumpeln und Schütteln der Reise mehr als satt. Sie waren müde und hungrig, ängstlich und voller Zweifel, ob sie das Richtige getan hatten. Von der freudigen Erregung und der Abenteuerlust, die sie zu dieser Reise veranlaßt hatten, war nicht mehr viel zu spüren. Al entschied, daß sie im Gasthof »Zur blauen Ente« übernachten würden, der ihm einen vertrauenerweckenden Eindruck machte. Er lenkte das Gespann in den Vorhof ein und hielt vor der breiten braunen Tür an. Das Wirtshausschild, auf das eine blaue Ente gemalt war, die watschelnd über eine grüne Frühlingswiese lief, bewegte sich quietschend im Wind hin und her. Aus den bleiverglasten Scheiben drang gedämpftes Licht einladend ins Freie. Al sprang vom Bock und streckte seine matten Glieder. Es war schon eine Ewigkeit her, daß er so lange auf dem Kutschbock gesessen war. Ein skeptischer Blick zum Himmel entlockte ihm ein tiefes Seufzen. Wenn er sich nicht irrte, dann gab es in Kürze Schnee. Das fehlte gerade noch. Mit raschem Griff öffnete er den Schlag. Kalter Wind blies Kitty entgegen, als er ihr aus dem Wagen half. Erschrocken hielt sie ihren Hut fest. »*El tiempo es aquí malísimo!*« rief sie aus. »Was für ein schreckliches Wetter! Sehen Sie zu, daß Sie die Tiere sofort in den Stall bringen, Al. Wir müssen mit den Pferden morgen noch fahren. Dies hier scheint keine Poststation zu sein. Daher können wir die Pferde nicht wechseln.«

Al war eben dabei, Mary Ann aus der Kutsche zu helfen. Nun drehte er sich zu seiner Herrin um: »Genau das werde ich tun, Missy«, erklärte er gelassen. »Doch zuerst gestatten Sie mir, Sie in den Gasthof zu begleiten. Sie können schlecht hier draußen warten, bis ich die Pferde abgerieben habe.«

»Natürlich warten wir nicht hier draußen«, fuhr Kitty ihn an. »Was für ein absurder Gedanke. Mary Ann und ich werden alleine in das Gasthaus gehen. Wir brauchen Ihre Hilfe nicht.«

Al wollte etwas einwenden, aber Kitty ließ ihn nicht zu Wort kommen. Sie war müde. Und wenn sie müde war, dann war sie gereizt. Und wenn sie gereizt war, dann konnte sie unausstehlich werden. Das wußte Al inzwischen, und darauf wollte er es nicht ankommen lassen. Als sie nun abermals in scharfem Ton wiederholte, daß die

Tiere umgehend abgerieben gehörten, da nickte er nur, holte die Taschen aus dem Wagen und stellte sie neben den Damen ab. Darauf schwang er sich wortlos auf den Kutschbock und fuhr den Wagen hinter das Haus.

Mary Ann knöpfte mit klammen Fingern ihren Mantel zu. »Ob deine Entscheidung wirklich so klug war?« äußerte sie mit sichtlicher Skepsis und ließ ihren Blick über die schmucklose Fassade des Wirtshauses streifen. Der breite niedrige Bau schien sauber und gut erhalten. Aus den zahlreichen Kaminen stieg dichter Rauch in den Nachthimmel. Al schien eine gute Wahl getroffen zu haben.

Kitty beschloß, den Einwand ihrer Freundin zu überhören, und griff mit energischer Bewegung nach ihrer Tasche. Diese war viel schwerer, als sie in Erinnerung hatte. Stöhnend schleppte sie sie zur Eingangstür. Mary Ann beeilte sich, es ihrer Freundin gleichzutun. Kitty drückte die Klinke hinunter und trat in die hell beleuchtete Gaststube ein. Warme, rauchige Luft strömte ihr entgegen. Sie hustete und blinzelte, und es dauerte geraume Zeit, bis sie sich an die stickige Umgebung gewöhnte. Und doch war es besser, als draußen in der kalten Nacht zu frieren. Sie sehnte sich nach einem warmen Bad und einem weichen, gut durchlüfteten Bett. Mary Ann war hinter ihr in den Raum getreten und hatte die Tür hinter sich zugemacht. Nun standen sie da, die Taschen neben sich abgestellt, und blickten sich etwas unsicher im Gastzimmer um.

»Ja, wen haben wir denn da?« rief eine männliche Stimme von einem der Tische am hinteren Ende des Raumes her. Dort saßen mehrere Männer in fröhlicher Runde beisammen. Halb geleerte Bierkrüge zeigten, daß sie schon länger dem Alkohol zugesprochen haben mußten. Einige von ihnen hielten Karten in der Hand, doch es war offensichtlich, daß das Eintreten der Mädchen sie von ihrem Spiel ablenkte. Sie hatten sich zur Tür umgewandt und musterten Mary Ann und Kitty mit unverhohlener Neugierde. Ein dicker Geselle, der an der Stirnseite des Tisches saß, schob seinen Hut in den Nacken und stieß einen anerkennenden Pfiff aus: »Das sind aber hübsche Gäste, eine wahre Wohltat für's Auge, hab ich nicht recht, Jack?«

»Und nicht nur für's Auge, möchte ich wetten«, lautete die Antwort

seines Freundes, die von den Kumpanen mit lautem Lachen und Gegröle aufgenommen wurde.
Der Dicke machte eine einladende Handbewegung. »Setzt euch her zu uns, Mädels!« rief er gut gelaunt. »Wir spendieren euch was zu trinken.«
»Aber nur, wenn ihr brav seid«, verkündete der hagere Mann mit den Bartstoppeln auf den eingefallenen Wangen, den sie Jack nannten.
»Du wirst schon dafür sorgen, daß sie brav sind, da hab ich keine Angst, Jack«, kicherte ein dritter. Der Ausspruch veranlaßte seine Gefährten abermals, in lautes Lachen und Grölen auszubrechen.
Dieser Lärm erregte die Neugierde der Wirtin, die in die Küche geeilt war, um nach der Suppe zu sehen. Nun kam sie ins Gastzimmer zurück, um zu schauen, was die Aufmerksamkeit ihrer Stammgäste erweckt hatte. Die Wirtin war eine energische ältere Frau von enormen Ausmaßen. Sie trug eine weiße, nicht mehr ganz frische Schürze über ihrem dunkelbraunen Wollkleid, die kurzen Beine steckten in derben Lederstiefeln. Ihre fettigen grauen Haare waren mit jahrelang geübten Griffen im Nacken zu einem Kranz aufgesteckt. Darüber thronte eine große schmucklose Haube in einem verwaschenen Lila. Als sie nun die beiden Mädchen mit verstörten Gesichtern neben der Tür stehen sah, da stemmte sie energisch ihre fleischigen Arme in die Seiten. Mit vor Empörung aufgeblasenen Backen kam sie näher: »Ihr kommt mir nicht über die Schwelle, ihr Dirnenpack!« rief sie aus. Ihre Stimme klang rauh und dunkel wie die eines Mannes. »Wo glaubt ihr denn, daß ihr hier seid? Dies hier ist ein anständiges Haus. Geht hinüber zum alten Bearloc von den sieben Mooren. Dort gehört euresgleichen hin.« Mit energischer Geste wies sie zur Tür.
Kitty schnappte entrüstet nach Luft: »Wie können Sie es wagen!« rief sie aus. Ihre Augen funkelten, und ihre Wangen waren nun nicht nur von der Kälte gerötet: »Sie wissen wohl nicht, wen Sie vor sich haben. Mein Name ist Stapenhill. Ich bin die Tochter Seiner Gnaden des Herzogs von Elmington. Und das ist...« Sie wollte eben Mary Ann vorstellen, die neben ihr stand und betreten zu Boden blickte. Doch die Wirtin ließ sie nicht aussprechen: »Ja, ja, ja und ich bin Queen Charlotte!« spottete sie und blickte mit beifallheischender Miene zu ihren männlichen Gästen hinüber.

Diese amüsierten sich königlich über das Spektakel, das sich ihnen bot, klatschten vor Vergnügen in die Hände und erfreuten sich gegenseitig mit derben Witzen.

»Glauben Sie wirklich, Miss, ich lasse mich für blöd verkaufen?« fuhr die Wirtin fort und griff mit ihren dicken Fingern nach Kittys Reisetasche. »Welche Herzogstochter kommt denn in ein Wirtshaus geschneit, frage ich Sie. Ohne Dienstboten, ohne Kutsche und noch dazu mit der Tasche in den eigenen Händen! Feine Ladys tragen nie etwas selbst, merk dir das, du Schlampe. Und jetzt hinaus mit euch! Aber rasch. Sonst hole ich den Wirt aus dem Keller. Der wird euch Beine machen!« Sie öffnete die Wirtshaustür und wollte eben Kittys Tasche mit weit ausholendem Schwung ins Freie schleudern, als ihr unvermittelt Al gegenüberstand. Erschrocken ließ sie ihren Arm sinken und die Tasche neben dem Fremden auf den Boden plumpsen. »Und wer sind Sie schon wieder?« fragte sie, und ihre Stimme klang bei weitem nicht mehr so selbstbewußt. Mit großen Augen starrte sie zu der hochgewachsenen Gestalt empor. Al schüttelte gemächlich die Schneeflocken von seinem Kutschiermantel, schob die überraschte Wirtin zur Seite und trat in die Gaststube.

Kitty war noch nie so froh gewesen, ihn zu sehen. Mit raschen Schritten lief sie auf ihn zu und klammerte sich an den Ärmel seines dicken Kutschiermantels. »Al! Hier bleibe ich keinen Augenblick länger!« rief sie aus. Es hatte den Anschein, als wollte sie ihn notfalls gegen seinen Willen aus der Gaststube zerren. Das Gelächter am hinteren Tisch war verstummt. Die Wirtin wartete ungeduldig auf Als Erklärung. Zahlreiche neugierige Augen starrten zu ihm hinüber. Mit kundigem Blick erfaßte er die Situation. Es hatte nicht den Anschein, als habe sich die Wirtin bereit erklärt, den jungen Damen Unterkunft zu gewähren. Und doch, es blieb ihnen nichts anderes übrig, als hier zu übernachten. Die Pferde waren übermüdet. Rasch fiel die Dunkelheit ein. Der Schneefall hatte deutlich an Stärke zugenommen. Nein, er hatte nicht die geringste Lust, die Fahrt fortzusetzen und im Schneegestöber nach einem neuen Quartier Ausschau zu halten. Es war dumm von ihm gewesen zu gestatten, daß die beiden Mädchen ohne Begleitung den Gasthof betraten. Dies machte auf gestrenge Gemüter einen höchst unseriösen Eindruck. Er mußte zusehen, daß er die

Situation in den Griff bekam. Dies würde ihm allerdings nicht gelingen, wenn er sich als Kutscher der beiden Mädchen zu erkennen gab.

»Und wer sind Sie, wenn ich fragen darf!« wiederholte die Wirtin ihre Frage. Ihr unwirscher Tonfall verriet deutlich ihre Ungeduld: »Haben Sie was mit den Weibspersonen zu schaffen?« »Ja!« rief jetzt auch der dicke Geselle mit dem breiten rotwangigen Gesicht: »Kennen Sie die Kleine da? Er schnuckeliges Ding. Stapenhill soll sie heißen, sagt sie. 'ne Herzogstochter will sie sein.« Seine Freunde fielen wieder in grölendes Lachen ein.

Mary Ann wandte sich zum Gehen. Je schneller sie diese peinliche Situation beendeten, desto besser. Sie hatte bereits die Klinke in der Hand, als der Tonfall ihres Dieners sie abrupt innehalten ließ. »Beruhige dich, Darling, es wird alles wieder gut«, hörte sie ihn sagen. Mary Ann war, als könne sie ihren Ohren nicht trauen. Sie drehte sich um und sah Al, der sich hoch aufgerichtet hatte. Er lächelte auf Kitty hinab, die sich noch immer krampfhaft an seinen Ärmel klammerte und tätschelte mit liebevoller Geste ihre Hand. Kitty war ebenso fassungslos wie ihre Freundin. Mit großen Augen sah sie zu, wie Al sich an die Wirtin wandte und mit hochnäsigem Tonfall verkündete: »Hier scheint es sich um ein Mißverständnis zu handeln. Daher will ich Ihnen verzeihen, daß Sie meine Gemahlin nicht mit dem gebührlichen Respekt behandelten. Mein Name ist Stapenhill. Lord Stapenhill, und dies hier ist meine Gattin. Sowie...« er wies auf die staunende Mary Ann, »Miss Brown, die Kammerfrau. Wir benötigen ein Doppelzimmer für eine Nacht sowie ein Einzelzimmer. Die Räume mit Verbindungstür, wenn möglich. Meine Gattin möchte ihre Zofe in der Nähe wissen. Das Essen servieren Sie uns in ein Extrazimmer. In sagen wir... einer Stunde. Dies ist dir doch recht, Liebling, nicht wahr?« Mit befriedigtem Lächeln stellte er fest, daß Kitty völlig sprachlos nickte.

Die Wirtin warf ihren Stammgästen einen bitterbösen Blick zu. Sie waren schließlich schuld daran, daß sie die Situation so völlig mißverstanden hatte. »Ich konnte ja nicht wissen...«, stammelte sie und bemühte sich, möglichst untertänig und devot zu erscheinen. »Verzeihen Sie mir, Mylord, Mylady...« Sie knickste und schritt an ihren

Gästen vorbei. »Ich werde Ihnen sofort Ihre Zimmer zeigen. Natürlich haben wir noch etwas frei. Es reisen nicht viele Leute zu dieser Jahreszeit.« Mary Ann warf Al einen anerkennenden Blick zu, den dieser mit einem zufriedenen Lächeln zur Kenntnis nahm.

Trotz ihrer Leibesfülle stieg die Wirtin mit raschen Schritten die Treppe empor. Ihr Umfang füllte beinahe die gesamte Breite des Treppenhauses aus. Wie hatte sie sich bloß so irren können? Das junge Ding im einfachen Reisemantel schien so gar nichts von einer Lady an sich zu haben. Aber der junge Mann war eine hochgestellte Persönlichkeit, da hatte sie keine Zweifel. Und daran änderte auch seine schlichte Kleidung nichts. »Ich werde Ben, unseren Burschen, anweisen, Ihnen heißes Wasser zu bringen. Essen in einer Stunde, Mylord, wie gewünscht. Wir haben allerdings nur eine sehr einfache Küche, ich hoffe, Sie verstehen.« Sie hielt die Tür zum Doppelzimmer auf. Der Raum war nicht groß, doch ordentlich. Die Vorhänge und Bettbezüge schienen sauber zu sein. Dann öffnete sie eine weitere Tür, die vom Doppelzimmer wegführte. »Und hier ist der Raum für die Kammerfrau. Ich hoffe, alles ist zu Ihrer Zufriedenheit, Mylord, Mylady. Ich schicke Ihnen Ben sofort. Nichts für ungut.« Mit raschen Schritten ging sie aus dem Raum, schloß die Tür hinter sich und eilte von dannen.

Mary Ann ließ sich in den einzigen Sessel des Zimmers fallen und lachte laut heraus: »Wie haben Sie das nur geschafft, Al!« rief sie begeistert. »In Ihnen schlummern ja eine Menge verborgener Talente. Ich glaube nicht, daß wir uns um Sie Sorgen machen müssen. Wenn Sie keine Anstellung als Kutscher oder Pferdeknecht mehr finden, dann müssen Sie zum Theater gehen. Diese Vorstellung war großartig. Die Wirtin war ganz überwältigt von Ihrem beeindruckenden Gehabe.« Sie klatschte in die Hände. »Bist du nicht auch hingerissen, Kitty?«

Ihre Freundin hatte den Schürhaken ergriffen und stocherte lustlos im kalten Kamin. »Noch viel hingerissener wäre ich, wenn er imstande wäre, Feuer zu machen«, sagte sie, und es klang nicht gerade begeistert. Dazu war dieser Vorwurf nicht einmal berechtigt, denn Al hatte bereits begonnen, in dem neben dem Kamin aufgestapelten Holz nach geeigneten Spänen zu suchen, um ein Feuer anzufachen. Nun blickte

er zu Kitty empor und sagte kein Wort. Sein eindringlicher Blick irritierte sie noch mehr: »Und wagen Sie es nie wieder, mich als Ihre Gemahlin auszugeben«, zischte sie, und ihr Tonfall klang schärfer, als sie dies beabsichtigt hatte. »Das war der Gipfel der Unverschämtheit. Und wehe, Sie nennen mich noch einmal Darling.«
Al grinste und wandte sich wieder dem Kamin zu. »Ich hoffe, Sie sind mir nicht böse, Miss Mary Ann, daß ich Sie zur Kammerfrau machte«, sagte er anstelle einer Antwort.
Diese schüttelte den Kopf: »Natürlich nicht. Es war ja wirklich dumm von uns, daß wir uns nicht selbst einen Plan zurechtgelegt hatten. Ich habe nicht im Traum angenommen, daß es für unbegleitete Frauen schwierig wäre, eine Nacht in einem seriösen Wirtshaus zu verbringen.« Sie zog die Nadeln aus ihrem Hut und legte sie auf das Nachtkästchen. Kitty schlüpfte aus ihrem dicken wollenen Mantel und hängte ihn an einen der schweren schmiedeeisernen Haken neben der Tür. »Ist das Feuer noch immer nicht fertig?« erkundigte sie sich gereizt. »Ich wünschte, Sie würden sich mehr beeilen. Dann können Sie gehen. Ich nehme an, daß das Zimmer neben dem unseren für Sie bestimmt ist.«
Al grinste über die Schulter. »Aber ja doch, Missy. Keine Angst«, verkündete er, und es hatte nicht den Anschein, als würde sich ihre gereizte Stimmung auf ihn übertragen. »Allerdings halte ich es für klug abzuwarten, bis dieser Ben das heiße Wasser gebracht hat. Es wäre doch nicht ratsam, wenn er mich im Zimmer der Kammerzofe anträfe. Nicht wahr? Was würde erst dann die gute Wirtin von uns halten? Noch dazu, wenn die Zofe so hübsch ist wie Miss Brown.« Er wandte sich wieder dem Feuer zu, und Mary Ann errötete zutiefst.
Kitty hatte schon eine böse Bemerkung auf den Lippen, doch in diesem Augenblick klopfte es, und der Hausbursche schleppte zwei Eimer dampfend heißen Wassers herein. So begnügte sie sich damit, ihren Burschen keines Blickes zu würdigen.

Das Abendessen, das Lord und Lady Stapenhill sowie der Kammerfrau, der es gestattet war, am Tisch ihrer »Herrschaften« zu speisen, eine gute Stunde später serviert wurde, war einfach, aber geschmackvoll. Die drei, von der langen Reise ausgehungert, ließen es sich mit gutem Appetit schmecken. Wein war keiner im Hause, aber das Ale, das der Wirt auftischte, traf die Zustimmung Seiner Lordschaft. Die Damen begnügten sich mit Johannisbeersaft, den die Wirtin im Herbst selbst eingekocht hatte.

Kittys schlechte Laune hatte sich in der Zwischenzeit verbessert, und die drei begannen ihre kleine Maskerade zu genießen. Es war amüsant, die Wirtin zu beobachten, wie sie sich nun vor Freundlichkeit nahezu überschlug und wie sie versuchte, den Gästen alles recht zu machen. Die Unterhaltung bei Tisch war fröhlich und lebhaft. Kitty schilderte ihr Leben in Spanien und erinnerte sich dabei auch an zahlreiche lustige Begebenheiten, die sie Mary Ann noch nicht erzählt hatte. Al berichtete von seinen letzten beiden Arbeitsstellen bei Bauern nahe Bath. Obwohl er über die zahlreichen Vorkommnisse selbst am lautesten lachte, konnte er die Mädchen nicht täuschen. Sie wußten, daß es eine schwere Zeit für ihn gewesen war. Mary Ann lauschte den Anekdoten der beiden anderen mit Interesse und sichtlichem Vergnügen. Sie selbst schwieg jedoch. Was hätte sie auch schon zu erzählen gehabt? Nachdenklich ruhte ihr Blick auf dem Gesicht des Pferdeknechts. Es war ihr, als sehe sie ihn zum ersten Mal. Warum waren ihr seine feingeschnittenen Gesichtszüge bisher nicht aufgefallen? Die makellosen, strahlend weißen Zähne? Die klugen, durchdringenden blauen Augen? Als Al merkte, daß sie ihn musterte, hob er fragend kaum merklich die linke Augenbraue in die Höhe. Er sah ihr direkt in die Augen. Ein zartes Rot huschte über Mary Anns Wangen, bevor sie sich abwandte und ihren Blick wieder auf die Speisen vor ihr auf dem Teller richtete.

Nach einem zeitigen Frühstück brachen sie auf. Es hatte aufgehört zu schneien. Der Schnee auf der Straße war hart und festgefroren und knirschte unter den Rädern der Kutsche. Auf dem Kutschbock saß Al und bot einen wahrlich seltsamen Anblick. Zum einen hatte er sich, trotz Kittys wiederholter Aufforderung, an diesem Morgen geweigert, sich zu rasieren. Sein Bartwuchs war im Gegensatz zu seinen blonden Haaren erstaunlich dunkel. Kräftige Bartstoppeln bedeckten Wangen und Kinn. Er sah beinahe so aus wie an jenem Tag, als Mary Ann ihn von der Straße aufgelesen hatte. Das ist nun noch nicht ein-

mal einen Monat her, dachte Mary Ann im stillen. Kaum zu glauben, wieviel seither geschehen war.
»Ein Bart ist gut gegen die Kälte«, erklärte Al hartnäckig. »Sie müssen sich ja nicht den Wind um die Ohren blasen lassen, Missy. Sie sitzen in der warmen Kutsche...«
»Ha, warme Kutsche!« entgegnete Kitty. »Sie wissen selbst, daß es sehr kalt ist. Und was soll das für ein Unding sein?«
Al drehte das braune Etwas in der Hand und grinste. »Schick, nicht? Das ist eine Mütze. Ich habe sie der Wirtin abgekauft.« Er setzte sie auf, und seine Augen blitzten vor Vergnügen. Er wußte, daß diese Kopfbedeckung kaum etwas von seinem Gesicht freiließ. Sie thronte wie eine große viereckige Schachtel auf seinem Kopf und bedeckte die Stirn zur Gänze. Breite, mit Fell besetzte Klappen schützten Ohren und Wangen. Mit einem derben braunen Band wurde die Mütze am Hals zugebunden.
»Diese Mütze ist häßlich«, urteilte Kitty verächtlich.
»Aber warm«, entgegnete Al. »Soll ich auch eine für Sie besorgen, Missy?«
Mary Ann lachte vergnügt. Kitty warf ihm, selbst ein Lächeln nur mit Mühe zurückhaltend, einen strengen Blick zu. Dann ließ sie sich von ihrem Diener in die Kutsche helfen.

Sie erreichten London in den frühen Nachmittagsstunden. Al lenkte mit geübter Hand die Pferde durch die belebten Straßen. Kitty und Mary Ann preßten ihre Nasen an die Fensterscheiben: Wie viele Leute hier unterwegs waren! Wie arm und heruntergekommen die Häuser aussahen. Und dazu der Schmutz und das Geschrei der Menschen! Das sollte die heißersehnte Stadt ihrer Träume sein? Der Mittelpunkt des vornehmen Gesellschaftslebens? Doch nach einiger Zeit wurden die Straßen ruhiger, die Häuser machten einen gepflegten und eleganten Eindruck. Diener in farbiger Livree verrichteten geschäftig ihre Botengänge. Hausmädchen in sauberen Kleidern eilten ihres Weges. Von den vornehmen Bewohnern all dieser Straßen und Plätze war nicht viel zu sehen. Vermutlich ruhten sie sich um diese Uhrzeit nach dem Lunch aus, wenn sie überhaupt an diesem Morgen schon aufgestanden waren. Wenn man den Berichten der Klatschkolumnen, die Miss Chertsey so liebte, glauben konnte, so waren die Abendunterhaltungen anstrengend und dauerten gewöhnlich bis in die frühen Morgenstunden. Viele der jungen Herren verließen ihre Häuser erst gegen fünf Uhr nachmittags, wenn es mondän war, sich in der Kutsche oder zu Pferd im Hyde Park sehen zu lassen. Doch vermutlich waren zu dieser Jahreszeit überhaupt nur wenige Adelige in London. Wenn nicht wichtige Gründe sie in der Hauptstadt festhielten, so zogen sich die meisten von ihnen auf ihre Landsitze zurück, oder sie besuchten Freunde zu Jagdgesellschaften. Al hielt den Wagen am Straßenrand an, und kurz darauf erschien sein vermummtes Gesicht vor einem der Kutschenfenster: »Direkt zum Earl of St. James?« wollte er wissen.

»Ja, nein...«, stammelte Kitty, die plötzlich jeder Mut verlassen hatte. Vielleicht war es besser, den alten Herrn nicht zu überrumpeln. War es nicht klüger, sich für ein, zwei Nächte ein Hotelzimmer zu nehmen? Dem Onkel zuerst eine Nachricht zukommen zu lassen, bevor man ihn aufsuchte? Außerdem fühlte sie sich nicht wohl. Das deftige Essen am Vorabend war ihr nicht gut bekommen. Sie hatte in der Nacht kaum ein Auge zugemacht. Und jetzt noch das Rütteln der Kutsche. Nein, sie war ganz gewiß nicht in der Lage, ihrem gestrengen Verwandten gegenüberzutreten. »Kennen Sie ein preiswertes Hotel?« fragte sie ihren Diener.

»Aber warum?« erkundigte sich Mary Ann erstaunt. »Wir wollten doch umgehend nach unserer Ankunft zu Seiner Lordschaft fahren. Ich wäre beruhigt, wenn wir das Gespräch endlich hinter uns gebracht hätten. Außerdem haben wir doch kaum Geld...«

»Mir ist übel«, war Kittys einzige Antwort. Warum fühlte sie sich denn bloß plötzlich so schwach? Aufstöhnend, den Tränen nahe, lehnte sie sich in die Polster zurück. Mary Ann blickte hilflos zu Al. Dieser stellte keine weiteren Fragen, schwang sich auf den Kutschbock, und nach nicht allzulanger Zeit hielt er das Fahrzeug vor einem Hotel an. Es war ein schmales, dreistöckiges Gebäude. *Flemings Hotel* stand mit geschwungenen Lettern auf dem Schild zu lesen. Diesmal begingen sie nicht denselben Fehler wie im Gasthaus »Zur blauen Ente«. Al verstaute die unförmige Mütze in seinem Gepäck und trat aufrecht und entschlossen in den Vorraum. Er war durch und durch der Diener eines vornehmen Haushalts, der für seine junge Herrin ein Zimmer suchte. Man hatte sich darauf geeinigt, daß Mary Ann weiter die Rolle der Kammerfrau spielen sollte. Und so betrat Kitty, noch immer sichtlich blaß, am Arm ihrer »Zofe« das Haus. Al befahl dem Hoteldiener, sich um die Kutsche zu kümmern, und trug selbst das spärliche Gepäck in das obere Stockwerk. Nun würden sie also drei getrennte Zimmer brauchen: Eines für Miss Stapenhill, ein zweites für die Kammerfrau, ein drittes für den Diener. Bereits für die erste Nacht würde Kittys gesamtes restliches Geld aufgebraucht werden. Doch hatten sie mit dem vornehm tuenden Hotelbesitzer keinerlei Probleme.

Am nächsten Morgen war Kitty noch immer elend zumute. Als sie aufzustehen versuchte, stand sie auf so wackeligen Beinen, daß Mary Ann sie umgehend ins Bett zurückschickte. Sie ließ heißen Tee und trockenen Kuchen bringen. Nach diesem kargen Frühstück fühlte sich ihre Freundin stark genug, einen kurzen Brief an ihren Vormund zu schreiben. Mary Ann brachte Papier und Feder und legte Kenneth' Adelskalender als Unterlage auf die Bettdecke.
»Was, diesen Wälzer schleppst du mit dir herum?« erkundigte sich Kitty erstaunt. »Was für eine seltsame Idee. Doch nun hilf mir, Mary Ann. Was würdest du dem alten Earl schreiben?«
Die nächste Stunde verging damit, daß sie ihre Köpfe zusammensteckten und überlegten. Sie verwarfen den ersten Entwurf, zerrissen den nächsten. So ging es einige Zeit dahin, bis sie sich schließlich auf ein kurzes Schreiben einigten. »Verehrter Vormund«, brachte Kitty mit zittriger Schrift zu Papier. »Darf ich Sie davon in Kenntnis setzen, daß ich nach London gereist bin. Ich brauche dringend Ihren Rat und Ihre Hilfe. Bitte nennen Sie mir den Tag und die Uhrzeit, wann Ihnen mein Besuch angenehm ist. Mein Diener wartet auf Antwort. Hochachtungsvoll, Ihr Mündel Charlotta Stapenhill.«
»Meinst du, daß wir die richtigen Worte gefunden haben?« erkundigte sich Kitty sorgenvoll bei ihrer Freundin, während sie Sand auf das Papier streute, um die Tinte zu trocknen. »Bringst du den Brief bitte zu Al? Er soll umgehend in die Brook Street fahren und das Schreiben bei meinem Vormund abgeben. Aaah…«, aufseufzend

lehnte sie sich in die Kissen zurück. »Wenn mir bloß nicht so übel wäre!« Erschöpft schloß sie die Augen.
Mary Ann nahm ihr Tinte und Feder ab und stellte sie auf den kleinen Schreibtisch am Fenster. Dann legte sie das schwere Buch zur Seite und deckte Kitty fürsorglich zu: »Versuch zu schlafen, meine Liebe. Bis Al mit der Antwort zurückkommt, dauert es sicher Stunden. Vielleicht trifft er Seine Lordschaft gar nicht sofort zu Hause an und muß auf ihn warten.«

Mary Ann irrte sich. Seine Lordschaft war zu Hause. Er ging unruhig in seiner Bibliothek auf und ab, so als wartete er auf einen Besucher. Als der Butler eintrat, um ihm Kittys Brief auf einem Silbertablett zu präsentieren, riß er ihm diesen ungeduldig aus der Hand. Er öffnete den Umschlag mit der scharfen Klinge seines Brieföffners und überflog die Zeilen. Das hatte ihm gerade noch gefehlt! »Higson, sagen Sie dem Diener... Nein, warten Sie, ich werde etwas schreiben.« Er setzte sich an seinen schweren, dunklen Schreibtisch, tauchte die Feder in das blankpolierte Tintenfaß aus Messing und warf mit schwungvollen Zügen eine kurze Nachricht auf das goldgeränderte Papier.

»Was soll das heißen!« Kitty setzte sich mit einem entsetzten Aufschrei im Bett auf. »O Gott!« stöhnend hob sie die Hand zur schmerzenden Stirn. »Lies noch einmal, bitte, Mary Ann, lies mir diese Nachricht noch einmal vor. Das kann nicht stimmen. Du mußt dich irren.«
»Mündel«, las Mary Ann abermals. »Ich bin von Deiner Tante Lady Farnerby über Dein undamenhaftes Benehmen in Kenntnis gesetzt worden und keinesfalls gewillt, mich mit Dir darüber zu unterhalten. Du wirst umgehend in Deine Schule zurückkehren und dort die Anweisungen von Lady Farnerby abwarten. St. James.«
»Es ist also wahr!« stöhnte Kitty. »Er will mich nicht einmal sehen. Er schickt mich zurück.« Sie brach in Tränen aus. »Was sollen wir jetzt tun, Mary Ann?«
Diese ließ sich auf der Bettkante nieder. Kittys Zustand machte ihr ernsthafte Sorgen. Sie hatte ihre Freundin stets fröhlich und voller

Tatendrang erlebt. Nichts konnte sie aus der Fassung bringen, stets hatte sie eine Idee, einen Ausweg parat. Doch nun saß sie verzweifelt und weinend in einem fremden Hotelbett. Und das alles nur wegen eines sturen alten Mannes, der sich weigerte, seine Nichte zu empfangen.

»Und wir werden trotzdem hingehen«, verkündete Mary Ann mit überraschend bestimmtem Tonfall. »Und zwar auf der Stelle.« Sie war aufgesprungen und hatte den Kleiderschrank aufgerissen, in dem ihre spärliche Garderobe, vom Hausmädchen fein säuberlich aufgebügelt, auf hölzernen Bügeln hing.

»Tut mir leid, Kitty, aber du mußt aufstehen. Wir werden deinen Onkel aufsuchen.«

»Jetzt?« erkundigte sich Kitty verstört.

»Jetzt«, antwortete Mary Ann bestimmt. »Du wirst das dunkelgrüne Kleid mit dem hübschen weißen Spitzenkragen anziehen. Darin siehst du wie ein braves Schulmädchen aus. Das ist genau der Eindruck, den wir jetzt brauchen. Die Haare streng aufgesteckt... und Onkel St. James wird Lady Farnerbys Geschichten für böse Lügen halten.«

Kitty ließ ein leises Lachen hören: »Glaubst du wirklich?« fragte sie, nicht ganz überzeugt.

»Aber natürlich«, entgegnete Mary Ann, bemüht darum, mehr Zuversicht zu versprühen, als sie tatsächlich empfand: »Er muß uns einfach helfen. Denn wir können ja nicht zurück. Nicht einmal, wenn wir wollten. Wir haben bereits all unser Geld ausgegeben. Jeden Cent. Wir haben nicht einmal das Geld für die Pferdewechsel auf der Rückfahrt.«

»Du hast recht«, stöhnte Kitty niedergeschlagen. »Es bleibt uns gar nichts anderes übrig.« Aufseufzend schlug sie die Decke zurück und ließ sich von ihrer Freundin aus dem Bett helfen.

Eine knappe Stunde später fuhr die Kutsche von Miss Stapenhill abermals vor dem vornehmen Haus in der Brook Street vor. Al hatte, obwohl es gar nicht schneite, wieder seine voluminöse Mütze aufgesetzt. Auch die Bartstoppeln hatte er sich noch immer nicht abrasiert. Mary Ann kletterte als erste aus dem Wagen und betrachtete mit bangem Gefühl die vornehme, abweisende Fassade. Das Haus des Earl schien das breiteste und größte der Straße zu sein. Ein Vordach, von zwei ionischen Säulen getragen, schmückte den imposanten Eingang. Vier weiße Marmorstufen führten zur mattgrün gestrichenen Tür.

»Er wird uns nicht vorlassen«, flüsterte Kitty aufgeregt. »Mary Ann, ich fühle mich so schwach.«

Energisch betätigte Mary Ann den Türklopfer. Je schneller sie diese peinliche Angelegenheit hinter sich gebracht hatten, desto besser. Sie würde den Butler schon dazu zwingen, Kitty vorzulassen. Sie würde mit Gewalt Einlaß begehren, sie würde sich nicht abwimmeln lassen, sie würde...

Higson öffnete die Tür. Als er die beiden Mädchen in den schlichten adretten Kleidern vor sich stehen sah, erhellte sich seine Miene, und ein aufatmendes Lächeln trat auf seine strengen Gesichtszüge: »Ein Glück, daß Sie endlich gekommen sind!« sagte er freundlich. »Bitte treten Sie ein. Sie werden erwartet.«

X.

Justin Tamworth, der zweite Earl of St. James, war an dem Tag nach London zurückgekehrt, an dem Kitty und Mary Ann den Ball bei Mrs. Nestlewood besucht hatten. Den Aufenthalt bei seinem Cousin Albert hatte er früher abgebrochen, als er ursprünglich geplant hatte. Die anderen Gäste schienen ihm unerwartet langweilig, die Gespräche öde, die abendlichen Trinkgelage seltsam abstoßend. Albert war frisch verliebt in eine Tänzerin der Covent Garden Opera. Er schäkerte mit dem Mädchen den ganzen Abend, überhäufte sie mit Schmuck der protzigsten Sorte und lachte ausgiebig über die obszönen Witzchen, die sie ihm zuflüsterte. St. James war nicht in der richtigen Stimmung für derart frivole Lustbarkeiten gewesen. Zudem war er nie ein begeisterter Jäger. Also bot auch die Rotwildjagd keine willkommene Zerstreuung. Lady Silvie Westbourne ging ihm nicht aus dem Kopf. Dieses sanfte, blondgelockte Wesen. Diese

kleine, elfenhafte Gestalt. Er sah sie vor sich, wie sie ihn anlächelte, wie sie mit geneigtem Kopf seinen Erzählungen lauschte. Er konnte nicht glauben, daß sie ihn freiwillig verlassen hatte. Sie war seine Frau! Er mußte sie zurückgewinnen. Er mußte sie finden, koste es, was es wolle. Warum saß er also auf dem Landsitz seines Cousins Albert und vergeudete kostbare Zeit?
Energisch hatte er Deverton, seinen Kammerdiener, angewiesen, die Koffer zu packen. Der Kutscher schlug ein flottes Tempo an. Sein Herr hatte es eilig, nach Hause zu kommen. Die vier Pferde liefen in gleichmäßigem Galopp, und ihr warmer Atem dampfte im kalten Dezembermorgen. Die Gedanken Seiner Lordschaft drehten sich im Kreise. Sosehr er auch grübelte, sosehr er auch nachdachte, er fand keine Lösung für sein Problem. Er hatte Silvies Eltern gefragt, ihre Brüder und Schwestern. Doch all dies hatte ihn keinen Schritt weitergebracht. Ein Mann würde Frauen eben nicht verstehen, hatte Reverend Westbourne, Silvies Bruder gemeint. Konnte tatsächlich nur eine Frau eine Frau wirklich verstehen? Seine Lordschaft hielt in den Gedanken inne: Es konnte nicht schaden, wenn er eine Frau um Rat fragte. Vielleicht war das des Rätsels Lösung. Vielleicht sollte er wirklich eine Frau bitten, ihn bei der Suche nach Silvie zu unterstützen. Welche Frau er dafür allerdings zu Rate ziehen sollte, war ihm ein Rätsel. Christine d'Arvery, seine schöne Maitresse? St. James lachte bei dem Gedanken: Nein, gewiß nicht. Sie hatte ihm bis heute nicht verziehen, daß er geheiratet hatte. Er durfte nicht vergessen, ihr ein Schmuckstück zu kaufen, um sie zu versöhnen. Warum fiel ihm gerade bei diesem Gedanken Albert und seine lächerliche Tänzerin ein?

Es war einige Tage später, als der Earl nachdenklich an seinem Schreibtisch saß und mit den Fingerspitzen gegen die blank polierte Tischplatte trommelte. Der Gedanke, daß ihm eine Frau vielleicht bei der Suche nach Silvie weiterhelfen könnte, ging ihm nicht mehr aus dem Sinn. Doch welche Frau war in der Lage, sich in seine Braut hineinzuversetzen? Welche Frau konnte die Gedanken dieses zarten, feinfühligen Wesens erraten? Seine Schwester Jane? Ausgeschlossen! Jane war zu alt, zu plump, zu sehr den Konventionen verhaftet. Außerdem mochte sie Silvie nicht, obwohl sie sie kaum kannte. Allein, daß seine Braut die Tochter des ungehobelten Earl of Westmore war, machte sie bereits zu einer unpassenden Partie für ihren jüngeren Bruder. Ob es wohl weibliche Detektive gab? Diese Idee, so achtlos erwogen, ließ ihn in seinen Gedanken innehalten. Natürlich, das war die Lösung! Er würde eine junge Detektivin anstellen und sich von ihr auf Silvies Spur bringen lassen. Unsinn! Erhob sich eine innere Stimme. Wer wußte, was das für Frauenzimmer waren, die diesem Beruf nachgingen? Und ob es sie überhaupt gab? Nun, er konnte es zumindest versuchen. Er selbst war am Ende seiner Weisheit angelangt. Was konnte es schaden, diesen unkonventionellen Weg zu versuchen? Energisch, bevor er es sich wieder anders überlegte, zog er am Klingelstrang, Der Butler erschien, kaum war der letzte Ton verhallt.

»Higson, wie hieß die Detektei, die Lord Petersham letzten Herbst beschäftigte, als er wissen wollte, ob seine Gattin ihn betrügt?« erkundigte sich Seine Lordschaft. Das bewundernswerte Gedächtnis seines Butlers ließ ihn auch diesmal nicht im Stich: »Goldsmith, Mylord, Samuel William Goldsmith. Er hat sein Büro in der City nahe St. Paul's. Warwick Lane, wenn ich nicht irre.«

Der Earl nickte erfreut: »Goldsmith, richtig. Einer der Burschen soll ihn hierherbringen. Umgehend.«

Obwohl Higson die Abneigung Seiner Lordschaft zu warten kannte und umgehend Sam, den ersten Stallburschen losschickte, wurde die Geduld Seiner Lordschaft auf eine harte Probe gestellt. Es erwies sich, daß der Detektiv sein Büro gegen zehn Uhr morgens verlassen hatte und seine Mitarbeiter nicht wußten, wohin er sich begeben hatte. Was das Auffinden ihres Vorgesetzten betraf, so schien seine Mitarbeiter der Spürsinn zu verlassen. Sam blieb also nichts anderes übrig, als zu warten. Eine Pflicht, der er nicht ungern nachkam. Das Sitzen in einem geheizten Büro war allemal angenehmer als die Arbeit in den zugigen Stallungen. Am frühen Nachmittag wurde dann endlich die Eingangstür aufgeschlossen, und ein kleiner untersetzter Mann in einem schwarzen, fast bodenlangen Mantel stürzte herein. Er warf seinen breitkrempigen Hut mit oft geübter Grandezza auf den bereitgestellten Kleiderständer und schüttelte dann den Schnee von seinen

Schultern. Es war offensichtlich, daß es wieder zu schneien begonnen hatte. Der Mann verkündete mit einer für seine Gestalt ungewohnt hohen Fistelstimme, daß ihn keine zehn Pferde mehr bei diesem Wetter vor die Türe brächten. Ein Kanzleidiener eilte heran, um seinen Herrn auf die Anwesenheit des Stallburschen Seiner Lordschaft aufmerksam zu machen. Mr. Goldsmith vergaß seinen eben getanen Schwur, griff nach seinem Hut und befahl dem Stallburschen, ihm zu folgen. Ein Auftrag Seiner Lordschaft, des Earl of St. James? Da würde es schon eines viel heftigeren Schneesturms bedürfen, daß er sich dieses Geschäft entgehen ließe.

Der Empfang, der ihm in der Bibliothek Seiner Lordschaft in der Brook Street bereitet wurde, war äußerst frostig. Der Earl, der die Wartezeit damit ausgefüllt hatte, die Idee, einen weiblichen Detektiv einzuschalten, hin und her zu wälzen, war unschlüssiger denn je. Diese Unschlüssigkeit gepaart mit der ihm ohnehin eigenen Ungeduld hatte ihn äußerst gereizt werden lassen. Er musterte Mr. Goldsmith mit strenger Miene. Er war sich nicht sicher, ob ihm dieser kleine Mann gefiel. Die tiefliegenden Augen schienen Intelligenz, aber auch Verschlagenheit zu verraten. Die schrägen, schmalen Augenbrauen gaben dem Mann etwas Raubtierähnliches. Ein Eindruck, der nicht so recht zu den breiten vollen Lippen passen wollte. Seine Lordschaft bot dem Detektiv mit knapper Handbewegung an, Platz zu nehmen, und schilderte ihm dann mit wenigen Worten sein Problem.
Mr. Goldsmith hörte aufmerksam zu, nickte zum Zeichen, daß er dem schnellen Vortrag folgen konnte, mehrmals mit dem Kopf und verzichtete darauf, Zwischenfragen zu stellen. Er kannte die vornehme Gesellschaft. Die Anweisungen, die er bekam, waren selten präzise und klar. Fragen waren lästig. Der kurze Vortrag Seiner Lordschaft war zwar recht aufschlußreich, und dennoch war er weit davon entfernt, sich ein klares Bild der Sachlage machen zu können. Ein Umstand, den er keineswegs zugeben wollte. Es würde ihm schon gelingen, im Laufe der Zeit nähere Details von der Dienerschaft zu erfragen.
»Ich werde mich persönlich Ihres Falles annehmen, Mylord«, verkün-

dete er großartig, nachdem der Earl geendet hatte. »Sie können versichert sein...«

St. James hob die Hand, um ihn zum Schweigen zu bringen. »Da ist noch etwas«, sagte er. »Ich vergaß wohl, dies zu erwähnen. Ich wünsche eine Frau. Eine Detektivin nennt man das wohl.« Er sah, daß Mr. Goldsmith erbleichte. »Das ist doch für Ihr Büro kein Problem?« erkundigte er sich deshalb lauernd.

»Eine Frau?« stammelte Goldsmith, zum ersten Mal seit Jahren wirklich aus der Fassung gebracht. »Was können Sie wohl damit meinen? Wozu soll das gut sein...«

»Das lassen Sie meine Sorge sein«, unterbrach ihn Seine Lordschaft kühl. »Sie schicken mir Ihre beste Detektivin, und ich bin bereit, gut zu bezahlen.« Mr. Goldsmith war umgehend von seinem eigentlichen Problem abgelenkt: »Wieviel?« erkundigte er sich wie aus der Pistole geschossen.

Der Mann begann Seine Lordschaft zu langweilen. »Das Doppelte«, erklärte er leidenschaftslos.

Der Detektiv war weit davon entfernt, ihn zu verstehen: »Das Doppelte? Wovon?« erkundigte er sich ratlos. Seine Lordschaft seufzte ungeduldig: »Wovon denn wohl«, fuhr er auf. »Das Doppelte von dem Betrag, den Sie verlangen würden, wenn Sie einen Auftrag persönlich erledigen. Was würde mich das kosten?«

»Ein...zweihundert«, stammelte der Detektiv.

»Gut, dann zahle ich vierhundert«, entgegnete Seine Lordschaft, als sei damit alles klargestellt. Goldsmith schnappte nach Luft. War dieser Mann verrückt geworden? Vierhundert Pfund für einen Auftrag! Was für eine absurde Idee, eine Detektivin zu verlangen! Woher sollte er in der Eile eine auftreiben? Bisher hatte noch nie jemand danach gefragt. Aber vierhundert Pfund! Das war ein großer Batzen Geld: Da würde er schon ein passendes Weibsstück finden.

»Die Hälfte bei Arbeitsbeginn, die Hälfte bei Erledigung des Auftrags?« erkundigte er sich atemlos.

St. James nickte. Goldsmith verbiß sich mit Mühe ein spöttisches Grinsen. Es war nicht zu fassen. Auch wenn das Mädel es nicht schaffte, diese Lady Westbourne zu finden, und natürlich würde sie es nicht schaffen, wären ihm zweihundert sicher. So ein Auftrag lohnte sich.

»Also, wie ist es, Goldsmith? Werden Sie mir eine passende Frau schicken, oder muß ich ein anderes Detektivbüro beauftragen?« unterbrach St. James ungeduldig dessen erfreulichen Gedanken.

»Ich werde Ihnen eine schicken, worauf Sie Gift nehmen – ich meine stets zu Diensten, Eure Lordschaft. Selbstverständlich.«

St. James nickte und erhob sich: »Gut. Ich erwarte Ihre Mitarbeiterin heute nachmittag. Wie ist der Name der Frau? Ich kann mich doch darauf verlassen, daß sie eine Meisterin ihres Faches ist?«

»Aber ja doch, Eure Lordschaft. Für mich arbeiten nur die allerbesten Leute.« Der Detektiv beeilte sich, sich ebenfalls zu erheben. »Heute nachmittag, äh, das... äh erscheint mir allerdings etwas zu früh.« Wie sollte er so rasch ein passendes Frauenzimmer auftreiben. Im Dury Lane Theater? »Mary, äh, also meine Mitarbeiterin, sie heißt Mary, Sir.« Mary war gut, so hieß heutzutage jede zweite Frau. »Sie ist gerade wegen eines anderen Auftrags außerhalb der Stadt. Ich werde ihr umgehend eine Nachricht zukommen lassen. In den nächsten Tagen steht sie Ihnen zur Verfügung, Mylord. Sie können sich auf mich verlassen.«

Widerwillig beugte sich der Earl diesem Vorschlag. »Gut«, bestätigte er schließlich. »Aber beeilen Sie sich. Und sagen Sie dieser Mary, sie soll sich über die Westbournes informieren. Ich will nicht noch weitere Zeit verlieren. Ist das klar?«

»Sonnenklar, Sir, Mylord.« Goldsmith nickte und verließ unter Bücklingen rückwärts das Zimmer. Er hätte Luftsprünge machen können. Er hatte soeben das Geschäft seines Lebens abgeschlossen.

XI.

Der Butler durchmaß mit großen Schritten die Eingangshalle. Mary Ann und Kitty hatten Mühe, ihm zu folgen.

»Mir ist so übel«, murmelte Kitty verzweifelt. »Ich halte es nicht aus. Ich glaube, jeden Moment werde ich ohnmächtig.« Mary Ann blickte

erschrocken zu der blassen Gestalt an ihrer Seite. Auch das noch! Es war von größter Wichtigkeit für sie beide, daß sie einen guten Eindruck bei Kittys Vormund erweckten. Nicht auszudenken, was passierte, wenn ihre Freundin sich in Gegenwart des alten Herrn übergab! Nie würde er sich bereit erklären, sie bei sich aufzunehmen!
»Sir!« rief sie so bestimmt, daß der Butler erstaunt im Schritt verhielt. Mit hochgezogenen Augenbrauen sah er sie fragend an. »Meine Freundin fühlt sich nicht wohl. Es handelt sich um eine vorübergehende Schwäche, wie ich hoffe. Gibt es wohl im Hause ein Zimmer, in dem sie sich ein wenig ausruhen kann, bevor wir Seiner Lordschaft gegenübertreten?«
Higson fand dieses unverblümt vorgebrachte Ansinnen reichlich befremdlich. Ein Blick auf die kleine Gestalt mit den dunklen Locken und den blassen Wangen erweckte jedoch umgehend sein Mitleid. »Nehmen Sie doch solange Platz, kleines Fräulein«, bot er Kitty an und rückte beflissen einen der Stühle neben dem hohen Marmorkamin zurecht. »Ich werde mich sofort um Sie kümmern. Zuerst muß ich jedoch Miss Mary zu Seiner Lordschaft bringen. Wenn Sie mir bitte folgen wollen, Miss. Seine Lordschaft wartet nicht gerne.«
Kitty ließ sich leise aufseufzend in dem Stuhl nieder und begann mit zittrigen Fingern, die Bänder ihrer schweren Haube zu lösen.
»Wie haben Sie mich genannt?« Mary Ann blickte verdutzt zu dem Diener hinüber, der sie mit einer Handbewegung bat, ihm zu folgen. »Hier entlang«, sagte er höflich. »Ich nannte Sie Miss Mary, da mein Herr leider verabsäumte, mir Ihren Nachnamen zu nennen. Ich bitte, mir diese Freiheit zu verzeihen.« Als er bemerkte, daß die junge Dame stehengeblieben war und, den Kopf schräggestellt, ihm einen skeptischen Blick zuwarf, wurde er unsicher: »Sie sind doch Miss Mary?« vergewisserte er sich.
»Miss Mary Ann Rivingston, um genau zu sein«, berichtigte sie ihn langsam. »Und Sie sagten, Ihr Herr, ich meine, Seine Lordschaft erwartet mich?«
Der Butler nickte. »Ja, bereits seit gestern, Miss. Wenn Sie mir jetzt bitte folgen wollen. Vorsicht, eine Stufe. Hier wären wir, Miss.« Er öffnete die schwere Eichentüre zur Bibliothek. »Miss Mary ist eingetroffen, Mylord.«

»Na endlich«, sagte eine männliche Stimme vom breiten Ledersessel neben dem Kamin her. »Lassen Sie sie herein. Danke, Higson. Ich brauche Sie nicht mehr.«
Mary Ann betrat den Raum und blickte sich interessiert um. Hinter ihr fiel die Tür mit leisem Klicken ins Schloß. Was für ein beeindruckendes Zimmer. Schlichte Holzregale, die bis zur Decke reichten, waren bis auf den letzten Platz gefüllt. In feines Leder eingebundene Bücher mit goldener Prägung am Rücken standen in Reih und Glied auf den Regalen. In Kirschholzrahmen gefaßte Jagdszenen schmückten die dunkelgrünen Tapeten zwischen den Bücherkästen. Ein schwerer Schreibtisch stand neben dem Fenster. Eine kleine Sitzgruppe vor dem Kamin, in dem, der Jahreszeit entsprechend, ein loderndes Feuer prasselte. Der Hausherr hatte sich erhoben, kam ihr jedoch nicht entgegen. Mary Ann blickte zu ihm hinüber und konnte nicht glauben, was sie da sah: Dieser Mann war kaum über dreißig. Seine braunen Locken waren länger, als es die herrschende Mode vorschrieb. Er hatte sie schwungvoll aus der Stirn gekämmt. Undurchdringliche graue Augen ruhten prüfend auf ihr. Die schmalen Lippen zeigten kein Lächeln.
»Mylord St. James?« erkundigte sie sich unsicher. Konnte es sein, daß Kittys Vormund nicht der alte Herr war, mit dem sie gerechnet hatten? War er etwa wirklich diese sportlich durchtrainierte, breitschultrige Gestalt, die nach der neuesten Mode gekleidet neben dem offenen Kamin stand und sie skeptisch beobachtete? »So ist es, Miss«, er deutete eine Verbeugung an. Ihr Erstaunen verwunderte ihn. »Nehmen Sie Platz.« Mit einer einladenden Handbewegung wies er auf einen Stuhl dem seinen gegenüber. Dann setzte er sich nieder und schlug seine Beine übereinander. »Ich nehme an, Sie wissen, worum es geht.« Er blickte sie erwartungsvoll an.
»Wenn ich ehrlich bin, Mylord, nicht genau«, gab Mary Ann zurück. »Sehen Sie, ich, wir…« Sie unterbrach sich. Es war unmöglich! Der ganze mit Kitty sorgsam durchdachte Plan war unmöglich! Sie konnte diesen jungen Mann nicht bitten, sie und Kitty in sein Haus aufzunehmen! Bei einem alten Onkel wäre dies durchaus *comme il faut* gewesen. Doch keinesfalls bei diesem stattlichen jungen Gentleman im heiratsfähigen Alter. Kittys Ruf und auch ihr eigener wären

im Handumdrehen für immer zerstört. Was sollte sie tun? Sie hatten kein Geld mehr, um die Miete des Hotelzimmers zu begleichen, sie...

Seiner Lordschaft war nicht entgangen, daß sein Gegenüber erbleichte, und er fragte sich, was dieses Entsetzen wohl hervorgerufen haben könnte. »Wie Ihnen Mr. Goldsmith sicherlich erklärte, bin ich auf der Suche nach meiner Frau.« Mary Ann bemühte sich, ihre trostlosen Gedanken zu vergessen und Seiner Lordschaft zuzuhören. »Ich habe Sie engagiert, mir dabei zu helfen«, hörte sie ihn sagen. »Als Lohn wurden vierhundert Pfund vereinbart. Zweihundert Pfund im voraus, zweihundert Pfund, wenn wir Miss Westbourne, ich meine, meine Frau, gefunden haben. Das ist Ihnen doch sicherlich nicht unbekannt?«

Mary Ann blickte ihn mit großen Augen an. Wovon sprach dieser Mann? Wer war Goldsmith? Welche Miss Westbourne vermißte Seine Lordschaft? Doch nicht etwa eine Verwandte von Bernard? Es war offensichtlich, daß Seine Lordschaft auf eine Antwort wartete. »Ich, ich...«, begann sie. Die Gedanken wirbelten durch ihren Kopf. Hatte er wirklich gesagt, er hätte sie engagiert, um Miss Westbourne zu suchen? Und er würde sie für diese Suche bezahlen? Mary Ann schluckte. Welch eine unerwartete Wendung dieses Gespräch genommen hatte. Wider Willen war ihre Neugierde geweckt. »Mr. Goldsmith hat mir nicht viel gesagt...«, begann sie vorsichtig. »Verstehe ich Sie richtig, daß ich Ihnen dabei helfen soll, Miss Westbourne zu suchen?«

Seine Lordschaft nickte.

»Und ich bekomme zweihundert Pfund dafür?«

»Vierhundert«, korrigierte Mylord, »falls es Ihnen gelingt, meine Frau zu finden.«

Mary Ann überlegte. Vierhundert Pfund, das war viel Geld. Davon konnten Kitty und sie geraume Zeit leben. Und Al auch. »Wie kommen Sie gerade auf mich? Warum soll gerade ich Ihnen helfen, Miss Westbourne zu suchen?« wollte sie wissen. Hier lag eine Verwechslung vor, das war sicher. Aber war es wirklich ihre Pflicht, diesen Irrtum aufzuklären? Vierhundert Pfund schienen ein allzu reizvolles Argument zu sein, es nicht zu tun.

»Mr. Goldsmith meinte, Sie seien seine beste Detektivin«, entgegnete Seine Lordschaft in gelangweiltem Tonfall. »Vielleicht hat er sich aber auch geirrt. Ich muß erkennen, daß Sie meine Geduld auf eine harte Probe stellen. Und überdies scheinen Sie höchst uninformiert zu sein. Wissen Sie denn überhaupt etwas über Miss Silvie Westbourne?«

Mary Ann hielt die Luft an: Silvie Westbourne, Mylord schien tatsächlich Bernards jüngste Schwester zu meinen. »Wie kann sie Ihre Frau sein und dennoch Miss Westbourne heißen?« erkundigte sie sich anstelle einer Antwort.

St. James verzog indigniert die Mundwinkel. »Die Fragen stelle ich, Miss!« entgegnete er scharf.

Ohne daß sie es bemerkte, runzelte Mary Ann die Stirn. Seine Lordschaft war arrogant und unangenehm. Er hatte sich geweigert, seinem Mündel zu helfen, und nun, da sie ihn kennengelernt hatte, fand sie, daß dieses Verhalten sehr gut zu ihm paßte. Vielleicht war es gar nicht schlecht, eine Detektivin zu spielen! Auf diese Weise würde er Kitty, Al und sie doch unterstützen, nur ohne daß er es wußte. Und noch dazu schien ihr die gestellte Aufgabe geradezu lächerlich einfach. Hatte sie nicht lange genug geglaubt, in Reverend Westbourne verliebt zu sein? Sie kannte sein Leben und die Geschichte seiner Familie auswendig. Mary Ann zögerte: Noch vor kurzem hätte sie es für ausgeschlossen gehalten, sich mit Fremden über Bernhard Westbourne zu unterhalten. Doch Bernard Westbourne hatte sich ihrer Liebe nicht würdig gezeigt. Welchen Grund hatte sie also, noch loyal zu ihm zu stehen? Sie blickte auf und merkte, daß ihr Gegenüber ungeduldig auf eine Antwort wartete. »Silvie Westbourne ist die jüngste Tochter von Joseph Westbourne, dem Earl of Westmore und seiner Gattin Abigail. Sie hat drei ältere Brüder und zwei ältere Schwestern«, begann sie. »Der älteste Bruder und Erbe Joseph Westbourne ist vierunddreißig Jahre alt, er lebt in London in einer eigenen Wohnung in der Jermyn Street. Lord und Lady Westmore besitzen ein Haus am Hanover Square, das sie zur Zeit alleine bewohnen. Der zweite Sohn Richard Westbourne fährt zur See...«

»Aber das weiß ich doch alles!« unterbrach sie der Earl ungehalten. »Das hilft mir doch nicht im geringsten weiter.«

Mary Ann bemühte sich, ihre Ruhe zu bewahren: »Was möchten Sie dann wissen?« erkundigte sie sich.

»Na, wohin sie gegangen ist, selbstverständlich. Wo sie Zuflucht gefunden hat. Wo ich sie finden kann.« Der Earl wurde ungeduldig.

Mary Ann runzelte abermals die Stirn: »Zuflucht?« erkundigte sie sich erstaunt. »Zuflucht? Sie wollen doch damit nicht sagen, daß Ihre Frau geflohen ist? Vor wem sollte sie geflohen sein? Doch nicht etwa vor Ihnen?«

Seine Lordschaft kniff die Lippen zusammen. »Natürlich nicht«, entgegnete er kalt. »Das ist Unsinn.«

»Wie lange sind Sie bereits verheiratet?«

»Ich kann mir nicht vorstellen, was das zur Sache tut«, entgegnete Seine Lordschaft zugeknöpft.

»Wenn ich Ihnen helfen soll, muß ich die näheren Umstände kennen, Mylord«, beharrte Mary Ann. »Ich muß alles wissen. Alles.« Was wohl Kitty sagen wird, wenn sie erfährt, daß ihr Vormund sie als Detektivin angestellt hat? Würde sie darüber lachen oder ihr entrüstet Vorhaltungen machen? Bei Kitty konnte man das nie so genau voraussagen.

Der Earl hatte in der Zwischenzeit Mary Anns Einwand erwogen: »Na gut«, sagte er schließlich widerwillig. »Sie verschwand am Tage der Hochzeit.«

Mary Ann beugte sich interessiert in ihrem Stuhl vor: »Vor oder nach der Trauung?« wollte sie wissen.

»Während der Trauung«, stellte Mylord richtig. »Wir standen eben vor dem Altar. Ich hatte mein Versprechen bereits geleistet. Der Pfarrer fragte Lady Silvie, ob sie mich heiraten wolle. Sie kennen die Formel. Und da fiel sie in Ohnmacht. Freunde und Verwandte haben sie aus der Kirche getragen. Es war eine entsetzliche Szene. Man brachte sie in das Haus ihrer Eltern am Hanover Square zurück, das ganz in der Nähe der Kirche liegt. Als ich mich am Abend nach ihrem Wohlergehen erkundigen wollte, hieß es, Silvie sei verreist. Mit unbekanntem Ziel verreist.«

»Wenn das so ist, dann ist Miss Westbourne nicht Ihre Frau«, stellte Mary Ann sachlich richtig. »Sie hat ihr Eheversprechen noch nicht geleistet, also...«

»Miss Mary!« Der Earl biß wütend die Zähne aufeinander. »Ich habe das Eheversprechen geleistet. Das ist das einzige, das hier zählt. Und daher ist Silvie Westbourne meine Frau. Ihre Aufgabe ist es, nicht über den Bestand meiner Ehe zu urteilen, sondern meine Frau zu finden. Habe ich mich klar ausgedrückt?«
Mary Ann war viel zu neugierig geworden, als daß sie der offen geäußerte Unmut Seiner Lordschaft ernstlich hätte beeindrucken können.
»Es war keine Liebesheirat«, erklärte sie. Dies war keine Frage, sondern eine Feststellung.
»Natürlich nicht«, fuhr Seine Lordschaft sie an. »Sie vergessen, daß Sie es hier mit dem Hochadel zu tun haben. Vernunftehen sind an der Tagesordnung und werden durchaus glücklich, wie die Erfahrung lehrt«, fügte er trotzig hinzu.
»Miss Silvie war nicht glücklich«, stellte Mary Ann fest. »Sonst wäre sie Ihnen nicht davongelaufen.«
»Das kann auch andere Gründe gehabt haben, Miss Mary«, zischte Seine Lordschaft verärgert.
»Mary Ann. Ich heiße Mary Ann. Würde es Ihnen etwas ausmachen, mich so zu nennen?«
Seine Lordschaft war von dieser überraschend vorgebrachten Bitte völlig aus dem Konzept gebracht. »Von mir aus«, sagte er, und es klang etwas verwirrt.
»Danke.« Mary Ann schenkte ihm ihr reizendstes Lächeln, bevor sie fortfuhr: »Doch zurück zu Miss Westbourne. Wo wohl würde ein junges Mädchen Zuflucht suchen, wenn es zu einer Heirat mit einem Ungeliebten gezwungen wird?« Sie richtete diese Frage mehr an sich selbst als an Seine Lordschaft. Erschrocken bemerkte sie, daß dieser entrüstet nach Luft schnappte: »Miss Mary Ann!« hörte sie auch schon seine empörte Erwiderung. »Wären sie wohl so gut, auf dem Boden der Tatsachen zu bleiben? Niemand hat Miss Westbourne zu einer Heirat gezwungen. Und ich bin auch kein Ungeliebter. Ich verbiete Ihnen ein für allemal, mich so zu nennen. Ich habe für theatralische Ausbrüche nicht das geringste übrig. Silvie Westbourne hat meinen Antrag angenommen. Freiwillig und mit Freuden, wie sie mir selbst versicherte. Warum auch nicht, ich bin eine gute Partie.«
Mary Ann ließ sich durch diesen leidenschaftlichen Ausbruch nicht

beirren: »Ihr Vater hat sie gezwungen«, überlegte sie. »Ein unangenehmer, cholerischer Herr, der alte Lord.«

St. James war sofort abgelenkt. »Sie kennen ihn?« erkundigte er sich erstaunt.

Mary Ann kannte ihn nicht. Sie hatte ihr Wissen von Reverend Westbourne, der ihr eines stillen Abends sein Herz ausgeschüttet hatte. Natürlich war sie nicht bereit, diese Quelle preiszugeben. »Die Westbournes stecken ständig in Geldverlegenheiten«, erklärte sie daher anstelle einer Antwort. »Joseph verliert Unmengen am Spieltisch, das Offizierspatent für Richard kostete ein Vermögen, auch Mr. Mancroft, der Schwiegersohn, hat erhebliche Schulden, wie man hört. Da muß ihnen Ihr Antrag ja wie ein Geschenk des Himmels erschienen sein.«

St. James überhörte diesen Spott. »Mancroft ist auch verschuldet?« vergewisserte er sich, für kurz von seinem eigentlichen Thema abgelenkt. »Eine prachtvolle Familie, fürwahr.«

Mary Ann nickte: »Eben«, sagte sie, als sei dies das Selbstverständlichste auf der Welt: »Ich weiß noch nicht, was Sie dazu veranlaßte, um die Hand von Miss Westbourne anzuhalten, Mylord. Doch ihren Vater haben Sie damit vor dem drohenden Schuldturm bewahrt. Also mußte Miss Silvie dieser Heirat zustimmen. Ob sie wollte oder nicht.«

Mylord schüttelte langsam den Kopf: »Sie irren sich. Sie müssen sich einfach irren. Ich habe Miss Silvie persönlich gefragt, und sie hat mit Freuden in eine Ehe eingewilligt.«

Mary Ann lachte bitter auf. »Was hätte sie denn tun sollen?« erklärte sie, und ein bitterer Unterton schwang in ihrer Stimme mit. »Sie war von ihrem Vater abhängig. Keiner kann ihr einen Vorwurf daraus machen, daß sie sich seinen Wünschen fügte.« Sie selbst wohl am wenigsten. Wie gut konnte sie sich in Silvie Westbournes Lage versetzen. Und dennoch, Silvie war mutig genug, ihr Leben selbst in die Hand zu nehmen. »Tatsache ist, daß Miss Westbourne mutig genug war, eine Ohnmacht vorzutäuschen, um Sie nicht heiraten zu müssen«, erklärte sie schließlich, und ihre Stimme klang voll Bewunderung. Es lag in der Natur der Sache, daß St. James ihre Bewunderung nicht teilte. »Vortäuschte?« wiederholte er. »Es war keinesfalls so,

daß Miss Silvie die Ohnmacht vortäuschte. Sie ist so eine zarte kleine Person...«
Mary Ann wollte in diesem Punkt mit Seiner Lordschaft nicht streiten: »Na, zumindest kam ihr die Ohnmacht sehr gelegen, wie man sieht«, erklärte sie. »Sie gab ihr die Gelegenheit zu fliehen, ehe es zu spät war. Also bleibt uns nur die Frage: Wohin flieht ein junges Mädchen, wenn es in die Enge getrieben wurde...«
»Zu ihrer Mama, sollte man meinen«, warf Seine Lordschaft rasch ein, ihre letzten Worte geflissentlich überhörend. Mary Ann schüttelte den Kopf: »Nicht, wenn sie, wie sie, nicht im Elternhaus aufgewachsen ist.« Seine Lordschaft beugte sich gespannt in seinem Sessel vor: »Nicht in ihrem Elternhaus aufgewachsen? Meinen Sie, das trifft auf Miss Silvie zu?«
Mary Ann nickte: »Miss Silvie und ihr Bruder Bernard, der ihr im Alter am nächsten steht, wuchsen bei den Großeltern mütterlicherseits, Lord und Lady Bakerfield auf. Lady Westmore war stets von angegriffener Gesundheit, und die sechs Geburten haben sie zusätzlich geschwächt. Also beschloß man, die beiden jüngsten Kinder den Großeltern zu überlassen. Sie lebten zurückgezogen in Bakerfield-upon-Cliffs in Kent. Direkt an der See, nahe Rye. Lady Bakerfield, Lady Silvies Großmutter, starb vor einigen Jahren. Ich denke, das werden nun so vier, fünf Jahre her sein. Und dennoch kehrte Lady Silvie erst letztes Jahr nach London zurück. Es war Zeit, daß sie in die Gesellschaft eingeführt wurde.«
Seine Lordschaft hatte ihr aufmerksam zugehört: »Bernard und Silvie wurden von den Großeltern aufgezogen? Das ist ja allerhand. Und es erklärt, warum sie sich gerade dem sittenstrengen Pfarrer anvertraut hat«, setzte er ganz in Gedanken hinzu. Die Miene, mit der er sein Gegenüber betrachtete, war nun bedeutend freundlicher als zu Beginn des Gesprächs: »Ich muß sagen, Miss, Sie setzen mich in Erstaunen. Sie haben sich auf diesen Auftrag bewundernswert gut vorbereitet. Wir brechen gleich morgen früh auf. Es ist nicht allzuweit nach Rye. Wir haben keine Zeit zu verlieren. Was zum Teufel...«
Die Türe war aufgegangen, und eine ihm unbekannte Schönheit mit auffallend schwarzen Haaren stand im Türrahmen. Die dunklen Augen schienen aus ihrem blassen Gesicht zu fallen, als sie ihn unver-

wandt anstarrte. Dann stieß sie einen erstickten Schrei aus und sackte in sich zusammen.

Mary Ann, die mit dem Rücken zur Türe gesessen war, hörte den Schrei und fuhr herum. Erschrocken sprang sie von ihrem Sessel auf: »Kitty!« rief sie entsetzt und eilte zu der leblosen Gestalt, die regungslos am Fußboden lag. Sie beugte sich zu ihr hinunter und rüttelte energisch an ihren Schultern: »Kitty, Kitty! Um Himmels willen, so wach doch auf.« Doch ohne Erfolg. Kittys Haupt rollte hin und her wie der Kopf einer Gliederpuppe. Die Hand, die Mary Ann anhob, fiel ungehindert zu Boden. Da zögerte sie nicht länger. Mrs. Clifford hatte eine eigene Methode, ohnmächtige Schülerinnen wieder ins Leben zu befördern: Meistens zeigten zwei energische Ohrfeigen rechts und links auf die Wangen den gewünschten Erfolg. St. James, der neugierig näher gekommen war und sich fragte, wer das hübsche Mädchen auf seinem Parkettboden wohl sein mochte, zuckte erschrocken zusammen, als er das laute Klatschen vernahm. Entgeistert starrte er Mary Ann an. »Wer immer diese Dame auch ist, bitte schaffen Sie sie aus meinem Haus«, näselte er statt dessen hochmütig. »Ich habe entschieden allen Grund, gegen ohnmächtige Damen voreingenommen zu sein.«

Mary Ann wollte ihn eben bitten, ihr zu helfen, die Freundin zum Wagen zu tragen, doch St. James hatte bereits energisch die Klingelschnur betätigt. »Ich nehme an, Sie wissen, wer diese Schönheit ist«, sagte er wieder an Mary Ann gewandt.

»Natürlich, das ist doch, das ist doch...«, Mary Ann stand auf und blickte etwas verlegen zu Seiner Lordschaft hinüber. Die grauen Augen, die sie fragend anblickten, setzten sie in arge Verlegenheit. »Das ist Kitty, meine Assistentin«, erklärte sie schließlich rasch. »Sie müssen entschuldigen, Mylord. Sie fühlte sich den ganzen Tag nicht wohl.«

Higson erschien im Türspalt: »Sie haben geläutet, Mylord?«

»Natürlich habe ich das«, entgegnete Seine Lordschaft. »Higson, bitte schaffen Sie dieses Mädchen aus der Bibliothek. Ich hasse den Anblick ohnmächtiger Frauen.« Er machte eine Handbewegung, als wolle er eine Schar Hühner vertreiben. »Am besten, Sie sagen im Stall Bescheid, daß man die Damen zu ihrer Unterkunft bringt...«

»Vielen Dank«, unterbrach ihn Mary Ann schnell. »Aber das ist wirklich nicht nötig. Unsere Kutsche wartet vor der Tür.«
Seine Lordschaft nickte. »Um so besser. Wir sehen uns also morgen. Ich erwarte Sie um Punkt neun Uhr. Wenn es Ihrer Assistentin bis dahin nicht bessergeht, lassen Sie sie zu Hause.«
Higson hatte einen Lakaien herbeigewunken, der ihm nun half, die ohnmächtige Kitty vorsichtig aus der Bibliothek zu tragen. Mary Ann wollte eben folgen, als ihr die unbezahlte Hotelrechnung schlagartig ins Bewußtsein zurückkehrte. Sie blieb stehen und holte tief Luft. Wenn schon, denn schon, dachte sie. »Die zweihundert Pfund, die wir vereinbart haben, Mylord. Wenn ich bitten dürfte«, forderte sie mit klopfendem Herzen. Seine Lordschaft schien gegen diesen Wunsch nichts einzuwenden zu haben. Ohne zu zögern ging er zu seinem Schreibtisch hinüber, öffnete eine Lade und entnahm ihr eine schwere Eisenkassette. Mit raschen Griffen zählte er die Scheine vor ihr auf den Tisch. Mary Ann griff danach und verstaute das Geld hastig in ihrem Retikül. Als sie sich nicht gleich umwandte, zog St. James fragend eine Augenbraue hoch: »Noch etwas, womit ich Ihnen dienen kann, Miss Mary Ann?« erkundigte er sich spöttisch.
»Da ist tatsächlich noch etwas...«, sagte diese langsam. In Gedanken mußte sie lächeln. Die Idee, die ihr eben gekommen war, war geradezu genial. Ob wohl Seine Lordschaft ihr diesen Wunsch erfüllte? »Es ist üblich«, begann sie, »daß ich für mein Büro eine Bestätigung bekomme.« Wie hieß nur der Detektiv? Goldstein? Goldberg? Zu dumm, daß ihr der Name nicht mehr einfiel. »Mein... mein Dienstgeber verlangt so eine kurze Bestätigung, verstehen Sie?«
Seine Lordschaft setzte sich kommentarlos auf seinem Schreibtischstuhl nieder und griff zur Feder.
»Nichts Langes«, beeilte sich Mary Ann zu versichern. »Es genügt, wenn Sie schreiben, daß Sie sich mit Kitty, Kitty ist meine Assistentin, wissen Sie, also, daß Sie sich mit Kitty und mir geeinigt haben. Und bitte fügen Sie auch hinzu, daß wir gemeinsam aufs Land fahren. Es ist nicht nötig, daß Sie angeben, wohin wir reisen.«
Seine Lordschaft tauchte die Feder ins Tintenfaß. »Das reicht?« wollte er wissen, während er die gewünschten Worte schwungvoll zu Papier brachte.

»Nur noch Ihre Unterschrift. Vielen Dank, Mylord.« Sie knickste »Bis morgen, Mylord.« Sie hatte ihm lächelnd ihre Hand zum Gruße hingestreckt und wollte sie eben erschrocken zurückziehen. Wie hatte sie bloß vergessen können, sich wie eine Bürgerliche zu benehmen? Überraschung spiegelte sich in den grauen Augen Seiner Lordschaft. »Bis morgen, Miss Mary Ann«, sagte er, als er sich aus seinem Stuhl erhob, um ihren Gruß zu erwidern.

»Der Wagen wartet, Miss«, verkündete Higson von der Tür her. Mary Ann knickste abermals und verließ hastig den Raum.

Man hatte Kitty auf die Rückbank der Kutsche gelegt und mit einer warmen Decke fürsorglich zugedeckt. Al saß regungslos auf dem Kutschbock. Er hatte die voluminöse Mütze tief in die Stirn gezogen und starrte dumpf vor sich auf den Boden. Higson half Mary Ann in das Fahrzeug und schloß mit weit ausholender Geste den Schlag. »Abfahrt, junger Mann«, befahl der dem Kutscher, und Al ließ die Peitsche knallen.

XII.

Langsam kam Kitty wieder zu sich. Al hatte sie auf seinen Armen in ihr Zimmer hinaufgetragen und sie behutsam aufs Bett gleiten lassen. Nun saß er neben ihr auf der Bettkante und kühlte ihre Stirn mit einem kalten, feuchten Tuch.

»Was hat der Kerl mit ihr gemacht?« erkundigte er sich ungehalten.

Mary Ann war gedankenversunken im Zimmer auf und ab gegangen. Nun blieb sie stehen und hob ratlos die Arme. »Nichts. Ich schwöre Ihnen, absolut nichts. Kitty betrat das Zimmer, sah ihren Vormund und fiel in Ohnmacht. Ich finde das auch sehr seltsam.«

»War das das erste Mal? Ich meine, ist Miss Kitty in der Vergangenheit bereits öfter in Ohnmacht gefallen?« erkundigte sich Al besorgt und tauchte das Tuch erneut in die Blechschüssel, in der das Zimmermädchen das kalte Wasser gebracht hatte.

Mary Ann schüttelte den Kopf. »Nicht, daß ich wüßte.« Sie über-

legte. »Nein, in der Schule ist das nie vorgekommen. Vielleicht lag es daran, daß sie sich in den letzten Tagen nicht wohl fühlte.« Sie hielt inne und betrachtete mit gerunzelter Stirn die Szene, die sich vor ihren Augen abspielte: »Übrigens, Al, ich glaube, Sie sollten nicht auf dem Bett Ihrer Herrin sitzen. Das gehört sich nicht.«
Der Diener wurde einer Antwort enthoben, denn in diesem Moment begann Kitty sich zu bewegen. Sie seufzte, murmelte unverständliche Worte und schlug die Augen auf. Vorsichtig versuchte sie, sich aufzusetzen. Sofort sank sie stöhnend in die Kissen zurück: »Au, mein Kopf!« Sie versuchte vorsichtig, ihren Kopf zu drehen. Da saß ihr Reitknecht an ihrem Bettrand und lächelte besorgt auf sie nieder. Das war allerdings seltsam. »Al!« rief sie aus und griff sich gleich wieder mit der Hand an die pochenden Schläfen. »Was ist passiert? Haben Sie mich niedergeschlagen?«
Nun war auch Mary Ann an ihrer Seite. »Aber nein, Kitty, weißt du es denn nicht mehr? Du betratst das Zimmer deines Vormunds...«
Kitty setzte sich steif in ihrem Bett auf: »Richtig!« rief sie aus. »Und da war er! Ich ging in die Bibliothek und sah ihn, Mary Ann, ich habe ihn leibhaftig vor mir gesehen. Ich schwör's.«
»Wen? Sie haben wen gesehen?« erkundigte sich Al verwirrt.
»Ihren Vormund«, erklärte Mary Ann gelassen.
»Nein, Annie! Doch nicht den alten Herrn. Ich sah ihn, den Gentleman aus Bath. Jasper. Annie, wie kam er ins Haus meines Vormunds?«
Mary Ann starrte sie mit offenen Augen an: »Du meinst einen großgewachsenen Herrn, so ungefähr dreißig Jahre alt? Mit braunen Locken und grauen Augen?« erkundigte sie sich.
Kitty nickte begeistert.
»Das ist dein Vormund«, erklärte ihr Mary Ann trocken.
»Mein Vormund ist alt. Er ist der Bruder von Tante Jane. Die kennst du doch, Annie«, beharrte Kitty. »Mein Vormund muß über fünfzig sein. Und er heißt nicht Jasper«, setzte sie als letzten Triumph hinzu.
»Nein, aber Justin«, erklärte Mary Ann. Sie wunderte sich über sich selbst. Wieso war sie plötzlich so verärgert? Es konnte ihr doch egal sein, wenn sich Kitty in ihren eigenen Vormund verliebt hatte.

Al blickte von einer Freundin zur anderen. Er konnte sich keinen Reim auf das Gehörte machen. »Ist eine der Damen vielleicht so freundlich, mir zu erklären, was hier vor sich geht?« forderte er energisch.

Kitty blickte zu ihm hinüber, als nehme sie ihn erst jetzt richtig wahr: »Sie sitzen auf meinem Bett?« rief sie, und ihre Stimme klang ebenso erstaunt wie entrüstet.

»Das habe ich ihm auch schon gesagt«, verteidigte sich Mary Ann. Diesmal erhob sich Al sofort. Er stellte die Blechschüssel zur Seite und zog einen wackeligen Stuhl vom Fenster zu Kittys Bett heran. »Also, was ist hier los?« erkundigte er sich und nahm rücklings auf dem Stuhl Platz.

»Es geht Sie zwar nicht im geringsten etwas an, Al«, begann Kitty, und es klang nicht so, als wäre sie ihm böse, »aber ich habe mich vor einiger Zeit in einen Gentleman verliebt. In den bestaussehenden Mann, den man sich vorstellen kann. Groß, mit feingeschnittenen Gesichtszügen, langen braunen Locken...«

Al war fassungslos: »Sie haben sich in St. James verliebt?« rief er aus. »Ihren eigenen Vormund!«

Kitty nickte: »Ja, ist das nicht fantastisch? Auch wenn ich es kaum glauben kann. Es scheint wirklich, als seien mein Onkel und der aufregende Unbekannte ein und dieselbe Person. Und nun ziehe ich in sein Haus ein. Er wird mich in die Gesellschaft einführen! Glaubt ihr an so etwas wie Bestimmung? Das kann doch kein Zufall sein. Nein, das ist Schicksal...«

Mary Anns nächste Worte waren geeignet, ihre Euphorie schlagartig zu bremsen: »Wir werden nirgendwo hinziehen, Kitty«, erklärte sie bestimmt. »Und schon gar nicht in das Haus Seiner Lordschaft.«

»Aber warum denn nicht?« erkundigte sich Kitty verwundert. »Wir sind doch hierhergekommen, um meinen Vormund zu bitten, uns bei sich aufzunehmen, Mary Ann. Was ist geschehen, daß du denkst, wir müßten unsere Pläne ändern?«

»Das ist eine lange Geschichte, Kitty, die ich dir jetzt gleich erzählen werde. Nur eines solltest du wissen. Vielleicht möchtest du dann gar nicht mehr bei St. James einziehen. Dein Vormund hat eine Braut.«

»Eine Braut?« flüsterte Kitty und konnte ihren Ohren nicht trauen.

Die Welt war wirklich ungerecht. Zuerst mußte sie Jahre in dieser unerfreulichen Schule verbringen, dann war sie zu einer überstürzten Flucht gezwungen, nun hauste sie einem heruntergekommenen Hotel, ihr Geld ging zu Ende, es war ihr unsagbar übel, und jetzt hatte ihr Angebeteter auch noch eine Braut. Sie merkte gar nicht, daß ihr die Tränen in die Augen traten: »Bist du dir da sicher? Hat er dir erzählt, daß er eine Braut hat?«

Al rutschte unbehaglich auf seinem Stuhl hin und her. Es betrübte ihn, seine Herrin so traurig zu sehen. Sie war doch sonst so ein fröhliches Wesen, eher bestimmend als verzagt. Umständlich kramte er ein sauberes Taschentuch aus seiner Westentasche und reichte es ihr. Sie ergriff das Tuch dankbar und schneuzte sich ausgiebig.

»Seit wann ist St. James verlobt?« wollte er wissen.

»Seit kurzem, ich weiß es nicht genau«, erklärte Mary Ann. »Das ist die Geschichte, die ich euch erzählen will.« Sie nahm auf Kittys Bettkante Platz und tätschelte ihrer Freundin liebevoll die Hand: »Bitte hör auf zu weinen. Vielleicht wird ja doch alles wieder gut. Der Earl hat ja schließlich noch nicht geheiratet, auch wenn er knapp davorstand, es zu tun. Und er hat gesagt, daß du eine Schönheit bist, Kitty«, setzte sie hinzu, um Kitty aufzuheitern. Diese war sofort von ihren Sorgen abgelenkt: »Hat er das?« fragte sie, und ihre Augen strahlten.

»Eine seltsame Aussage über sein eigenes Mündel, das muß ich sagen«, urteilte der Diener streng.

»Aber er weiß doch nicht, daß Kitty sein Mündel ist«, verteidigte Mary Ann Seine Lordschaft.

Nun hatte sie beide in Erstaunen versetzt. »Also paßt auf«, begann sie, begierig darauf, den aufmerksamen Zuhörern die Begebenheiten zu erzählen, die sich an diesem Nachmittag in der Bibliothek des Earls of St. James zugetragen hatten. Sie bemühte sich, sich an jedes Wort zu erinnern, um ihrer Freundin und dem Burschen zu ermöglichen, ihre Gedanken nachzuvollziehen. Kittys Tränen waren längst versiegt. Mit großen Augen folgte sie den Ausführungen ihrer Freundin: »Das ist ja eine tolle Geschichte!« rief sie aus, als Mary Ann geendet hatte. »Was für ein Abenteuer! Wie klug von dir, daß du dem Earl nicht gesagt hast, wer wir wirklich sind. Nun werden wir also mit ihm verreisen. Das ist ja noch viel besser, als bei ihm einzuziehen. Reisen ist die allerbeste Gelegenheit, einander besser kennenzulernen. Ich muß sagen, Mary Ann, dein Plan ist großartig.«

»Wahrhaft großartig!« wiederholte der Stallbursche trocken. »Und undurchführbar, würd ich ihn nennen, wenn Sie mich fragen.«

Kitty hatte ihre alte Energie bereits wiedergewonnen: »Aber wir denken gar nicht daran, Sie zu fragen«, entgegnete sie nicht gerade freundlich.

»Glauben Sie wirklich?« erkundigte sich Mary Ann verunsichert.

»Aber klar. Wie sollen denn zwei Mädchen mit einem Junggesellen durch die Gegend kutschieren können. Und dann glaub ich nicht an die Verlobung. Was soll das für eine Geschichte sein, daß die Braut am Altar durchbrennt. Keine anständige Lady tut so etwas.«

Immer wenn Al aufgeregt war, sprach er im breitesten Yorkshire-Dialekt. »Und wenn sie's getan hat, noch schlimmer. Denn das zeigt, was für ein Kerl dieser St. James sein muß. Der Mann ist wahrscheinlich ein Unhold oder so etwas Ähnliches. Keinesfalls wird Ihr Vormund, ich meine Lady Farnerby, diesem Plan zustimmen.«

»Wir denken gar nicht daran, meiner Tante auch nur ein Wort von unserem Plan zu erzählen«, begehrte Kitty auf.

»Damit sie die Bow-Street-Leute hinter Ihnen herhetzt, Missy?« erwiderte Al ebenso lautstark. »So nehmen Sie doch Vernunft an. Mrs. Clifford hat Ihr Verschwinden doch längst in die Albermarle Street gemeldet. Ihre Tante wird außer sich sein vor Zorn und auch vor Besorgnis. Sie müssen sich bei ihr melden, bevor sie die Polizisten auf Ihre Spur setzt.«

Widerwillig erwog Kitty diesen Gedanken. »Ich glaube, er hat recht«, gab sie schließlich zu.

Mary Ann kramte in ihrem Retikül: »Ich hab schon daran gedacht. Natürlich würde Lady Farnerby sich so verhalten, wie Sie es vorausgesehen haben, Al. Doch glauben Sie mir, ich habe mir etwas ausgedacht, das sie davon abhält. Sehen Sie selbst.« Sie reichte das Schreiben Seiner Lordschaft an den Burschen weiter: »Der Earl bestätigt, daß Sie und Miss Stapenhill mit ihm verreisen!« rief Al überrascht.

Mary Ann lächelte zufrieden: »So ist es. Sieh selbst, Kitty. Wird sich deine Tante jetzt nicht zufrieden in ihrem Stuhl zurücklehnen, froh,

die Verantwortung für ihre lästige Nichte auf jemand anderen übertragen zu haben?«
Kitty nahm ihrer Freundin die frechen Worte nicht übel: »Natürlich wird sie das«, bestätigte sie erfreut. »Aber wie ist es dir gelungen, den Earl zu diesem Schreiben zu veranlassen. Weiß er doch, daß ich sein Mündel...«
»Aber nein!« widersprach Mary Ann gut gelaunt. »Ich sagte, ich würde diese Bestätigung für mein Detektivbüro benötigen. In Wirklichkeit werden wir es morgen bei unserer Abreise an einen Hoteldiener übergeben. Er soll das Schreiben zu deiner Tante bringen.«
Kitty klatschte begeistert in die Hände: »*Estupendo*! Wirklich großartig. Du bist einfach ein kluger Kopf, Annie!« rief sie begeistert. »Ist sie das nicht, Al?«
Der Diener dachte nicht daran, in ihre Begeisterung einzustimmen. »Ich fahre nicht mit«, verkündete er düster.
Kitty hielt inne, und jedes Lächeln wich aus ihrem Gesicht: »Dann eben nicht«, erklärte sie patzig.
»Aber warum denn nicht?« fragte Mary Ann fassungslos.
»Ich halte die ganze Sache für ein viel zu waghalsiges Unterfangen«, erklärte der Diener. »Das ist doch viel zu gefährlich. Was ist, wenn Sie die verschwundene Miss Westbourne nicht finden? Was ist, wenn diese einem Verbrechen zum Opfer gefallen ist? Was ist, wenn man sie nur als Vorwand dazu nimmt, einen Mord zu verschleiern?«
»Glauben Sie wirklich?« erkundigte sich Mary Ann, schlagartig in ihrer Abenteuerlust gebremst.
»Unsinn!« fuhr Kitty auf. »Jasper, ach, ich meine, Justin würde so etwas nie tun. Er ist ein Ehrenmann.«
»So gut kennen Sie ihn, Missy?« fragte Al scharf.
»Er ist schließlich mein Vormund«, entgegnete Kitty kühl. »Es steht Ihnen nicht zu, ihn derart zu verdächtigen.«
»Und ich kutschiere Sie dennoch nicht«, erklärte Al bestimmt. »Ich fahre Sie doch nicht sehenden Auges in Ihr Unglück...«
»Pah, Unglück!« rief Kitty aus. »Wer spricht denn davon, daß Sie uns kutschieren sollen. Wir werden in der gräflichen Kutsche reisen. Vornehm, weich gefedert, mit dem Wappen auf dem Schlag. Alle

Poststationen werden sich darum reißen, uns als Gäste zu haben, die besten Zimmer werden für uns reserviert...«

»Und Miss Westbourne ist vorgewarnt und längst über alle Berge, wenn Sie sich nähern«, warf er ebenso trocken wie vernünftig ein.

»Sie glauben also doch, daß etwas wahr sein kann an der Geschichte, die St. James mir erzählte«, stellte Mary Ann aufatmend fest. »Sie glauben auch nicht wirklich an ein Verbrechen, nicht wahr? Sie halten es für möglich, daß sich Miss Westbourne vor dem Earl versteckt hält?«

»Möglich wäre es«, räumte der Diener widerwillig ein.

»Soll sie doch!« rief Kitty aus. »Mir macht es gar nichts aus, wenn wir die Lady nicht finden.«

»Aber mir macht es etwas aus!« rief Mary Ann entrüstet. »Ich habe dem Earl unsere Hilfe versprochen. Und ich habe dafür bereits eine Anzahlung von zweihundert Pfund kassiert. Was Sie sagen, erscheint mir vernünftig, Al. Es ist besser, wenn wir nach Rye fahren, ohne daß jeder den Earl auf den ersten Blick erkennt. Wir werden also in Kittys Kutsche fahren müssen, denn diese ist klein und unauffällig. Und Sie, Al, werden kutschieren.« Sie warf dem Diener einen prüfenden Blick zu. »Ich kann mich doch darauf verlassen, daß Sie uns nicht im Stich lassen, Al Brown, nicht wahr?«

Der Bursche starrte einige Zeit regungslos vor sich hin. Mit keiner Miene verriet er die verschiedensten Gedanken, die ihm durch den Kopf gingen. Schließlich wandte er das Gesicht Mary Ann zu, und seine Lippen waren zu einem kaum merklichen Lächeln verzogen: »Gut, Miss Mary Ann«, verkündete er schließlich. »Es soll sein, wie Sie es wünschen. Sie können sich auf mich verlassen.«

XIII.

Die Fahrt dauerte lange und war sehr eintönig. Der Earl hatte nach kurzem Zögern zugestimmt, sowohl seine Kutsche als auch seinen empörten Kammerdiener zu Hause zu lassen. Die Idee, daß er inkognito reisen sollte, hatte etwas für sich. Er glaubte zwar nicht, daß

Silvie wirklich aus dem Haus ihres Großvaters fliehen würde, wenn sie wußte, daß er kam. Und doch war es besser, für diesen Fall vorzusorgen. Sein eleganter Landauer war auffällig, das Wappen am Schlag nicht zu übersehen. Mit skeptischem Blick hatte er den Wagen der beiden Detektivinnen begutachtet. Was er sah, stellte ihn durchaus zufrieden. Der Wagen schien fast neu zu sein, außerdem war er gut gefedert. Der Innenraum allerdings war ungewohnt beengt. Er streckte die langen Beine von sich und lehnte sich lässig in die rechte Ecke. Es war spät geworden am gestrigen Abend. Christine d'Arvery hatte ihm eine unerfreuliche Szene gemacht, als er ihr erzählt hatte, er würde am nächsten Tag die Stadt verlassen. Es hatte einige Zeit gekostet, sie zu beruhigen, und dann war der Abend doch noch ganz reizvoll geworden. Es war verdammt spät, als er ins Bett kam. In sein eigenes Bett. Seine Lordschaft schloß die Augen. Er würde sich erst einmal ordentlich ausschlafen. Christines Gesicht erschien vor seinem geistigen Auge. Er hatte gar nicht gewußt, daß sie so streitsüchtig war. Sie hatte gar nicht hübsch ausgesehen in ihrem Zorn. Ihr Hals erschien auf einmal lang und sehnig, tiefe Falten bildeten sich rund um ihren verkniffenen kleinen Mund.

Seine Lordschaft blinzelte unter seinem Reisehut, den er tief in die Stirn gezogen hatte, hervor. Ihm gegenüber, auf der schmalen Bank gegen die Fahrtrichtung, saß Miss Kitty, die Assistentin der Detektivin. Auch sie hatte ihre Augen geschlossen und lehnte mit blassen Wangen in den Polstern aus mittelblauem Samt. Schwere schwarze Locken umrahmten das zarte Gesicht. Der kleine Schutenhut, der mit einer zum grüngestreiften Reisekleid passenden Schleife geschlossen wurde, lag achtlos neben ihr auf der Bank. Ein recht hübsches Ding, die Kleine, dachte er. Es konnte nicht schaden, wenn er sie im Auge behielt. Schmunzelnd schloß er wieder die Augen. Die Reise versprach gar nicht so unangenehm zu werden.

Auch beim Abendessen im Extrazimmer der Poststation »Zum Hirschen« wurde nicht viel gesprochen. St. James saß am Ende der schweren Tafel aus Eichenholz und nippte skeptisch an dem Wein, den ihm der Wirt in einem irdenen Krug vorgesetzt hatte. Das Zimmer war klein, bis zur Decke mit Holz getäfelt. Obwohl es erst gegen sechs Uhr abends war, war es bereits dunkel. Durch die kleinen beschlagenen Fensterscheiben konnte man nicht erkennen, ob es erneut zu schneien begonnen hatte. Im Kamin loderte ein kräftiges Feuer und machte den Raum warm und gemütlich. Und doch fühlten sich die drei anwesenden Personen nicht wirklich behaglich. Das Essen, das die Wirtin für ihre Gäste zusammengestellt hatte, war überraschend delikat. Besser als das, was es bei Mrs. Clifford üblicherweise zum Dinner gab.

Für den verwöhnten Gaumen Seiner Lordschaft jedoch ein armseliger Genuß und keineswegs dazu geeignet, ihn in wohlwollende Stimmung zu versetzen. Dazu kam der Wein, den nur besonders Bescheidene als etwas herb bezeichnet hätten. Und dann die zwei fremden Mädchen. Detektivinnen. Er wußte beim besten Willen nicht, worüber man sich mit Detektivinnen unterhielt. Was waren das überhaupt für Frauen? Aus welcher Schicht kamen sie? Sie machten einen durchaus guterzogenen und sauberen Eindruck. Ihre Sprache war wohlklingend und ohne Einfärbung eines Dialekts. Wenn man davon absah, daß die Kleine mit den hübschen schwarzen Augen immer wieder Ausdrücke einer fremden Sprache in ihre Unterhaltung mischte. Die Wörter klangen südländisch. Und sie paßten zu ihrem Aussehen. Die Stimmung Seiner Lordschaft hob sich. Er schmunzelte gedankenverloren. Sicher hatte das Mädchen südländisches Temperament. Ob er wohl ausprobieren sollte, ob dieses feurige Temperament ihr in jeder Situation eigen war? Langsam hob er das Glas und prostete Kitty zu. Der Blick, den er ihr dabei schenkte, war altbewährt. Er hatte noch bei keiner Frau, die er haben wollte, die Wirkung verfehlt. Na also, sein Gegenüber errötete vielversprechend. Gleich würde sie den Blick verschämt senken und dann mit kokettem Augenaufschlag zu ihm hinüberblinzeln. Doch Kitty Stapenhill dachte nicht daran, ihre Augen sittsam niederzuschlagen. Zu groß war ihre Freude. Zu kostbar das nie gekannte Gefühl des Triumphes, das sie in ihrem Herzen spürte. Sie hatte es gewußt: Nur ein Tag in ihrer Gesellschaft würde genügen, und St. James würde ebenso verliebt in sie sein, wie sie in ihn war. Sie erwiderte seinen Blick mit einem kleinen offenen Lächeln. Nun war es an Seiner Lordschaft, verwirrt zu sein.

Mary Ann hatte diesen Blickwechsel aufgefangen und hätte am lieb-

sten laut aufgeschrien. Wie kam dieser arrogante Mensch dazu, so schamlos mit Kitty zu flirten? Und wie kam dieses kleine Biest dazu, sich auf dieses gewagte Spiel einzulassen? Mit ihrem eigenen Vormund! Da hieß es einzugreifen, bevor es zu spät war. Sie mußte etwas Passendes sagen. Etwas, das die beiden veranlaßte, ihre Aufmerksamkeit auf profanere Dinge zu lenken. Was sagt eine vornehme Lady nur in dieser Situation? »Ist dir eigentlich noch schlecht, Kitty?« war das erste, das ihr einfiel. Der Earl, der eben dabei gewesen war, die Gabel zum Mund zu führen, hielt fassungslos inne. Seine Augen weiteten sich, als er sich der unscheinbaren jungen Frau zuwandte, die an seiner Rechten saß. »Wie können Sie nur!« näselte er in seinem arrogantesten Tonfall. »Wie Sie sehen, bin ich beim Essen. Sparen Sie sich Ihre unappetitlichen Bemerkungen bis nach Tisch auf. Oder am besten, Sie unterlassen sie überhaupt.«
Mary Ann war zutiefst peinlich, daß ihr diese unpassende Frage entschlüpft war. Und doch: Wie kam dieser Mann dazu, sie wie eine seiner Bediensteten zu behandeln? »Gerne«, sagte sie daher, bemüht, ihrer Stimme einen freundlichen Tonfall zu geben. »Wenn Sie Ihren unappetitlichen Blick ebensolange unterlassen.« Sie nahm den Krug in ihre Rechte und hielt ihn höflich Seiner Lordschaft entgegen: »Noch etwas Wein?«
»Annie!« rief Kitty entsetzt. Was war bloß in ihre Freundin gefahren? Wie kam sie dazu, die romantische Stimmung mutwillig zu zerstören? Sie hatte es noch nie erlebt, daß sich Mary Ann derart danebenbenahm.
»Sie vergessen sich, Miss!« sagte der Earl streng.
Mary Ann entschloß sich, nichts darauf zu antworten. Sie hatte nicht die geringste Lust, diesen vulgären Streit fortzuführen. Es war schlimm genug, daß sie ihn überhaupt vom Zaun gebrochen hatte. Vermutlich war die weite Reise schuld. Und das trübe Wetter. Die trostlose Stimmung, die sich ringsherum breitmachte, schien sich auch auf ihr Gemüt gelegt zu haben. Morgen würden sie Rye erreichen. Hoffentlich fanden sie Miss Westbourne tatsächlich im Hause ihres Großvaters vor. Dann war ihre Mission erledigt. Die vierhundert Pfund würden eine Zeitlang reichen. Zumindest so lange, bis sie und Kitty in Ruhe entschieden hatten, was sie weiter unternehmen

wollten. Der Earl, der eine stürmische Widerrede erwartet hatte, blickte Mary Ann von der Seite her verstohlen an. Was für eine seltsame Frau. Gerade noch hatte sie sich wie eine Furie auf ihn gestürzt. Jetzt saß sie still und würdevoll an seiner Seite und löffelte das Pflaumenmus, als sei nichts geschehen. Wie sie wohl in bunten Kleidern aussah? Ohne die hochgeschlossenen schmucklosen Kragen, die ihrem Aussehen etwas Frommes, ja Quäkerhaftes verliehen. Natürlich müßte sie sich auch von den großen Hauben trennen, die ihre Locken streng aus der Stirn hielten. Rote Locken. Eine Frau mit üppigen Formen und roten Locken. Er hielt sich lieber an die zierlichen mit dunklen Haaren. Da wußte er, woran er war. Rothaarige waren zu unberechenbar. »Warum tragen Sie diese Kleider, Miss Mary Ann? Sind Sie in Trauer?« hörte er sich zu seinem eigenen Erstaunen fragen.

Mary Ann blickte überrascht auf. Gerade noch hatte sie Seine Lordschaft zurechtgewiesen, ja, nicht zu Unrecht gezürnt. Und nun begann er Konversation zu führen in seinem gewohnt gelangweilten Tonfall. Sie kannte nicht viele Männer. Aber die, die sie kannte, ihr Bruder John oder auch Bernard Westbourne, waren nachtragend und stur. Nichts konnte ihren Stolz mehr verletzen als die Widerrede einer Frau. Sie hatte damit gerechnet, sich den Zorn Seiner Lordschaft für die nächsten Tage zugezogen zu haben. Daher freute sie sich, daß sie sich geirrt hatte. »Aber nein, Sir«, erwiderte sie und lächelte betont freundlich. »Die grauen Kleider entsprechen dem Wunsch meines Bruders. Er meint, sie seien praktisch und für jede Gelegenheit richtig. Damit reduzieren sich die Kosten meiner Garderobe auf ein für ihn akzeptables Maß.«

Sie hat grüne Augen und perlenweiße Zähne, dachte er. »Ein sparsamer Mann, Ihr Herr Bruder«, sagte er laut.

»Ein Geizhals«, verbesserte ihn Kitty bestimmt. Der Wirt kam herein, gefolgt von einem Diener, der die abgegessenen Teller und Platten auf ein derbes Tablett lud.

»Darf's ein Gläschen Portwein sein, Mylord? Hab einen der feinsten, die Sie je gekostet haben, unten in meinem Keller. Soll ich eine Flasche heraufholen?«

Seine Lordschaft schien nicht eben begeistert zu sein. »Wenn der Portwein von eben derselben Qualität ist wie der Wein zum Es-

sen...«, meinte er skeptisch. Der Wirt lachte und wischte mit seiner grünen Schürze die Tischplatte sauber. »Aber nein, Mylord. Der Port ist erste Klasse, das können Sie mir glauben, Sir. Eben erst von Spanien eingetroffen. Das schwör ich Ihnen, so wahr ich Peter Sandown heiße. Hab da so meine Beziehungen, Freihändler, Sie wissen, was ich meine.« Seine Lordschaft lehnte sich in seinem Stuhl zurück und nickte: »Na gut, bring ihn her. Ich riskiere es.«
Der Wirt grinste von einem Ohr zum andern und verließ unter Bücklingen das Extrazimmer.
»Freihändler?« erkundigte sich Kitty sichtlich verwirrt. »Was sind das für Händler, die den Wirt mit spanischem Portwein beliefern?«
»Sie wissen wirklich nicht, was Freihändler sind?« erkundigte sich Seine Lordschaft erstaunt.
»*Cómo voy a saberlo?* Woher soll ich denn das wissen? Ich bin noch nie in dieser Gegend gewesen. Was sind das für Händler?«
»Das sind gar keine Händler«, entgegnete der Earl, und es klang ziemlich gelangweilt. »Es sind ganz normale Schmuggler, von denen der Wirt hier spricht.«
»Schmuggler!« Kittys Augen wurden groß. »Sie können doch nicht im Ernst hier sitzen und geschmuggelten Portwein trinken! Das ist doch sicherlich verboten!«
Die Bestimmtheit, mit der sie gespochen hatte, entlockte dem Earl ein amüsiertes Lächeln: »Ihre strengen Moralvorstellungen in Ehren, Miss Kitty«, begann er. »Aber kaum jemand hat hier in der Gegend etwas gegen Schmuggelei einzuwenden. Die Steuern und Zölle für Genußmittel wie Tee, Tabak und Alkohol sind einfach unverschämt hoch. Und die Zollbeamten haben es auch nicht geschafft, sich die Bevölkerung zu ihren Freunden zu machen. Im Gegenteil. So manches Herrenhaus hier an der Küste stellt seine Keller für die Schmuggler zur Verfügung. Natürlich ist das verboten. Und natürlich will niemand aus der vornehmen Gesellschaft mit den Schmugglern in Zusammenhang gebracht werden. Aber geschmuggelten Portwein zu trinken, das kann einem niemand verbieten.«
»Wenn das so ist, dann kann ich mir nicht vorstellen, daß die Zollbehörden tatsächlich gegen Schmuggler sehr viel ausrichten können«, stellte Mary Ann sachlich fest.

»Können sie auch nicht«, bestätigte Seine Lordschaft. »Noch dazu ist es nur erlaubt, einen Schmuggler festzunehmen, wenn man ihn in flagranti ertappt. Doch kaum einer dieser ›Freihändler‹, wie sie sich nennen, ist dumm genug, sich erwischen zu lassen.«
In diesem Augenblick kam der Wirt zurück und stellte eine dunkle Flasche vor dem Earl auf den Tisch. Er öffnete sie mit einem gekonnten Griff und schenkte die bernsteinfarbene Flüssigkeit in ein frisches Glas. Mary Ann und Kitty erhoben sich, um sich zurückzuziehen. Nicht umsonst hatte Miss Chertsey wiederholt darauf hingewiesen, daß es in der vornehmen Gesellschaft üblich war, die Herren dem Portwein alleine zu überlassen. Die Damen hätten sich inzwischen in den Salon zurückzuziehen, zu plaudern, vielleicht auch zu musizieren und darauf zu warten, daß die Herren sich ihnen wieder anschlossen.
Seine Lordschaft beobachtete den Aufbruch der beiden mit Überraschung. Die Detektivinnen waren wirklich in den gesellschaftlichen Konventionen bestens geschult. Er mußte Goldsmith ein Kompliment machen. Doch heute fand er diese übliche Gepflogenheit überflüssig. Er hatte keine Lust, alleine in diesem kargen Gastzimmer zu verbleiben und in einsamer Stille ein Glas Portwein nach dem anderen in sich hineinzuschütten. »So bleiben Sie doch hier«, forderte er die Mädchen auf, und leichte Ungeduld war in seiner Stimme zu hören. »Morgen werden wir Bakerfield-upon-Cliffs erreichen. Vielleicht haben wir Glück, und Silvie läuft mir gleich am ersten Tag über den Weg. Doch falls das nicht der Fall ist, wie werden wir weiter vorgehen? Wenn ich Sie recht verstanden habe, Miss Mary Ann, dann halten Sie es für sinnvoll, wenn ich mich nicht mit meinem eigenen Namen vorstelle?« Sein Tonfall verriet, daß ihm diese Vorstellung alles andere als angenehm war.
Diese nickte. »Natürlich nicht. Versetzen Sie sich doch einmal in Miss Westbournes Lage. Sie wurde zu einer Heirat mit Ihnen gezwungen… überredet«, verbesserte sie sich, als sie den eisigen Blick Seiner Lordschaft wahrnahm. »Sie versteckt sich bei dem einzigen Vertrauten, der ihr geblieben ist, ihrem Großvater. Der alte Herr hat Sie noch nie gesehen, nicht wahr, Eure Lordschaft?«
»Nein, er war einer der wenigen von Silvies Verwandten, der nicht zu

unserer mißglückten Hochzeit kam. Er ist seit einigen Jahren an den Rollstuhl gefesselt und kann seither das Haus nicht mehr verlassen«, erklärte St. James.
Mary Ann nickte. »Gut. Doch natürlich hat Viscount Bakerfield Ihren Namen bereits gehört. Und er weiß genau, in welchem Zusammenhang Sie mit seiner Enkeltochter stehen. Nehmen wir an, Miss Silvie hält sich nicht auf Bakerfield-upon-Cliffs auf, aber ihr Großvater kennt ihren Verbleib. Wenn wir bei ihm vorsprechen und Sie sich mit Ihrem richtigen Namen vorstellen, dann ist es gut möglich, daß er dafür Sorge trägt, daß Sie Silvie nie zu Gesicht bekommen. Und damit würden wir den Zweck unserer Reise nie erreichen. Es ist zwar nicht fair, aber wir müssen den alten Lord überlisten.«
»Wie willst du das tun?« Kitty hatte ihre Ellbogen am Tisch aufgestellt und ihren Kopf in die Hände gestützt. Mit gekräuselter Stirn hatte sie dem Vortrag ihrer Freundin gelauscht. Jetzt, da es ihr wieder besserging, begann auch sie, die abenteuerliche Suche zu genießen.
»Sie haben doch nicht vor, uns als Bürgerliche auszugeben?« erkundigte sich St. James, und sein Tonfall verriet deutlich die Abscheu, die er bei diesem Gedanken empfand.
Mary Ann schüttelte den Kopf: »Natürlich nicht. Ich denke, daß Viscount Bakerfield uns sonst kaum bei sich aufnehmen würde, und das gehört ja schließlich zu unserem Plan. Ich werde mich als Miss Rivingston vorstellen«, erklärte sie und richtete sich unbewußt auf. »Miss Rivingston, die auf der Fahrt zu Freunden Seine Lordschaft aufsucht, um Grüße von Reverend Westbourne aus Bath zu überbringen.«
Kitty klatschte in die Hände: »Das ist großartig!« rief sie aus.
St. James runzelte die Stirn: »Ich bin mir noch nicht darüber im klaren, ob ich es auch großartig finde«, murmelte er nachdenklich. »Rivingston? Der Name kommt mir bekannt vor. Wenn ich auch im Moment nicht weiß, woher.«
Mary Ann blickte ihn von der Seite her an. War nun der Augenblick gekommen, daß der ganze Schwindel ans Tageslicht kam? »Der Earl of Ringfield trägt diesen Namen«, sagte sie mit betont gleichmütigem Tonfall. Und dennoch klopfte ihr Herz bis zum Halse.

»Ringfield!« rief St. James aus. »Ja richtig, der gute alte Ringfield. Und Sie wollen sich als eine Verwandte des Grafen ausgeben?«
»Als seine Schwester«, präzisierte Mary Ann.
»Das wird nie und nimmer gutgehen«, antwortete Seine Lordschaft bestimmt.
Kitty kicherte.
»Das sehe ich anders«, entgegnete Mary Ann und vermied, Seiner Lordschaft in die Augen zu sehen. »Miss Rivingston lebt sehr zurückgezogen, wie ich vernommen habe.« Nervös zupfte sie an ihren Manschetten. Es schien, als könne sie den Blick nicht von ihrem Ärmel wenden. »Sie ist nun einundzwanzig Jahre alt«, fuhr sie fort. »Und doch gab sie nie ihr Debüt in London. Niemand in der vornehmen Gesellschaft kennt Miss Rivingston. Sicherlich hat auch Viscount Bakerfield die junge Dame noch nie gesehen.«
Dem Earl war ihre Nervosität nicht entgangen, er maß ihr jedoch keinerlei Bedeutung zu: »Wenn ich es mir recht überlege, so ist Ihre Idee, sich als Miss Rivingston auszugeben, doch nicht von der Hand zu weisen. Mir ist, als hätte ich vor einigen Jahren im Club vernommen, daß diese Dame in ein Kloster eingetreten sei. Ich kann mich aber auch irren. Ein seltsamer Kerl, dieser Ringfield.«
»Sehr seltsam«, bestätigte Mary Ann trocken. Sie fing Mylords überraschten Blick auf und fügte stammelnd hinzu: »Hab ich irgendwo gehört.« Sie strich ihren Ärmel glatt und setzte sich nun wieder aufrecht in ihrem Sessel zurecht. »Wie Sie selbst sagen, niemand kennt Miss Rivingston. Warum sollte da unser Schwindel auffallen?«
Kitty kicherte lauter.
St. James warf ihr einen irritierten Blick zu: »Na gut, vielleicht ist die Person nicht schlecht gewählt«, gab er widerstrebend zu. »Aber werden Sie das durchhalten?« Er fing Mary Anns verständnislosen Blick auf. »Na, ich meine, werden Sie die Rolle als Schwester eines Earls spielen können? Man wird mit Ihnen plaudern, Sie zum Tee bitten… vielleicht finden wir Silvie nicht bereits in den ersten Tagen, und wir müssen für längere Zeit Quartier auf Bakerfield-upon-Cliffs beziehen. Wissen Sie…« Er wollte fragen, ob sie sich bei den diversen gesellschaftlichen Gelegenheiten zu benehmen wisse. Doch irgend etwas im Blick der rothaarigen jungen Dame ließ ihn innehalten.

»Hatten Sie bereits Anlaß, an meinen Manieren zu zweifeln?« erkundigte sie sich. Sie gab sich betont Mühe, sachlich zu klingen, und doch war sie deutlich gekränkt und ungehalten. Das bekam Kitty zu spüren: »Wenn du nicht sofort aufhörst zu kichern, drehe ich dir den Hals um!« zischte sie zwischen geschlossenen Zähnen.
Kitty versuchte einen reumütigen Blick. Dieser mißlang gründlich, und sie brach in schallendes Gelächter aus: »Entschuldige«, brachte sie mühsam hervor. »Entschuldige, entschuldige bitte. Ich weiß auch nicht, ich meine, ich weiß auch nicht, was über mich gekommen ist. Schließlich...«, sie schluckte und schnappte mühsam nach Luft, »schließlich ist es ja nichts Ungewöhnliches, daß du dich als Miss Rivingston ausgibst.«
Nun mußte auch Mary Ann in dieses Lachen einstimmen. Das helle, frohe Lachen wirkte ansteckend, und Seine Lordschaft lachte mit, ohne es recht zu wollen. Er hätte zu gerne gewußt, was die beiden Damen so komisch fanden.
»Ich werde Miss Rivingstons Zofe sein«, erklärte Kitty vergnügt.
Mary Ann wollte das nicht zulassen. »Das geht auf gar keinen Fall«, erklärte sie bestimmt. »Wie stellst du dir denn das vor? Du kannst dich doch nicht um meine Kleider kümmern, mir das Frühstück aufs Zimmer bringen und dann noch dazu bei den Dienern essen. Eine Zofe zu sein ist kein Honiglecken.«
»Es ist doch nicht für lange«, erklärte Kitty und rutschte aufgeregt auf ihrem Sessel hin und her. »Und schließlich brauchst du doch eine Zofe. Als Miss Rivingston bist du doch eine vornehme Dame, nicht wahr? Was sagen Sie dazu, Mylord?« Sie wandte sich mit einem koketten Lächeln an ihren Begleiter. »Würde eine Dame von Welt jemals ohne ihre Dienerin reisen?«
Seine Lordschaft lächelte: »Ihre Assistentin hat recht«, sagte er an Mary Ann gewandt. »Und vielleicht kann es für uns ganz nützlich sein, einen Spion in die Dienerschaft einzuschleusen.«
Mary Ann gab sich widerstrebend geschlagen: »Wenn Sie Kittys Plan wirklich unterstützen, Eure Lordschaft, dann will ich mich nicht dagegenstellen. Obwohl ich glaube, daß du dir das viel leichter vorstellst, als es ist, Kitty. Aber gut, ich reise also mit Zofe und Kutscher und... Wer sind wohl Sie, Sir? Als wen wollen Sie sich ausgeben?«

Der Earl überlegte und strich sich gedankenvoll über seine langen braunen Locken. Das war wirklich nicht so einfach. Mary Anns Augen folgten dieser Geste, und ein leiser Aufschrei entfuhr ihren Lippen: »Die Frisur!«
Die beiden anderen wandten sich ihr verständnislos zu.
»Die Frisur«, beharrte Mary Ann. »Die langen Locken. Niemand trägt heutzutage derart lange Locken.«
»Ich trage sie. Und ich bin kein Niemand«, entgegnete Seine Lordschaft empört. Doch das Lächeln in seinen Augen milderte die Strenge. »Sie haben also etwas gegen meine Frisur einzuwenden, Miss Mary Ann?«
»Es geht nicht darum, ob ich etwas dagegen einzuwenden habe«, erklärte Mary Ann sachlich. »Ich denke nur an den Plan, den wir auszuführen haben. Sicher hat man in Bakerfield-upon-Cliffs bereits so manches über Sie gehört, und jeder weiß, daß Sie besonders lange Locken tragen. Man wird Miss Silvie Bescheid sagen, daß Sie kommen, noch ehe wir überhaupt ahnen, daß unser Kommen entdeckt worden ist. Dann brauchen Sie sich auch nicht die Mühe zu geben, sich einen falschen Namen auszusuchen. Ihre ungewöhnliche Haartracht wird Sie verraten.« Sie wandte sich zu ihrer Freundin um. »Kitty, du hast doch eine Schere in deinem Reisenecessaire.«
»Das kann doch nicht dein Ernst sein!« rief diese entsetzt. »Diese schönen, dichten, glänzenden Locken einfach abschneiden! Diese herrlichen...«, sie fing den Blick des Earls auf, der mit spöttischem Lächeln eine Augenbraue hochgezogen hatte. Errötend wandte sie sich ab und eilte aus dem Zimmer, um das Gewünschte zu holen.
Mary Ann war dieses Zwischenspiel nicht entgangen: »Sie sollen nicht mit Kitty flirten«, forderte sie mit strengem Tonfall.
»Nein?« erkundigte sich der Earl interessiert. »Gehe ich richtig in der Annahme, daß Sie etwas dagegen einzuwenden haben?«
»Allerdings«, erklärte Mary Ann knapp. »Und, sind Sie der Vormund ihrer Assistentin?« erkundigte er sich mit mildem Tonfall. Mary Ann schluckte überrascht und schüttelte langsam den Kopf. »Nein, der bin ich nicht. Ich glaube allerdings«, setzte sie fort und konnte ein Lächeln nicht unterdrücken, »daß Kittys Vormund einiges dagegen einzuwenden hat, wenn Sie mit ihr tändeln.«

»Tatsächlich? Nun, ich glaube nicht, daß mich die Meinung des werten Herrn Vormund wirklich interessiert«, entgegnete Seine Lordschaft kühl. »Sie wollen mir also die Locken abschneiden. Sind Sie dazu überhaupt in der Lage?«
»Ich bin zu allerhand in der Lage«, entgegnete Mary Ann hintergründig.
In diesem Augenblick kam Kitty zurück und reichte ihrer Freundin die gewünschte Schere. Seine Lordschaft verzog das Gesicht bei ihrem Anblick und schickte sich überraschend schnell in das Unvermeidliche. Kitty rückte Kerzen zurecht, die Mary Ann ausreichend Licht bieten sollten. Ein Stuhl wurde zurechtgestellt und St. James gebeten, darauf Platz zu nehmen. Kitty lehnte sich an die Wand neben dem Kamin und beobachtete aus einiger Entfernung, wie Mary Anns geübte Hand die Haare um gut eine Handbreit kürzte. Ob es wohl Seine Lordschaft beruhigt hätte, daß Mary Anns Haarschneidekünste daher rührten, daß Mrs. Clifford sie gebeten hatte, die Haare des Küchenpersonals und der Stallburschen zu schneiden? Mary Ann hatte vor einigen Jahren im Winter einem Stubenmädchen die Haare geschnitten, das sich bei einem Sturz auf der Kellertreppe das Bein gebrochen hatte. Sie war danach längere Zeit nicht in der Lage, in die Stadt zu fahren, und Mary Ann hatte ihre Haarschneidekünste an ihr ausprobiert. Mrs. Clifford war mit dem Ergebnis hochzufrieden gewesen. Und fortan wurde sie eingesetzt, diese Tätigkeit in regelmäßigen Abständen am gesamten Personal der Schule zu verrichten. So sah dieses immer gepflegt und ordentlich aus, und Mrs. Clifford hatte einen erheblichen Geldbetrag gespart.
Sie sprachen kein Wort, bis Mary Ann mit dem Haarschneiden fertig war und mit kritischem Blick ihr Werk begutachtete. Als sie Seiner Lordschaft schließlich erlaubte aufzustehen, erhob sich dieser und ergriff eine der Servietten, die neben dem Feuer zum Trocknen aufgehängt worden waren. Mit raschen Bewegungen bemühte er sich, das fast blinde Glas des Spiegels zu säubern, der neben der Eingangstür aufgehängt worden war. Dann hob er eine Kerze hoch und betrachtete sich kritisch von allen Seiten. »Hm«, sagte er schließlich. »Hm. Etwas fremd. Dennoch, gute Arbeit, Miss Mary Ann.« Er schwieg, richtete sich gerade auf und schenkte seinem Spiegelbild

ein ironisches Lächeln: »Jetzt sehe ich tatsächlich aus wie der gute, alte Justin Rivingston.«

Mary Ann, die eben dabei war, die abgeschnittenen Locken vom Stuhl auf den Boden zu wischen, so daß der Wirt nur mehr aufkehren mußte, hielt überrascht inne: »Justin Rivingston?« wiederholte sie.

»Justin Rivingston«, bestätigte Seine Lordschaft. »Ihr Bruder, Miss Rivingston.« Er machte eine gekonnte Verbeugung.

»Mein... ich meine, Miss Rivingstons Bruder heißt John«, berichtigte sie ihn.

Seine Lordschaft nickte, und das kleine Lächeln in seinen Augenwinkeln verstärkte sich: »Ihr ältester Bruder heißt John. Das ist richtig. Aber ich bin ihr zweitgeborener Bruder. Justin.«

»Ich habe keinen zweiten Bruder«, widersprach Mary Ann mit Bestimmtheit.

»Aber sicher haben Sie den«, erwiderte Seine Lordschaft mit der für ihn typischen, schnell erwachenden Ungeduld. »Sie haben mich. Justin Rivingston. Merken Sie sich das. Denken Sie denn wirklich, der alte Bakerfield weiß über die Familienverhältnisse der Rivingstons Bescheid? Er kann seit fast fünf Jahren sein Haus nicht mehr verlassen. Und obwohl John Rivingston ein Earl ist, so ist er doch ein so verschrobener Kerl, daß keiner mit seiner Familie auf vertrautem Fuß steht. Außer Linham und sonst ein paar Freunden. Aber die kennt Bakerfield mit Sicherheit nicht.«

Mary Ann wollte noch etwas erwidern, aber die Miene Seiner Lordschaft duldete keinen Widerspruch.

XIV.

Zum Glück hatte es in der Nacht nicht weiter geschneit. Der Boden war hart gefroren, und Al brauchte all seine Kraft und sein fahrerisches Können, um die Pferde und den Wagen auf der Straße zu halten. Am Morgen hatte es eine kurze Auseinandersetzung zwischen ihm und Kitty gegeben. Der Bursche war eben dabei, die Pferde anzuspannen, als Kitty mit ihrer Reisetasche ins Freie trat. Er bot den

nun schon gewohnten Anblick: Die voluminöse Kappe tief in die Stirn gezogen, die breiten Klappen, die Wangen und Ohren bedeckten, unter dem Kinn zugebunden. Der Bart war längst über das Stadium eines Dreitagebartes hinausgewachsen und bedeckte nahezu das gesamte freie Gesicht. Obwohl Als Haare blond waren, waren Wimpern, Brauen und der Bart dunkel. Sie bildeten einen seltsamen Kontrast und gaben Al etwas Furchterregendes, ja Wildes. Kitty gab ihrem Unmut lautstark Ausdruck: »So kann das nicht weitergehen«, rief sie aus. »Sie gehen auf der Stelle noch einmal in Ihr Zimmer hinauf, Al Brown, und rasieren sich.«
Al schüttelte den Kopf: »Is' nicht drin, Missy«, erklärte er kategorisch. Er wandte sich von den Pferden ab und ging ihr entgegen, um ihr die Tasche abzunehmen: »Sie sollen Ihr Gepäck nicht selbst tragen«, sagte er streng. »Ich dachte, diesen Punkt hätten wir geklärt.«
Kitty war nur zu froh, ihm das schwere Gepäckstück überlassen zu können. Doch keinesfalls war sie gewillt, Kritik von ihrem Diener widerspruchslos hinzunehmen: »Ich bin jetzt Zofe«, erklärte sie würdevoll. »Also trage ich die Tasche selbst. Und Sie gehen sich jetzt rasieren, Al. Sie sehen aus wie ein Straßenräuber. Keiner würde Sie je für den Diener einer vornehmen Dame halten.«
Al blickte zu ihr hinunter, und ein spöttisches Lächeln trat auf seine vom Bart nahezu verdeckten Lippen. »Ich bin der Diener eines ungezogenen kleinen Mädchens, das von der Schule getürmt ist. Nicht von einer vornehmen Dame«, stellte er richtig.
Kitty schnappte nach Luft. »Al Brown!« rief sie aus. Sie stemmte ihre Arme in die Hüften und stellte sich drohend vor ihn hin. »Al Brown, ich werde Sie...« Sie standen sich nun ganz nahe gegenüber. Er beugte sich zu ihr hinab. In seine Augen trat ein Ausdruck, von dem sie nicht wußte, wie sie ihn interpretieren sollte. Jedenfalls war sie so verwirrt, daß sie vergaß, was sie ihm hatte androhen wollen. Er wich ihrem Blick nicht aus: »Sie werden was, Missy?« fragte er leise, und ein seltsames Aufleuchten trat in seine blauen Augen.
»Al!« Mary Anns laute Stimme riß sie unbarmherzig aus ihrer Versunkenheit. Sie stand in der offenen Eingangstür des Gasthauses und winkte den Diener zu sich. »Bitte kommen Sie, und helfen Sie dem Hausknecht, die Koffer zu tragen.«

»Sofort, Madam!« Al wandte sich nur widerwillig von Kitty ab, steckte seine Hände in die Hosentaschen und machte sich daran, Mary Anns Befehl auszuführen. Er war schon auf dem halben Weg zur Gasthaustür, als ihm etwas einfiel: »Was heißt das, Sie sind jetzt Zofe, Missy?« erkundigte er sich über die Schulter hinweg.

Kitty stand noch immer wie angewurzelt an derselben Stelle. Nun sah sie auf und verspürte mit einem Mal keine Lust, ihren Diener in die weiteren Pläne einzuweihen: »Fragen Sie Mary Ann«, erklärte sie daher nur. »Die wird Ihnen alles weitere erzählen.«

Mit kurzen Worten weihte Mary Ann Al in die Pläne ein, die sie für den heutigen Tag beschlossen hatten. Der Diener amüsierte sich im stillen über den Gedanken, daß die verwöhnte Miss Stapenhill Zofe spielen wollte und im unteren Geschoß mit fremden Dienern ihre Mahlzeiten einnehmen würde. Kurz darauf erschien auch Seine Lordschaft im Hof des Gasthauses, nachdem er die Zeche bezahlt und den Wirt nach dem schnellsten und sichersten Weg nach Rye gefragt hatte.

Sie erreichten das Zentrum der kleinen Stadt am frühen Nachmittag. Al hielt am Straßenrand an und fragte eine Frau, die mit einem schweren Korb beladen die ungepflasterte Straße entlangging, nach dem Weg nach Bakerfield-upon-Cliffs. Die Fahrgäste im Inneren des Wagens waren zunehmend nervös geworden. Das Gespräch, das zu Beginn ihrer Reise mühsam aufrechterhalten worden war, war gänzlich versiegt. Was würde ihr Besuch in Bakerfield-upon-Cliffs bringen? Würde man ihr Spiel durchschauen? Würden sie Silvie Westbourne noch heute gegenüberstehen? Mary Ann war nicht wohl bei dem Gedanken, daß sich der Earl als ihr Bruder ausgeben wollte. Doch als sie ihn darauf ansprach, reagierte er ungehalten: »Haben Sie denn eine bessere Idee?« knurrte er sie an. »Wen soll ich Ihrer Meinung nach denn darstellen? Ihren Onkel vielleicht? Ihren Ehemann, Ihren Liebhaber?«

Mary Ann warf ihm einen bösen Blick zu und schwieg. Er hatte ja recht. Wie sollte man jemandem, der auf Sitte und Anstand hielt, erklären, daß sie mit einem wildfremden Mann durch die Lande fuhr? Sie wandte sich ab und ließ ihren Blick durch das Kutschenfen-

ster streifen. Die malerischen kleinen Fachwerkhäuser des mittelalterlichen Städtchens zogen vorbei. Mary Ann war nicht in der Stimmung, die Schönheiten der Umgebung zu würdigen: »Erzählen Sie mir von Miss Westbourne«, forderte sie den Earl statt dessen auf. »Wie sieht sie aus? Was ist sie für eine Frau?«
Kitty, von der langen Reise müde, war eingenickt und hatte ihren Kopf in die weichen Polster der Kutsche zurückgelegt. Einige der schwarzen Locken hatten sich aus ihrer Frisur gelöst und ringelten sich nun über ihrer Stirn und den von der Kälte geröteten Wagen. Sie sah wirklich allerliebst aus. Zu dumm, daß sie eingeschlafen war. Der Earl überlegte gerade, wie er sie am besten wecken konnte, um seinen Flirt mit ihr fortzusetzen, als ihn Mary Anns Frage aus den Gedanken riß. Er brauchte sich seine Antwort nicht lange zu überlegen: »Miss Westbourne ist blond, klein und sehr hübsch«, erklärte er. »Sie ist unzweifelhaft eine Lady der ersten Kategorie. Sie ist sanft, still, klug und bescheiden.«
»Der ersten Kategorie?« wiederholte Mary Ann verwirrt. »Was heißt, sie ist eine Lady der ersten Kategorie?«
Der Earl lachte kurz auf: »Die Ladys der vornehmen Gesellschaft, meine liebe Miss Mary Ann, lassen sich in drei Kategorien einteilen«, erklärte er mit selbstsicherem Tonfall: »Die erste Kategorie ist, wie ich gesagt habe, wohlerzogen und sanft, wie eine Frau sein soll. Sie hat gelernt, dem Manne zuzuhören, auf sein Urteil zu vertrauen und ihm zu gehorchen.«
»Und so soll eine Lady sein?« erkundigte sich Mary Ann spöttisch.
Der Earl nickte: »Sicherlich. In die zweite Kategorie gehören jene Blaustrümpfe, die meinen, sich in Bildung und Verstand mit den Männern messen zu müssen«, fuhr er fort. »Diese Damen sind selten hübsch und glücklicherweise nicht zahlreich.«
»Und die dritte Kategorie?« erkundigte sich Mary Ann zwischen Empörung und Amüsement hin und her gerissen. Es schien tatsächlich so, als würde der Earl seine absurden Behauptungen ernst meinen.
»Das sind die herrischen, die von ihrer Mama gelernt haben, daß man Männern seinen Willen aufzwingen muß. Sie sind launenhaft und eigenwillig. Und sie sind mir, auch wenn sie hübsch sind, ein Greuel.«

Mary Ann konnte sich ein Lachen nicht verkneifen: »Und wie ist es mit der vierten Kategorie?« wollte sie wissen.
»Die gibt es nicht«, erklärte Seine Lordschaft kategorisch.
Das wollte nun Mary Ann keinesfalls unwidersprochen hinnehmen.
»Also, das scheint mir zu arg!« rief sie aus. »Ihre Einteilung ist lückenhaft, Mylord. Nehmen Sie mich: Ich passe in keine Ihrer drei Kategorien.«
»Ich sprach von Damen, Miss Mary Ann«, lautete seine kühle Entgegnung, »Damen der Gesellschaft. Sie sind eine Frau aus dem Volke, da ist das etwas ganz anderes.«
Mary Ann traute ihren Ohren nicht. So ein unverschämter, arroganter Snob. Am liebsten hätte sie ihn mit der Spitze ihres derben Lederstiefels gegen das Schienbein getreten. Damen taten so etwas nicht. Aber wie stand es diesbezüglich mit Frauen aus dem Volke?

Als sie sich knappe zwei Stunden später Bakerfield-upon-Cliffs näherten, erwachte auch Kitty aus ihrem unruhigen Schlaf. Sie rieb sich die Augen und konnte nur mit Mühe ein herzhaftes Gähnen unterdrücken. Die Straße führte steil bergauf. Die Pferde, von der langen Reise müde, fanden mühsam ihren Weg.
»*Que hora es?* Wie spät ist es?« erkundigte sie sich und spähte aus dem Kutschenfenster. Es war schon fast dunkel, die Umgebung außerhalb des Wagens war nur mehr schemenhaft zu erahnen. Zudem hatte es wieder leicht zu schneien begonnen.
»Ungefähr vier Uhr nachmittags«, entgegnete Mary Ann. »Ich habe mir schon Gedanken darüber gemacht, ob du je wieder aufwachen würdest. Du hast geschlafen wie ein Murmeltier.«
»Wie ein sehr hübsches Murmeltier«, fügte St. James hinzu, weniger, um Kitty ein Kompliment zu machen, als um Mary Ann zu reizen. Zu seinem Leidwesen beachtete sie weder seinen Einwurf noch das Aufleuchten in Kittys Augen. Sie hatte ihr Gesicht nahe an die kalte Scheibe der Kutsche gedrückt, bemüht, die Umgebung draußen wahrzunehmen: »Ich kann graue Türme und Zinnen erkennen!« rief sie aus. »Dort, seht nur, sie blitzen hinter den Baumkronen hervor. Gebe Gott, daß dies endlich Bakerfield-upon-Cliffs ist. Ich habe dieses Rütteln und Schütteln der Kutsche endgültig satt.«

Der Weg beschrieb eine enge Kurve. Die Hecken lichteten sich, und die Straße bog in einen breiten Vorplatz ein. »Da, seht!« rief Mary Ann erneut. »Nie hätte ich mir Bakerfield-upon-Cliffs derartig großartig und weitläufig vorgestellt. Was für ein beeindruckendes Gebäude! Es sieht aus wie ein verwunschenes Schloß.«
Kitty drückte nun ebenfalls ihr Gesicht an die Scheibe. »Wie ein Gespensterschloß«, sagte sie und klang nicht gerade begeistert. »*No me gusta*. Es sieht düster aus. Geradezu bedrohlich.« Ein Frösteln lief über ihren Rücken.
»Du meinst, gefährlich?« Mary Ann wandte sich erschrocken ihrer Freundin zu.
»Unsinn!« fuhr St. James dazwischen. »Wie wollen Sie aufgrund einer Fassade wissen, ob hinter diesen dicken Mauern Gefahr lauert? Das erscheint mir viel zu früh, um sich ein Urteil zu bilden. Lassen Sie mich sehen.« Er beugte sich vor, um nun ebenfalls das Gebäude in Augenschein zu nehmen. Mit langsamem Tempo fuhr die Kutsche auf Bakerfield-upon-Cliffs zu. »Ein ganz normaler Bau. Türme und Zinnen sind in dieser Gegend keine Seltenheit«, erklärte St. James emotionslos. »Schließlich drohten stets Angriffe vom europäischen Kontinent. Die Gutsherren in dieser Gegend taten gut daran, ihre Häuser zu befestigen.«
Mary Ann nickte kleinlaut: »Sie haben sicher recht, Sir. Der Ärmelkanal ist an dieser Stelle besonders schmal. Und Hastings liegt nicht allzuweit entfernt.«
Kitty konnte dem Gebäude nichts Gutes abgewinnen. Sie liebte kleine verspielte Landhäuser mit weißen einladenden Fassaden und Heckenrosen, die sich zwischen den Fenstern bis zu den Dächern rankten. »Und ich sehe dennoch keinen Sinn darin, in einer Burg wie dieser zu wohnen«, erklärte sie hartnäckig. »Seit mehr als siebenhundert Jahren hat niemand mehr England erobern können. Auch wenn wir uns hier in der Nähe von Hastings befinden, sehe ich keinen Grund dafür, Adelssitze noch heute so zu befestigen, daß sie nichtsahnende Reisende erschrecken. Die Schlacht von Hastings war schließlich 1066, und seit dem Normannenherzog Wilhelm ist es keinem mehr gelungen, die Insel zu erobern.«
Es war nicht das erste Mal, daß sich der Earl über die Bildung der

beiden Mädchen wunderte. Es schien ihm, als seien die Dorfschulen bei weitem besser als ihr Ruf.

Die Kutsche war in den Innenhof des Hauses eingefahren und zum Stillstand gekommen. Es war nun vollkommen dunkel, und Al war kaum zu erkennen, als er den Schlag öffnete. Mit bangem Gefühl ließ sich Mary Ann aus dem Wagen helfen. Nur wenige Fenster im mittleren Flügel des Herrenhauses waren erleuchtet. Diese waren schmal, langgestreckt und am oberen Ende zu Spitzbogen geformt. Die Seitenflügel lagen in vollkommener Dunkelheit. Unsichtbare Schatten schienen sich hinter den schwarzen Fensterscheiben zu verbergen. Waren da nicht schemenhafte Gesichter wahrzunehmen, die das Kommen der unerwarteten Gäste beobachteten? Und dort: Irrte sie sich, oder war das ein schwacher Lichtschein, ganz oben, im letzten Fenster des westlichen Turms? Ihr Blick verharrte kurz an dieser Stelle. Doch das Licht zeigte sich nicht mehr. Mary Ann riß sich energisch zusammen. Es war jetzt nicht an der Zeit, sich mit Gespenstern zu befassen. Sie mußte Lord Bakerfield gegenübertreten. Sie mußte erreichen, daß ihr und ihren Begleitern ein Quartier für zumindest diese Nacht angeboten wurde. Und sie mußte Lady Silvie Westbourne finden. Und zwar rasch. Dann würde sie diese unheimliche Gegend wieder verlassen können. Und dann – ja, was würde sie wohl dann unternehmen? Es war besser, nicht daran zu denken.

»Geht das schon länger so?« fragte eine finstere Stimme dicht an ihrem Ohr. Mary Ann fuhr erschrocken aus ihren Gedanken auf und blickte sich um. Der Earl hatte Kitty zwischenzeitlich aus dem Wagen geholfen. Sie hatte sich bei ihm eingehängt und gemeinsam schritten sie erhobenen Hauptes über den holprigen Vorplatz der Eingangstür des Hauptflügels zu. Neben Mary Ann stand Al, die Mütze so weit in die Stirn gezogen, daß man sein Gesicht in der Dunkelheit nicht einmal mehr erahnen konnte.

»Was geht so?« fragte sie ihn verständnislos.

»Na, St. James!« er deutete mit der Schulter in Richtung des Adeligen. »Er flirtet schamlos mit Miss Stapenhill. Tut er dies schon länger?«

»Die ganze Zeit«, antwortete Mary Ann, die selbst über diesen Umstand alles andere als erfreut war. Dann schürzte sie ihre Röcke und beeilte sich, zu den beiden anderen aufzuschließen. Al blieb mit zu-

sammengekniffenen Lippen zurück. Er wartete, bis die drei Einlaß in das Haus gefunden hatten, dann ergriff er die Zügel der Pferde und führte sie zu den Stallungen, die angebaut an den kürzeren rechten Flügel ebenfalls in völliger Dunkelheit lagen.
Ein großgewachsener, hagerer Butler führte die Gäste in die Halle. Seine üppigen schlohweißen Haare bildeten einen eindrucksvollen Kontrast zum Schwarz seiner Livree, und sie hoben sich hell und leuchtend gegen das Dunkel seiner Umgebung ab.
»Ich werde Sie anmelden«, meinte er mit tiefer, leicht zittriger Stimme, nachdem ihm die Namen der Gäste genannt worden waren. Mit langsamen, gemessenen Schritten, den schmalen Rücken leicht nach vorne gebeugt, verschwand er durch eine Tapetentür. Die anderen blickten sich betreten um. Es war kalt in der zugigen Vorhalle. Im hohen, mit grauem Stein ummantelten Kamin brannte kein Feuer. Der Earl begutachtete mit kundigem Blick die Feuerstelle: »Mir scheint, hier ist in den letzten zehn Jahren kein einziges Mal Feuer gemacht worden«, stellte er fest und rieb mit raschen Bewegungen seine behandschuhten Hände aneinander. »Hoffentlich ist es in den anderen Räumen wärmer.«
»Das hoffe ich auch«, meinte Mary Ann. »Ich bin schon ganz durchgefroren.«
»Habt ihr die düsteren Gestalten gesehen?« Kitty wechselte flüsternd das Thema. Sie hatte ihre Hände in ihrem Muff vergraben und blickte ehrfurchtsvoll zu den Gemälden empor, die an allen vier Wänden der Eingangshalle angebracht waren. »So viele ernste Gesichter. Keine einzige der Damen zeigt auch nur den Schimmer eines Lächelns. Und erst die Herren! Zusammengekniffene Lippen, wohin man auch sieht. Wie düster und streng sie blicken. Und dazu die schwarzen Bilderrahmen. Also, wenn ich mich einmal malen lasse...«
Mary Ann stieß ihr unsanft den Ellbogen in die Seite. Als Kitty sich mit einem empörten Aufschrei ihr zuwandte, warf sie ihr einen warnenden Blick zu. Sich malen lassen. So eine Unvorsichtigkeit. Wie hatte es der arrogante Earl ausgedrückt? Sie waren »Frauen aus dem Volke«. Nur wenige Frauen aus dem Volke ließen sich malen. Ehefrauen reicher Kaufleute vielleicht. Sonst war es nur in adeligen Kreisen üblich, dafür Geld auszugeben.

»Sie wollen sich malen lassen, Miss Kitty?« fragte nun auch schon der Earl interessiert.
Mary Ann schüttelte unwillig den Kopf: »Natürlich will sie das nicht. Ich frage mich, warum wohl so wenig Kerzen brennen...«
Der Earl ließ sich von ihrem strengen Tonfall nicht abschrecken: »Das wäre aber schade«, sagte er lächelnd. »So eine Schönheit verdient es, für die Nachwelt festgehalten zu werden. Soll ich Sir Thomas Lawrence beauftragen, Sie zu malen?«
Mary Ann hielt die Luft an. Für ein Portrait von Sir Thomas Lawrence mußte man eine ordentliche Summe bezahlen. Sicher würde das der Earl nicht aus reiner Kunstfreude tun. Was war wohl die Gegenleistung, die er sich dafür vorstellte?
Kitty schienen derartige Gedanken fremd. Sie neigte schelmisch den Kopf und blinzelte vergnügt zu Seiner Lordschaft empor: »Das würde mich sehr freuen«, sagte sie strahlend.
In diesem Augenblick öffnete sich lautlos die Tapetentür, und der Butler kehrte in die Halle zurück. Er verbeugte sich knapp und sagte ohne den Anflug eines Lächelns: »Seine Lordschaft lassen bitten.«
Der Earl bot Mary Ann den Arm, den sie nur zu bereitwillig ergriff. Diese fürsorgliche Geste erstaunte und beruhigte sie gleichermaßen. An der Seite von St. James folgte sie dem Diener durch die Tapetentür.
Der Earl war innerlich bei weitem beunruhigter, als er nach außen hin zu sein vorgab. Wenn nur alles gutging. Hoffentlich spielte die Detektivin ihre Rolle glaubwürdig. Und hoffentlich fanden sie Silvie an der Seite ihres Großvaters vor. Er hatte keine Lust, auch nur eine Minute länger als unbedingt nötig in dieser kalten Burg zu verweilen.
Der Butler hatte sich umgedreht. »Sie warten in der Halle, Miss.«
Sein blaßer, schmaler Zeigefinger war anklagend auf Kitty gerichtet. Diese hatte ihre neue Rolle völlig vergessen und war hinter Mary Ann durch die Tapetentür getreten. Aufseufzend wurde sie sich bewußt, daß sie sich künftig wie eine Zofe zu verhalten hatte. Sie murmelte eine Entschuldigung und machte schweren Herzens kehrt. So ein Unsinn! Wie hatte sie nur auf die Idee verfallen können, eine Dienerin zu spielen. Noch dazu freiwillig. Dabei war sie so neu-

gierig, wie die Begrüßung des Hausherrn vonstatten gehen würde. Es blieb ihr nichts anderes übrig, als in die Halle zurückzukehren. Mit vorgeschobener Unterlippe blickte sie sich um. Nicht einmal einen Stuhl gab es, auf den sie sich hätte setzen können. Die Halle war bis auf eine schwere schwarze Truhe an der Seitenwand gegenüber dem Kamin völlig unmöbliert. Kitty war müde und beschloß, sich darauf niederzulassen. Sie kehrte der Truhe den Rücken, holte Schwung und plumpste mit einem mächtigen Satz auf den Truhendeckel. Nun saß sie da und ließ die Beine baumeln. Ihr Blick war auf die unfreundlichen Gesichter gerichtet, die aus den Gemälden der gegenüberliegenden Wand ernst und teilnahmslos auf sie herniederblickten. Über dem Kamin unter den Bildern führte eine Balustrade die Wand entlang, über die man von der Treppe aus die Zimmer des ersten Stockwerks erreichen konnte. Gelangweilt musterte Kitty das Schnitzwerk des Geländers. Es war geradlinig und einfach. Keinerlei zierliche Schnitzereien verfälschten den plumpen Eindruck. Wie lange man sie wohl hier in dieser kalten Halle warten lassen würde? War es denn nicht üblich, daß die Diener des Hauses kamen, um die Diener fremder Gäste willkommen zu heißen? Ihr Blick, der noch eben achtlos durch den Raum geschweift war, hielt mit einem Schlag inne. Bewegte sich dort nicht etwas hinter dem Geländer? Schimmerte da nicht Farbe zwischen zwei Holzlatten hindurch? Waren das nicht Haare, blonde Haare, die sich zwischen den dunklen Hölzern abzeichneten? Hatte sich da etwa ein Kind hinter dem Geländer versteckt, um durch dessen Ritzen das Ankommen der unerwarteten Gäste zu beboachten? Kittys Müdigkeit war schlagartig verschwunden. Neugierig richtete sie sich auf: »He du, ich habe dich gesehen!« rief sie zu der versteckten Gestalt hinauf. »Du kannst aufstehen.« Nichts rührte sich. »Ich bin Kitty, eine Zofe.« Vielleicht würde diese Erklärung das Kind dazu veranlassen, aus seinem Versteck hervorzukommen. Doch nichts rührte sich. »Vor mir brauchst du dich nicht zu fürchten. Sagst du mir, wie du heißt?«
Der blonde Schopf kam langsam höher, und zwei Augen lugten über das Geländer.
»Wie alt bist du denn?« wollte Kitty wissen. Es schien ein sehr klei-

nes Kind zu sein, wenn es kaum über das Geländer reichte. Fünf oder sechs Jahre vielleicht.

»Wer war das?« erkundigte sich das Kind mit leiser, piepsender Stimme.

»Na, fein!« rief Kitty aus. »Du hast ja tatsächlich eine Stimme. Du bist ein Mädchen, stimmt's? Willst du mir nicht sagen, wie du heißt?«

»Pst«, tönte es hinter dem Geländer hervor. »Nicht so laut. Wer ist denn da gekommen? Wie heißen deine Leute?«

Kitty rutschte von der Truhe hinunter. Sie stellte sich näher zu der Stelle, hinter der sich das Kind versteckte, und blickte nach oben. Die Augen des Mädchens verschwanden wieder in der Dunkelheit. Kitty grinste. Sie war selbst in diesem Alter zum Leidwesen ihrer Eltern oft recht störrisch gewesen. »Bist du noch da?« fragte sie in die plötzliche Stille.

»Ja«, piepste es aus der Dunkelheit.

»Ich mache dir einen Vorschlag«, flüsterte Kitty zurück. »Du sagst mir, wie du heißt, und ich sage dir den Namen meiner Herrschaften.«

»Meinetwegen«, piepste das Mädchen, und es klang ungeduldig und wenig erfreut. »Ich heiße Barbara.«

»Barbara«, wiederholte Kitty. »Das ist aber ein schöner Name. Und nun sage ich dir auch, mit wem ich gekommen bin. Mit Miss Rivingston und Mr. Rivingston, ihrem Bruder. Bist du jetzt zufrieden?«

»Miss Kitty?« Eine weibliche Stimme ließ Kitty herumfahren. In der offenen Tapetentür stand ein Mädchen, die hellblonden, fast weißen Haare waren aufgesteckt und von einem korrekten Häubchen gehalten. Das schwarzweiß gestreifte Kleid wies sie ohne Zweifel als Dienerin aus. »Ich bin Betty, das Hausmädchen. Mrs. Bobington hat mich beauftragt, mich um Sie zu kümmern. Kommen Sie mit. Ich zeige Ihnen das Zimmer Ihrer Herrin.«

Es hat geklappt! dachte Kitty erfreut. Mary Ann und der Earl dürften keinen Verdacht erregt haben. Wie sonst war zu erklären, daß ihnen Zimmer zumindest für die Nacht angeboten wurden.

»Als ich hereinkam, hatte ich das Gefühl, Sie würden mit jemandem plaudern«, stellte das Hausmädchen fest und warf Kitty einen neugierigen Blick zu.

»Ja, richtig, mit Barbara«, antwortete diese leichthin. Sie waren eben bei einem großen Spitzbogenfenster vorbeigekommen. Dichte Schneeflocken fielen auf das kalte Glas.
»Barbara?« wiederholte Betty erstaunt. »Aber wir haben hier keine Barbara.«
Kitty lachte auf: »So ein schlimmes kleines Mädchen!« rief sie aus. »Jetzt hat sie mich angeschwindelt und mir einen falschen Namen gesagt. Zu mir sagte sie, sie heiße Barbara. Wie heißt das Mädchen wirklich?«
Betty war stehengeblieben. Ihre hellen, wasserblauen Augen musterten Kitty skeptisch. »Sie müssen geträumt haben«, sagte sie schließlich streng. »Wir haben kein kleines Mädchen hier im Haus. Es gibt überhaupt kein Kind in der Gegend.«

XV.

»Miss Rivingston, Mylord. Und Mr. Rivingston.« Der Butler nannte die beiden Namen mit eindrucksvoller Stimme. Dann verbeugte er sich steif und verließ den Raum. Mary Ann warf dem Earl einen verdutzten Blick zu. Das Zimmer, in das der Diener sie geführt hatte, war leer. Seine Lordschaft blickte sich um. War ihnen die Eingangshalle ungewöhnlich kahl vorgekommen, so schien dieser Wohnraum von Möbeln geradezu überzuquellen. Gleich neben der Tür stand ein großer Eichentisch mit schweren, klobigen Stühlen, an dem zwölf Menschen Platz finden konnten. Vor dem lodernden Feuer des Kamins befand sich eine kleine Sitzgarnitur, die so zierlich war, daß die schweren Eßmöbel sie beinahe zu erdrücken schienen. Ein Schachspiel lag auf einem der kleinen Beistelltische bereit. An den Wänden fanden sich Schränke und Kommoden so dicht gedrängt, daß kaum Platz für Bilder blieb. Eine Pendeluhr über dem Kaminsims schlug die volle Stunde. Fünf laute dumpfe Töne hallten durch den Raum. Da ging, wie von Geisterhand geöffnet, die weiße Flügeltür an der gegenüberliegenden Seite des Raumes auf, und der Rollstuhl mit dem Hausherrn wurde hereingeschoben. Ein Geistlicher in einer langen schwarzen Soutane führte ihn sorgsam, mit einer durch jahrelange Übung ausgezeichneten Perfektion über die Schwelle. Langsam und gemächlich schob der Geistliche den Hausherrn näher. Mary Ann trat einen Schritt vor, um ihm entgegenzugehen. Der alte Viscount sprach kein Wort und beäugte die beiden unerwarteten Gäste mit finsterem Blick.

Die Augen unter den dichten buschigen Brauen waren eingehend auf den Earl of St. James gerichtet. Was er sah, schien ihm nicht zu gefallen. Dann schweifte der Blick weiter zu Mary Ann, und sein ernstes Gesicht hellte sich schlagartig auf: »Das ist tatsächlich die liebe Miss Rivingston!« rief er zu beider Erstaunen aus. »Kommen Sie näher, mein gutes Kind.« Sein rundes Gesicht leuchtete vor Freude, seine mit blauen Äderchen dicht durchzogenen Wangen schimmerten rosig. Er streckte Mary Ann beide Arme entgegen.

Diese beeilte sich, seine Hände zu ergreifen. Sittsam die Augen zu Boden geschlagen, versank sie in einen tiefen Knicks.

»Stehen Sie auf, mein Kind. Stehen Sie auf«, forderte Seine Lordschaft sie leutselig auf. »Lassen Sie sich ansehen. Ganz die junge Vera. Ich habe Ihre Großmutter gut gekannt, wissen Sie. Sie gleichen ihr sehr. Dieselben feuerroten Haare. Und sicherlich auch das selbe ungestüme Temperament. Wie ist Ihr Vorname, mein Kind.«

»Mary Ann«, antwortete Miss Rivingston schnell.

Der Earl hielt die Luft an. Wie konnte ihr nur dieser Fehler passieren? Miss Rivingston hatte sicher einen ganz anderen Vornamen. Bisher klappte doch alles wie am Schnürchen. Wie konnte die Detektivin nur so dumm sein, alles zu verderben. Doch Seine Lordschaft schien sich nicht an Miss Rivingstons Vornamen zu stoßen: »Mary Ann. Ich freue mich, Sie bei mir zu haben. Es ist so einsam hier auf Bakerfield-upon-Cliffs. Gott schickt Sie zu mir. Als Weihnachtsgeschenk möchte ich fast sagen.« Er kicherte über diesen Scherz und wandte sich an den Geistlichen, der noch immer regungslos im Schatten des Rollstuhls stand, die Hände um die Griffe an der Lehne geklammert. »Das ist Mary Ann, Veras Enkelin. Sie erinnern sich an Vera Rivingston, Kaplan?«

»Bedaure, Sir. Nein, Sir«, antwortete der so Angesprochene mit ho-

her, fast weinerlicher Stimme. Die kleinen Augen, hinter den dicken Brillengläsern versteckt, musterten Mary Ann ausgiebig.
»Du mußt näher gehen, mein Kind, sonst sieht er dich nicht. Kaplan Finch ist beinahe blind.« Mary Ann zögerte, tat dann jedoch, wie ihr geheißen. Der Geistliche streckte ihr die Hand entgegen und sagte mit ernstem Gesicht: »Menschen, die Mylord Freude bereiten, bereiten auch mir Freude. So heiße ich Sie denn auch willkommen, Miss Rivingston. Der Herr ist gütig und gerecht. Darum weist er den Irrenden den Weg.« Er reichte Mary Ann die kurzen Finger seiner weichen Hand. Mary Ann versank pflichtschuldig in einen Knicks. Sie hätte gerne gefragt, was die letzten Worte wohl bedeuteten. Doch da der Hausherr seine Aufmerksamkeit nunmehr St. James zuwandte, wagte sie nicht, ihn zu fragen.
»Und wie war Ihr Name, junger Mann?« erkundigt sich Lord Bakerfield, und seine Stimme klang bei weitem weniger herzlich. Der Earl trat hastig aus dem Schatten in das Licht der Kerzen über dem Kamin und verbeugte sich. »Justin Rivingston«, sagte er, wie aus der Pistole geschossen. »Rivingston?« Der alte Mann wiegte bedächtig sein ergrautes Haupt: »Sie sind ein Verwandter dieser jungen Dame?«
»Ihr Bruder, Sir«, antwortete der Earl und wünschte nun selbst, er hätte sich etwas anderes einfallen lassen. Wie hatte er auch annehmen können, daß der Viscount die Großmutter von Miss Rivingston kannte? Und wie hätte er erst recht annehmen können, daß er die Detektivin für die wahre Trägerin dieses Namens hielt? Der Viscount runzelte die Stirn, so daß die buschigen Augenbrauen über der Nase beinahe zusammenstießen. »Sie wollen doch nicht sagen, Sie seien der Earl of Ringfield?«
Der Earl schüttelte den Kopf: »Nein, nein!« beeilte er sich zu versichern. »Das bin ich nicht. Das ist ... äh ... unser Bruder John. Ich bin Justin, der Zweitälteste.«
»Der Zweitälteste? Haben Sie je etwas von einem Zweitältesten gehört, Mr. Finch?«
Der Geistliche schüttelte bedauernd den Kopf. Er hatte noch nie etwas von einem Zweitältesten gehört. Allerdings hatte er überhaupt noch nie etwas von einer Familie Rivingston gehört.
»Also, junger Mann«, fuhr der Viscount auf und schlug mit der fla-

chen Hand auf seine Knie, die in eine dunkelgrüne Wolldecke gehüllt waren: »Wer immer Sie sind, Sie sind kein Rivingston. Also...« Er wandte sich an Mary Ann. »Klären Sie mich auf, mein liebes Kind. Wer ist dieser Mann? Behaupten Sie auch, er sei Ihr Bruder?«

Mary Ann hielt dem prüfenden Blick nicht stand. Verlegen errötend senkte sie das Gesicht zu Boden. Sie hatte St. James doch gewarnt, daß dieser Schwindel nicht gutgehen würde. Er war es gewesen, der nicht auf sie hören wollte. Und nun mußte sie sich rasch etwas einfallen lassen: »Na, nicht mein wirklicher Bruder...«, stammelte sie. »Mein Vater...«

Der Viscount brach in schallendes Gelächter aus: »Sie wollen sagen, der junge Mann ist ein Wechselbalg!« rief er aus. »Das ist ja kolossal! Was sagen Sie, Mr. Finch? Nun schauen Sie doch nicht so finster drein.« Er blickte verständnisheischend von Mary Ann zu St. James: »Nehmt euch sein strenges Gesicht nicht zu Herzen, liebe Freunde. Der Kaplan ist sehr sittenstreng und nimmt's mit der Moral ganz besonders genau, nicht wahr, Kaplan?« Während der Viscount zu seinem Begleiter hochsah, warf Mary Ann einen verstohlenen Blick zum Earl of St. James hinüber. Der stand da wie versteinert, und sein Blick, mit dem er Mary Ann durchbohrte, verhieß nichts Gutes. »Darf ich Sie in Kenntnis setzen, Sir«, verkündete er steif, »daß ich keinesfalls ein Wechselbalg bin.«

Der Viscount wandte sich wieder ihm zu: »Kein Grund zur Aufregung, mein Junge. Wenn Sie der uneheliche Sohn des Grafen Ringfield sind und Ihr Vater Sie anerkannt hat, dann ist das ausschließlich eure Familienangelegenheit. Da mische ich mich nicht ein. Willkommen auf Bakerfield-upon-Cliffs, Mr. Ringfield.«

»Danke, Sir«, antwortete St. James noch immer in steifer Würde, »dennoch möchte ich darauf hinweisen...«

Mary Ann fiel ihm ins Wort: »Daß wir uns sehr freuen, hier zu sein!« ergänzte sie seinen Satz rasch. Ein weiterer vernichtender Blick des Earls traf sie. Doch er schwieg.

»In einer halben Stunde wird das Dinner serviert. Wir sind heute etwas später dran, und das kommt uns jetzt sehr gelegen. Sicher werden Sie sich etwas frisch machen wollen«, verkündete der Viscount. »Shedwell wird Ihnen Ihre Zimmer zeigen.« Wie auf Befehl betätigte der Geistliche den Glockenstrang.

»Wie konnten Sie es wagen!« zischte St. James Mary Ann zu, als er mit ihr dem Butler die breite Treppe in das obere Geschoß hinauf folgte. »Wie konnten Sie mich als den ledigen Sohn Ihres Vaters ausgeben!«
»Das habe ich ja gar nicht. Ich kann doch nichts dafür, daß der Viscount meine Erklärungsversuche in diese Richtung interpretierte. Was hätte ich denn tun sollen?« flüsterte Mary Ann ihm zu. »Sie wollten doch unbedingt mein Bruder sein.«
»Hier wäre Ihr Zimmer, Miss. Ich habe Frank, unseren Hausburschen, angewiesen, Feuer zu machen. Ihr Diener hat bereits das Gepäck heraufgebracht.« Er blieb vor einer der Türen stehen, öffnete sie und trat zur Seite, um Mary Ann vorbeigehen zu lassen: »Ihre Zofe ist bereits dabei, die Kleider auszupacken.«
Kitty, die sich gemütlich auf dem Bett ausgestreckt hatte, sprang erschrocken auf. Zum Glück hatte der Butler sie nicht gesehen. Er war bereits dabei, die nächste Tür zu öffnen: »Und das ist Ihr Zimmer, Sir. Ich hoffe, sie finden alles zu Ihrer Zufriedenheit. Kommen Sie mit, Mädchen.« Dieser Befehl war an Kitty gerichtet, die Mary Ann einen entsprechenden Blick zuwarf und sich mit keckem Lächeln anschickte, dem Butler zu folgen. »Ich zeige Ihnen die Küche. Sie können heißes Wasser heraufbringen.«
»O nein!« rief Mary Ann erschrocken. »Ich meine, ich möchte, daß meine Zofe bei mir bleibt. Sie muß mir beim Auskleiden helfen. Sagen Sie meinem Burschen, er soll das Wasser heraufbringen.«
Der Butler verbeugte sich und wandte sich zum Gehen. »Und wo ist mein Zimmer?« wollte Kitty wissen. Der Rücken des würdigen Dieners versteifte sich merklich. »Im Dienergeschoß unter dem Dach«, sagte er würdevoll. »Betty wird es Ihnen zeigen, wenn die Arbeit getan ist.«
»Unter dem Dach?« wiederholte Mary Ann. »Gibt es denn keinen Raum hier in meiner Nähe? Ich möchte Ihnen keine Umstände machen, aber ich bin es gewohnt, meine Zofe in meiner Nähe zu wissen.«

»Bedaure, das ist in diesem Haus nicht möglich, Madam.« Der Butler verbeugte sich angemessen und schritt den langen Gang hinunter.

Der Earl wollte soeben in seinem Zimmer verschwinden, als Kittys Stimme ihn zurückhielt: »Wenn ihr wüßtet, was für eine seltsame Begegnung ich hatte«, begann sie und ließ sich auf dem weichen Fauteuil nieder. Ohne zu zögern, betrat der Earl das Zimmer seiner vermeintlichen Schwester und zog die Tür hinter sich zu.

Kitty genoß es, daß ihr die ungeteilte Aufmerksamkeit Seiner Lordschaft und ihrer Freundin zuteil wurde, und schilderte das Gespräch mit dem fremden Kind in allen Einzelheiten.

»Und das Hausmädchen sagte wirklich, es gäbe kein Kind im Haus?« vergewisserte sich Mary Ann. »Das ist seltsam.«

»Barbara«, murmelte der Earl. »Silvies Schwester heißt Barbara. Sie ist Klosterfrau und nicht ganz richtig im Kopf, wie mir schien.«

»Sie meinen, diese Barbara ist vielleicht gestorben und spukt jetzt durch die kalte, unfreundliche Burg?« fragte Kitty fasziniert.

»Als ich sie das letzte Mal sah, war sie am Leben«, entgegnete der Earl gelassen. »Und das war vor drei Wochen. Jetzt entschuldigen Sie mich bitte, ich muß mich umziehen. Wahrscheinlich war das Mädchen das ledige Kind einer Angestellten des Hauses. Was mich wieder zum Thema bringt…« Er wandte sich Mary Ann zu, doch seine Stimme hatte viel von ihrer ursprünglichen Schärfe verloren… »Ich habe noch ein Hühnchen mit Ihnen zu rupfen, Miss Mary Ann.«

»Man rupft keine Hühnchen mit Frauen aus dem Volke«, entgegnete Mary Ann frech. Der Earl blickte sie einen Augenblick lang verdutzt an, dann lachte er laut auf und verschwand in seinem Zimmer.

Das Abendessen dauerte nicht einmal eine Stunde. Seit Viscount Bakerfield von Gicht arg gepeinigt wurde, hatte ihm sein Arzt geraten, auf Fleisch und fette Saucen ganz zu verzichten. So war es ein karges Mahl, das den vier Personen an dem großen Eßtisch vorgesetzt wurde. Die Fischsuppe wurde von einer Fischpastete abgelöst. Zum Hauptgang gab es wieder Fisch mit verschiedenen Arten von Gemüsen. Der Hausherr bevorzugte Karoffeln und nahm sich reichlich Kohl aus der großen Schüssel. Den Abschluß dieses eintönigen Mahles bildete Käse, der von den Pächtern des Landgutes hergestellt wurde. Da der Arzt dem Viscount auch vom Genuß von Rotwein abgeraten hatte, wurde dunkles Bier serviert, das der Earl mit kaum verhohlener Abscheu ablehnte. Statt dessen ließ auch er sich von der Limonade einschenken, die für Mary Ann gebracht worden war. Er verzog beim ersten Schluck derart angewidert das Gesicht, daß Mary Ann lächeln mußte. Wie zufällig sah sie zum Viscount hinüber, und ihre Blicke trafen sich. Der Hausherr lächelte ebenfalls: »Nicht gerade das, was Sie gewohnt sind, Mr. Rivingston, nicht wahr?« erkundigte er sich höflich und legte die Betonung auf den Familiennamen seines Gastes. War da Spott bei seinen Worten mitgeklungen? »Wir leben hier etwas abgeschieden«, fuhr er fort, und seine Stimme war wieder freundlich. »Sie müssen verzeihen. Dafür haben wir einen sehr guten Portwein. Shedwell, bringen Sie eine Flasche herauf. Sie haben Grüße von Bernard mitgebracht, Miss Rivingston? Wie geht es meinem Enkel?«

»Master Bernard?« erkundigte sich der Kaplan interessiert und wandte seine dick bebrillten Augen Mary Ann zu. »Ein guter Junge. Er war mein Schüler, müssen Sie wissen. Ein gelehriger Schüler und ein guter Mensch. Und sicher auch ein guter Pfarrer. Denn, wie sagt schon die Bibel, die Seele, die wohltut, wird reichlich gesättigt; wer andere erquickt, wird auch selber erquickt.« Die Gäste hatten diesen frommen Worten erstaunt gelauscht, der Hausherr schien sie gar nicht wahrgenommen zu haben: »Wie geht es meinem Enkel?« wiederholte er.

Mary Ann besann sich schlagartig des offiziellen Grundes ihres Hierseins: »Es geht ihm sehr gut, Sir. Danke vielmals. Wir kommen eben aus Bath und haben ihn dort getroffen. Als er erfuhr, daß wir in diese Gegend reisen wollen, trug er uns auf, Ihnen die besten Grüße zu bestellen.« Als sie bemerkte, daß ihr der Viscount wohlwollend zunickte, atmete sie tief durch und beschloß, den Sprung ins kalte Wasser zu wagen: »Und auch für Miss Silvie Westbourne habe ich eine Botschaft«, brachte sie rasch hervor. »Reverend Westbourne meinte, seine Schwester wäre zur Zeit Gast in Ihrem Haus. Hat er sich geirrt, oder erwarten Sie Miss Westbourne in den nächsten Tagen?«

St. James bemühte sich, in Ruhe die Erbsen weiterzuessen, die ihm rechts und links von der Gabel kullerten. Keinesfalls sollte der Viscount bemerken, wie gespannt er auf seine Antwort war. Silvie Westbourne. Was hatte er in den letzten Wochen nicht alles unternommen, um sie zu finden. Mit Ungeduld wartete er auf eine Antwort. War er nun endlich dem Ziel näher gekommen?

»Ja, der gute Bernard. Ein guter Bruder. Ein guter Enkel«, meinte der Viscount und lud eine weitere Portion Käse auf seinen Teller.

Der Geistliche nickte: »Ein guter Mensch«, bestätigte er. Keiner der beiden schien Mary Anns Frage gehört zu haben.

»Sie erwarten Miss Westbourne in der nächsten Zeit?« wiederholte sie daher noch einmal, und das Herz klopfte ihr bis zum Halse. »Zu Weihnachten vielleicht?«

»Bernard wird nicht mehr lange in Bath bleiben«, verkündete der Geistliche. »Er soll eine größere Pfarre bekommen. Ich habe mich erst kürzlich mit dem ehrwürdigen Herrn Erzbischof von Canterbury besprochen. Er hat Großes vor mit Master Bernhard. Reverend Bernard«, verbesserte er sich.

»Wie sieht Bernard aus?« wollte der Viscount wissen. »Grauhaarig geworden in der letzten Zeit?«

Mary Ann beeilte sich, den Kopf zu schütteln. »Nein, gar nicht, Sir«, sagte sie bestimmt. »In seinen brünetten Haaren ist keine einzige weiße Strähne zu entdecken. Aber schließlich ist er ja erst achtundzwanzig. Ich finde, Mr. Westbourne ist ein sehr gutaussehender junger Mann. Findest du nicht auch, Bruder?«

Der Earl, der eben sein Glas Limonade an die Lippen geführt hatte, verschluckte sich beinahe. »Gewiß«, brachte er mühsam hervor. Hoffentlich stellte der Hausherr keine weiteren Fragen. Wie sollte Mary Ann Bernard Westbourne beschreiben, wenn sie ihn noch nie in ihrem Leben zu Gesicht bekommen hatte? Ihn gutaussehend zu nennen, das war wohl wirklich übertrieben. Dieser farblose Wicht.

»Weil Sie eben von Weihnachten sprechen, meine Liebe. Meine Nichte Mrs. Aldwin wird in den nächsten Tagen erwartet«, verkündete der Hausherr. »Mit Mr. Aldwin, ihrem Mann, einem Iren.« Das klang nicht gerade begeistert. »Und ihrer Tochter. Mrs. Aldwin ist die Tochter meiner Schwester Christine«, fügte er erklärend hinzu.

Der Geistliche seufzte: »Mylady Christine«, murmelte er und schlug mit gefalteten Händen die Augen zur Decke. »Gott sei ihrer Seele gnädig. Alles kehrt zur Erde zurück, was von der Erde ist, und zur Hölle...«

»Ja, Mr. Finch, sicherlich«, murmelte der Viscount. Er schien über diesen Einwand nicht sonderlich erfreut. Es schien, als wolle er seinen Begleiter ernsthaft zurechtweisen. Dann überlegte er sich's jedoch anders und wandte sich mit freudigem Lächeln an Mary Ann: »Da kommt wieder Leben in dieses alte Gemäuer. Ich muß sagen, ich liebe junge Menschen.« Er streckte seine Hand aus, um Mary Anns Unterarm zu tätscheln. »Und darum freue ich mich auch so, daß Sie da sind, liebe Miss Rivingston. Und Sie natürlich auch«, fügte er schnell, an Seine Lordschaft gewandt, hinzu. Dann gab er dem Geistlichen mit dem Kopf ein Zeichen. Der ließ sofort Messer und Gabel sinken, legte seine Serviette auf den Tisch und erhob sich. »Doch nun müßt ihr mich entschuldigen«, meinte der Hausherr zu seinen Gästen. »Ich bin müde und begebe mich zur Ruhe. Ich wünsche eine gute Nacht.«

Der Earl erhob sich irritiert und wartete, bis der Geistliche den Rollstuhl aus dem Zimmer geschoben hatte. Leise schloß sich die Tür hinter den beiden. Dann nahm er wieder auf seinem Stuhl Platz und schüttelte langsam den Kopf: »Das ist allerdings ein seltsames Benehmen.«

»Haben Sie bemerkt, daß sowohl der Viscount als auch der Geistliche sich standhaft weigerten, meine Frage nach Lady Silvie zu beantworten?« fragte ihn Mary Ann nachdenklich. »Ich frage mich, ob das etwas zu bedeuten hat.«

»Sie meinen, daß man uns mißtraut?« Der Earl erwog diesen Gedanken. »Nein, das glaube ich nicht. Dazu spielen Sie Ihre Rolle viel zu gut. Ich muß Ihnen wirklich meine Anerkennung aussprechen. Ich wußte bereits, daß Frauen gut in der Kunst der Verstellung sind, Miss Mary Ann. Aber Sie schlagen alle, die ich bisher kannte.«

Mary Ann wußte nicht, ob sie sich über dieses Kompliment freuen sollte. »Das gehört zu meiner Aufgabe«, sagte sie kühl. »Und überdies, vergessen Sie nicht, daß wir Geschwister sind, Sir. Wir müssen uns duzen und beim Vornamen ansprechen. Du kannst mich Mary Ann nennen.«

Der Earl lächelte und prostete ihr mit dem Limonadenglas zu: »Justin«, sagte er höflich. Sie warteten, ob der Geistliche zurückkam, um sein halbfertiges Mahl zu beenden. Doch er erschien nicht mehr. An seiner Stelle betrat der Butler das Zimmer, um eine Flasche Portwein auf das Tischchen vor den Kamin zu stellen. »Ich denke, daß Sie es hier bequemer haben, Sir. Wenn Sie noch etwas benötigen, so möchte ich höflich darum bitten, daß Sie mir dies gleich mitteilen. Wir sind es nicht gewöhnt, lange aufzubleiben.«

Der Earl blickte ihn fassungslos an. Wahrhaft seltsame Manieren herrschten in diesem Hause. Ein junger Diener trat ein und räumte das Geschirr auf ein großes Tablett. Der Butler verbeugte sich und verließ hinter seinem Untergebenen den Raum.

Mary Ann ließ ihrer Heiterkeit freien Lauf: »Sie hätten, ich meine, du hättest dein Gesicht sehen sollen. Ich wette, das ist dir heute das erste Mal passiert, daß dir ein Diener eine Frist für deine Wünsche nannte.«

»Worauf du wetten kannst, Schwester«, bestätigte der Earl, von ihrem Lachen angesteckt. Sein Blick fiel auf die Uhr über dem Kaminsims: »Es ist nicht zu fassen! Es ist erst sieben Uhr. Und das noch nicht einmal ganz. Was zum Teufel sollen wir mit dem angebrochenen Abend anfangen?«

»Sie, du meinst, ich soll dich nicht mit dem Portwein alleine lassen?« erkundigte sich Mary Ann schelmisch.

»Um Himmels willen, nein!« rief der Earl aus. »Komm, wir setzen uns zum Kamin hinüber. Fällt dir etwas ein, womit wir uns die Zeit vertreiben können?«

Mary Ann hob ihr Glas und nahm es mit zum Kamin, wo sie es auf einem der kleinen Beistelltische abstellte. Dann nahm sie in dem schweren Lehnstuhl Platz, den ihr der Earl zurechtgeschoben hatte. »Hier steht ein Schachspiel.« Sie wies erfreut auf die Figuren, die neben dem Kamin aufgestellt waren. »Wollen wir eine Partie wagen?«

Er hatte ebenfalls Platz genommen und war nun dabei, die Portweinflasche zu entkorken. »Damen können nicht Schachspielen«, erklärte er unumwunden.

Mary Ann stieß einen empörten Laut aus. »Frauen aus dem Volke schon«, zischte sie.

Der Earl hielt in seiner Tätigkeit inne. Zu ihrer Überraschung waren seine Wangen mit leichter Röte überzogen. »Mein unüberlegter Ausspruch beschäftigt dich nachhaltig, nicht wahr? Gestattest du mir, daß ich ihn mit dem Ausdruck des tiefsten Bedauerns zurückziehe?« Er war selbst darüber erstaunt, wie wichtig es ihm plötzlich geworden war, mit seiner falschen Schwester in gutem Einvernehmen zu sein.
»Ich gestatte«, erlaubte sie gnädig. »Schwarz oder weiß?«
»Schwarz«, bestimmte er und goß Portwein in das funkelnde Kristallglas. Kennerisch schwenkte er die Flüssigkeit im Glase, bevor er den ersten Schluck auf der Zunge zergehen ließ: »Wahrlich kein schlechter Tropfen.«
Mary Ann hatte das Spielbrett in die Mitte des Tisches gerückt.
»Nun denn, Miss, ich meine, Schwester, beweise deine Fähigkeiten.«
Er nahm das erste Spiel locker, achtete kaum darauf, wohin er seine Figuren stellte, und war nach wenigen Zügen matt.
»Oh, du spielst besser, als ich dachte«, gab er zu. »Natürlich habe ich es dir leichtgemacht. Ein zweiter Sieg wird dir so schnell nicht wieder gelingen.«
»Wenn du dich wirklich konzentrierst, dann könnte mit einiger Übung ein recht passabler Schachspieler aus dir werden«, gab sie ebenso gönnerhaft zurück.
Er blickte auf – direkt in ihre Augen.
Sie nahm seine Herausforderung an und hielt seinem Blick stand.
»Revanche«, sagte er schließlich.
Er drehte das Spielfeld um hundertachtzig Grad. »Diesmal spiele ich mit den weißen Figuren.«
Bald senkte sich Stille über den Raum. Nur die Uhr über dem Kaminsims tickte laut und vernehmlich. Der Portwein blieb unbeachtet auf dem Beistelltisch stehen. Zu groß war die Aufmerksamkeit, die der Earl auf das Spiel richten mußte. Er war in seiner Jugend ein sehr guter Schachspieler gewesen. Doch in den letzten Jahren war er kaum dazu gekommen, seine Zeit diesem Spiel zu widmen. Mary Ann spielte mit vollem Einsatz. Der Earl sah es und überlegt sich jeden seiner Züge mehrere Male. Er wollte, er durfte sich keine Blöße geben. Und doch, nach einer halben Stunde war es soweit: »Schachmatt«, erklärte Mary

Ann triumphierend. St. James suchte nach einem Ausweg. Doch er fand keinen. Sein König war gefangen. »Gratuliere! Du hast großartig gespielt«, erklärte er, und sein Lob klang freimütig und ehrlich. »Wo hast du das gelernt? Wer hat dich gelehrt, so meisterhaft zu spielen?«

Mary Ann freute sich so sehr über seine Anerkennung, daß sie antwortete, ohne nachzudenken: »Reverend Westbourne.« Ihre Wangen glühten vor Freude.

Der Earl verzog seine Lippen zu einem müden Lächeln: »Ein unpassender Scherz, möchte ich meinen«, kommentierte er leicht ungehalten.

»Oh, entschuldige«, beeilte sich Mary Ann zu versichern. »Weißt du, ich möchte einfach nicht über mich sprechen. Wo hast du Schachspielen gelernt?«

Der Earl lehnte sich in seinem Stuhl zurück und nippte an seinem Portwein. Er begann von Eton zu erzählen. Von der Zeit, als er mit Freunden im Internat einen Schachclub gegründet hatte. Dieser wurde jedoch bald zugunsten des Fechtclubs sträflich vernachlässigt. Auf der Universität zu Cambridge hatte auch Sport im Vordergrund gestanden. Dort widmete er seine ganzen Energien dem Rudern. Voller Stolz erinnerte er sich daran, wie es ihm gelungen war, die Studenten des Erzrivalen Oxford in die Schranken zu weisen.

Und so wurde es ein gemütlicher Abend im vollgeräumten Wohnzimmer von Bakerfield-upon-Cliffs. Das Feuer im Kamin brannte langsam herunter, und der Earl stand von Zeit zu Zeit auf, um einige Buchenholzscheite nachzulegen. Mary Ann hatte ihren Kopf auf eine Hand gestützt und hörte mit sichtlichem Interesse seinen Ausführungen zu. Ihre roten Locken glänzten im Feuerschein. Ab und zu stellte sie eine passende Zwischenfrage, oder sie warf einen Einwand ein, um ihn zu necken. Das laute Schlagen der Uhr ließ sie in ihren Gedanken auffahren: »Zehn Uhr!« rief sie überrascht aus. »Wie spät es geworden ist. Es ist mir gar nicht aufgefallen, wie die Stunden verstrichen. Ich denke, wir gehen jetzt besser ins Bett. Morgen machen wir uns mit vereinten Kräften auf die Suche nach Sivlie Westbourne.« Sie erhob sich, und der Earl beeilte sich, es ihr gleichzutun. Ach ja, Silvie, er hatte sie völlig vergessen.

Mary Ann löschte die Leuchter an den Wänden und auf dem Kamintisch. Dann nahm sie die Zinnkerzenständer, die neben der Türe bereitstanden, zündete die beiden Kerzen an und reichte einen der beiden Leuchter an Seine Lordschaft weiter. Er öffnete die Tür, und sie traten in die kalte Vorhalle hinaus. Ihre Zimmer lagen im Hauptflügel, direkt über dem Eingang.

»Es würde mich nicht wundern, wenn nur dieser Teil des Hauses bewohnt ist«, meinte St. James, als sie nebeneinander die steile Treppe ins obere Geschoß hinaufstiegen. Nur ihre beiden Kerzen beleuchteten ihren Weg. Sonst lag das Haus in völliger Dunkelheit. Schwere violette Samtvorhänge waren vor die hohen Spitzbogenfenster gezogen worden. Mary Ann erschauderte und nickte: »Ja, vermutlich hast du recht. Im Wohnzimmer war es eben noch so warm und einladend. Ich hatte völlig vergessen, wie kalt und unheimlich es hier draußen ist. Wenn ich nur wüßte, ob Kitty gut untergebracht ist. Vielleicht hat sie Glück gehabt und etwas mehr über Miss Westbourne erfahren als wir.« Sie waren vor ihrer Tür angelangt.

»Wir wollen es hoffen, Mary Ann.« Er wartete, bis sie ihre Tür geöffnet hatte und sich zu ihm umdrehte, um sich zu verabschieden. »Gute Nacht, Bruder«, sagte sie lächelnd. »Ich hoffe, du hast einen guten Schlaf. Bis morgen.«

Er beugte sich spontan zu ihr hinunter und küßte sie leicht auf die Wange: »Gute Nacht, Schwester«, sagte er. »Und vielen Dank für den reizenden Abend.«

Mary Ann beeilte sich, in ihr Zimmer zu kommen. Sie fühlte sich plötzlich befangen, ihr Herz schlug wie wild, ihre Wangen glühten. Er hatte sie geküßt! Der Earl of St. James hatte sie auf die Wange geküßt! Er spielt seine Rolle als Bruder perfekt, sagte ihre innere Stimme. Warum bloß gefiel ihr dieser Gedanke nicht?

Der Earl sah gedankenverloren auf die dunkle Tür, die sich hinter Mary Ann geschlossen hatte. Was hatte ihn nur veranlaßt, sie zu küssen? Er wußte es selbst nicht. Es mochte wohl an der seltsamen Stimmung liegen, die in diesem Gemäuer herrschte. Unentschlossen sah er sich in dem dunklen Gang um. Seine Kerze spendete nur wenig Licht. Er konnte nicht sehen, wie es am hinteren Ende des Ganges aussah. Kein Laut war zu vernehmen. Es war erst zehn Uhr, und er war noch nicht müde. Um diese Uhrzeit begann in der Hauptstadt der Abend erst richtig. Doch hier, in dieser verlassenen Gegend, ging er bereits zu Ende. Es war kalt und unwirtlich hier in diesem Treppenhaus. Je schneller er Silvie fand, desto früher würde er von hier wegkommen. Es war wirklich seltsam, daß der alte Viscount Mary Anns eindringliche Fragen einfach ignoriert hatte. Sollte das bedeuten, daß Silvie bereits im Hause war? Vielleicht schlief sie irgendwo ganz in seiner Nähe, und er wußte es nicht. Hielt sie sich absichtlich vor den Gästen versteckt? Oder hatte sie ihn etwa erkannt, als er heute am späten Nachmittag hier ankam? Es war wohl besser, er ging doch zu Bett und überschlief die Angelegenheit.

Er war bereits auf dem Weg zu seiner Zimmertür, als er es sich doch wieder anders überlegte. Es konnte nicht schaden, wenn er sich ein bißchen umsah. Der Hausherr, der verschrobene Geistliche, die gesamte Dienerschaft hatten sich zur Ruhe begeben. Niemand würde ihn auf seinem Erkundungsgang stören. Sein Gefühl sagte ihm, daß er Silvie im Haupttrakt des Gebäudes finden würde, wenn er sie überhaupt hier fand. Sie hätte sich nicht gut in den Nebentrakten aufhalten können, ohne daß Kerzenschein aus einem der Fenster aufmerksamen Besuchern aufgefallen wäre. Wer sagte ihm denn, daß sie nicht oben in dem Stockwerk schlief, in dem die Dienstboten untergebracht waren? Dort konnte sie, vor allen neugierigen Augen geschützt, unbemerkt Licht anzünden, ohne daß sie Verdacht erregt hätte. Auf Zehenspitzen schlich er zur Treppe zurück. Jedesmal zuckte er verärgert zusammen, wenn eine Diele unter seinen Füßen laut knarrend nachgab. Dann blieb er stehen und blickte sich um. Kein Laut war zu hören, kein Lichtschein unter den Zimmertüren zu sehen. Er schien tatsächlich der einzige zu sein, der in dieser Nacht noch wach war. Immer zwei Stufen auf einmal nehmend, um möglichst wenig Lärm zu erzeugen, erklomm er die steile Treppe. Dann bog er in den Gang ein, der zu den Kammern der Dienstboten führte. Hier war alles enger als im ersten Geschoß. Die Türen lagen knapp beieinander, die Wände waren schmucklos, keine Teppiche wärmten den kahlen Bretterboden. Der Earl seufzte unwillig. Sein Vorhaben war völlig aussichtslos. An welcher der vielen Türen sollte er denn sein Glück probieren? Er konnte doch nicht jede einzelne von ihnen öffnen, um zu sehen, ob Silvie in einem der Betten schlief. Was war, wenn er einen der Dienstboten aufweckte und dieser ihn bemerkte? Das würde einen schönen Aufruhr geben. Und doch, er hatte diese ergebnislose Suche ein für allemal satt. Silvie mußte doch zu finden sein. Entschlossen schüttelte er die mutlosen Gedanken ab und drückte die erste Klinke hinunter. Ganz vorsichtig öffnete er die Türe einen Spaltbreit. Erschrocken zuckte er zurück. Was war das? Spürte er einen kalten Windhauch in seinem Rücken? Er wollte sich eben umdrehen, um zu sehen, woher die Kälte kam, da legte sich eine kräftige Hand um seinen Hals. Eine andere verschloß mit grobem Griff seinen Mund. Erschrocken gab er einen erstickten Laut von sich. »Wenn du schreist«, hörte er eine drohende Männerstimme direkt an seinem Ohr, »dann brech ich dir das Genick!« Dann wurde er unsanft in einen kalten, schlecht gelüfteten Raum gestoßen.

XVI.

»Wage ja nicht, um Hilfe zu rufen!« befahl ihm sein Angreifer ein weiteres Mal. »Denn dann drücke ich zu. Hast du mich verstanden?«
Seine Lordschaft wehrte sich nach Leibeskräften. Er wollte nicht zulassen, daß der andere stärker war als er. Er wollte sich nicht den Willen seines Widersachers aufzwingen lassen. Mit leisem Schnappen fiel die Tür hinter den beiden ins Schloß. Es war stockdunkel in dem Raum. Der Windhauch hatte die Kerze ausgelöscht, die der Earl mit der Rechten noch immer krampfhaft festhielt. Der Angreifer hatte den Griff um den Mund seines Opfers nicht gelockert. Und dennoch war es ihm gelungen, die Tür mit einem wohldosierten Tritt ins Schloß zu befördern.
»Also, was ist?« erkundigte er sich, und deutliche Ungeduld war aus seiner Stimme zu entnehmen. »Hab ich dein Wort, daß du keinen Wirbel machst? Dann lasse ich dich los und zünde ein paar Kerzen an. Wenn nicht, drehe ich dir den Hals um.«

Der Earl stutzte. Wie kam es, daß ihm die Stimme seines Angreifers bekannt vorkam? Vage vertraut? Eine Stimme, die er lange nicht mehr gehört hatte, die sich aber doch deutlich und klar wieder in Erinnerung rief. Seine Lordschaft vergaß, sich zu wehren. Die Hand auf seinem Mund lockerte sich. Er nützte die Gelegenheit und machte sich frei: »Also zünde die Kerzen an, in Gottes Namen!« befahl er, bemüht, sich seine Neugierde nicht anmerken zu lassen. Er mußte sich irren. Nie hatte er einen Mann gekannt, der einen so unverfälschten Yorkshire-Dialekt sprach. Der andere Mann lachte im Dunklen. Warum war ihm nur dieses Lachen ebenfalls vertraut?
»Ich freue mich, daß Eure Lordschaft Vernunft und Gelassenheit beweisen«, sagte nun die Stimme in der Dunkelheit klar und ohne die leiseste Färbung von Umgangssprache. Ein Streichholz flammte auf. Für einen kurzen Moment sah Mylord das Gesicht seines Gegenübers, dann wandte sich dieser ab, um eine der Kerzen in den zwei Wandleuchten anzuzünden. Seine Lordschaft ließ einen überraschten Schrei hören! »Lornerly«, flüsterte er schließlich. »Wie kommst du hierher? Woher wußtest du, daß ich mich hier aufhalte? Was soll das Theater? Du hättest mich fast erstickt.«
Der andere hatte mit den vorhandenen zwei Kerzen das Zimmer so gut es ging erhellt. Da im Kamin kein Feuer brannte, war es dennoch dunkel. Zudem war es eiskalt in dem unbewohnten Raum. Nun drehte er sich um und blies langsam das Streichholz aus. Gedankenverloren, seiner Wirkung voll bewußt, blickte er dem Rauch nach, als dieser durch die eisige Luft zur Decke zog. »Das hatte ich auch vor«, sagte er schließlich.
»Mich zu ersticken?« rief Seine Lordschaft aus.
Der andere legte erschrocken seinen Zeigefinger an die Lippen: »Wirst du wohl leise sein, St. James!« forderte er. »Du weckst noch das halbe Haus auf!«
»Lornerly«, flüsterte dieser daraufhin. »Lornerly...« Er konnte es einfach nicht glauben. »Ich habe dich eine Ewigkeit nicht mehr gesehen. Wie kommst du hierher? Woher wußtest du, daß ich hier bin? Was soll dieser lächerliche Überfall? Du wolltest mich doch nicht tatsächlich umbringen? Habe ich dir je einen Grund für diese haarsträubende Idee gegeben?«

»Das hast du allerdings«, antwortete sein Gegenüber. Ein kleines Lächeln hatte sich in seine blauen Augen geschlichen und zeigte deutlich, daß der Zorn, den er eben noch verspürt hatte, dabei war zu verrauchen. Er wollte zu einer Erklärung ansetzen, als er heftig zu niesen begann. Rasch zog er ein kariertes Taschentuch von enormen Ausmaßen aus seiner derben Kniehose und schneuzte sich ausgiebig: »Bevor wir weitersprechen: Würde es dir etwas ausmachen, wenn wir in ein wärmeres Zimmer überwechseln? In dein Schlafzimmer zum Beispiel. Hier ist es beinahe so kalt wie in meiner Unterkunft. Ich habe mir bereits eine ziemlich starke Verkühlung zugezogen...«

Der Earl nickte. »Nur zu gerne.« Dann hob er abwehrend die Hand. »Allerdings nur, wenn du versprichst, mich nicht mehr anzugreifen!«

Der andere nickte grinsend und öffnete die Tür, um Seine Lordschaft vorbeizulassen: »Nach Ihnen, Mr. Rivingston«, flüsterte er augenzwinkernd. »Und vergiß nicht: Wenn uns jemand sieht, ich bin Al. Dein Diener Al.«

St. James, der bereits in den Gang hinausgetreten war, fuhr herum. Mit großen Augen schaute er sein Gegenüber an, sagte jedoch nichts. Schweigend schlichen sie in sein Schlafzimmer zurück. Dann versperrte St. James vorsorglich die Tür, schob zwei Lehnstühle nahe an den Kamin heran und bot seinem Freund an, Platz zu nehmen.

»Man hat mir einen recht ordentlichen Brandy aufs Zimmer gebracht. Ich nehme an, du kannst auch einen gebrauchen.« Er goß die honigfarbene Flüssigkeit in zwei Kristallgläser und reichte eines davon an Al weiter. Dieser lehnte sich wohlig auf dem bequemen Sessel zurück und streckte seine langen Beine neben dem Feuer aus. »Ah, ist das hier bequem. Ich hatte schon ganz vergessen, wie es ist, Luxus und Komfort zu genießen.« Er schwieg kurz und warf dann St. James, der auf dem anderen Stuhl Platz genommen hatte, einen scharfen Blick zu: »Was hattest du im Dienstbotengeschoß zu tun?«

Der Earl beugte sich in seinem Stuhl vor und schüttelte kaum merklich den Kopf: »Das ist aber eine seltsame Frage. Ich kann mir vorstellen, daß du von den beiden Damen in unsere Pläne eingeweiht bist.

Ich suche meine Frau, das dürfte dir doch bekannt sein. Silvie Westbourne. Ich bin mit Silvie Westbourne vor den Traualtar getreten, wie du sicher weißt.«

»Silvie Westbourne«, wiederholte Al nachdenklich. Er überlegte, ob er seinem Freund Glauben schenken konnte, entschied sich dafür, es zu tun, und ein reumütiges Lächeln erschien auf seinen Gesichtszügen: »Ich muß mich bei dir entschuldigen, Jus, ich habe mich wie ein kompletter Narr benommen. Ich dachte, du seist hinter Kitty her.«

Der Earl, der eben sein Glas erneut zu den Lippen führen wollte, stutzte: »Kitty?« wiederholte er ungläubig. »Kitty, die Detektivin? Was hat denn dein Angriff mit diesem Mädchen zu tun?« Nun fiel ihm wieder ein, was Lornerly gesagt hatte. Er sei Al. Al, Mary Anns Pferdeknecht. Der Kutscher, der sie hierhergebracht hatte. Er hatte es noch nie für notwendig erachtet, sich fremde Diener näher anzusehen. Und wenn er jetzt zurückdachte, dann hatte er von Al nur das Bild, daß er mit gebeugtem Rücken auf dem Kutschbock saß. Eine voluminöse Mütze auf dem Kopf, das unrasierte Gesicht reglos zum Boden zwischen den beiden Pferden gewandt. »Wo hast du nur diese geschmacklose Mütze aufgetrieben?« erkundigte er sich etwas zusammenhanglos. Natürlich gab es Wichtigeres, was er wissen wollte. Und doch wußte er, daß er noch in dieser Nacht Als gesamte eigenartige Geschichte erfahren würde.

»Ist sie nicht großartig?« erkundigte sich dieser grinsend. »Stell dir vor: Ich war tagelang in London, und kein Mensch hat mich erkannt. Und ich habe dich bis nach Bakerfield-upon-Cliffs kutschiert. Justin Tamworth, den Earl of St. James persönlich. Und du hast es nicht bemerkt. Ich werde die Mütze zu Hause in Windon Hall in eine Glasvitrine stellen und auch von meinen Enkelkindern noch verlangen, daß sie sie bewundern.«

Seine Lordschaft lachte kurz auf: »Das werden sie sicher tun«, bestätigte er spöttisch. »Nun halte ich es aber für angebracht, daß du mir die ganze Angelegenheit etwas genauer erklärst. Wie kommt es, daß ich dich seit Monaten nicht mehr zu Gesicht bekommen habe?« Er griff nach der Karaffe, um das Glas seines Freundes abermals zu füllen. Ein erneuter Niesanfall seines Gegenübers ließ ihn

zurückzucken. »Und wie kommt es, daß mein junger Freund, der ehrenwerte Viscount Alexander Lornerly...«
»Alexander Arthur George«, warf dieser grinsend ein.
Der Earl setzte unbeirrt fort: »...nunmehr als Kutscher von zwei Mädchen auftritt, die der etwas seltsamen Betätigung von Detektivinnen nachgehen?«
Der Viscount kniff die Augen zusammen. Es war also tatsächlich so, daß der liebe Justin das Spiel der beiden jungen Damen noch immer nicht durchschaute. Nun, er würde seinen Freund nicht aufklären. Er nahm einen großen Schluck aus dem Glas, bevor er sich zurücklehnte, und begann die Neugierde seines Freundes zu stillen: »Es begann alles wegen Milton Cox. Du kennst ihn, Justin. Der seltsame alte Knacker, der letztes Jahr überraschend bei Lady Jerseys Ball aufkreuzte.«
St. James nickte: »Er ist dein Onkel, nicht wahr?«
»Richtig. Der Mann der verstorbenen Schwester meiner Mutter. Normalerweise lebt er zurückgezogen auf seinem Landsitz in Yorkshire und kommt selten nach London, um sein Haus in der Charles Street aufzuschließen. Früher war das einmal im Jahr, um an einem Empfang des Prinzregenten im Carlton House teilzunehmen. Doch jetzt hat der alte Herr Gicht und kann wohl auch sonst nicht mehr bei Prinnys Vergnügungen mithalten. Jedenfalls hatte ich ihn schon mehr als zwei Jahre nicht mehr in der Hauptstadt gesehen, bis er überraschend auf dem Ball erschien. Ich selbst habe ihn alle drei bis vier Monate in Briscot Manor besucht. Bist du je dort gewesen, Justin? Solltest du unbedingt nachholen«, fügte er hinzu, als sein Freund verneinte. »Ein wunderschönes altes Gebäude. Und ein Wald, sag ich dir. Wie geschaffen für die Rebhuhnjagd.«
»Hat Mr. Cox Kinder?« erkundigte sich St. James scheinbar beiläufig.
Al grinste und prostete ihm anerkennend zu: »Du hast den Nagel auf den Kopf getroffen«, stellte er fest. »Er hat keine. Und auch sonst keinerlei männliche Erben.«
»Was liegt da näher, als den Sohn der Schwägerin zum Erben einzusetzen? Noch dazu, wo sich doch dieser bereits häufig auf dem Landgut breitmacht, das Wild ausrottet...«

»So ist es, so ist es!« lachte Al. »Zumindest sah ich das so. Doch Onkel Milton meinte, ich sei zu ungestüm. Kannst du dir das vorstellen: Er meinte, ich habe nicht genug Ernst, ein Gut zu leiten. Er sagte doch glatt, ich sei leichtfertig und habe mich noch nie in meinem Leben angestrengt. Und ich würde sein ganzes Vermögen am Spieltisch verlieren oder mit leichten Mädchen durchbringen. Kannst du dir vorstellen, wie jemand, der mich kennt, je auf diese absurden Gedanken kommen kann?«
Der Earl, der wußte, daß der junge Lornerly stets für jedes Vergnügen zu haben war, grinste beiläufig, enthielt sich jedoch jeder Äußerung. Es schien, als habe sich sein Freund sehr verändert, seit er ihn das letzte Mal gesehen hatte. Er konnte nicht sagen, ob das strenge Urteil seines Onkels auch heute noch zutraf. Al grinste zurück. Er verstand sehr wohl die Gedanken seines Freundes zu lesen. »Nun, und dann sah ich meinen Onkel wieder, als er nach London gekommen war. Es stellte sich heraus, daß er nicht nur gekommen war, um Sally Jerseys Ball zu besuchen. Sondern auch, um mir mitzuteilen, daß er den Entschluß gefaßt hatte, Freddy das Erbe zuteil werden zu lassen.«
»Freddy? Freddy Lornerly?!« rief Justin überrascht.
»Ja, welchem Freddy denn sonst. Meinem Bruder Freddy, natürlich«, entgegnete Al ungeduldig.
»Ich kann mir nicht vorstellen, daß er Freddy dir vorzieht«, sagte St. James ehrlich.
Al grinste: »Danke für die Blumen. Tut er ja auch nicht wirklich. Um ehrlich zu sein, ich glaube nicht, daß es überhaupt jemanden gibt, der Freddy mir vorzieht. Denn mein Bruder ist ein langweiliger, aufgeblasener, rechthaberischer …«
»Stopp!« befahl der Earl. »Erspar mir weitere Details. Ich kenne Alfred Lornerly nur zu gut. Schließlich läuft er mir im Club häufiger über den Weg, als mir lieb ist.«
»Eben. Also wirst du verstehen, daß ich es nicht zulassen konnte, daß mir Freddy das Erbe vor der Nase wegschnappt. Noch dazu, da Freddy einmal Herzog sein wird, wenn Papa stirbt. Was Gott noch lange verhüten möge. Und außerdem hat er jetzt schon mehr Vermögen, als er ausgeben kann. Du siehst also ein, daß ich mir etwas ein-

fallen lassen mußte, um Onkel Milton zu überzeugen, daß ich seines Erbes würdig war. Ich mußte ihn davon überzeugen, daß ich sein Vermögen nicht leichtfertig verlieren würde. Daß ich den Wert des Geldes schätze, na, du verstehst schon. Und schließlich hatte ich eine Idee. Oder war es Onkel Milton, der die Idee hatte? Ich weiß es nicht mehr, wer den Anfang machte. Wir einigten uns schließlich auf einen gemeinsamen Plan. Er wird dir vielleicht etwas ungewöhnlich erscheinen, und er ist auch ungewöhnlich. Und dennoch, ich bereue nicht, daß ich mich darauf eingelassen habe.«
Das Lächeln war aus seinem Gesicht gewichen, und er biß sich nachdenklich auf die Unterlippe. Schließlich seufzte er, schüttelte den Kopf, als wolle er unerfreuliche Erinnerungen abschütteln. Er bemühte sich um ein Lächeln und fuhr fort: »Wir einigten uns darauf, daß Onkel Milton mich in eine Gegend bringen würde, in der ich noch nie war. Nur mit einer Tasche in der Hand, die das Notwendigste enthielt. In der Kleidung meines ersten Stallknechtes Brian – du kennst Brian, Justin. Er hat etwa meine Größe. Ich sollte ein Jahr lang auf alle Privilegien des Adels verzichten und die Arbeit eines Dieners oder Knechtes verrichten, je nachdem, wer mich in seinen Dienst aufnahm. Daß das ohne Zeugnis in der Tasche gar nicht so leicht sein würde, wußte ich zum damaligen Zeitpunkt noch nicht. Wenn das Jahr vorüber sein würde und ich noch am Leben war, wie Mr. Cox es launisch und aufmunternd ausdrückte, dann würde er mich in seinem Testament als Erbe einsetzen. Wenn ich es nicht schaffen würde, dann fiele alles an Freddy.«
»Ich habe weiß Gott schon viel Sinnloses in meinem Leben gehört«, kommentierte der Earl fassungslos, »doch diese Geschichte erscheint mir als das Absurdeste, was ich mir vorstellen kann. Stell dir vor, du wärst in Not geraten, hättest einen Unfall gehabt...« Der Earl schüttelte fassungslos den Kopf.
»Ich habe meinen Siegelring in den Saum meines Umhanges einnähen lassen«, erklärte Al, als sei dies das Selbstverständlichste auf der Welt. »Er würde mir jederzeit helfen, in mein Elternhaus zurückzukehren, auch wenn ich völlig abgebrannt gewesen wäre und ohne einen lumpigen Cent in der Tasche dagestanden hätte.«
Dieser Einwand war nicht dazu angetan, den Earl zu beruhigen: »Es

ist mir trotzdem unerklärlich, wie du dich auf ein derart großes Wagnis einlassen konntest«, sagte er.

Al zuckte mit den Schultern: »Ich hielt es für ein tolles Abenteuer«, meinte er leichthin. »Tatsächlich war es viel weniger vergnüglich, als ich hoffte. Aber lehrreich war's auf jeden Fall, das kannst du mir glauben.«

St. James fiel wieder der bittere Tonfall bei seinem Freund auf, den er von früher nicht gekannt hatte.

»Wie lange bist du jetzt schon Diener?« erkundigte er sich.

Al antwortete wie aus der Pistole geschossen: »Ein Jahr, einen Monat und vier Tage.«

»Ja, aber...« Seine Lordschaft konnte es einfach nicht glauben. »Dann hast du deine Zeit doch um. Du hast es tatsächlich geschafft, ein Jahr lang Diener zu sein. Warum um Gottes willen fährst du nicht nach Hause? Warum suchst du nicht endlich deinen Onkel auf?«

»Und die Mädchen im Stich lassen?« fuhr Al auf. »Das ist doch nicht dein Ernst.«

St. James blickte seinen Freund nachdenklich an: »Bist du das ganze Jahr mit ihnen zusammengewesen?« erkundigte er sich.

Viscount Lornerly schüttelte den Kopf: »Nein, leider nicht. Nur diesen letzten Monat und die vier Tage. Begonnen hat alles auf einem Bauernhof nahe Bristol. Eine ziemlich verfallene Keusche. Dort hat mich mein werter Herr Onkel abgesetzt. Ich sehe ihn noch vor mir, wie er im Wagen saß und sich vor Vergnügen die Hände rieb. Seine Augen leuchteten vor Freude, als er mir befahl, auszusteigen. Es regnete in Strömen. Sicher dachte er, ich würde ihn bitten, mich wieder nach London mitzunehmen. Aber diese Freude machte ich ihm nicht.«

»Mr. Cox scheint mir grausam und sadistisch zu sein«, warf Justin ein.

Das wollte Al nicht gelten lassen: »Ach nein«, sagte er. »Er wollte mir jungen Gecken, wie er mich immer nannte, bloß eine Lehre erteilen. Und das ist ihm ja auch gelungen.« Er reichte Justin das Glas, um es sich erneut nachfüllen zu lassen. »Meine erste Stelle war gar nicht so schlecht. Die Bäuerin bewirtschaftete alleine das kleine Anwesen. Dazu waren noch drei Kinder zu versorgen, ein Säugling und zwei

Mädchen, die eigentlich schon in die Schule hätten gehen müssen. Doch Schule gab es an diesem Flecken Erde weit und breit keine. Der Bauer war eingerückt. Er diente in Spanien bei der Infanterie. Keiner wußte, ob er je wiederkehren würde. Es hat geraume Zeit gedauert, bis ich die Bäuerin überreden konnte, mich aufzunehmen. Anfangs war sie mißtrauisch und verschlossen. Sie hatte zuviel Grausames erlebt. Obwohl sie erst fünfundzwanzig war, sah sie aus wie vierzig. So als habe sie ihr Leben bereits hinter sich.« Al schneuzte sich und seufzte in Gedanken. »Die Kinder hatten jedoch sofort eine unerklärliche Zuneigung zu mir gefaßt. Also entschloß sie sich, mich einzustellen. Ich half ihr, den Hof zu bewirtschaften, so gut es eben ging. Die karge Ernte einzubringen und die Kuh zu melken. Es gab ein paar Hennen, und Kartoffeln waren angepflanzt worden. Was wir nicht dringend selbst zum Leben brauchten, haben wir auf dem Markt verkauft. Mrs. Lear konnte mir zwar keinen Lohn zahlen, aber dafür kam ich heil über den Winter. Im März kam dann überraschend der Bauer aus dem Krieg zurück. Die Feinde hatten ihm seinen linken Arm weggeschossen, und da konnten sie ihn im Feld wohl nicht mehr gebrauchen. Für zwei Männer war nicht genug Arbeit auf dem Hof und auch nicht genug zu essen. Also zog ich weiter. Es war ein tränenreicher Abschied.« Al schluckte.

»Und dann?« fragte der Earl atemlos. Es war unglaublich, was sein Freund da erzählte. Natürlich, man hörte immer wieder über die Armut und den Hunger im Lande. Man bemühte sich auf seinen eigenen Gütern, den Pächtern bessere Bedingungen zu schaffen. Und doch, er selbst hatte Hunger und Armut nie aus nächster Nähe kennengelernt. Mr. Cox würde sich freuen. Al war tatsächlich merklich reifer geworden in diesem Jahr.

»Dann kam ich für kurze Zeit zu einem Händler nach Bristol. Kohlenhändler, um genau zu sein. Ich hatte die Säcke, die die anderen eingeschaufelt hatten, auf ein Schiff zu laden. Einen Sack nach dem anderen. Tag für Tag. Zwei Monate war ich bei ihm. Doch ich wußte bald, daß ich mich nach einer anderen Arbeit umsehen mußte, wollte ich nicht über kurz oder lang zum Krüppel werden. Eines Morgens bei Nacht und Nebel zog ich los. Es war Gott sei Dank nicht zu kalt zu dieser Zeit, und ich konnte mich von dem ernähren, was Wald

und Wiese für mich bereithielten. Ich half einige Wochen bei diesem Bauern aus, bald bei jenem, und schließlich landete ich bei einem Bauern namens Biggar. Es war zu dieser Zeit, als ich schon des öfteren daran dachte, meinen Ring aus dem Saum hervorzuholen und nach Hause zu fahren. Ich hatte kaum etwas zu essen und bereits einige Pfund Gewicht verloren. Ich dachte, daß ich bald zu schwach werden würde, um überhaupt arbeiten zu können. Und da traf ich Biggar. Er war zum Markt gefahren, um sein Gemüse zu verkaufen. Ich hielt ihn für wohlhabend und sprach ihn an, ob er nicht Arbeit für mich hätte. Das hatte er. Und er war auch bereit, mir neue Kleidung zu kaufen, und versorgte mich noch auf dem Marktplatz mit Essen. Ich war ihm sehr dankbar. Ich konnte ja nicht wissen, daß ich mich in ihm getäuscht hatte. Als wir auf seinem Hof nahe Bath waren, ließ er mich schuften wie einen Sklaven. Tag und Nacht. Zudem weigerte er sich standhaft, den mir zustehenden Lohn auszuzahlen. Er behauptete, ich müsse zuerst das Geld abarbeiten, das er auf dem Marktplatz für mein Essen und meine Kleidung ausgegeben hatte.
Die Verpflegung war nicht schlecht und auch die Unterkunft passabel, und so entschloß ich mich, doch zu bleiben. Es war nicht mehr lange bis Oktober. Im Oktober ging das Jahr zu Ende. Für mich war klar, daß ich keinen Tag länger in Biggars Diensten bleiben würde als unbedingt notwendig. Ich zählte die Tage, ich zählte die Stunden, ich konnte vor Aufregung kaum noch schlafen. Und dann kam endlich der heißersehnte Tag. In der Frühe, noch im Morgengrauen, packte ich meine Sachen. Gegen Mittag war es dann soweit. Der Bauer und die Bäuerin hatten sich zur Ruhe begeben, wie sie es jeden Tag nach einem kräftigen Lunch zu tun pflegten. Ich schlich, wie ich hoffte, von den anderen unbemerkt, aus dem Tor. Ich hatte eine wenig befahrene Straße ausgekundschaftet, auf der ich nach Bath gelangen wollte. Auf der Poststraße zu marschieren schien mir zu gefährlich. Der Bauer bekam oft Besuch von Nachbarn aus der Gegend. Ich wollte nicht riskieren, daß mich jemand erkannte und zu ihm zurückbrachte. Leider hatte mich Millie gesehen. Eine Milchmagd, ebenso drall wie dumm. Noch dazu hatte sie sich in den Kopf gesetzt, daß ich ihr Liebhaber werden sollte.«
Al grinste, als er das angewiderte Gesicht seines Gegenübers sah.

»Wenn ich nicht ohnehin schon einen Grund für eine überstürzte Flucht gehabt hätte, Millie wäre einer gewesen. Sie sah mich also aus dem Tor hinausgehen und muß umgehend in das Schlafzimmer des Bauern gelaufen sein. Es dauerte nicht lange, und Biggar heftete sich an meine Fersen. Wäre Miss Mary Ann nicht gewesen, die zufällig am Straßenrand stand, er hätte mich gnadenlos auf sein Gut zurückgezerrt. Ich bin sicher, er hätte mich ordentlich mit der Peitsche verdroschen. Und dann hätte er von mir verlangt, daß ich noch härter arbeite als vorher, und sicherlich hätte er in der Nacht meine Kammer zugesperrt. Wer weiß, wann mir das nächste Mal die Flucht gelungen wäre.«

»Mary Ann hat dir geholfen?« vergewisserte sich der Earl. »Wie kam sie auf die einsame Landstraße? Hatten deine Eltern sie ausgeschickt, um nach dir zu suchen?«

Al verstand kurz nicht, was sein Freund mit dieser Frage meinen konnte. Sein ratloser Blick entging diesem nicht: »Na, ich meine, Mary Ann ist doch Detektivin. Vielleicht haben deine Eltern...«

Nun verstand Al. »Nein, nein!« rief er erheitert. »Mama und Dad kennen meine Wette mit Onkel Milton. Sie fanden auch, Arbeit könne mir nicht schaden. Allerdings wollten sie auch keinen Skandal. Darum hat man ausgestreut, ich sei auf den Kontinent gefahren, um eine Kavalierstour zu machen. Hast du denn nicht davon gehört?«

Der Earl überlegte: »Jetzt, da du es erwähnst, scheint mir, daß ich es tatsächlich gehört habe. Ja, irgend jemand sagte einmal, du würdest Europa bereisen. Das schien mir reichlich seltsam, da die Zeiten dort alles andere als friedlich und einladend sind. Ich dachte, wenn man schon in England leben kann, dann soll man froh darüber sein und die Insel nicht mutwillig verlassen. Allerdings, das, was ich jetzt von dir gehört habe, erscheint mir noch bei weitem seltsamer. Wie sagtest du, kam Mary Ann auf die Landstraße?«

»Sie war auf dem Weg nach Bath, als ihre Kutsche in den Straßengraben stürzte. Ich habe ihr geholfen, und da hat sie mich zum Dank eingestellt«, erklärte Al. Er hoffte, sein Freund würde sich mit dieser Kurzfassung der tatsächlichen Ereignisse zufriedengeben.

»Und dann hast du Kitty kennengelernt«, setzte der Earl fort.

Al nickte: »So ist es.«

»Und wegen dieser kleinen schwarzhaarigen Person hättest du mich heute beinahe erwürgt«, kam der Earl wieder zum Beginn ihrer Unterredung zurück. Dieser Abend hielt wirklich einige Absonderlichkeiten für ihn bereit.

Al nickte abermals: »Richtig. Und ich werde dich tatsächlich erwürgen, wenn du sie noch einmal als Person bezeichnest. Kitty ist eine reizende, vornehme, liebenswerte, anbetungswürdige junge Dame.«

Der Earl hob überrascht eine Augenbraue: »Ach, tatsächlich?« fragte er skeptisch. »Dich scheint es ja schlimm erwischt zu haben. Weiß sie, was du für sie empfindest?«

Al schüttelte den Kopf. »Wie sollte sie denn?« stieß er bitter hervor. »Zur Zeit hat sie ja nur Augen für den großen Earl of St. James, der ihr schamlos den Hof macht.«

Der so Gerügte schnappte empört nach Luft: »Ich mache ihr doch nicht den Hof. Ein kleiner Flirt, weiter nichts...«, versuchte er sich zu verteidigen.

»...den du in Hinkunft unterlassen wirst«, forderte der Viscount streng.

»Den ich in Hinkunft unterlassen werde«, wiederholte der Earl gehorsam.

Al nickte und gähnte ausgiebig. »Sehr gut«, murmelte er zufrieden und lehnte seinen Kopf gegen die Ohrenlehne des Sessels. »Du hast doch nichts dagegen, wenn ich heute nacht hier schlafe? Das Quartier, das man mir zugewiesen hat, liegt neben dem Pferdestall. Und dort ist es verdammt kalt.« Der Earl erhob sich wortlos und schob ihm einen Hocker unter die Beine. »Und du glaubst nicht, daß Mr. Cox etwas dagegen hat, wenn du eine Detektivin als Geliebte mit nach Hause bringst?« erkundigte er sich. Er drehte sich um, um eine Decke vom Bett zu nehmen und sie seinem Freund zuzuwerfen.

Al starrte ihn mit großen Augen an: »Geliebte?« wiederholte er. »Ich denke nicht daran, Kitty zu meiner Geliebten zu machen«. Seine Entrüstung hätte nicht größer sein können.

»Ja, was hast du denn mit der Kleinen vor?« erkundigte sich der Earl verwirrt.

»Ich werde sie heiraten«, verkündete Al, als sei dies selbstverständlich.
Der Earl lachte auf: »Wie ehrenhaft, wie überaus ehrenhaft«, rief er in höhnischem Tonfall. Er entschied sich, seinem Freund auch noch eines seiner Kopfkissen zur Verfügung zu stellen. Dann stellte er sich hoch aufgerichtet vor ihm auf und erklärte in spöttischem Ton: »Darf ich dich daran erinnern, was das für Folgen hat, wenn du Miss Kitty tatsächlich heiratest? Dann wirst du dein Erbe am Ende doch noch verlieren. Und alle Strapazen waren umsonst. Mr. Cox wird mit deiner Brautwahl nie und nimmer einverstanden sein.«
Al hatte bereits die Augen geschlossen und die Decke bis zum Kinn hochgezogen. Nun lächelte er mit geschlossenen Lidern: »Deine Sorge um mich ehrt dich«, grinste er, »doch glaube mir, mein Freund: Mr. Cox wird meine Wahl begrüßen. Und meine Eltern werden meine Wahl ebenso begrüßen. Sie werden sich alle freuen, sehr sogar.« Mit einem wonnigen Lächeln kuschelte er sich in die Kissen und schlief ein.

XVII.

Als Kitty am nächsten Morgen geweckt wurde, wußte sie zuerst gar nicht, wo sie war. Betty stand neben ihrem Bett und berührte vorsichtig ihre Schulter: »Sie müssen aufstehen, Miss Kitty. Es ist Zeit für die heiße Schokolade.«
Kitty drehte sich schlaftrunken im Bett um und wandte dem Hausmädchen den Rücken zu: »Stell die Tasse einfach auf den Nachttisch«, murmelte sie verschlafen.
Betty kicherte: »Aber ich habe doch keine Schokolade für Sie gebracht, Miss Kitty!« rief sie aus. »Aus welch einem Haus kommen Sie denn! Was ich meine, ist, daß es höchste Zeit wird, daß Sie Ihrer Herrin die Schokolade ans Bett bringen. Mrs. Bobington hat auch schon nach Ihnen gefragt. Wir bekommen Gäste heute, Miss Kitty. Da wird jede helfende Hand im Haus gebraucht. Und Sie helfen uns doch, Miss Kitty, nicht wahr?«

Kitty war mit einem Schlag hellwach und setzte sich in ihrem Bett auf: »*Que hora es?* Wie spät ist es?« fragte sie gähnend und rieb sich den Schlaf aus den Augen.

»Es ist bereits acht Uhr vorbei, Miss Kitty. Ich habe Ihnen kaltes Wasser gebracht, weil Sie ja den Hausbrauch noch nicht kennen. Nachher zeige ich Ihnen den Brunnen, wo Sie sich morgen selbst das Wasser holen können.« Während Kitty nicht gerade erfreut ihren Dank murmelte und fröstelnd ihren Fuß unter der Decke hervorstreckte, wandte sich Betty zum Gehen: »Frank kommt nachher herauf und heizt ein. Sobald er mit den übrigen Zimmern im Haus fertig ist. Das ist wirklich ein nobler Herr, unser Lord. Läßt uns nicht frieren, wie das in anderen Häusern so üblich ist.«

Nachdem sich Betty zurückgezogen hatte, stellte Kitty vorsichtig einen Fuß auf den Boden und zuckte zusammen. Der Fußboden war eiskalt. Das Feuer im Kamin war längst erloschen. Eisblumen an den Fensterscheiben ließen nicht erkennen, ob es wieder zu schneien begonnen hatte. Mit Todesverachtung wusch sie sich Hände und Gesicht im eiskalten Wasser. Hoffentlich fanden sie diese Miss Westbourne heute noch. Es wurde Zeit, daß sie wieder in ein wärmeres Haus zurückkehrte. Das Dienerspielen machte auch keinen so großen Spaß, wie sie angenommen hatte. Gestern abend hatte sie sich der Hausarbeit nur dadurch entziehen können, daß sie vorgab, Mary Ann würde sie brauchen. Sie war dann den ganzen Abend in Mary Anns Zimmer gesessen und hatte auf ihre Freundin gewartet. Viel Gepäck, das sie hätte auspacken können, gab es ja nicht. Sie hatte festgestellt, daß Mrs. Bobington sowohl die Rolle der Haushälterin als auch die der Köchin ausfüllte. Sie war eine äußerst energische Dame, und das gesamte Personal, außer vielleicht Mr. Shedwell, der würdige Butler, schien sich vor ihr zu fürchten. Kitty hatte beschlossen, sich weder von den bissigen Worten noch von den strafenden Blicken der Haushälterin einschüchtern zu lassen. Das nahm ihr diese offensichtlich übel. Ebensosehr wie den Umstand, daß sie den Abend nicht mit der übrigen Dienerschaft verbringen wollte. Kitty seufzte. Wahrscheinlich war es taktisch nicht klug, sich vor niederen Arbeiten zu drücken. Zum einen hatte sie das Abendessen versäumt, was sich jetzt an ihrem knurrenden Magen nur zu deutlich bemerkbar machte. Zum anderen wollte sie ja den Umgang mit der Dienerschaft nützen, um diese nach dem Verbleib von Miss Westbourne auszuhorchen. Also mußte sie sich mit dem übrigen Personal gutstellen. Während sie aus dem Nachthemd schlüpfte, beschloß sie, sich in Zukunft klüger zu verhalten. Rasch zog sie ihr einfachstes Kleid über. Es war dunkelgrün. Das Leibchen war mit kleinen Knöpfen geschlossen. Leichte Puffärmel wurden um die Handgelenke zugeknöpft. Kritisch betrachtete sie sich im Spiegel. In diesem schlichten Kleid sah sie wirklich wie eine Dienerin aus.

Diese Ansicht wurde von Mrs. Bobington nicht geteilt. Als Kitty eine Viertelstunde später, die Haare zu einem züchtigen Knoten aufgesteckt, in die Küche hinunterkam, warf ihr die Köchin einen strengen Blick zu: »Da bist du ja endlich, Miss. Wir haben uns schon gefragt, wo du steckst.« Sie musterte Kitty kritisch von Kopf bis zu den Zehen und schüttelte dann mißbilligend ihren grauen Lockenkopf, auf dem eine adrette weiße Haube thronte: »Ich hab noch nie eine Dienerin gesehen, die so aussieht wie du, meiner Seel. Man könnte dich ja glatt für eine Lady halten.«

Das laute Lachen, das vom rohen Küchentisch her erschallte, ließ Kitty herumfahren. Dort saßen Frank und Al und schlürften einträchtig Porridge, das die Köchin kurz vorher heiß und dampfend vor sie hingestellt hatte.

»Kitty und 'ne Lady!« rief Al aus und klopfte sich vor Vergnügen auf die Schenkel. »So was Komisches hat die Welt noch nicht gehört. Nein, nein, liebe Mrs. Bobington. Wenn Sie erst Bekanntschaft mit ihrem frechen Mundwerk gemacht haben, dann halten Sie sie nie und nimmer für eine Lady. Ist's nicht so, meine Süße?«

Diese gutgelaunte Rede wurde in dem ärgsten Yorkshire-Dialekt geäußert, so daß die anderen Anwesenden Schwierigkeiten hatten, ihn überhaupt zu verstehen. In ihrem Innersten wußte Kitty, daß sie Al dankbar sein mußte. Er hatte die peinliche Situation perfekt gemeistert, und sollte die Köchin wirklich einen Verdacht gehabt haben, so war dieser zerstreut. Doch er hatte sie auch »seine Süße« genannt, und das konnte sie keinesfalls unbestraft hinnehmen: »Du sei ganz still, Al Brown!« fuhr sie ihn an. »Dich hat keiner nach deiner Meinung gefragt!«

»Uhjuijui!« entfuhr es Frank. Er grinste und klopfte Al mit seiner mächtigen Pranke so fest auf den Rücken, daß dieser sich fast am Haferschleim verschluckt hätte. »Da hast du aber was Nettes an deiner Seite. Potzblitz aber auch! Nicht, daß du mir diesen Tonfall lernst, Betty. Sonst gibt's gleich eine hinter die Löffel.«
Betty, die still am Herd gestanden hatte und nun warme Milch in die bereitgestellten Tassen goß, errötete zutiefst. Sie schlug die Augen nieder und sagte kein Wort.
»Schluß jetzt. Ich dulde keinen Streit in meiner Küche!« verkündete Mrs. Bobington streng. »Und nun rücken Sie ein Stück, Mr. Brown. Das Mädchen da ist zwar spindeldünn, aber es braucht auch seinen Platz. Und dann beeil dich mit dem Frühstück. Wir haben keine Zeit zu vertrödeln. Auf uns wartet ein Haufen Arbeit.«
Kitty schob trotzig den Unterkiefer vor und setzte sich wortlos auf die Küchenbank. Al hatte ihr bereitwillig Platz gemacht.
Frank hatte seine Portion bereits fertiggelöffelt und stand nun auf und griff nach dem Eisenkorb, der neben der Tür stand: »Ich geh dann jetzt Feuer machen«, verkündete er. »Wenn du fertig bist, Al, kannst du ja mal alle Pferde versorgen.« Er warf dem anderen Diener einen raschen Blick zu, um sich zu vergewissern, daß dieser nickte. Dabei fiel sein Blick auf Kitty, die lustlos auf ihr Frühstück starrte. So eine Dienerin hatte er wirklich noch nie gesehen. Es schien, als würde sein neuer Kollege Zuspruch brauchen: »Laß dich nicht von der unterkriegen!« rief er mit breitem Grinsen. Dann hob er die Hand zum Gruß und schritt aus der Küche. Krachend fiel die Tür hinter ihm ins Schloß.
Kitty wandte sich verstohlen dem Mann an ihrer Seite zu. Ein spöttisches Blinzeln beantwortete diesen Blick. Kitty sah es und folgte ihrem ersten Impuls. Sie stieg Al unter dem Tisch mit voller Wucht auf die Zehen. Hatte sie gehofft, sie könnte ihn mit ihrer Geste in die Schranken weisen, so hatte sie sich geirrt. Seine Reaktion kam völlig unerwartet: Blitzschnell beugte er sich vor und gab ihr einen kleinen Kuß auf die Wange. »Ich liebe dich«, murmelte er kaum hörbar in ihr Ohr. So leise, daß sie meinte, sich verhört zu haben. »Also, ich mach mich dann wohl mal an die Arbeit«, verkündete er laut in breitestem Dialekt. Kitty vergaß ganz, ihr Gesicht vor Abscheu zu verziehen.

Es war, als hätte ein Sturm all ihre Gedanken durcheinandergewirbelt. Mrs. Bobington wischte sich ihre Hände an der weißen Schürze ab und nickte wohlwollend: »Tun Sie das, mein Junge. Und ihr Mädchen, auf, auf. Betty, du kümmerst dich um die Gästezimmer. Und du, Miss Kitty, du bringst die Schokolade und heißes Wasser zu deiner Herrin.«

Der Vormittag, das Mittagessen, der frühe Nachmittag – alles verlief ereignislos. Weder St. James noch Mary Ann, die sich mit dem Hausherrn im Salon aufhielten, noch Kitty und Al in der Küche und im Stall waren in ihren Bemühungen, Miss Westbourne zu finden, auch nur einen Schritt weitergekommen. Das einzige Verdächtige war, daß niemand über die verschwundene junge Dame sprechen wollte. Immer dann, wenn irgendeiner der vier versuchte, die Rede auf sie zu bringen, lenkte sein Gesprächspartner das Thema unbarmherzig in eine andere Richtung.
Und Kitty bemühte sich auch, Barbara, das Mädchen, das sie am Vorabend begrüßt hatte, wiederzufinden. Sie beschloß, sich direkt an die Haushälterin zu wenden. Mrs. Bobington schüttelte mißbilligend den Kopf und erklärte laut und bestimmt, daß es keine Barbara auf Bakerfield-upon-Cliffs gebe und auch noch nie gegeben habe. Und auch Betty versicherte mehrmals, daß sich bestimmt kein Kind im Haus aufhalte. Wenn es eines gäbe, würde sie es kennen. Kitty biß ärgerlich die Zähne aufeinander. Sie war doch nicht dumm. Sie konnte sich das Gespräch mit dem Mädchen doch nicht eingebildet haben. Diese Barbara war da, sie war Realität. Den Gedanken, daß es sich bei dem Kind um ein Gespenst handeln könnte, verwarf sie nach kurzer Überlegung. Sie wußte zwar nicht, wie Gespenster aussahen, jedoch war sie sich sicher, daß diese nicht in Kindergestalt auftraten. Ob es vielleicht zwischen der verschwundenen Barbara und der verschwundenen Silvie einen Zusammenhang gab? Es war so mysteriös. Noch mysteriöser war Als Verhalten. Was hatte er damit gemeint, er würde sie lieben? Wollte er sie auf den Arm nehmen? Kitty wunderte sich, wie stark ihr Herz klopfte bei diesen Überlegungen. Meinte er es am Ende ernst? Liebte er sie tatsächlich? Er wußte doch, wer sie in Wirklichkeit war. Sie war die Tochter eines Herzogs. Er

war ihr Pferdeknecht. Würde er denn im Ernst annehmen, seine Liebe habe Aussicht auf eine Zukunft? Kitty lächelte: Al war imstande, das anzunehmen. Was war er doch für ein außergewöhnlicher und seltsamer Kerl.

»Laß mich raten.« Mary Anns Stimme ließ sie aus ihren Gedanken auffahren. Sie hatte gar nicht gehört, daß ihre Freundin näher gekommen war. »Du hast eben so verträumt gelächelt«, stellte Mary Ann fest. »Ich kenne den Blick an dir. Du bist verliebt. Hast du an St. James gedacht?«

»An St. James?« wiederholte Kitty, und es klang, als hätte sie diesen Namen vorher noch nie gehört. »Ach, an St. James. Nein, nein. Ich meine, ich habe überhaupt an nichts gedacht. Ich habe nur aus dem Fenster geschaut. Sieh nur, der Garten ist vom Schnee fast völlig zugedeckt. Und auch auf den Ästen der Bäume liegt der Schnee zentimeterhoch. Der Himmel ist noch immer grau und wolkenverhangen. Denkst du, es fängt abermals an zu schneien?«

»Soll das heißen, du bist nicht mehr in St. James verliebt?« ließ ihre Freundin nicht locker.

»St. James, St. James«, wiederholte Kitty unwillig. »Wer spricht denn von St. James. Entschuldige mich bitte, Annie. Aber ich hatte eben eine Idee. Ich werde mir ein Staubtuch nehmen und den westlichen Flügel erkunden. Es wäre doch gelacht, wenn es mir nicht endlich gelänge, auf irgendeine Spur zu stoßen.« Sie machte auf dem Absatz kehrt und verschwand durch eine schmale Tür, hinter der sich die Treppe zum Küchentrakt befand.

Mary Ann sah ihr nachdenklich nach. Es war offensichtlich, daß ihre Freundin etwas vor ihr verbarg. Etwas, das sie nicht einmal mit ihr besprechen wollte. Das war äußerst seltsam. Und Mary Ann konnte sich nicht vorstellen, was es war, das Kitty in eine so verträumte Stimmung versetzt haben konnte, in der sie sicher war, als sie sie angetroffen hatte. Da nützte auch das Leugnen ihrer Freundin nichts. Doch das Wichtigste war, Kitty war nicht mehr in St. James verliebt. Nachdenklich starrte Mary Ann auf die Tapetentür, hinter der ihre Freundin verschwunden war. Es schien, als habe Kitty die Wahrheit gesprochen. Beschwingt kehrte Mary Ann in den Salon zurück.

Es war am späten Nachmittag, der Hausherr und der Kaplan hatten sich nach dem Lunch zurückgezogen und waren bis jetzt nicht wieder erschienen. Der Tee war eben serviert worden. Mary Ann hatte es selbst übernommen, die heiße Flüssigkeit aus der schweren silbernen Kanne in die Tassen einzuschenken. »Milch?« fragte sie.
St. James ging unruhig im Salon auf und ab. »Ja, bitte. Wenn ich nur wüßte, wo ich Silvie finde. Sie ist irgendwo im Haus, da bin ich mir sicher. Sie hat mitbekommen, daß ich hier bin, und jetzt hält sie sich versteckt. Aber das kann nicht ewig so bleiben. Einmal muß sie aus ihrem Versteck herauskommen. Und dann...«
»Zucker?«
St. James blieb abrupt stehen: »Wie bitte?« Er blickte Mary Ann verständnislos an: »Ach so: ein Stück.« Er nahm die Tasse entgegen. »Vielen Dank. Du bist wirklich eine seltsame Frau, Mary Ann.« Er setzte sich in den breiten ledernen Fauteuil ihr gegenüber. »Ich spreche von Liebe und Leidenschaft, von meinen Gefühlen. Und du fragst mich seelenruhig, ob ich Zucker wünsche.« Er wußte nicht, ob er darüber empört oder belustigt sein sollte. Mary Ann nahm ein Stück Shortbread und begann nachdenklich daran zu knabbern: »Mir kam es nicht so vor, als würdest du von Liebe sprechen«, sagte sie schließlich. »Du warst eben dabei, mir zu erklären, du würdest Silvie Westbourne den Kragen umdrehen, wenn du sie findest.«
»Keine schlechte Idee, oder?« fragte St. James düster.
Mary Ann lächelte. »Nein, ich muß zugeben: Noch ein paar Tage an diesem langweiligen Ort, und ich helfe dir dabei.« Er blinzelte ihr über den Rand der Teetasse hinweg zu. »Du wärst dazu imstande«, sagte er. Graue Augen, dachte sie. Was für schöne Augen. Und wie er mich ansieht. Seine Lordschaft bemerkte ihr Erröten und zog überrascht eine Augenbraue in die Höhe: »Was denkst du jetzt schon wieder?« wollte er wissen.
»Ich... ich dachte, daß all deine Worte nicht nach der großen Liebe klingen«, antwortete sie schnell.
»Wonach klingt es denn?«
»Nun, mich erinnert dein Verhalten an das meines Neffen John. Er ist fünf, mußt du wissen, und wird von seiner Mutter sträflich verwöhnt. Einmal wollte er ein Spielzeug haben, ich weiß nicht mehr,

was es war. Ich glaube, ein Holzpferd. Ja, es war ein Holzpferd. Doch es gehörte seinem Bruder, weißt du. Es gehörte Billy. Billy ist vier.«
St. James stellte die Tasse mit lautem Klirren auf der Untertasse ab: »Kannst du bitte auf den Punkt kommen!« forderte er sie auf und blickte betont gelangweilt aus dem Fenster.
»Eines Tages ließ sich seine Mutter überreden und kaufte auch John ein Holzpferd. Er spielte einige Tage damit. Doch eine Woche später war es verschwunden. John suchte es überall. Er war wütend und tobte. Er kreischte und strampelte und stampfte mit dem Fuß. Man mußte nicht viel von Kindern verstehen, um zu merken, daß John wütend war. Er war allerdings nicht wütend darüber, daß das Pferd verschwunden war, weil er es so liebte. Er war wütend darüber, weil er dachte, jemand wollte ihm sein Eigentum streitig machen. Er dachte, jemand habe das Holzpferd versteckt, nur um ihn zu ärgern.«
Wider Willen war St. James doch gespannt, wie die Geschichte ausgehen würde. »Und?«
»Eines Tages fand ihre Nanny das Pferd unter dem Bett«, fuhr Mary Ann fort. »Sie stellte es John auf sein Regal über dem Schreibtisch, und niemand machte ihm mehr sein Eigentum streitig. Und da verlor John jedes Interesse an diesem Spielzeug. Da stand es also eine Zeitlang unbeachtet auf dem Regal.« Mary Ann nahm einen kleinen Schluck Tee. »Und als die Buben sich wieder einmal stritten, warf John das Pferd ins Feuer.«
»Ist das alles?« vergewisserte sich St. James fassungslos. Mary Ann nickte. Der Earl rutschte auf seinem Stuhl vor bis zur Kante, legte seine Hände auf die Knie und blickte Mary Ann direkt ins Gesicht: »Und wo ist da die Parallele, bitte schön? Silvie ist doch kein Holzpferd! Und wenn ich der John dieser Geschichte bin, dann habe ich sie auch nicht bekommen, weil mein Bruder eine ebensolche Braut hat. Denn ich habe gar keinen Bruder. Es gibt überhaupt keinen Billy in meiner Geschichte. Und ich habe auch nicht vor, Silvie ins Feuer zu werfen, wenn ich sie einmal gefunden habe.«
Mary Ann ließ sich nicht beirren: »Natürlich nicht«, sagte sie gelassen. »Aber du liebst sie nicht. Du willst sie besitzen, weil du sie für dein Eigentum hältst. Und wenn du sie hast, wirst du sie aufs Regal stellen und nicht mehr beachten. Das ist alles.«

»Unsinn!« fuhr der Earl auf. »Was für ein kompletter, hirnverbrannter Unsinn.« Er schlug sich energisch mit seinen Händen auf die Oberschenkel, stand dann auf und nahm seine nervöse Wanderung durch das Zimmer wieder auf. »Na gut«, gab er schließlich widerwillig zu. »Ich liebe Silvie Westbourne nicht. Wie könnte ich auch, ich habe sie ja vor unserer Trauung kaum gesehen. Aber sie ist nun einmal meine Frau...«

»Ist sie nicht. Und du weißt das genau«, warf Mary Ann dazwischen. St. James biß die Lippen zusammen: »Wir werden die Trauung nachholen«, sagte er, keinen Widerspruch duldend. »Sie wird merken, daß sie so mit mir nicht verfahren darf. Man macht mich nicht ungestraft zum Gespött von ganz London. Sie wird meine Frau, ob sie will oder nicht. Sie gehört zu mir, ist das klar? Ist das klar, Mary Ann?« Die Lippen zu einem schmalen Strich gepreßt, starrte er mit blitzenden Augen zu ihr hinunter.

Mary Ann hielt seinem flammenden Blick stand: »Du willst das Holzpferd also auch verbrennen«, stellte sie fest, bemüht darum, ihre Ruhe zu bewahren. »Und dich dazu.«

Der Earl, eben noch so wütend, daß er drauf und dran war, sie anzuschreien, war durch diese Bemerkung völlig verblüfft. Er hob die Hände zum Himmel und ließ sie in hilfloser Geste wieder fallen: »Was soll denn das nun wieder heißen?« wollte er wissen. Und es klang schon bedeutend ruhiger.

»Nun, ich denke, eine Ehe ohne Liebe ist für eine Frau die Hölle. Noch dazu, wenn ihr ungeliebter Mann sie für sein Eigentum hält, über das er nach Belieben verfügen kann. Es wird sie unglücklich machen. Glaubst du, daß dich das glücklich machen wird?«

St. James überdachte diesen Einwand eine Zeitlang schweigend. Es konnte nicht sein, daß dieses Mädchen recht haben sollte. »Unsinn«, sagte er daher schließlich. Aber es klang nicht mehr so gereizt wie vorher. »Vernunftehen ohne die sogenannte Liebe sind in adeligen Kreisen durchaus an der Tagesordnung. Für eine Frau von Stand ist eine derartige Ehe keinesfalls die Hölle.«

Nun war es an Mary Ann, ihn zornig anzufunkeln: »Du fängst schon wieder damit an«, warf sie ihm vor. »Du hast mir doch versprochen, diesen Unsinn über eine Dame von Stand und eine Frau aus dem

Volke nicht wieder zu erwähnen. So schnell vergißt du deine Versprechen?«
Der Earl lächelte reumütig. Doch was immer er erwidern wollte, es blieb ungesagt. Die Flügeltür hatte sich geöffnet, und der Kaplan war eben dabei, Viscount Bakerfield über die Schwelle zu schieben. Der Hausherr sah St. James vor dem Kamin stehen und wies mit seiner zittrigen, von blauen Adern durchzogenen Hand auf den Fauteuil neben dem Feuer: »Behalten Sie ruhig Platz, Rivingston«, forderte er ihn mit jovialem Lächeln auf. »Ich dachte, ihr hättet gestritten. Worum ging es, wenn ich fragen darf.«
Der Kaplan hatte den Rollstuhl zwischen die beiden Lehnstühle gestellt, auf denen die vermeintlichen Geschwister saßen, faltete nun die Hände und richtete seinen Blick gegen die holzverkleidete Zimmerdecke: »Paßt nur auf: Wenn ihr einander wie wilde Tiere beißt und freßt, werdet ihr euch noch alle gegenseitig verschlingen«, erklärte er in mahnendem Tonfall.
»Der Brief an die Galater, Mr. Finch, ich weiß«, sagte der Hausherr und machte eine beschwichtigende Handbewegung. »Ein schönes Zitat, gewiß, doch nicht eben passend. Oder wart ihr eben dabei, euch wie wilde Tiere zu fressen, Miss Rivingston?« Mit schelmischem Lächeln blickte er von einem zum anderen. Mary Ann griff verlegen zu einem weiteren Keks: »Aber nein, Sir, ganz gewiß nicht«, beeilte sie sich, mit geröteten Wangen zu versichern. »Es war gar kein richtiger Streit. Nur ein Gespräch unter Geschwistern.« Sie warf St. James einen hilfesuchenden Blick zu.
Dieser verzog seine Mundwinkel zu einem kleinen spöttischen Lächeln. »Ein Gespräch unter Geschwistern, so ist es«, konnte er sich nicht versagen zuzustimmen. »Meine liebe Schwester sagte eben, wie sehr sie es bedauerte, daß wir morgen schon abreisen müssen. Aber sie wolle sich dringend wieder um John und Billy kümmern.«
Viscount Bakerfield hob fragend eine Augenbraue.
»Meine Neffen, ich meine: unsere Neffen«, beeilte sich Mary Ann zu erklären, »die Kinder meines Bruders John...«
»Ja, die lieben Kinder unseres lieben Bruders John«, bestätigte Rivingston herzlich. »Die beiden haben eben ein Holzpferd bekom-

men, und es scheint, als habe einer von ihnen ständig vor, das gute Stück ins Feuer zu werfen.«

Mary Ann warf dem Earl einen strafenden Blick zu. Zum Glück hatte der Viscount seine letzten Worte nicht mehr richtig gehört, denn er bemühte sich, seinen Körper im Rollstuhl zur Seite zu drehen, um die Klingelschnur zu erreichen. Der Kaplan, stets eifrig bemüht, seinem Herrn gefällig zu sein, kam ihm zuvor, und die Glocke hallte laut durch den Raum. Fast im selben Augenblick erschien Shedwell, der Butler, und brachte eine Kanne frischen Tee, zwei weitere Tassen und eine Etagere mit frischem Kuchen und Törtchen.

»Nehmen Sie sich doch ein paar Scones, Kaplan Finch. Sie wissen, die Erdbeermarmelade unserer guten Mrs. Bobington ist unübertroffen. Und dann erst die Clotted Cream, hervorragend!« Er wandte sich an den Pfarrer, der sich nun ebenfalls auf einem Stuhl nahe dem Feuer niedergelassen hatte. Mit steifem Rücken saß er da und nippte an seinem Tee. Ein dankbares Lächeln huschte über seine weichen Lippen, als er den Teller in Empfang nahm, den ihm der Hausherr reichte. Dann begann er damit, eine Anzahl von Kuchen darauf aufzuhäufen.

»Haben wir es hier nicht gemütlich?« erkundigte sich der Hausherr mit zufriedenem Blick in die Runde. »Wie schön es ist, wie ruhig und friedlich. Und das wollen Sie wirklich schon aufgeben, meine liebe Miss Rivingston? Wie schade, wie ewig schade. Irre ich mich, oder wollten Sie ursprünglich Freunde besuchen. Das sagten Sie doch, als Sie hier ankamen, nicht wahr? Und nun haben Sie es sich anders überlegt und wollen Ihren Bruder besuchen? Wie kommt das?«

Bevor Mary Ann sich noch eine Ausrede einfallen lassen konnte, meldete sich der Kaplan zu Wort, der mit einer Serviette die Kuchenkrümel vom Mundwinkel tupfte: »Mancher Freund ist anhänglicher als ein Bruder«, zitierte er.

»Meine Schwester macht sich Sorgen um unsere Neffen«, St. James bemühte sich, das Thema schnellstmöglich wieder zu wechseln. »Natürlich bedauern wir es, nicht länger hierbleiben zu können. Zumal es uns nicht gelungen ist, Miss Westbourne die Grüße ihres Bruders persönlich auszurichten.«

Ein Köder, scheinbar achtlos ausgestreut, und dennoch, der Viscount dachte nicht daran, ihn aufzugreifen. »Ihr Bruder hat doch meines Wissens gar kein Haus in der Gegend«, sagte er statt dessen und schüttelte nachdenklich den Kopf.

Wie immer, wenn die Rede auf die Familie Rivingston kam, war dem Earl unbehaglich zumute. Wie gut war Mary Ann wirklich mit den Familienverhältnissen vertraut? Würde sie sich über kurz oder lang doch verraten? Es war dumm gewesen, die Sprache auf die Neffen zu bringen. Ein Glück, daß der alte Bakerfield nicht wußte, wie die Kinder von Lord Ringfield wirklich hießen.

»Sie haben vollkommen recht, Sir. Ringfield Place, das Haus unseres Bruders, befindet sich in Surrey«, erklärte Mary Ann und nippte an ihrem Tee.

»Was waren das für Bekannte, die Sie hier besuchen wollten?« erkundigte sich der Viscount. »Noch etwas Tee, Kaplan?« Obwohl er die letzte Frage an den Geistlichen gerichtet hatte, blieb sein Blick eindringlich auf dem Gesicht des Earls haften. Dessen Gehirn arbeitete fieberhaft. Sie waren jetzt in Kent. Wer zum Teufel wohnte noch in Kent? »Lornerly!« erklärte er schließlich aufatmend. »Wir besuchen Windon Hall.«

Der Viscount stutzte: »Ach, tatsächlich?« wollte er wissen. »Sie besuchen Lornerly. Ist etwa der junge Tunichtgut schon wieder zu Hause?« Es war erstaunlich, wie gut der greise Viscount informiert war. Er kam doch seit Jahr und Tag nicht aus dem Haus.

St. James nickte reichlich verwirrt: »Ja, Sir. Erst kürzlich erreichte mich sein Brief. Er hat die Kavalierstour beendet und ist in das Haus seiner Eltern zurückgekehrt.«

»Na, da wird sich seine Mama aber freuen«, sagte der Viscount und lächelte. »War ein sehr, sehr hübsches Mädchen, diese Amable Grath. Windon hat sie mir vor der Nase weggeschnappt, damals. Na ja, das sind alte Geschichten. Ihr zweiter Sohn, der jüngste, das soll ja ein ganz wilder Bursche sein. Ganz im Gegensatz zum Erben, wie heißt denn der noch mal...«

»Alfred«, warf Mary Ann hilfreich ein.

»Ja, richtig, Alfred. Sie mögen Alfred Lornerly, Miss Rivingston?« erkundigte sich der Hausherr scheinbar beiläufig.

Der Earl hielt die Luft an. Doch Mary Anns Wissen war nicht zu

unterschätzen. Schließlich hatte sie nicht vergeblich vier Jahre lang den Unterricht bei Miss Chertsey genossen und jede Anekdote, die diese über die schillernde Welt des Hochadels zum besten gab, gierig in sich aufgesogen: »Nicht unbedingt, Sir. Dafür schätze ich Alexander Lornerly um so mehr. Er ist ein schneidiger Sportsmann. Seine Pferde haben schon zweimal das Rennen ins Ascot gewonnen.« Der Earl war sprachlos.
»Die Gäste sind gekommen, Sir!« verkündete der Butler an der Tür.
Der Hausherr stellte geräuschvoll seine Tasse ab. Ein Strahlen ging über sein rundes, pausbäckiges Gesicht. »Nur herein mit ihnen, nur herein! Finch, schieben Sie mich bitte zur Tür. Ich möchte Sarah entgegengehen.«
Der Pfarrer stellte seinen Kuchenteller beiseite und tat, wie ihm geheißen worden war.
Mary Ann und St. James hatten sich ebenfalls erhoben. »Du kennst Lornerly?« flüsterte er ihr zu. Mary Ann schüttelte den Kopf. »Alle Achtung!« murmelte er ihr zu. »Du hast deinen Beruf wirklich von der Pike auf gelernt.«
Dann war keine Gelegenheit mehr für heimliche Gespräche, denn Mrs. Aldwin rauschte in den Raum. Sie war eine kleine Person mit hoch aufgetürmten blonden Locken. Trotz ihrer Körperfülle war sie nach der neuesten Mode gekleidet. Die hochgezogene Taille ihres rosafarbenen Reisekleides betonte den üppigen Busen. Der Samthut, der mit einer kecken Schleife unter dem üppigen Kinn verschlossen wurde, war mit zahlreichen Pfauenfedern in verschiedenen Rosatönen geschmückt. Sie wippten, als sich Mrs. Aldwin mit trippelnden Schritten näherte: »Onkel Robert, Liebling!« rief sie aus und beugte sich nieder, um den Viscount zu umarmen. »Wie schön, dich wiederzusehen. Du siehst gut aus. Frisch und rosig, nicht wahr, James? James, wo steckst du denn schon wieder? Sieht Onkel Robert nicht rosig aus? Wir sind sofort gekommen, als wir dein Schreiben erhielten. Paulina mußte sofort hierher. Sie wollte sich noch etwas frisch machen, bevor sie nach einer so langen Reise ihrem Lieblingsonkel unter die Augen tritt. Aber nun sag schon, lieber Onkel: Wo ist Silvie? Ich sehe, daß sie nicht hier im Salon ist. Kannst du sie rufen, ich brenne darauf, sie zu sehen.«

»Sarah, darf ich dir unsere Gäste vorstellen?« erklärte der Viscount anstelle einer Antwort.

Mrs. Aldwin fuhr herum: »Gäste!« rief sie aus. »Ich wußte nicht, daß du Gäste hast. In Anbetracht der Lage...«

»Aber wo hast du denn deine Augen, meine liebe Sarah. Unsere Gäste sind doch so stattlich, die konntest du doch unmöglich übersehen. Kennst du Miss Rivingston, Mr. Rivingston?« unterbrach sie der Viscount abermals.

Das vermeintliche Geschwisterpaar trat näher. Mary Ann versank in einen formvollendeten Knicks, während ihr Mrs. Aldwin gnädig drei Finger reichte. »Mr. Rivingston?« fragte Mylady irritiert.

Nein, bitte nicht, dachte St. James entsetzt. Nicht das entwürdigende Schauspiel mit dem unehelichen Sohn noch einmal. Der Viscount rettete ihn aus der Verlegenheit, als er das Thema wechselte und den großgewachsenen rötlichblonden Mann begrüßte, der, ohne sich zu rühren, neben der Tür gestanden war: »James, mein Junge, sei willkommen.«

»Gott segne die Reisenden, denn sie sind auf der Suche nach der Wahrheit«, verkündete der Kaplan.

Mrs. Aldwin lächelte ihm freudestrahlend zu: »Schön gesprochen, Mr. Finch«, sagte sie anerkennend.

»Lassen Sie mich raten, Kaplan. War dieses Zitat aus dem zweiten Brief an die Thessaloniker?« erkundigte sich Mr. Aldwin schmunzelnd.

Der Kaplan errötete vor Freude und Verlegenheit: »Nein Sir, ein Eigenzitat. Wenn ich so sagen darf. Es fiel mir eines Nachts ein, als ich über das Reisen sinnierte. Und es schien mir nun passend, es zu verwenden.« Mr. Aldwin reichte ihm die Hand. »Sehr passend, Mr. Finch«, sagte er. »Ich freue mich, Sie bei so guter Gesundheit zu sehen.«

Der Viscount stellte ihm die übrigen Gäste vor. Da Mr. Aldwin aus Irland kam, sagte ihm der Name Rivingston nichts. So fand er auch an einem Mr. Rivingston nichts Seltsames.

»Wir wußten nicht, daß Sie Besuch haben, Sir«, sagte nun auch er.

Die Ohren des Geschwisterpaares waren gespitzt. Endlich schienen sie auf der Suche nach Silvie Westbourne weiterzukommen. Sie mußte irgendwo im Hause sein, denn sonst wäre Mrs. Aldwin nicht so sicher gewesen, sie hier anzutreffen. St. James, der die langweiligen Stunden auf Bakerfield-upon-Cliffs bereits gründlich satt hatte, vergaß seine überstürzten Reisepläne. Natürlich würden sie nun hierbleiben. Er konnte es gar nicht erwarten, Silvie gegenüberzutreten.

»Leider fahren unsere lieben Rivingstons bereits morgen wieder ab«, hörte er den Viscount sagen. »Wollt ihr Tee, meine Lieben? Ich kann sofort frischen bringen lassen. Bis zum Dinner ist es ja noch eine gute Stunde Zeit.«

»Ja danke, Sir. Tee wäre nett«, antwortete Mr. Aldwin und trat an den Kamin, um sich die Hände am Feuer zu wärmen. »So eine Fahrt durch die kalte Winterlandschaft fährt einem ganz schön in die Knochen. Ist Silvie hier, oder ist sie drüben bei...«

»Silvie ist nicht hier!« unterbrach ihn der Hausherr unwirsch.

Mary Ann zuckte zusammen. Sie hatte den jovialen alten Herrn noch nie so unfreundlich erlebt. Mrs. Aldwin hatte auf dem kleinen Sofa Platz genommen, das sie fast zur Gänze ausfüllte. »Silvie ist nicht hier?« wiederholte sie fassungslos. »Was soll denn das heißen, Onkel Robert. Wir sind doch...«

»Sarah, es gibt interessantere Themen, die wir besprechen könnten«, fiel ihr der alte Herr ins Wort. Er wollte noch eine scharfe Bemerkung hinzufügen, als sein Blick zur Tür fiel und sich sein Gesicht schlagartig aufhellte: »Ah, da bist du ja, Paulina, mein Engel!«

Mary Ann und St. James, die dem Gespräch mit äußerster Spannung gelauscht hatten, seufzten unwillkürlich auf. Warum konnte Mrs. Aldwin nicht weitersprechen, jetzt, da es eben interessant wurde. Eher beiläufig glitt ihr Blick zur Tür. Doch was sie dort sahen, versetzte zumindest den Earl in sprachloses Erstaunen. Es war, als könne er seinen Augen nicht trauen. Dort stand das schönste Wesen, das er je gesehen hatte. Ein junges Mädchen, schlank und gerade von der richtigen Größe, nicht zu groß und nicht zu klein. Das blaue Samtkleid unterstrich das Blau ihrer großen, von dichten schwarzen Wimpern umgrenzten Augen. Lange blonde Locken rieselten bis über die Schultern. Ein Band, in demselben Blau wie das Kleid, hielt die Lockenpracht aus der Stirn.

»Onkel Robert!« rief sie lächelnd und klatschte in die Hände. »Wie schön, wieder hier zu sein.« Sie küßte den alten Herrn auf beide Wangen, was sich dieser gerne gefallen ließ. Dann begrüßte sie die übrigen Gäste freundlich und senkte unter dem bewundernden Blick des Earls errötend die Lider. St. James sah es mit Freuden. Endlich schien sich sein Aufenthalt in Bakerfield-upon-Cliffs doch noch zu lohnen. Kurz darauf zogen sich alle in ihre Zimmer zurück, um sich für das Abendessen umzukleiden.

Es war offensichtlich, daß der Viscount diese Zeit genützt hatte, um mit seinen Verwandten ein vertrauliches Gespräch zu führen. Jedenfalls wurde beim Dinner der Name Silvie nicht mehr erwähnt.
Statt dessen plauderten der Viscount und Mrs. Aldwin über belanglose Themen oder ließen Erlebnisse aus der Vergangenheit Revue passieren. Mr. Aldwin warf ab und zu eine launige Bemerkung ein, berichtete von seinen Gütern in Irland und von den Nachrichten, die sein Bruder, der in Frankreich stationiert war, ihm erst kürzlich hatte zukommen lassen. Mr. Finch, der neben Mary Ann saß, langweilte diese mit Bibelzitaten über die Wichtigkeit guter Verwandtschaftsbeziehungen, und St. James begnügte sich damit, Miss Aldwin, die ihm direkt gegenübersaß, aufreizende Blicke zuzuwerfen. Er bemerkte, daß er das Mädchen verwirrte, und das gefiel ihm. Er lehnte sich in seinem Stuhl zurück und lächelte zufrieden. Mary Ann, die diesen Blick zufällig aufgefangen hatte, konnte es nicht glauben. Gerade noch hatte er erklärt, Lady Silvie heiraten zu wollen, ob sie wollte oder nicht. Und nun wandte er sich dem nächstbesten Frauenrock zu, der ihm über den Weg lief. Und dieser selbstgefällige Blick. Sie hatte gute Lust, seine ruhige Arroganz zu erschüttern.
Der Viscount war es gewohnt, sich nach dem Essen umgehend zurückzuziehen. Doch heute machte er zu Ehren seiner Gäste eine Ausnahme. Er blieb im Salon, um Paulina zuzuhören, die mit glockenheller Stimme einige Balladen zum besten gab. Paulina war nicht nur ein erfreulicher Anblick, auch ihre Stimme konnte sich hören lassen. Mit welcher Hingabe sie sang, mit welchem Ausdruck auf ihrem kleinen Gesicht. Sie hatte eben ihr drittes Lied beendet, und ihre Zuhörer sparten nicht mit wohlwollendem Beifall.

»Nun sind aber Sie an der Reihe, Miss Rivingston. Was werden Sie zu unserer Erbauung zum besten geben?« erkundigte sich Mrs. Aldwin.

Mary Ann erbleichte. Wenn sie eines wirklich nicht konnte, dann war das singen.

Doch das wollte Mylady nicht gelten lassen: »Lassen Sie sich doch nicht so bitten, Miss Rivingston. Ich verabscheue junge Mädchen, die sich zieren.«

»Sicher sind Sie zu bescheiden, liebe Miss Rivingston«, meinte Mr. Aldwin und schenkte Mary Ann ein aufmunterndes Lächeln.

»Jede Lady kann singen«, erklärte Paulina bestimmt.

»Meine Schwester hat eine ganze Reihe anderer Talente«, fühlte sich St. James verpflichtet, Mary Ann zu verteidigen. Es war ja wirklich zu dumm, daß sie nicht daran gedacht hatte, ein kleines Liedchen zu lernen. Wenn man schon vorgab, eine Dame zu sein, dann durfte man sich keine Blöße gestatten. Als die anderen merkten, daß Mary Ann bei ihrer Weigerung, einen Gesang zum besten zu geben, blieb, beschloß Viscount Bakerfield, sich nun doch zurückzuziehen.

Der Kaplan, der bereits in seinem Sessel eingenickt war, schreckte hoch. Er erhob sich rasch und fuhr seinen Gastgeber aus dem Zimmer. Mr. Aldwin setzte sich, seine Pfeife rauchend, neben den Kamin und griff nach der Zeitung. Mrs. Aldwin an seiner Seite begann nachlässig in einer Ausgabe von *La belle Assemblee* zu blättern, die sie mitgebracht hatte. Von Zeit zu Zeit gab sie Ausrufe des Entzückens oder des Abscheus von sich und verkündete, daß es höchste Zeit sei, daß sie wieder einmal in die Hauptstadt käme. Ihre Garderobe bräuchte dringend eine Auffrischung. Glücklicherweise würde sie nicht mehr lange darauf warten müssen, bis sie sich endlich in die Hände einer französischen Schneiderin begeben könnte, von denen viele in London neue Läden eröffnet hatten. Paulina würde in der nächsten Saison ihr Debüt geben. Sie schwelgte in den Gedanken, wie es wohl sein würde, wenn ihre hübsche Tochter die Herzen aller heiratsfähigen Männer Londons im Sturm eroberte. Wie aufregend würden die Bälle sein, die Redouten, die... ach, sie könne ja schon fast nicht mehr schlafen vor Aufregung. Sicher würde ein Herzog um die Hand ihrer Tochter anhalten. Oder zumindest ein Earl. St. James und Paulina saßen in der Zwischenzeit einmütig auf dem kleinen Sofa und unterhielten sich. Um genau zu sein, war es der Earl, der mit gedämpfter Stimme sprach, und Paulina hörte ihm andächtig zu. Mary Ann konnte diese Idylle nicht mehr länger mitansehen. Sie entschuldigte sich und eilte auf ihr Zimmer.

Höchste Zeit, daß sie Kitty darüber informierte, daß Silvie Westbourne in der Nähe sein mußte. Es schien, als seien die Aldwins allein ihretwegen gekommen. Da war es auch kein Wunder, daß Viscount Bakerfield darauf drängte, daß die ungebetenen Gäste ihren Plan wahrmachten und morgen das Haus verließen. Doch natürlich wollte St. James von seinen überstürzten Reiseplänen nichts mehr wissen. Jetzt, da die schöne Paulina in sein Leben getreten war. Mary Ann knirschte mit den Zähnen und drückte die Klinke zu ihrem Zimmer hinunter.

XVIII.

Am nächsten Morgen war an eine Abreise auch aus einem anderen Grund nicht mehr zu denken. Ein Blick aus dem Fenster genügte, und Viscount Bakerfield mußte sich schweren Herzens mit dieser Tatsache abfinden. Es hatte die ganze Nacht über in dicken Flocken geschneit. Und auch jetzt war keine Veränderung des Wetters zu erwarten. Der Himmel hatte sich mit einer dichten, grauen Wolkendecke bezogen, es schneite unaufhörlich. Man konnte kaum die kahlen Sträucher und Bäume hinter dem Haus ausmachen. Sicher waren alle Straßen und Wege längst unpassierbar. Wenn es so weiterschneite, dann war an eine Abreise der Rivingstons auch in den nächsten Tagen nicht mehr zu denken. Die Meinung über diese Aussicht war naturgemäß geteilt. Kitty war enttäuscht. Wie lange sollte sie denn noch in dieser ungewohnten Dienerrolle verharren? Es war anstrengend, es war entwürdigend und doch: Sie war selbst darüber erstaunt, daß sie ihrem neuen Dasein auch positive Seiten abgewinnen konnte. Das Dienerdasein war nicht so schlimm, wie sie es am ersten Tag angenommen hatte. Vielleicht lag es daran, daß es abenteuerlich war hier auf Bakerfield-upon-Cliffs. Ständig schien eine prickelnde Spannung in der Luft zu liegen. Lag dies allein an der Suche nach der verschwundenen Miss Westbourne? Kitty wollte es nicht so recht glauben. Sie konnte sich aber auch nicht vorstellen, worin die Spannung sonst begründet sein mochte.

Al Brown genoß die Tage im Haus am Meer. Die Arbeit war nicht schwer, er war viel größere Mühen gewöhnt. Dafür war er ständig in Kittys Nähe und konnte alle Register ziehen, um das Mädchen für sich zu gewinnen. Noch hatte er nicht vor, ihr seine wahre Herkunft zu enthüllen.

Mary Ann blickte mit gemischten Gefühlen in die nahe Zukunft. Sie konnte nicht sagen, daß sie den Aufenthalt auf Bakerfield-upon-Cliffs genoß. Nicht, seit die Familie Aldwin auf der Bildfläche erschienen war und sich im Haus breitmachte. Es graute ihr vor den nichtssagenden Gesprächen mit Mylady, die sie stets mit neugierigen Fragen überhäufte. Und dann erst der Anblick von St. James, der Paulina Aldwin umgarnte! Schade, daß es keine stillen Abende zu zweit mehr geben würde. Mit St. James Schach zu spielen, interessante Gespräche zu führen, ja, das hätte ihr Hiersein amüsant und spannend gemacht. Und dennoch, sie durfte sich nicht beklagen. Wohin hätte sie denn gehen sollen, wenn ihre Mission hier so rasch erledigt war? Zurück in die Schule? Niemals. Zu John? Schon gar nicht. Gedankenverloren dachte sie daran, daß sie in wenigen Tagen Geburtstag hatte. Dann würde sie einundzwanzig Jahre alt sein. Volljährig und frei. Frei, ihr Leben zu gestalten, wie sie es für richtig hielt. Mary Ann seufzte. Was nützte diese Freiheit, wenn die nötigen Mittel fehlten? Sie hatte ja nicht einmal genug Geld, um die geringsten Wünsche in die Tat umzusetzen. Nein, da war es schon besser hierzubleiben.

St. James selbst dachte nicht daran abzureisen. Wäre der Tag auch strahlend schön gewesen, die Wege unverschneit und trocken, er hätte sich nicht aus dem Haus gerührt. Silvie Westbourne interessierte ihn nur mehr am Rande. Paulina Aldwin hieß das neue Ziel seiner Aufmerksamkeit. Miss Paulina Aldwin war aus bestem Hause. Er hatte ihren Vater kennengelernt. Ein angenehmer Mann, der weder trank noch die unflätigen Manieren an den Tag legte, die Lord

Westmore zu eigen waren. Mrs. Aldwin war unzweifelhaft eine Lady. Etwas laut und für seinen Geschmack zu schrill, aber so waren Damen mittleren Alters häufig. Das gute war, daß man Paulinas Eltern in Hinkunft kaum sehen würde. Sie lebten auf dem Landsitz nahe Waterford. Irland war weit. Er würde Paulina für sich alleine haben. Sie würde eine wundervolle Countess abgeben. Alle würden ihn um sie beneiden. Er sah sie vor sich: Seine junge Frau, wie sie an der langen Dinnertafel seines Hauses in der Brook Street den Vorsitz führte. Sie hatte die blonden Locken aufgesteckt und trug die Tamworth-Saphire. Das Blau der Steine spiegelte sich in ihren Augen und unterstrich die Makellosigkeit ihres blütenweißen Teints.

»Du hast dich also verliebt«, stellte Mary Ann sachlich fest, als er dieser seine erfreulichen Zukunftsperspektiven darlegte. Der Hausherr nahm wie jeden Morgen das Frühstück mit Mr. Finch in seinem Zimmer ein. Familie Aldwin war noch nicht heruntergekommen.

Der Earl seufzte: »Jetzt fängst du schon wieder damit an«, wies er sie zurecht, und es klang leicht ungehalten: »Ich dachte, wir hätten das Thema bereits zur Genüge besprochen. Liebe hat nichts mit Heirat zu tun, Mary Ann, kannst du denn das nicht begreifen? Ich suche keine Liebe, ich suche eine Frau.«

»Und was wird aus Silvie Westbourne?«

»Du sagtest doch gestern selbst, das Holzpferd sei mir weggaloppiert.«

Mary Ann mußte wider Willen lachen: »Ich sagte keineswegs etwas derart Drastisches. Obwohl der Vergleich gar nicht so unpassend ist.«

Er grinste zurück: »Na siehst du. Ich habe deine Lektion gelernt. Und ich habe mich nach einer neuen Braut umgesehen.«

»Ist es denn so wichtig, daß du dich verheiratest?« erkundigte sie sich ein wenig außer Atem.

St. James nickte: »Sehr wichtig«, sagte er ernst. »Ich bin zweiunddreißig. All meine Verwandten, meine liebe Schwester Jane eingeschlossen, liegen mir in den Ohren, ich solle mich standesgemäß verehelichen. Sie schleppen alle möglichen und unmöglichen jungen Damen an, um sie mir zu präsentieren. Das wird mir auf die Dauer zu anstrengend.«

Mary Ann erwog diesen Einwand, konnte ihm aber nicht recht Glauben schenken: »Ich kann mir nicht denken, daß Lady Farnerby wirklich der Grund ist, daß du an eine Heirat denkst. Sicher findest du Mittel und Wege, dir diese Dame auch anders vom Leib zu halten.«
St. James sah Mary Ann staunend an: »Lady Farnerby?« wiederholte er ungläubig. »Du weißt, daß Lady Farnerby meine Schwester ist?«
»Deine Halbschwester«, stellte Mary Ann richtig, erfreut, daß sie ihn wieder einmal beeindrucken konnte.
»Einmal möchte ich dahinterkommen, woher du all dein Wissen hast. Das ist ja geradezu beängstigend.«
Mary Ann lächelte betont liebevoll: »Findest du? Na, dann möchte ich dich nicht enttäuschen: Ich glaube, ich kenne den Grund, warum du an eine rasche Heirat denkst: Du brauchst einen Erben. Du bist der letzte männliche Vertreter deiner Familie. Wenn du kinderlos stirbst, fallen sowohl dein Titel als auch dein Vermögen an die Krone zurück.«
Der Earl nickte: »So ist es. Aber nun laß uns ein unverfänglicheres Thema anschlagen. Ich höre Mrs. Aldwins energische Schritte. Ich möchte nicht, daß sie mein Vorhaben jetzt schon durchschaut.«

Es war am späten Nachmittag, als es Kitty endlich gelang, sich aus der Küche zu schleichen. Mrs. Bobington hatte sie gebeten, ihr beim Zubereiten der Kekse für das nahe Weihnachtsfest zu helfen. Da diese Bitte mehr wie ein Befehl geklungen hatte, war Kitty nichts anderes übriggeblieben, als am rohen Küchentisch Platz zu nehmen, auf dem die Köchin eine große Schüssel feinster Mandeln bereitgestellt hatte. Diese waren über dem Feuer kurz aufgekocht worden, und es war nun Kittys Aufgabe, die Schale von den Kernen zu entfernen. Eine eintönige Tätigkeit, fürwahr. Und doch war Kitty, wie Mrs. Bobington ebenso treffend wie beißend bemerkte, für anspruchsvollere Küchenarbeiten nicht geeignet. Als die Kekse endlich in den Ofen geschoben wurden und Mrs. Bobington sich entfernte, um eine Flasche Rum aus dem Keller zu holen, da nützte Kitty die Gelegenheit, sich davonzuschleichen.
Sie schnappte eines der Staubtücher und erklärte Molly, der Spül-

magd, daß sie in die Schlafzimmer zu gehen beabsichtigte, um dort für Ordnung zu sorgen. Bevor Mrs. Bobington zurückkam, eilte sie rasch die Treppe in das Erdgeschoß empor, über den langen dunklen Gang, der für die Dienerschaft bestimmt war, in den westlichen Flügel des Hauses. Eine schmale Treppe führte zum ersten Stock, und Kitty öffnete neugierig die große weiße Flügeltür: Vor ihr erstreckte sich im fahlen Licht der untergehenden Sonne der Ballsaal. Mit staunenden Augen blickte sie sich um. Sie war noch nie in einem Raum von derartigen Ausmaßen gewesen. Es schien ihr, als könnten sich hier Hunderte Paare im Walzertakt drehen. Und doch war sie sicherlich die einzige, die seit Jahren hier heraufgekommen war. Eine dicke schwere Staubschicht bedeckte den Boden. Die Kristallüster hatten durch Schmutz und Staub längst ihr brillantes Feuer verloren. Die großflächigen Spiegel in den schweren goldenen Rahmen waren an manchen Stellen blind. Der Parkettboden, ein kunstvoll aus verschiedenen Holzarten zusammengestelltes Mosaik, war kaum zu erkennen. Auch der ausladende schwarze Flügel direkt neben der Tür, durch die sie getreten war, war seit Jahren nicht mehr benützt worden. Es juckte sie in den Händen, das Klavier zu öffnen und eine fröhliche Tanzmusik anzustimmen. Wie würden die Töne in diesem großen Raum wirken? Und doch, es war undenkbar. Wie hätte sie erklären können, daß sie ohne zu fragen durch ein fremdes Haus schlich und Erkundigungen anstellte? Auf Zehenspitzen durchquerte sie den Saal und erreichte die angrenzenden Salons. Diese waren mit altmodischen Möbeln reichlich bestückt, und doch wirkten sie nicht eben einladend. Sämtliche Fauteuils steckten in Schutzhüllen, die Vorhänge waren vergilbt und an manchen Stellen brüchig. Die Gemälde waren so lange nicht mehr gereinigt worden, daß man kaum mehr erkennen konnte, was sie darstellten. Kitty fröstelte. Es wäre besser gewesen, sich einen Mantel anzuziehen. Nur mit Mühe konnte sie ein Niesen unterdrücken. Sie würde doch wohl nicht krank werden. So wie der arme Al, der hustete und nieste, daß sie sich bereits Sorgen machte. Es war ja kein Wunder, wenn man fröstelte, in diesem kalten, unbewohnten Gemäuer.

Kitty sah sich aufseufzend um. Es war wirklich schade um diese Pracht. Wie schön wäre es, wenn eine Heerschar von Dienern durch

die Zimmer wirbelte, den Staub entfernte und dem Haus zu neuem Glanz verhalf. Sie konnte es deutlich vor sich sehen: Die zahlreichen Paare, nach der neuesten Mode gekleidet, drehten sich zum Klang der Musik. Sie konnte das Klirren der Kristallgläser hören, die sonoren Stimmen der Herren, das amüsierte Lachen der Damen. Und sie war eine von ihnen. Mittelpunkt der vornehmen Gesellschaft, bewundert, begehrt und beliebt. Und stets hatte sie einen Kavalier zur Seite. Einen großgewachsenen, blonden blauäugigen Mann. Er führte sie mit sicherer Hand durch die dichtgedrängte Gästeschar. An seinem Arm fühlte sie sich geborgen, er brachte sie zum Lachen, und seine Anwesenheit war es, die diesen Ball zu einem unvergeßlichen Erlebnis machte. Sie konnte ihn förmlich spüren. Sein Mund war ganz nahe an ihrem Ohr. Sie hörte seine Stimme, die flüsterte: »Na, noch ein Tänzchen, Missy, meine Süße?« Schlagartig fuhr sie aus ihren Träumen auf und klatschte ihr Wischtuch verärgert gegen den Kaminsims. Eine dunkle, langbeinige Spinne machte sich eilig aus dem Staub. Was waren das bloß für dumme Gedanken gewesen? Wie konnte sie es zulassen, daß Al, ihr Diener, ihr Pferdeknecht Al, sich in ihre Träume schlich? Energisch raffte sie ihre Röcke und eilte über die breite marmorne Treppe in das obere Geschoß hinauf.
Die Sonne stand bereits tief und würde in nicht allzulanger Zeit hinter dem Horizont verschwunden sein. Dann war es zu dunkel, um die Erkundung fortzusetzen. Wenn sie also heute noch etwas entdecken wollte, dann war es Zeit, daß sie sich aus den Träumen riß und tatkräftig ans Werk ging. Die erste Tür, die sie öffnete, quietschte in ihren Angeln. Kitty sah sich im Zimmer um. Ein schmales Himmelbett war zu sehen, ein ebenso schmaler Schrank, eine kleine Frisierkommode mit einem blinden Spiegel und einer angeschlagenen Waschschüssel. Der einzige Stuhl des Raums sah nicht vertrauenerweckend aus und lehnte auf drei Beinen gegen die Mauer. Das Zimmer dürfte vermutlich einst als Gästezimmer gedient haben, ebenso die beiden benachbarten Räume. Der vierte Raum, in den sie ihren Kopf steckte, war in früheren Zeiten das Schulzimmer gewesen. Eine einfache Wandvertäfelung reichte bis zur Zimmerdecke. Eine große schwarze Schiefertafel schien auf neue Schüler zu warten. Die Tische und Sessel waren klein und staubig.

Nur wenige Bücher lagen auf dem hohen Regal. An das Schulzimmer schlossen sich die Kinderzimmer an. Wie viele Zimmer im Hause, waren auch diese Räume mit Wandvertäfelungen ausgestattet. Die Betten und die Sitzmöbel waren auch hier mit Schutzhüllen überdeckt. Auf den Kommoden und Vitrinen verstaubten Spielzeug und Bücher. Sicher war eines der Zimmer einst von Lady Silvie Westbourne bewohnt worden. Das mittlere vielleicht? Die einarmige Puppe, die achtlos auf dem Schreibtisch lag, schien darauf hinzudeuten. Kitty ging vorsichtig näher. Sie zog die Vorhänge beiseite, um mehr Licht in den Raum zu lassen. Es war der erste Raum, den sie bisher betreten hatte, in dem die Vorhänge zugezogen waren. Die Puppe machte einen mitleiderregenden Eindruck. Eines der Glasaugen hing nur mehr an einem hauchdünnen Faden. Holzwolle quoll aus dem aufgerissenen Bauch. Kitty nahm die Puppe hoch und überlegte skeptisch, ob man sie wohl noch reparieren konnte. Sicher würde sich Barbara darüber freuen. Barbara. Sie hatte das Mädchen seit dem Tag ihrer Ankunft nicht mehr gesehen. Sie drehte und wendete die Puppe in ihrer Hand und hielt plötzlich inne: Das Spielzeug war zerrissen, kaputt – doch es war nicht schmutzig. Und auch die Schreibtischplatte mußte erst vor kurzem gereinigt worden sein. Sie schimmerte in ungewöhnlichem Glanz in der Abendsonne. Kitty nahm das Möbelstück in genaueren Augenschein. Auch die Laden waren poliert, die ringförmigen Messinggriffe glänzten. Vorsichtig öffnete sie die oberste Lade. Sie ließ sich aufziehen, ohne zu quietschen. Kittys Herz klopfte vor Aufregung. Würde sie endlich etwas entdecken, das auf Silvie Westbourne hinwies?

Doch sie wurde enttäuscht: Die Lade war leer. Ebenso die zweite, die dritte, die vierte Lade. Die unterste Lade klemmte. Kitty rüttelte mit Gewalt daran. Sie stemmte sich mit all der Kraft gegen den Tischfuß, und endlich gab die Lade ruckweise nach. Doch was sie schließlich zutage förderte, schien ihre Bemühungen nicht zu belohnen: einige Bogen vergilbtes Papier, eine abgebrochene Feder, ein ausgetrocknetes Tintenfaß. Sie wollte die Lade bereits wieder schließen, als ihre Hand am hinteren Rand des Holzes noch etwas ertastete: ein kleines viereckiges Ding. Sie zog es heraus.

Es war, wie sie es erwartet hatte, eine Miniatur. Mit raschen Schrit-

ten war sie beim Fenster, um nachzusehen, wen das Bild wohl darstellte. Mit dem Staubtuch reinigte sie vorsichtig die Fläche und den Rahmen. Zwei blaue Augen lachten ihr entgegen. Blonde Locken umrahmten ein feingeschnittenes Kindergesicht. Kitty stieß einen überraschten Laut aus: Das war unzweifelhaft Barbara. Das Mädchen, das im Haus keiner kennen wollte. Von dem sie angenommen hatte, es sei vielleicht ein Kind aus der Nachbarschaft, das sich heimlich in das Herrenhaus geschlichen hatte. Doch nun war sicher, daß das Kind hier lebte. Wie käme sonst die Miniatur in den Schreibtisch des unbewohnten Zimmers? Erschrocken fuhr sie herum. Was war das eben für ein Geräusch? Es klang, als habe jemand einen Schlüssel in einem Schloß umgedreht. Kitty drückte die Miniatur an ihren Busen und hastete zur Tür des Zimmers. Ein rascher Griff an die Klinke: Sie drückte sie herunter, und nein, Gott sei Dank, niemand hatte sie eingesperrt. Kitty fröstelte nun noch mehr. Was wäre wohl geschehen, wenn man sie hier eingesperrt hätte? Niemand im Haus wußte, wo sie war. Es hätte Stunden gedauert, bis man sich auf die Suche nach ihr gemacht hätte. Und weitere Stunden, bis man sie gefunden hätte. Das war dumm von ihr gewesen. Sie würde in Zukunft Al Bescheid sagen, wenn sie auf Erkundungstour ging. Er würde sie sofort suchen, wenn sie nicht zurückkam. Vielleicht sollte sie ihn überhaupt bitten, mit ihr zu kommen. Sie würde sich nicht fürchten, wenn er an ihrer Seite wäre. Und jede Suche machte mehr Spaß, wenn man die Aufregung teilen konnte. Nun würde sie auf raschestem Weg in die Küche zurückkehren. Vielleicht zuerst noch einen kurzen Blick ins Schulzimmer. Dort war auch ein Schreibtisch gestanden. Es war noch nicht zu dunkel, um nachzusehen, was sich darin befand. Vorsichtig drückte sie die Klinke zum Schulraum hinunter. Doch die Tür ging nicht auf. Das konnte doch nicht sein, sie war doch selbst vor wenigen Minuten in diesem Raum gewesen. Energisch rüttelte sie an der Türklinke, stemmte sich gegen die Tür. Ohne Erfolg. Sie hatte sich also doch nicht verhört. Jemand hatte vorhin diese Tür abgeschlossen. Die Tür zum Schulzimmer.
»Barbara?« rief sie und preßte ihr Ohr fest gegen das Türblatt. »Barbara. Bist du da drinnen?«

Doch kein Laut war zu hören. Kitty beschloß, die Suche für heute aufzugeben, und stieg die Treppe hinunter. Doch dieses Schulzimmer würde sie im Auge behalten. Soviel war sicher.

Als sie in die Küche zurückkam, fand sie das Personal vollzählig versammelt dort vor.
»Wo um Himmels willen bist du gewesen, du nichtsnutziges Ding!« rief Mrs. Bobington aus. »Ja, was denkst du dir denn dabei, die Zeit so zu vertrödeln.« Ihre Stimme klang hörbar aufgebracht. »In einer halben Stunde wird oben gegessen. Deine Herrin erwartet dich zum Umkleiden.«
»Sie haben ja Spinnweben im Haar, Miss Kitty«, rief Betty aus, die eben dabei war, die Torte, die zum Nachtisch bestimmt war, mit Zuckerguß zu verzieren.
Kitty ließ sich von der verärgerten Köchin nicht einschüchtern. Sie holte die Miniatur hinter ihrem Rücken hervor und hielt sie Mrs. Bobington unter die Nase: »Wer ist das wohl?« erkundigte sie sich.
Die Köchin stutzte: »Wo hast du das her?« wollte sie wissen, und ihre Stimme klang, als habe sie Kitty bei einem Diebstahl erwischt. »Seine Lordschaft hat das Bild vor Jahren verlegt und nie wiedergefunden. Wie kommt es in deine Hände?«
»Ich fand es ...« Kitty stockte. Nein, sie konnte unmöglich die Wahrheit erzählen. Wenn sie gestand, die Miniatur im Westflügel gefunden zu haben, dann würde man sie fragen, was sie dort zu suchen hätte. Und dann würde ihre Suche nach Miss Westbourne nie von Erfolg gekrönt sein. »Ich fand es in meinem Zimmer«, erklärte sie rasch. »Unter der Matratze. Ganz zufällig. Ich wollte meine Haarspange suchen, die mir ...«
Mrs. Bobington hörte ihr schon nicht mehr zu. »Seltsam«, murmelte sie und schüttelte langsam den Kopf. Sie riß sich aus ihren Gedanken und hielt Kitty energisch ihre Hand entgegen. »Gib mir das Bild. Ich werde Mr. Shedwell bitten, es Seiner Lordschaft zu übergeben.«
Kitty riß ihre Hand zurück und drückte die Miniatur an sich. »*No!*« rief sie entschieden. »Ich möchte erst von Ihnen wissen, wen es darstellt.«
Mrs. Bobington kniff die Lippen zusammen und sagte kein Wort.

»Das ist Barbara, nicht wahr?« erklärte Kitty. »Barbara, die keiner kennen will. Geben Sie jetzt zu, daß es sie gibt?«
Mrs. Bobington schnaufte verächtlich: »Ach was, Barbara«, sagte sie mit einer wegwerfenden Handbewegung. »Das ist Miss Silvie. Unsere Miss Silvie, als sie noch klein war.«

XIX.

Justin Tamworth, der Earl of St. James, starrte gedankenverloren aus dem Fenster. Es war noch früh am Morgen, die Sonne war eben aufgegangen. Hinter ihm prasselte ein frisches Feuer im Kamin. Er selbst hatte die Glut wieder zum Lodern gebracht. War es nicht seltsam? Es war dies, soweit er zurückdenken konnte, das erstemal seit Eton, daß er selbst Feuer machte. Wo auch immer er sich bisher aufhielt, überall waren genug Diener bereitgestanden, um ihm solche Handgriffe abzunehmen. Sicher, er hätte auch jetzt diesem kleinen, untersetzten Burschen mit den Knopfaugen läuten können, diesem Frank. Oder Al. Der Earl grinste, und dieser Gedanke machte ihm diebisches Vergnügen. Was für eine amüsante Idee, sich von Lornerly den Kamin anzünden zu lassen. Doch nein, er wollte lieber alleine sein. Er wollte einmal in Ruhe diese seltsame Situation überdenken, in der er sich befand. Die Gedanken ordnen und einen Entschluß über das weitere Vorgehen fassen. Vorsichtig hielt er die Kerze ans Fenster. Die Eisblumen schmolzen wie in der wärmenden Frühlingssonne. Es hatte in der Nacht aufgehört zu schneien. Still und verträumt lag die Landschaft vor ihm. Die Marmorfigur des zierlichen Springbrunnens trug eine dicke weiße Haube. Die Sträucher des Parks waren ebenso dicht verschneit wie die Rasenflächen. Nur ein schmaler Weg war freigeräumt, der ein Stück weiter vorne eine Kurve beschrieb und hinter einer Gruppe von Nadelbäumen aus seinem Blickfeld verschwand. Von weitem drang das Rauschen des Meeres zu ihm hinauf. Er konnte den Strand nicht sehen, aber vom Horizont waren deutlich die grauen, aufbrausenden Wogen der See zu vernehmen. Wie schön es hier war. Ruhig und friedlich. Er begann sich mit dem Gedanken anzufreunden, noch ein paar Tage auf Bakerfield-upon-Cliffs zu bleiben. An eine Heimfahrt war bei dieser Schneelage nicht zu denken. Vielleicht gab es einen Schlitten im Stall. Er könnte mit Paulina eine Ausfahrt unternehmen. In dicke warme Decken und Felle gehüllt, würden sie die Kälte gut ertragen. Mit Paulina durch den Winterwald. Welch romantische Idee. Damen liebten Romantik, Paulina würde begeistert sein. Er legte den Kopf schräg und überlegte. Ob auch Mary Ann Romantik liebte? Er wußte nicht so recht. Mary Ann war so realistisch, stand mit beiden Beinen auf der Erde. Sie würde einen Spaziergang einer Schlittenfahrt vorziehen. Ob sie wohl mitkam, wenn er sie zu einem Spaziergang einlud? Er würde gerne mit ihr diesen verschlungenen Weg entlanggehen. Was war das wohl für ein Haus, das dort unten stand, eingebettet in eine Gruppe von Sträuchern? Im Sommer war es gewiß nicht zu sehen. Doch jetzt im Winter, da die meisten der Sträucher ihre Blätter verloren hatten, schimmerte das Grau des Schieferdaches durch die kahlen Äste. Ob sich Silvie in dieser Hütte vor ihm versteckte? Der Earl lächelte: Was für eine absurde Idee. Die kleine, zarte Silvie! Sie war ein Luxusgeschöpf, brauchte Wärme und Schutz. Er konnte sie sich nicht anders vorstellen als in den gut geheizten, bequemen Räumen eines Herrenhauses. Er konnte immer noch nicht verstehen, warum sie sich vor ihm versteckte. War es ihm noch wichtig, daß er sie fand? Er wunderte sich selbst darüber, wie gleichgültig ihm Silvie Westbourne geworden war. Er würde nicht mehr auf einer Heirat bestehen. Das war sicher. Mary Ann hatte gar nicht so unrecht gehabt mit ihrer Theorie über das Holzpferd. Er lächelte abermals. Mary Ann. Wie seltsam, daß er nicht einmal ihren Nachnamen kannte. Sie war überhaupt ein seltsames Geschöpf. Und doch: Es war ihm wichtig, Silvie zu finden. Er wollte noch einmal mit ihr sprechen. Er mußte sie fragen, was sie an ihm so verabscheuenswert fand, daß sie ihn nicht heiraten wollte. Er mußte wissen, warum sie ihm nicht die Wahrheit gesagt hatte. Warum hatte sie sich ihm nicht anvertraut? Warum hatte sie ihn in dem Glauben gelassen, ihn heiraten zu wollen? Mußte sie ihn in der Kirche bloßstellen? Er hätte doch Mittel und Wege gewußt, den erzürnten Vater zu beruhigen, wenn sie klar gesagt hätte, daß sie ihn nicht heiraten wollte. Der Earl ballte seine

Hände zu Fäusten. Es war lästig, sie suchen zu müssen. Er hatte dieses Versteckspiel gründlich satt. Sie war in der Nähe, das wußte er. Das Verhalten des Viscounts und der Aldwins ließ daran keinen Zweifel. Warum in drei Teufels Namen kam sie dann nicht und erklärte ihm alles? Was fürchtete sie denn? Er konnte sie doch nicht gegen ihren Willen zum Altar schleifen! Das würde er nie tun. Es gab nichts Schlimmeres als eine widerspenstige Braut.
Paulina würde reizend aussehen im langen, weißen Kleid. Er konnte sie förmlich vor sich sehen. Das hübsche Gesicht sanft gerötet, ein langer weißer Schleier legte sich hauchzart über ihre blonden Locken. Sie würde einen zarten Blütenkranz tragen, oder nein, doch besser die Tamworth-Brillanten. Das war stilvoller für eine Countess. St. James ging zum Kamin hinüber und rieb sich die Hände über dem wärmenden Feuer. Es war nun Mitte Dezember. Wenn er sich in den nächsten Tagen mit Paulina verlobte, dann könnte bereits zu seinem Geburtstag im Juni die Hochzeit stattfinden. Ein halbes Jahr Verlobungszeit war sicher ausreichend. Die nächste Gelegenheit, die sich ihm bot, würde er nützen, um mit Paulina allein zu sein. Er freute sich auf ihr glückliches Lächeln, wenn er seinen Antrag vorbrachte. Der Earl ließ sich auf den gestreiften Fauteuil fallen und streckte die Beine vor dem Feuer aus. In Gedanken ließ er die letzten Tage Revue passieren. Er hatte die Möglichkeit gehabt, Paulina Aldwin näher kennenzulernen. Oft war er mit ihr auf dem kleinen Sofa gesessen, und sie hatten geplaudert. Natürlich waren sie nie alleine gewesen. Mrs. Aldwin war eine sittenstrenge Mutter. Stets weilte ihr gestrenger Blick auf ihnen, wenn er sich mit ihrer Tochter unterhielt. Er hatte Paulina von seinem Landsitz in Surrey erzählt, von seinen Pferden und den letzten Rennen. Sie hatte ihm... sie hatte ihm, wenn er es sich genau überlegte, dann wußte er nicht mehr, was sie ihm erzählt hatte. Es waren irgendwelche Kindereien gewesen, nichts Wichtiges. Er hatte ihr amüsante Anekdoten erzählt. Die Geschichte von Lord Greenhood zum Beispiel, der ein Vermögen für neue Pferde ausgegeben hatte, nur um den Herzog von Wellbrooks bei einem Pferderennen zu besiegen. Und der dennoch geschlagen worden war. Sie hatte ihm zugehört und höflich gelächelt. Er hatte sie noch nie lachen sehen. Vielleicht lachten richtige Ladys auch nicht. St. James hatte

Mary Anns Lachen im Ohr. Mary Ann lachte oft. Es freute ihn, wenn sie seine Geschichten zu würdigen wußte. Mary Ann konnte selbst sehr witzig erzählen. Er genoß es, sich mit ihr zu unterhalten. Oder mit ihr Schach zu spielen, während Paulina am Klavier saß und sang. Der Earl seufzte. Er konnte Paulinas feiner hoher Stimme nichts abgewinnen. Na ja, aber keine Dame war perfekt. Sollte Paulina singen, wenn es ihr Freude machte. Das konnte sie auch tun, wenn sie verheiratet waren. Er mußte ihr dann nicht mehr zuhören.

Mary Ann mochte Paulinas Gesang auch nicht. Erst gestern hatte sie sich deswegen in die Bibliothek zurückgezogen. Als er sie endlich fand, saß sie dort im Schein der Kerzen und übersetzte Texte von Tacitus. Der Earl schüttelte den Kopf. Er konnte es immer noch nicht fassen. Er hatte noch nie eine Frau kennengelernt, die in der Lage war, lateinische Texte zu übersetzen. Er hatte allerdings auch noch nie eine Detektivin gekannt. Detektivinnen waren anscheinend ganz besonders gebildete Frauen. Mr. Goldsmith verdiente seine Hochachtung. Sein Geschäft mußte gutgehen, wenn er es sich leisten konnte, seine Mitarbeiter derart umfassend auszubilden. Oder hatte Mary Ann die gute Ausbildung bereits besessen, bevor sie zu Mr. Goldsmith gekommen war? Er dachte an den kleinen Mann mit der großen Nase, der ihm einst in seiner Bibliothek in der Brook Street gegenübergesessen war. Er konnte sich einfach nicht vorstellen, daß dieser Mann für Mary Anns Ausbildung zuständig gewesen war. Wie gerne hätte er mehr über die Detektivin gewußt. Doch diese gab sich immer wortkarg, wenn er sie nach der Herkunft ihres Wissens fragte. »Wo hast du gelernt, lateinische Texte zu übersetzen?« hatte er sie gefragt. Doch Mary Ann war ihm, wie so oft, ausgewichen und hatte das Buch zugeschlagen und es auf das Regal zurückgestellt: »Das ist schon lange her«, hatte sie gemeint und den Staub von ihren Händen gewischt. »Da ich nichts Besseres zu tun hatte, dachte ich, es sei nicht schlecht, meine Kenntnisse wieder aufzufrischen. Aber vielleicht findest du ja im Regal ein Buch, das interessanter wäre.« Er hatte mit seinen Augen die reich bestückte Bibliothek abgesucht und schließlich eine Ausgabe von Shakespeares Sommernachtstraum gefunden. Das war ein Stück, das er besonders gerne mochte. Er fragte Mary Ann, ob sie ihm daraus vorlesen wolle. Doch sie fand, er hätte die schönere Stimme. Und da sie sich nicht einigen konnten, beschlossen sie, das Buch gemeinsam zu lesen. Mary Ann die Frauenrollen, er selbst die männlichen Darsteller. Und so setzten sie sich auf das breite, weit ausladende Ledersofa und begannen den ersten Akt zu lesen. Das Stück war wirklich amüsant. Sie hatten viel zu lachen, und es wurde der lustigste Abend seit langem. Der Earl schmunzelte. Heute wollten sie das Lesen fortsetzen. Er freute sich schon darauf. Vielleicht kam Paulina mit in die Bibliothek. Wenn sie nicht mit ihnen lesen wollte, so konnte sie sich doch einfach zu ihnen setzen. Und sticken vielleicht. Schade, daß Mary Ann nicht seine wirkliche Schwester war. Dann hätte er sie einladen können, bei ihnen zu wohnen, wenn er mit Paulina verheiratet war. Er hatte sie gerne um sich. Sie war gebildet, klug und unterhaltsam. Sie war ihm vertraut geworden wie ein Freund. Wäre sie in Mann gewesen, wäre er stolz gewesen, sie zum Freund zu haben. Doch Mary Ann war unzweifelhaft eine Frau. Eine reizvolle Frau. Der Earl stutzte. Hatte er sie eben reizvoll genannt? Mary Ann? Er konnte es selbst kaum fassen. Er war doch sonst kein Bewunderer von großen Oberweiten und ausladenden Hüften. Und dann noch die roten Haare! Üppige, feuerrote, lange Locken. Bisher hatten ihm doch nur zarte, mädchenhafte junge Damen gefallen. Wie Silvie Westbourne, wie Christine d'Arvery, wie Paulina. Ja, auch wie Kitty, auf die Al ein Auge geworfen hatte. Sie waren blond oder dunkelhaarig. Der Earl überlegte lächelnd: Die Blonden wollte er heiraten, die Schwarzen in sein Bett. Doch was sollte er mit einer Rothaarigen anfangen? Als seine Maitresse konnte er Mary Ann schon gar nicht in das Haus bringen, das er mit seiner Frau bewohnte. Außerdem würde Mary Ann nie zustimmen, seine Geliebte zu werden. Er wunderte sich selbst, daß er in dieser Frage so sicher war.

In diesem Augenblick fuhr er aus seinen Gedanken auf und hielt die Luft an. Da war es wieder! Dieses seltsame Pfeifen. Jemand pfiff eine kleine Melodie. Es waren nicht mehr als drei Takte, die da leise und gedämpft durch die geschlossene Tür an sein Ohr drangen. Drei Takte, die ihm nicht gänzlich unbekannt waren. Die er bereits einmal vernommen hatte. Und er wußte genau, wo er sie zum letztenmal gehört hatte. In der Kirche. Ja, in der St.-George-Kirche anläßlich

seiner Hochzeit. Mit einem Satz war er auf den Beinen. Er riß die Tür auf und stürmte aus dem Zimmer. Doch weit und breit war nichts zu sehen. Der Gang lag ruhig und verlassen vor ihm. In zwei Wandleuchtern brannten Kerzen und erhellten mit dämmrigem Licht den Weg. Aus welcher Richtung war das Pfeifen gekommen? Er entschied sich, in Richtung Westen zu laufen. Da, was waren das für Schritte? Eilende Schritte einer Frau. Kamen sie näher, oder entfernten sie sich? War das Silvie? Würde er sie endlich erwischen? Er bog um die Ecke und… rannte direkt in Kitty hinein. Diese ließ einen spitzen Schrei ertönen. Sie wäre gefallen, hätte St. James sie nicht aufgefangen. Nun hielt er sie mit beiden Armen einen Schritt von sich entfernt. »Wo kommen Sie her?« fragte er ungehalten. »Was treiben Sie zur morgendlichen Stunde in diesem Stockwerk?«
Mühsam keuchend schnappte Kitty nach Luft: »Da.« Sie machte sich mit einem Ruck aus seiner Umklammerung frei und hielt ihm ihre Hand entgegen. »Der Schlüssel.«
St. James verstand nicht. Mißtrauisch beäugte er ihre Hand: »Ich sehe selbst, daß das ein Schlüssel ist«, sagte er nicht eben freundlich. »Was soll ich damit?«
»Sie werden ihn brauchen, Sir«, erwiderte Kitty noch immer ganz außer Atem. »Für das Schulzimmer im Westflügel. Ich habe Silvie Westbourne darin eingesperrt.«

XX.

»*Que mala suerte!* Ich schwöre Ihnen, sie war da!« rief Kitty fassungslos. »Ich habe sie eingesperrt, da bin ich mir ganz sicher. Wo ist sie nur hingekommen?« Ratlos blickte sie sich im Schulzimmer um. Es war leer. »Dort«, sie zeigte mit dem Finger auf einen kleinen Beistelltisch, »dort stand das Tablett mit dem Geschirr. Sehen Sie nur, es ist auch verschwunden.«
Der Earl strich nachdenklich mit dem Finger über das zierliche Möbelstück. »Keine Spur von Staub«, stellte er fest.
»Natürlich nicht!« fuhr Kitty auf. »In diesem Zimmer sind einige Mö-

belstücke, die nicht staubig sind. Ebenso im mittleren der drei Kinderzimmer. Das unterscheidet sie von all den anderen Räumen hier in diesem Stockwerk. Glaubten Sie mir etwa nicht? Hat es erst der Tatsache bedurft, daß kein Staub auf diesem Tischchen liegt, daß Sie meinen Worten Glauben schenkten? Also das ist allerhand.«

St. James legte ihr begütigend die Hand auf die Schulter. »So beruhigen Sie sich doch«, forderte er sie auf. »Natürlich glaube ich...«

»Was geht hier vor?« erkundigte sich eine strenge Stimme von der Tür her. Sie fuhren herum. Hinter ihnen stand Al Brown. Er hatte die rechte Hand über dem Kopf ausgestreckt an den Türrahmen gelehnt und betrachtete die Szene mit deutlichem Mißfallen. Der Earl ärgerte sich über sich selbst, daß er sofort schuldbewußt den Arm von Kittys Schulter genommen hatte. Wie kam Lornerly dazu, ihn einer unehrenhaften Handlung zu verdächtigen? Er hatte ihm schließlich sein Wort gegeben.

»Al!« rief Kitty erfreut und lief ohne zu zögern zu ihm: »Gut, daß du da bist. Mir ist eine unglaubliche Geschichte passiert.«

Nun war er es, der den Arm um ihre Schulter legte. Sie war so aufgeregt, daß sie ihn ohne Widerspruch gewähren ließ.

»Hat es mit dem da zu tun?« Al deutete mit der Schulter zum Earl hinüber.

Seine Stimme und sein Gesicht waren so grimmig, daß Kitty ganz erstaunt zu ihm aufblickte: »Mit St. James? Nein, natürlich nicht. Es handelt sich um Silvie. Ich habe sie eingesperrt. Doch sie ist entkommen, mußt du wissen.«

Al lachte befreit auf. Sein Lachen ging in einem rauhen Hustenanfall unter: »Natürlich mußt du mir alles genauestens erzählen, Missy. Aber bevor du das tust, macht es dir etwas aus, wenn wir in ein wärmeres Zimmer gehen?«

Kitty warf ihm einen besorgten Blick zu: »Ist deine Erkältung immer noch nicht besser geworden?« wollte sie wissen.

»Nicht der Rede wert.« Al machte eine abfällige Handbewegung. »Mein Zimmer, ich meine die Kammer, in der ich schlafe, ist eiskalt. Das ist alles.«

»Das kann doch nicht wahr sein!« empörte sich Kitty. »Betty sagt, der Viscount würde alle Schlafzimmer heizen lassen.«

»Läßt er auch«, erklärte Al und schob sie sanft zur Tür hinaus. »Aber in meinem Zimmer rußt der Kamin sehr stark. Also habe ich nur die Wahl, zu ersticken oder im kalten Raum zu übernachten. Ich habe mich für die zweite Möglichkeit entschieden.« Sein tapferes Bemühen zu lächeln wurde durch einen neuerlichen Hustenanfall erstickt.

»Am besten, wir gehen in mein Zimmer«, bestimmte der Earl. »Du setzt dich an den Kamin, und ich lasse einen heißen Grog heraufbringen.«

Kitty schenkte ihm ein dankbares Lächeln. Der Earl machte sich Sorgen um einen Diener. Das hätte sie ihm nicht zugetraut.

»Das wird nicht gehen, mein Freu... Mylord. Wir werden in der Küche erwartet. Man wird sich Gedanken machen...«

»Laß das meine Sorge sein... Al.« St. James ging den schmalen Gang voran. »Aber sag«, meinte er schließlich über die Schulter, »irre ich mich, oder habe ich gehört, daß du mit dem anderen Burschen, diesem Frank, die Kammer teilst? Ich habe den Mann gestern abend noch gesehen. Er schien mir nicht im geringsten verschnupft, während du schon seit Tagen gegen eine Erkältung kämpfst.«

Al zuckte mit den Schultern: »Vielleicht ist er robuster, was weiß ich«, erklärte er schließlich vage.

Sie waren vor St. James Tür angelangt. Der Earl öffnete sie und ließ die anderen eintreten. »Robuster?« fragte er und verzog ungläubig die Mundwinkel. »Das kann ich mir nicht vorstellen. Und nun herein mit dir. Am besten du setzt dich wieder auf den Fauteuil am Kamin. Ich werde noch einen Buchenscheit ins Feuer werfen.« Kitty war zu befangen, um auf die genauen Worte Seiner Lordschaft zu hören. Sonst wäre es ihr aufgefallen, daß dieser davon gesprochen hatte, Al solle sich wieder auf den Fauteuil setzen. Sie hätte sich sicher darüber gewundert, daß der Diener sich schon einmal vor dem Kamin Seiner Lordschaft gewärmt hatte. So aber senkte sie nur errötend den Blick und wagte kaum, sich umzusehen. Sie war noch nie im Schlafzimmer eines Mannes gewesen. Das Bett war zerwühlt, wie St. James es verlassen hatte. Der seidene Morgenmantel lag achtlos über dem Stuhl. Schutzsuchend ließ sie sich vor Als Füßen auf dem Teppich vor dem Kamin nieder. Dieser hatte sich aufatmend in den weichen

Kissen zurückgelehnt, doch er fuhr überrascht wieder auf. Liebevoll legte er seine Hand auf ihre Schulter. Was mochte ihre vertrauensvolle Geste wohl bedeuten?

»Ich werde sofort dafür sorgen, daß du ein anderes Zimmer bekommst«, unterbrach der Earl in bestimmendem Tonfall seine Gedanken. Energisch wurde der Glockenstrang betätigt.

»Das lass...en Sie lieber sein, Sir«, widersprach Al zu Kittys großem Erstaunen. Noch mehr erstaunt war sie allerdings über die Tatsache, daß der Earl den Widerspruch des Dieners gelassen akzeptierte.

»Und warum, wenn ich fragen darf?« erkundigte sich dieser ruhig.

»Weil«, grinste Al und schneuzte sich kräftig in sein Taschentuch, »weil man dann erführe, daß Frank zwar die Kammer mit mir teilt, aber nicht in dieser schläft.«

»Dachte ich mir«, St. James nickte zufrieden. Es klang so, als wäre damit alles für ihn geklärt. Doch Kitty war nun erst richtig neugierig geworden. »Er schläft nicht dort?« fragte sie erstaunt. »Ja, wo schläft er denn sonst? Kannst du nicht auch dort schlafen?«

Al ließ ein heiseres Lachen hören: »Wohl kaum, meine Süße«, erklärte er vergnügt. »Ich glaube nicht, daß Betty einen Dritten im Bett willkommen heißen würde.«

»Oh«, war alles, was Kitty auf diese schockierende Mitteilung sagen konnte.

Der Earl reichte ihr ein Handtuch: »Das muß genügen. Staubtuch habe ich leider keines in meinem Zimmer. Wenn Sie sich jetzt bitte erheben und die... na, sagen wir, am besten die Fensterbretter abwischen. Ich höre Franks Schritte. Er wird sich sonst wundern, was Sie hier im Schlafzimmer eines Gentleman zu suchen haben, während er sich darin aufhält.«

Kitty erhob sich rasch und tat wie ihr geheißen. Frank riß dennoch verwundert seine Knopfaugen auf, als er Kitty im Zimmer des Earls sah. Er hätte zu gerne gewußt, was das Mädchen hier verloren hatte. Hier, im Beisein Seiner Lordschaft, konnte er sie nicht fragen. Doch in der Küche würde er schon die richtige Antwort aus ihr herausbekommen. So stand er da und hörte sich schweigend Mylords Befehle an. Kitty betrachtete ihn interessiert. Es war ihr, als sehe sie ihn zum erstenmal. So sah also ein Liebhaber aus. Bettys Liebhaber. Sie hatte sich einen Liebhaber immer groß, gutaussehend und romantisch vorgestellt. Frank war klein und stämmig wie immer. Nachdenklich schüttelte sie den Kopf. Frank wollte so gar nicht in ihr durch Romane und Miss Chertsey geschaffenes Weltbild passen.

Kurze Zeit später wurde der Grog serviert.

»Darf ich jetzt endlich mein Erlebnis erzählen?« fragte Kitty und zog sich den Stuhl heran, der vor St. James' Frisierkommode stand.

Al nippte an der dampfenden Flüssigkeit.

»Ja, richtig«, sagte der Earl. »Fangen Sie an.«

In kurzen Worten schilderte Kitty ihre täglichen Erkundungsgänge. Al kannte ihre Schilderungen bereits, der Earl hörte ihr interessiert zu. »Und heute, als ich mich in der Frühe wieder unbemerkt in den Westflügel schleiche, ist wider Erwarten die Tür offen. Die letzten Tage, seitdem ich das Schnappen des Schlosses gehört hatte, war sie stets versperrt gewesen. Doch nun, als ich vorsichtig die Klinke hinunterdrücke, gibt sie nach. Sie können sich vorstellen, wie mein Herz vor Aufregung geklopft hat. Ich habe sofort gemerkt, daß sich die Tür geräuschlos öffnen ließ. Im Unterschied zu den anderen Türen im Haus, die quietschen und knarren, wenn man sie öffnen will. Ich spähe also durch den Türspalt und sehe, daß der Raum nicht leer ist. Eine junge Dame in einem weinroten Samtkleid steht, mir den Rücken zuwendend, über die offene Schublade einer Kommode gebeugt. Ihre blonden Locken waren mit einem schlichten Band gehalten. Der Luftzug muß die junge Frau auf mich aufmerksam gemacht haben. Jedenfalls fuhr sie herum, schrie auf und hob abwehrend die Hände. Ihr könnet euch nicht vorstellen, wer sie war. Ich habe sie sofort wiedererkannt. Es war Barbara, ich meine das Kind, das ich am Tag unserer Ankunft kennengelernt habe. Erinnern Sie sich?«

»Ein Kind, Missy?« erkundigte sich Al über den Rand seiner Tasse hinweg. »Sagtest du nicht eben, du hättest eine junge Dame gefunden?«

»Mir scheint wohl eher, Sie sind wirklich auf Silvie Westbourne gestoßen«, erklärte der Earl hoffnungsfroh.

»Ja, das glaube ich auch«, bestätigte Kitty. »Und doch, erinnert ihr euch, daß ich euch von Barbara erzählt habe? Dem Kind, das keiner

kennen wollte? Nun weiß ich auch, warum sie niemand kannte. Weil Barbara nämlich gar nicht existiert.« Sie blickte triumphierend in die Runde.
»Willst du uns weismachen, du hättest einen Geist gesehen? Barbaras Geist?« erkundigte sich Al, und es war ihm deutlich anzumerken, daß er Kittys Erzählung nicht ganz ernst nahm.
Kitty stampfte mit dem Fuß auf: »Natürlich habe ich keinen Geist gesehen. Was ich sagen will, ist, daß es gar keine Barbara gibt. Es war Lady Silvie, die ich an jenem Abend sah. Sie hatte sich hinter der Balustrade versteckt. Sie machte sich kleiner. Und als ich sie ansprach, verstellte sie mit Absicht ihre Stimme. In der Dunkelheit habe ich sie tatsächlich für ein Kind gehalten. Vor einigen Tagen jedoch, an dem Tag, als das Zimmer zugesperrt wurde, fand ich eine Miniatur. Ich hab dir doch das Bild gezeigt, Al. Mrs. Bobington hat es mir schließlich weggenommen. Ich dachte zuerst, das Bild zeige Barbara, doch die Haushälterin sagte, es sei eindeutig Lady Silvie, die darauf abgebildet war. Also war das auch Lady Silvie in dem Zimmer.«
St. James nickte: »Und weiter?« fragte er gespannt.
»Ich sah, daß der Schlüssel des Schulzimmers von innen im Schloß steckte«, erklärte Kitty. »Rasch griff ich danach. Ich habe Lady Silvies Überraschung ausgenützt, die Tür zugeworfen und abgesperrt. Und dann habe ich noch den schweren Sessel vor die Tür gerückt. Ich wollte keinesfalls zulassen, daß Lady Silvie abermals verschwinden könnte. Und dann bin ich hierhergelaufen, um Sie zu holen, Sir.«
»Du hast sie also eingesperrt? Sehr gut, Missy. Tadellos gemacht«, lobte Al vergnügt. Seine Stimme klang nach dem Genuß des heißen Getränkes schon eine Spur weniger heiser. »Die Frage ist nur: Wo ist die junge Lady hingekommen? Denn wenn ich euch recht verstanden habe, dann war sie nicht mehr im Zimmer, als ihr zurückkamt.«
Kitty zuckte mit den Schultern: »Vielleicht hatte sie einen zweiten Schlüssel«, mutmaßte sie.
»Haben Sie das Pfeifen gehört?« wollte St. James wissen. Kitty sah ihn fragend an. Er versuchte, die Töne nachzuahmen, die er gehört hatte. Es gelang nicht gerade meisterlich.

Kitty überlegte: »Ich weiß nicht«, sagte sie schließlich. »Es kann sein. Es muß aber nicht sein. Ich habe nicht darauf geachtet.«

»Pfeifen? Warum ist das so wichtig?« wollte Al wissen und goß sich erneut seine Tasse voll. »Meinen Sie, daß das Pfeifen irgendeine Bedeutung hat?«

»So ist es«, nickte der Earl. »Bei meiner Hochzeit, ich meine bei meiner mißglückten Trauung mit Silvie, da habe ich dieses Pfeifen schon einmal gehört. Ich hatte eben meine Trauungsformel gesprochen und wartete darauf, daß Silvie dies ebenfalls tun würde. Alle warteten darauf. Gespannte Stille füllte das Kirchenschiff. Doch Silvie zögerte. Und da war es plötzlich: dieses seltsame Pfeifen. Es war kaum zu hören, und ich habe es damals auch nicht beachtet. Ich hatte viel zuviel damit zu tun, mich um meine Braut zu kümmern, die ohne Vorwarnung lautlos zusammengesackt war. Einige Freunde haben mir dann geholfen, sie in die Kutsche zu tragen. Und dann blieb es mir überlassen, mich um die aufgeregten Hochzeitsgäste zu kümmern. Neugierige Fragen zu beantworten und schadenfrohes Grinsen über mich ergehen zu lassen. Da habe ich das Pfeifen ganz vergessen. Bis ich es heute wieder vernahm.«

»Sagtest du nicht, Lady Silvie habe in der Kommode gekramt?« wollte Al nachdenklich wissen. »Vielleicht lohnt sich der Blick in die Schublade. Möglicherweise bringt uns dies unserem Ziel näher, die gute Dame endlich zu fassen.«

Der Earl war mit einem Satz auf den Beinen und riß die Tür auf. Er drehte sich zu Kitty um. »Geben Sie mir den Schlüssel«, forderte er sie auf und streckte die Hand aus.

Kitty hatte sich ebenfalls erhoben. »Ich habe den Schlüssel steckenlassen«, erklärte sie. Mit großen Schritten stürmte der Earl den Gang entlang. Al und Kitty folgten ihm. Atemlos erreichten sie den westlichen Flügel, liefen den Korridor zum Schulzimmer hinunter und erstarrten. Der Schlüssel war verschwunden. Das Zimmer war wieder versperrt.

Der nächste Tag begann ruhig und ohne irgendwelche Zwischenfälle. Es hatte am Vormittag wieder leicht zu schneien begonnen. Am Nachmittag klarte es dann plötzlich auf, und sogar ein Stück blauer

Himmel kam zum Vorschein. Kitty verbrachte den Tag damit, Mrs. Bobington in der Küche zu helfen. Die Vorbereitungen für das Weihnachtsfest waren in vollem Gange. Für den Früchtekuchen, den die Köchin backen wollte, mußten Eier schaumig gerührt und kandierte Früchte kleingeschnitten werden. Die silbernen Tischaufsätze waren zu putzen und die feingeschliffenen Kristallgläser zu polieren. Zwischendurch schlich sie sich immer wieder unbemerkt in den Westflügel hinauf. Doch das Zimmer, in dem sie Lady Silvie entdeckt hatte, blieb versperrt. Al war, nachdem er die Pferde versorgt hatte, mit einer Leiter in den Wald gegangen, um Misteln zu schneiden. Diese wollte er, einem alten Brauch gemäß, über den Türen aufhängen. Am Nachmittag setzte er sich zu Kitty in die Küche, griff zu einem weichen Tuch und half ihr bei ihrer Arbeit.

Mary Ann und der Earl hatten sich gleich nach dem Frühstück in die Bibliothek zurückgezogen. Sie lasen die nächsten Akte des Sommernachtstraumes, besprachen, was Shakespeare an manchen Stellen gemeint haben könnte, dachten sich die absurdesten Theorien aus, lachten viel, und obwohl sie sich in ihren Diskussionen selten einig waren, vergingen die Stunden in vertrauter Harmonie. Am Nachmittag hielt es Seine Lordschaft für angebracht, sich um Paulina zu kümmern. Er fand sie auf dem kleinen Sofa im Wohnzimmer sitzend vor. Sie las ihrer Mutter, die sich mit einer Stickerei neben dem Feuer niedergelassen hatte, Gedichte von Lord Byron vor. Er setzte sich Paulina gegenüber auf einen Fauteuil und hörte ihr zu. Ihre Stimme war weich und wohlgeschult. Dennoch konnte er ihrem Vortrag kaum folgen. Er sah ihre feingeschwungenen zartrosa Lippen und dachte daran, wie es sein würde, sie zu küssen. Ob Paulina dabei weniger distanziert und gesittet sein würde? Das wäre sicher erfreulich. Aber wenn nicht, dann war das auch halb so schlimm. Er wollte sie ja schließlich heiraten, und kein Mann der Gesellschaft erwartete von seiner Frau leidenschaftliche Hingabe. Wo Mary Ann wohl war? War es nicht seltsam, daß sie sich immer wieder zurückzog, statt in den Salon zu kommen, um mit den Aldwins zu plaudern? Was tat sie in diesen Stunden, wenn sie alleine war? Gab es vielleicht einen Mann im Haus, der ihm noch nicht aufgefallen war? Einen Diener vielleicht? Dann mußte er eingreifen, um Mary Ann vor einer Dummheit zu bewahren. Er vergaß seinen Vorsatz, sich um Paulina zu kümmern, und sprang mit einem Satz auf: »Ich muß zusehen, wo meine Schwester bleibt«, verkündete er und unterbrach dabei ohne zu zögern den Vortrag seiner Auserwählten. Während Paulina die Lippen zusammenkniff, quittierte Mrs. Aldwin den Abgang Seiner Lordschaft mit einem indignierten Kopfschütteln.

St. James fand Mary Ann nach geraumem Suchen im Westflügel des Landsitzes. Sie hatte sich vorgenommen, das Kinderzimmer noch einmal zu durchforschen, in dem Kitty die Miniatur entdeckt hatte. Vielleicht würde sie einen weiteren Fund machen, der ihnen auf der Suche nach Miss Westbourne behilflich war. Mit einer Kerze in der Hand stand sie auf den Zehenspitzen vor der Wandverkleidung und betastete vorsichtig die geschnitzten Verzierungen. In alten Häusern gab es oft geheime Verstecke hinter Holzverschalungen. Als sie leise Schritte vernahm, die sich zielstrebig der offenen Tür näherten, fuhr sie herum und wartete mit klopfendem Herzen, wer sich näherte. Als Seine Lordschaft im Türrahmen erschien, atmete sie erleichtert auf: »Ach, du bist's. Hast du mich erschreckt. Ich war nahe daran zu glauben, hier gäbe es wirklich ein Gespenst, das mich verfolgt. Mußtest du dich so anschleichen?«
»Ich schlich nicht, ich ging«, berichtigte Seine Lordschaft, beleidigt darüber, daß sie sich nicht mehr freute, ihn zu sehen. »Was immer du hier auch tust, laß dich nicht davon abhalten. Ich kann ja wieder gehen, wenn ich dich störe.« Diese Worte, in lautem Tonfall gesprochen, erregten Mary Anns Mißvergnügen. »Wenn sich deine Lady Silvie hier irgendwo aufhält, dann hast du sie durch dein lautes Sprechen auf uns aufmerksam gemacht«, erklärte sie ungehalten.
St. James war verstimmt. Er hatte endgültig genug davon, durch kalte Räume zu schleichen, um Silvie zu suchen. Er wollte sich nicht länger verstecken und verstellen. Mary Anns Vorwürfe kamen ihm daher gerade recht: »Ich habe nicht die geringste Lust, mir deine ungerechtfertigten Anschuldigungen anzuhören«, fuhr er sie an. »Ich gehe in den Salon zurück. Dort sind Menschen, die meine Gegenwart mehr zu schätzen wissen.«

Mary Ann drehte sich demonstrativ wieder der Wandvertäfelung zu: »Bitte sehr, laß dich nicht aufhalten«, erklärte sie bereitwillig.
Das war St. James nun auch wieder nicht recht: »Was soll denn das schon wieder?« erkundigte er sich ungehalten. »Gerade noch warst du wie eine Furie, jetzt gibst du vor, die Ruhe selbst zu sein. Ich hasse launenhafte Frauen. Und überhaupt«, er ließ sie nicht zu Wort kommen, sondern ergriff sie energisch am Ärmel, »ich wünsche, daß du ebenfalls in den Salon zurückkehrst. Du wirst dich zu uns setzen und mit uns den Tee einnehmen. Die Aldwins fragen sich sicher bereits, warum du sie nicht mit mehr Freundlichkeit behandelst.«
Mary Ann lachte bitter auf: »Du meinst, ich soll zurückkehren, um zuzusehen, wie du dich wegen Paulina Aldwin zum Narren machst? Nein, vielen Dank. Ich ziehe diese kalten Räume dem dummen Geschwätz im Salon vor.«
Der Griff von Mylords Hand um Mary Anns Arm verstärkte sich. »Würdest du wohl deine Worte sorgfältiger wählen, Miss. Ein Tamworth macht sich wegen nichts und niemandem zum Narren, habe ich mich klar ausgedrückt? Und überdies«, sein Gesicht zeigte nun einen hochmütigen Ausdruck, »es steht dir als meinem Dienstboten nicht zu, mein Benehmen zu kritisieren.« Sein Blick war nicht dazu angetan, Mary Ann in Angst und Schrecken zu versetzen. Im Gegenteil, er versetzte sie zunehmend in Wut: »Dienstbote?« rief sie aus. »Hast du mich wirklich deinen Dienstboten genannt? Dann darf ich dich vielleicht daran erinnern, daß ich nicht dein Dienstbote bin.«
Nun war es an Seiner Lordschaft, sich über den lauten Ton seines Gegenübers zu empören: »Würdest du wohl deine Zunge im Zaum halten«, forderte er ungehalten. »Stell dir vor, jemand würde dich hören. In diesem Haus giltst du als meine Schwester. Und ich möchte, daß das so bleibt, damit es uns erspart bleibt, noch weitere peinliche Erklärungen abgeben zu müssen. Aber dennoch«, er flüsterte beinahe, »aber dennoch bist du mein Dienstbote, vergiß das nicht.«
»Ich bin nicht dein Dienstbote«, wiederholte sie hartnäckig. »Ich bin eine freie Frau, die von dir einen Auftrag angenommen hat. Ich habe diesen Auftrag freiwillig angenommen und kann ihn jederzeit wieder zurückgeben.«

»Sehr gut«, erwiderte Seine Lordschaft spöttisch. »Welch beeindruckende Rede. Bitte, dann gib doch den Auftrag zurück, gib mir die zweihundert Pfund wieder und verschwinde, wohin du willst.«

Am Abend, als er längst Ruhe gefunden und sich in sein Zimmer zurückgezogen hatte, da dachte er über den Wortwechsel in dem kalten unbewohnten Kinderzimmer nach. Er konnte es nicht glauben, daß er in diesem Tonfall, in dieser rüden Ausdrucksweise mit Mary Ann gesprochen hatte. Er kannte sich als besonnenen, wohlüberlegten Mann. Sicher, seine Zunge war scharf, seine Wortwahl oft schneidend, und doch hatte er noch nie in einem derart verletzenden Tonfall mit jemandem gesprochen. Mit einer Frau schon gar nicht. Was hatte ihn bloß dazu veranlaßt? Warum kränkte es ihn, daß Mary Ann seine Handlungen nicht würdigte? Daß sie ihm widersprach, nicht mit stummer Verehrung zu ihm aufblickte? Er wollte nicht, daß sie den Auftrag, Silvie Westbourne zu suchen, zurückgab. Warum also forderte er sie dazu auf? Mary Ann hatte seinen Vorschlag mit einem spöttischen Lächeln quittiert: »Ihnen die zweihundert Pfund zurückzahlen, Mylord?« Ihre Stimme klang ruhig. »Da irren Sie sich gewaltig. Ich habe mir das Geld schwer verdient. Wenn ich daran denke, wieviel Zeit ich in diesem düsteren, unheimlichen Haus zugebracht habe, wenn ich daran denke...«
»Ja, wo wäre das gute Fräulein denn sonst gewesen?« fragte er ebenso spöttisch zurück. »Auf einem feudalen Schloß vielleicht? Im Palast des Prinzregenten?«
Mary Ann mußte sich eingestehen, daß dieser Einwand berechtigt war, doch sie hätte sich eher die Zunge abgebissen, als dies zuzugeben. »Ganz richtig«, bestätigte sie kalt. »Und nun sollten sich Mylord besser in den Salon zurückbegeben. Sicher ist Miss Paulina Aldwin nicht erfreut darüber, daß Sie sie abermals allein gelassen haben. Es wird Zeit, ihr mehr Aufmerksamkeit zu schenken, Mylord. Sonst besteht die Gefahr, daß Ihnen diese Dame auch noch wegläuft.«
Der Earl konnte seinen Ohren nicht trauen. Wie kam sie dazu, ihn zu verspotten? Er trat direkt vor sie hin und blickte ihr streng in die Augen. Am liebsten hätte er sie geohrfeigt, hätte sie an den roten Haaren gezogen, hätte sie an den Schultern gerüttelt, sie übers Knie

gelegt und verprügelt, sie... und da zog er sie in seine Arme und küßte sie. Es war kein zärtlicher Kuß, nicht sanft und liebevoll. Dazu war er jetzt bei Gott nicht in der Stimmung. Nein, er küßte sie wild und leidenschaftlich. Und der Kuß wurde noch stürmischer, als er zu seiner Überraschung feststellte, daß sie ihn erwiderte. Doch dann, ohne jedes Vorzeichen, stieß sie ihn von sich und stürmte an ihm vorbei aus dem Zimmer.

Der Earl runzelte die Stirn und blickte ihr gedankenverloren nach. Was war nur in ihn gefahren? Was hatte ihn dazu getrieben, Mary Ann zu küssen? Er mochte sie doch nicht einmal richtig. Sie hatten sich eben gestritten. Er wischte sich mit der Hand über die Augen, als könne er seine Gedanken mit dieser Handbewegung ins reine bringen. Allein, es gelang ihm nicht. Es war höchste Zeit, daß er von Bakerfield-upon-Cliffs wegkam. Es war höchste Zeit, daß er in die Welt zurückkam, in der er zu Hause war. Er würde Paulina Aldwin einen Heiratsantrag machen, sobald sich dazu die Gelegenheit ergab. Am besten noch heute. Wenn es nicht weiterschneite, dann konnte er seine Verlobte bald in die Hauptstadt zurückbringen. Ja, das würde er tun. Je früher er sich endgültig von Mary Ann verabschieden konnte, je besser für seinen Seelenfrieden.

XXI.

Das Dinner gestaltete sich ebenso langweilig und unerfreulich wie die Abende zuvor. Mrs. Aldwin und Kaplan Finch führten eine laute Unterhaltung, ohne auf die anderen, die sich um den großen Eßtisch versammelt hatten, Rücksicht zu nehmen. Der Hausherr selbst hatte diesmal Mr. Aldwin gebeten, an seiner Linken Platz zu nehmen. Sie unterhielten sich mit gedämpfter Stimme über die Bewässerungsanlage, die Viscount Bakerfield im nächsten Frühjahr auf den Feldern seiner Pächter installieren wollte. Mr. Aldwin hatte bereits Erfahrung mit derartigen Einrichtungen gesammelt und stand nun nicht an, dem Onkel seiner Frau gute Ratschläge zu erteilen.

So entging dem Viscount die Rede seines Kaplans, der sich mit weinerlicher Stimme wortreich über den Sittenverfall der modernen Zeit beklagte: »Und ich sage Ihnen, Mylady«, meinte er an Mrs. Aldwin gewandt, »es wird ein schlechtes Ende nehmen. Ein berittener Bote hat heute die Zeitung vorbeigebracht. Er war ganze drei Tage zu spät dran, wie ich anmerken möchte. Doch auf diese Burschen ist ja nie Verlaß. Und was brachte er mir, eine Zeitung, die strotzte vor haarsträubenden Karikaturen. Haben Sie gesehen, Mylady. Dieser Geselle, dieser unchristliche Mensch, anständig zeichnen hat er nie gelernt. Aber unsere königliche Hoheit, den Prinzregenten verspotten, dazu ist der noch allemal fähig.« Mr. Finch wurde nicht müde, den Zeichner zu verdammen, der es gewagt hatte, seine Königliche Hoheit als fetten, nichtsnutzigen Verschwender darzustellen. Seine glühende Rede gipfelte in dem mit erhobenem Zeigefinger vorgebrachten Ausspruch: »Jage den Spötter hinaus, so geht auch der Zank, und Hadern und Schmähen hört auf.« Mrs. Aldwin konnte ihm da nur zustimmen.

Sie war eine glühende Anhängerin des Königshauses, seitdem sie einmal bei Königin Charlotte zum Tee geladen war. Natürlich konnte sie Mr. Finch nur zustimmen. Wenn sie auch, wie sie ihm unter dem Siegel der Verschwiegenheit gestand, wußte, daß die liebe Königin sich oft sehr große Sorgen um ihren Ältesten, den Prinzregenten, machte. Warum konnte dieser auch nicht die unselige Liason mit der Katholikin Fitzherbert endlich beenden, um sich nach einer passenden Braut umzusehen? Und dann der prunkvolle Palast in Brighton. Eine völlig unnötige Geldausgabe, die jedem sparsamen Menschen, wie es auch die liebe Königin war, zutiefst mißfallen mußte. Mrs. Aldwin konnte sich über dieses Thema ereifern, und es klang so, als würde sie mit Ihrer Majestät jeden Tag über das tadelnswerte Verhalten ihres ältesten Sohnes George plaudern.

Paulina hörte ihr mit großen Ohren zu. Die gute Mama hatte ja so recht. Der Karikaturist allerdings auch, wie sie insgeheim dachte. Sie hatte den Prinzregenten einmal anläßlich einer Parade in Brighton leibhaftig gesehen. Er war auf seinem Pferd gesessen und trug eine viel zu enge rote Uniform, die über und über mit Epauletten und Orden geschmückt war. Er war ihr tatsächlich als der fette unattraktive Mann erschienen, den Hogarth in ihm sah. Natürlich würde sie sich hüten, diese Worte laut auszusprechen. Der Prinzregent mußte in seiner Jugend ein gutaussehender, liebenswerter junger Mann gewesen sein, nicht umsonst trug er den Kosenamen Prinz Florizel. Von den Damen der Gesellschaft wurde erwartet, daß sie auch heute noch jenen jungen anbetungswürdigen Prinzen in ihm sahen, der er längst nicht mehr war.

Mary Ann und St. James gaben vor, der Unterhaltung zwischen Mrs. Aldwin und dem Kaplan zu lauschen. Sie selbst sprachen wenig. Obwohl sie sich gegenübersaßen, vermieden sie geflissentlich, sich in die Augen zu sehen. Einmal kreuzten sich unbeabsichtigt ihre Blicke. Beide zuckten zurück, als hätten sie sich verbrannt.

Auch in der Küche im unteren Geschoß des Hauses setzte man sich nach vollbrachter Arbeit zum Abendessen nieder. Kitty hatte sich inzwischen daran gewöhnt, daß die Hierarchie bei der Dienerschaft mindestens ebenso streng eingehalten wurde wie in den oberen Rängen der Gesellschaft. Mr. Shedwell, der würdige Butler, präsidierte den Tisch mit strenger Miene. Zu seiner Rechten thronte Mrs. Bobington, der in ihrer Funktion als Haushälterin dieser Ehrenplatz zukam. Kitty durfte zu seiner Linken Platz nehmen, daneben Al als ihr Tischherr. Der schweigsame, großgewachsene Kammerdiener von Mr. Aldwin saß Kitty gegenüber. Daneben die ältliche Miss Macclesfield, die Kammerfrau von Mylady. Daran anschließend hatten Betty und Frank Platz genommen. Ganz unten am Tisch stand der Stuhl von Molly, der Spülmagd. Während des Essens durfte nicht gesprochen werden, darauf legte Mr. Shedwell großen Wert. Doch sobald der letzte Teller abgedeckt war, stand der Butler auf, um sich in sein Zimmer zurückzuziehen und in Ruhe seine Pfeife zu rauchen. Mrs. Bobington holte dann meist den Korb mit der Flickwäsche und begann damit, Leintücher auszubessern oder die Vorhänge der Dienerzimmer mit neuen Borten zu versehen, um vorhandene Löcher zuzudecken. Frank machte noch einen letzten Rundgang durch das Haus, um Holz in den Kaminen nachzulegen. Betty ging mit ihm, um die Betten aufzuschlagen und die Nachthemden und Schlafmützen bereitzulegen. Es blieb der blassen stillen Molly überlassen, das Ge-

schirr abzuspülen und wieder in den Kommoden und Kredenzen zu verstauen. Da Kitty nichts anderes zu tun hatte, während Mary Ann sich noch im Salon aufhielt, hatte sie sich angewöhnt, dem Mädchen beim Abtrocknen zu helfen.
An diesem Abend saß Al neben ihr, vor sich eine bauchige Tasse dampfenden heißen Tees, den Mrs. Bobington eben vor ihn hingestellt hatte. Kitty warf ihm einen besorgten Blick zu. Ihr Diener machte ihr Sorgen. Er war unnatürlich blaß seit einigen Tagen. Seitdem er sich den Bart abrasiert hatte, kam dies besonders zur Geltung. Tiefe dunkle Augenringe zeigten deutlich, daß Al krank war. Ebenso die Hustenanfälle, die ihn in immer kürzer werdenden Abständen am ganzen Leibe erschütterten. Und auch der Schnupfen schien immer stärker zu werden. Stets kramte er in einer seiner Hosentaschen nach einem Taschentuch. Mrs. Bobington, die den großen, wohlerzogenen Dienstboten ins Herz geschlossen hatte, ging in ihr eigenes Zimmer hinüber und kam mit einem dicken karierten Wollschal zurück. »Den hat mir meine Schwester geschickt, Mr. Al. Sie wohnt oben in Schottland, müssen Sie wissen. Schon seit einigen Jahren. Sie hat einen Gärtner geheiratet. Es geht ihr nicht schlecht dort oben. Sie kann sich sogar leisten, ihrer Schwester derart wertvolle Geschenke zu machen. Das ist wirklich ein warmes Stück. Sie sollten ihn um Ihren Hals legen. Es ist ja wirklich schrecklich, wie Sie sich verkühlt haben. Hier, mein Junge.«
Al nahm den Schal dankbar entgegen und band ihn mit raschen Griffen um seinen schmerzenden Hals: »Ist es wohl unverschämt, wenn ich Sie bitte, mir einen Grog zuzubereiten, Mrs. Bobington?« krächzte er. Mrs. Bobington schüttelte den Kopf: »Würd ich Ihnen ja gerne geben, mein Junge, Mr. Al. Doch leider, es geht nicht. Mr. Finch, Sie wissen, der Kaplan, hat verboten, daß die Diener Alkohol zu sich nehmen. Er meint, das würde unseren Geist nur verwirren und uns von der Arbeit abhalten. Wie haben wir uns aufgeregt. Der gute Mann traut uns glatt zu, daß wir unsere Arbeit vernachlässigen und uns besaufen wie die Leute unten in der Dorfschenke. Obwohl ich mein ganzes Leben lang nie und nimmer...«
Al machte eine mutlose Handbewegung: »Ist schon recht, Mrs. Bobington«, sagte er und erhob sich, seine Teetasse immer noch in der

Rechten: »Ich werde mich jetzt zurückziehen, wenn Sie erlauben. Sicher wird der Tee da genügen, um mich wieder auf die Beine zu bringen.« Er stand etwas wacklig auf den Füßen, und hätte er sich nicht rasch an der Tischplatte festgehalten, so hatte es fast den Anschein, als wären seine Knie zusammengeknickt.

Kitty sah es und faßte einen ebenso spontanen wie abenteuerlichen Entschluß: »Ach, Al, bevor ich's vergeß«, verkündete sie scheinbar beiläufig. »Seine Lordschaft, ich meine Mr. Rivingston, hat mir aufgetragen, dich nach dem Essen mit einer großen Kanne Grog zu ihm zu schicken.«

Mrs. Bobington wandte sich ihr zu, ihre tiefliegenden grauen Augen waren vor Überraschung weit aufgerissen: »Ist Seine Lordschaft am Ende auch verkühlt?« erkundigte sie sich. »Das ist ja das reinste Krankenhaus hier.«

»Ja, es hat fast den Anschein«, log Kitty ungerührt. »Ich habe Mr. Rivingston heute einige Male husten hören.«

Al zog überrascht die Augenbrauen zusammen. Er hatte Justin vor dem Dinner gesprochen. Da war weder von dem Auftrag, ihm einen Grog aufs Zimmer zu servieren, die Rede gewesen, noch machte sein Freund einen kranken Eindruck. Er konnte sich nicht erinnern, ihn auch nur einmal husten gehört zu haben. Aber bitte, wenn Kitty es sagte, dann hatte er keinen Grund, an ihren Worten zu zweifeln. Obwohl er verdammt viel darum gegeben hätte, sich umgehend ins Bett legen zu können. Auch wenn es ein eisiges, steifgefrorenes Bett war.

Eine Viertelstunde später war das heiße, alkoholische Getränk fertig. Es roch aromatisch und verlockend, und Al fragte sich, ob er nicht seinen Freund bitten sollte, ihm einen Teil davon abzutreten. Mrs. Bobington überreichte ihm das Tablett. »Ich habe auch noch ein paar Kuchen und Schnittchen dazugelegt, falls Ihr Herr Hunger bekommen sollte. Sagen Sie ihm, ich lasse recht gute Besserung wünschen.«

»Ich werd's ausrichten. Danke, Mrs. Bobington. Eine gute Nacht allerseits«, antwortete Al und öffnete mit der freien linken Hand die Küchentür. Kitty schnappte sich eine Kerze von dem schmalen Bord an der Seite neben der Tür und schlüpfte hinter ihm aus der Küche.

»Pst, Al«, flüsterte sie, als sich der Diener in Richtung Eingangshalle aufmachte. Sie öffnete die schmale Tapetentür zur Hintertreppe: »Hier hinauf.«

Al folgte ihr widerstrebend: »Bitte, Kitty, ich bin sehr müde. Was auch immer du vorhast, können wir das nicht auf morgen verschieben? Laß mich jetzt schnell ins Zimmer Seiner Lordschaft gehen und dann...«

»Nein, du gehst nicht ins Zimmer Seiner Lordschaft«, flüsterte Kitty energisch. »Wir gehen in meine Kammer. Also bitte, mach nicht so einen Lärm. Sonst hört uns am Ende noch jemand.«

Es hätte nicht viel gefehlt, und Al hätte das Tablett samt der schweren Silberkanne und all den Köstlichkeiten, die Mrs. Bobington zubereitet hatte, auf den Steinboden fallen lassen: »In deine Kammer!« fuhr er auf.

Kitty legte erschrocken ihren rechten Zeigefinger an die Lippen: »So sprich doch etwas leiser«, forderte sie ihn auf.

»In deine Kammer?« wiederholte Al, diesmal flüsternd. Kitty war bereits vorausgeeilt, und er bemühte sich, ihr zu folgen. Das war nicht leicht, denn das Treppenhaus war schmal, und er mußte aufpassen, nicht mit dem Tablett an den Seitenwänden anzustoßen. Oben angelangt, hielt er Kitty mit der linken Hand an der Schulter fest und zwang sie so, sich umzudrehen: »Soll das heißen, St. James wartet in deiner Kammer?« erkundigte er sich mit zusammengebissenen Zähnen.

Kitty mußte lächeln. Sie hatte sich nicht geirrt. Al war tatsächlich auf Seine Lordschaft eifersüchtig. Rasch öffnete sie die Tür zu ihrem Zimmer und hieß mit einer weit ausholenden Geste den Diener eintreten. Es war stockdunkel im Raum, im Kamin brannte ein kleines Feuer. Frank mußte erst vor wenigen Minuten hiergewesen sein, denn ein neues Stück Holz, das noch kaum Feuer gefangen hatte, lag in den Flammen.

»Komm herein«, flüsterte Kitty. »Du kannst das Tablett auf die Kommode stellen. Nein, nicht auf den Tisch. Dieser wackelt bedenklich, und ich fürchte, daß er bald zusammenfällt.«

Sie begann, die Kerze im Wandleuchter über ihrem Bett anzuzünden.

Al kam ihrem Befehl nur allzu gerne nach und stellte das schwere Tablett auf der Kommode ab. Dann blickte er sich suchend um. »Und wo ist jetzt St. James, wenn ich fragen darf.«

Kitty zuckte mit den Schultern: »Unten im Salon nehme ich an«, sagte sie leichthin.

»Im Salon? Heißt das, daß du ihn erst zu späterer Stunde hier erwartest?«

Kitty schüttelte ungeduldig den Kopf: »*No, naturalmente no,* das heißt es nicht! Seine Lordschaft wird mich gar nicht aufsuchen. Wie kommst du auf diese lächerliche Idee?«

Al verstand kein Wort: »Nicht aufsuchen?« wiederholte er. »Und für wen ist dann der Grog?«

»Na, für wen wohl? Für dich natürlich«, erklärte sie, als sei dies das Selbstverständlichste auf der Welt. Al starrte sie regungslos an. Seine Miene verriet nicht, was er über diese erstaunliche Äußerung dachte: »Kannst du mir bitte erklären, was du meinst, Miss Stapenhill?« forderte er sie schließlich auf.

Kitty begann sich unter seinem regungslosen Blick unbehaglich zu fühlen. Sie hatte sich gedacht, Al würde sich freuen, würde... ach, sie wußte auch nicht, was sie erwartet hatte. Seine ablehnende Haltung verwirrte sie. »Du wärst doch sicher wieder in dein kaltes Zimmer zurückgegangen«, wandte sie ein und hatte plötzlich das Gefühl, sich für ihr Verhalten entschuldigen zu müssen. »Du hättest doch Frank weiterhin nicht verraten, nicht wahr?«

Al nickte. »So ist es«, bestätigte er ungerührt.

»Und du hättest dir damit eine Lungenentzündung geholt«, fuhr Kitty auf.

Al schien zu überlegen: »Möglich«, gab er schließlich zu.

»Na, siehst du, und das konnte ich doch nicht zulassen. Schließlich sind wir doch... Kollegen, Dienerkollegen, nicht wahr?« erklärte Kitty etwas hilflos.

»Sind wir nicht, Missy, und das weißt du genau«, widersprach Al und fragte sich gespannt, worauf sie hinauswollte. »Du bist meine Herrin, und ich bin dein Pferdeknecht.«

»Ach, ich weiß, ich weiß.« Kitty war von diesem berechtigten Einwand nicht gerade begeistert. »Aber trotzdem, oder gerade deshalb, ich kann es nicht zulassen, daß du dir eine Lungenentzündung holst und stirbst. Und da dachte ich...« Sie stockte. Sie hatte sich nicht vorgestellt, daß es so schwierig sein würde, ihm ihren Plan zu enthüllen.

»Und da dachtest du...?« wiederholte er lauernd.

Sie atmete tief durch. »Und da dachte ich, wenn es schon im Hause so üblich ist, daß Diener bei den Hausmädchen übernachten, dann wirst du eben bei mir schlafen.« Jetzt war es heraus. Jetzt waren diese unglaublichen Worte ausgesprochen. Als Al nicht antwortete, warf sie ihm einen vorsichtigen Seitenblick zu. Sein Gesichtsausdruck war so seltsam, daß sie ihn nicht deuten konnte.

»Ich soll bei dir schlafen?« erkundigte sich Al, und es war ihm anzumerken, daß er nicht wußte, ob er empört oder belustigt sein sollte. »Was für einen unehrenhaften Antrag machst du mir denn da, Missy? Ich muß gestehen, ich bin nahe daran zu erröten.«

»Unehrenhaften Antrag!« wiederholte Kitty schockiert. Als sie das Blinzeln in seinen Augen bemerkte, lachte sie befreit auf. »Ach, du willst mich bloß necken. Natürlich mache ich dir keinen unehrenhaften Antrag. Doch sieh dich um, in diesem Zimmer stehen zwei Betten. Im Kamin lodert ein wärmendes Feuer, und es ist genug Holz da, um immer wieder nachzulegen. Der Abzug funktioniert ausgezeichnet. Und da dachte ich mir, bevor du dir den Tod holst in deiner kalten Kammer, ist es besser, du übernachtest hier. He, nicht so stürmisch!«

Al war mit großen Schritten zu ihr getreten und hatte sie fest in seine Arme geschlossen: »Du bist wirklich ein Schatz, meine Süße«, erklärte er. In seiner Stimme war so viel Zärtlichkeit, daß ihr ganz warm ums Herz wurde. Er küßte sie ganz leicht auf die Stirn, bevor er sie wieder freigab: »Aber nein, ich kann dein überaus großzügiges Angebot nicht annehmen.«

»*Como?* Warum denn nicht?« Ihre Stimme klang enttäuscht. »Ich dachte, wir könnten uns einen gemütlichen Abend machen. Wir setzen uns an den Kamin, du trinkst den heißen Grog, und wir knabbern Mrs. Bobingtons Kuchen. Wir reden und haben Spaß. Und dann gehen wir in unsere Betten. Was soll denn so schlimm daran sein?«

Kittys Tonfall schnitt ihm mitten ins Herz. Es klang so unschuldig, so lieb und auch so einsam. Er wandte sich ihr zu, faßte sie an den Oberarmen und blickte ihr ernst in die Augen: »Ich würde dich kompromittieren, Missy. Hast du denn gar nicht bedacht, was für einen Schaden ich dir zufügen würde, wenn ich dein verlockendes Angebot annähme. Dieser Skandal würde deinen Ruf für immer zerstören.«

»Wer soll denn davon erfahren?« entgegnete sie beharrlich. »Du schläfst hier, und in der Frühe schleichst du dich auf dein Zimmer zurück. Früh am Morgen ist in diesem Haus ohnehin niemand wach.«

Al blickte sie eine geraume Weile gedankenverloren an. Schließlich trat ein kleines Lächeln in seine Augen: »Es gibt doch eine Möglichkeit, daß ich dein Angebot annehmen kann«, begann er schließlich.

Kitty blickte ihm erwartungsvoll entgegen.

»Missy«, er verbesserte sich und fuhr mit feierlichem Tonfall fort, »ich meine, Miss Charlotta Stapenhill, würdest du mir die Ehre erweisen, meine Frau zu werden?«

Kittys Augen wurden groß, und einen Moment lang fürchtete sie, es würde ihr die Sprache verschlagen. »Deine Frau?« wiederholte sie flüsternd. »War das am Ende ein Heiratsantrag?« Es war ihre ungewohnte Schüchternheit, die ihn veranlaßte, seine ehrenhaften Grundsätze über Bord zu werfen, sie in die Arme zu nehmen und fest an sich zu ziehen. Der Blick, mit dem sie zu ihm aufsah, zeigte Staunen, aber auch große Freude. Da senkte er seine Lippen auf die ihren und küßte sie.

Wohlig seufzend verschränkte sie ihre Hände in seinem Nacken und zögerte keinen Augenblick, diesen Kuß zu erwidern.

»Meinst du deine Frage ernst, Al Brown?« vergewisserte sie sich, als er sie freigab. »Willst du mich wirklich heiraten? Weißt du, ich lasse dich auch im warmen Zimmer übernachten, ohne daß du mich heiratest. Dein Angebot ist nicht nötig...«

»Ja, denkst du denn, ich möchte dich nur deswegen heiraten, damit ich heute nacht ein warmes Zimmer habe?« Obwohl Al lächelte, war deutliche Entrüstung aus seinen Worten herauszuhören. »Glaubst du das wirklich?«

Kitty hatte ihren Blick gesenkt, und er legte nun seinen Zeigefinger unter ihr Kinn, um sie zu zwingen, ihn anzusehen.

»*En realidad, no.* Nein, ich glaube es eigentlich nicht«, antwortete Kitty ehrlich. »Doch wieso bist du dann auf diese haarsträubende Idee gekommen, mich heiraten zu wollen?«

»Weil ich dich liebe, Missy, hast du denn das nicht gemerkt? Oder denkst du etwa, ich wolle dich heiraten, um einen gesellschaftlichen Aufstieg zu schaffen?« Er wartete gespannt auf ihre Antwort. Wie würde sie auf seinen Vorwurf reagieren? Würde sie ihn nun in die Schranken weisen und ihm erklären, sie denke nicht daran, sich mit einem Diener zu vermählen? Das Lächeln war aus seinem Gesicht verschwunden. Doch Kitty hatte es gar nicht gemerkt. »Wegen des gesellschaftlichen Aufstiegs?« wiederholte sie und lachte. »Es wird keinen gesellschaftlichen Aufstieg geben, Al, und das weißt du genau. Schließlich bleibt uns nichts anderes übrig als durchzubrennen, wenn wir wirklich heiraten wollen. Und ich kann mir nicht vorstellen, daß eine Ehe, die vor dem Schmied in Gretna Green geschlossen wurde, meiner Tante oder St. James gefallen wird. Sicher werden die beiden Mittel und Wege finden, mir mein Erbe vorzuenthalten, und dann müssen wir...«

Weiter kam sie nicht, denn Al hatte sie stürmisch in seine Arme gezogen und küßte sie nun heiß und inniglich: »Du wärst wirklich bereit, all dein Vermögen für mich aufs Spiel zu setzen?« Diese Worte waren mehr eine Feststellung als eine Frage, und es war ihm deutlich anzumerken, wie erstaunt er war, aber auch wie glücklich. »Ich glaube fast, Missy, du liebst mich auch.« Kitty brauchte nicht lange zu überlegen: »Ich weiß auch nicht, wie das kommt, Al Brown«, gab sie schließlich zu. »Aber ich liebe dich wirklich. Und du? Und du, Al Brown, liebst du mich denn auch?« erkundigte sie sich nach ihrem nächsten Kuß. Er lächelte zu ihr herab: »Natürlich liebe ich dich. Ich habe dich seit dem ersten Augenblick geliebt, da ich dich sah. Erinnerst du dich? Du kamst in das Büro von Mrs. Clifford und warst wütend, weil du dachtest, deine Tante hätte mich geschickt.«

Kitty lachte leise auf: »Natürlich erinnere ich mich«, bestätigte sie. »Du sahst so anders aus als all die Diener, die ich vor dir in Diensten hatte. Und du sprachst einen abscheulichen Yorkshire-Dialekt...«

Sie stutzte. »Wie kommt es, daß du jetzt so klares, lupenreines Englisch sprichst? Wenn ich es mir recht überlege, dann sprichst du schon geraume Zeit akzentfrei.«
Al Brown war durch diese Frage in Verlegenheit geraten. »Ich hatte eine gute Lehrerin«, antwortete er schließlich, ohne ihr in die Augen zu sehen.
»Das kann es nicht sein«, widersprach Kitty mit Nachdruck. »Ich glaube, du hast mich an der Nase herumgeführt. Du konntest bereits bestes Englisch sprechen, bevor du zu uns kamst, nicht wahr?«
»Willst du wirklich die Wahrheit wissen?« erkundigte er sich. »Möchtest du meine Geschichte von Anfang an hören?«
Und ob Kitty das wollte. »Natürlich will ich das.« Sie nickte entschlossen. Sie nahm auf dem einen Stuhl neben dem Kamin Platz und deutete auf den anderen, um ihn aufzufordern, sich ebenfalls zu setzen: »Doch zuerst nimm eine Tasse Grog, bevor er ausgekühlt ist.«
»Nein, zuerst sagst du mir, ob du mich wirklich liebst«, forderte er sie auf.
»Ich liebe dich, Al Brown. *Te quiero!*« bestätigte sie zärtlich. Und um ihre Worte zu bekräftigen, sprang sie auf, schlang ihre Arme um seinen Hals und küßte ihn auf den Mund. Es dauerte einige Zeit, bis er sie wieder losließ. Doch dann schob auch er seinen Stuhl zum Feuer und legte zwei Holzscheite auf die Glut im Kamin. Da der Tisch wirklich keinen vertrauenerweckenden Eindruck machte, rückte er kurzentschlossen die Kommode in Reichweite. Während Kitty sich bei den Kuchen bediente, goß er sich den dampfend heißen Grog in seine Tasse. Dann trank er einige Schlucke schweigend und lehnte sich in seinem Stuhl zurück. »Alles begann mit einem Besuch meines Onkels Milton Cox...«, begann er zu erzählen.

XXII.

Als Mary Ann am nächsten Morgen zum Frühstück erschien, herrschte im Frühstückszimmer hellste Aufregung. Mr. Finch, der Kaplan, den sie als ruhigen bedachten Menschen kannte, stand neben seinem Stuhl und tobte. Sein Gesicht war krebsrot, und sein Doppelkinn zitterte vor Empörung. »Ein wackeres Weib ist des Gatten Krone, ein schandbares aber wie Fraß in seinen Gebeinen!« zitierte er und streckte anklagend seine Hände in die Höhe. »Daß ich diese Schande in diesem Haus erleben mußte. Im Hause eines Christen, im Hause eines Mannes von edler Gesinnung und aufrechtem Glauben.«

»Sehr richtig, Mr. Finch«, bestätigte Mrs. Aldwin und strich sich ungerührt Marmelade auf den gebutterten Toast. »Sehr richtig. Onkel Robert muß darauf bestehen, daß die beiden heiraten.«

»Sehr richtig, Mylady, sehr richtig«, bestätigte Mr. Finch, nahm wieder auf seinem Stuhl Platz und stopfte sich mit raschen Griffen die Serviette in seinen Kragen. »Die Moral muß wiederhergestellt werden. Entweder die beiden heiraten, oder man muß sie auspeitschen.«

»Wie klug von Ihnen, Kaplan. Natürlich, Sie haben recht. Entweder sie heiraten, oder man muß sie auspeitschen und davonjagen«, bestätigte Mrs. Aldwin nickend und griff mit der Gabel nach einer neuen Scheibe Schinken. »Das ist das einzige, was man in einem solchen Fall machen kann, meinst du nicht auch, mein Lieber?«

Mr. Aldwin, so angesprochen, gab ein zustimmendes grunzendes Geräusch von sich. Er enthielt sich jedoch jeder Aussage.

»Worum geht es denn, Mama?« begehrte Paulina zu wissen. An dem Tonfall, in dem sie diese Frage stellte, und daran, daß sie ungeduldig am Ärmel ihrer Mama zupfte, war zu erkennen, daß sie diese Frage nicht zum erstenmal stellte.

»Das verstehst du nicht, mein Täubchen. Das verstehst du, Gott sei Dank, nicht«, erklärte ihre Mutter und tätschelte liebevoll ihre Hand. »Am besten, du gehst auf dein Zimmer.«

»Aber, Mama!« protestierte Paulina. »Ich will...«

»Paulina, du hast gehört, was deine Mutter sagte«, fiel ihr der Vater streng ins Wort. »Geh auf dein Zimmer.«

Paulina schob beleidigt die Unterlippe vor, warf ihre Serviette auf den Tisch und stapfte wütend nach draußen.

»Ich finde, Sie messen dem Geschehen viel zuviel Bedeutung bei«, meldete sich nun der Earl of St. James mit ungerührter Stimme zu

Wort. »Warum sollte sich ein Mann nicht vergnügen dürfen, wenn ihm der Sinn danach steht.«

»Nicht vergnügen dürfen?« Lady Aldwin war außer sich.

»Sie vergessen, mein Herr, die Gegenwart einer Dame!« fuhr Mr. Aldwin auf. Nun stieg auch etwas Farbe in seine blassen Wangen.

»Die Zunge ist oft des Menschen Verderben«, murmelte Mr. Finch böse. »Doch was kann man wohl von einem Bastard anderes verlangen. Wie der Herr so's Gescherr.«

St. James war, als könne er seinen Ohren nicht trauen. Mit fassungslosem Blick und zusammengekniffenen Lippen starrte er den Geistlichen an. Dieser zuckte instinktiv auf seinem Stuhl zurück. »Würden Sie wohl so gut sein, Sir, Ihre Worte zu wiederholen?« erkundigte sich der Earl mit schneidendem Tonfall: »Mir war, als habe ich Sie nicht richtig verstanden?«

Mary Ann, die sich vergeblich bemüht hatte, dieser seltsamen Unterhaltung zu folgen, hielt es für angebracht, einzugreifen. »Guten Morgen«, grüßte sie betont höflich von der Tür her.

Mr. Aldwin sprang auf, um ihr den Stuhl zurechtzurücken. Ein Blick seiner Gattin zeigte ihm, wie wenig sie von dieser höflichen Geste dem jungen Mädchen gegenüber hielt. Mary Ann dankte ihm jedoch freundlich und nahm Platz. Erwartungsvoll blickte sie in die Runde. »Dürfte ich erfahren, worum es in diesem Gespräch geht?« erkundigte sie sich.

St. James warf dem Kaplan noch einen letzten verachtenden Blick zu, bevor er sich ihr zuwandte: »Dieses Flittchen hat Al in sein Bett gezogen, und nun will man ihn dafür verantwortlich machen«, erklärte er kalt.

»Sir!« rief Mrs. Aldwin entsetzt, und ihre Stimme klang wie ein schrilles Kreischen. »So sag doch etwas, James. Verbiete diesem ungehobelten Kerl, in meiner Gegenwart in einem derartigen Tonfall zu sprechen.«

»Weil du das Wort des Herrn verworfen, hat er dich verworfen.« Obwohl St. James den Kaplan sichtlich eingeschüchtert hatte, konnte sich dieser dieses Zitat dennoch nicht verkneifen.

»Welches Flittchen?« fragte Mary Ann verständnislos.

»Na, Kitty natürlich«, erwiderte St. James ungeduldig. »Von wem sollen wir denn sonst sprechen? Deine Dienerin Kitty ist gemeint.«
Mary Ann war viel zu entsetzt, um irgend etwas antworten zu können. »Was ist mit Kitty?« flüsterte sie nur. Kitty. Sie hatte sich schon gewundert, warum ihre Freundin nicht wie jeden Morgen zu ihr aufs Zimmer gekommen war. Und nun empfing man sie hier mit diesen absurden Vorwürfen.
»Wir müssen Ihnen sagen, Miss Rivingston, wird sind empört«, erklärte nun Mrs. Aldwin, und ihre Nase schien noch einige Zentimeter höher aufgerichtet, als dies üblicherweise der Fall war. »Ihre Diener bringen Unmoral und Sünde in dieses ehrenwerte Haus.«
Sie sprach absichtlich nicht weiter, da sie es genoß, das Mädchen weiter in Unwissenheit zappeln zu lassen.
Mr. Finch, die Wangen noch immer stark gerötet, nickte zustimmend. »Unmoral und Sünde. Und Sie wissen ja, Miss, wer sündigt, verstößt gegen Gottes Gesetz. Und Ihre Diener haben gesündigt, Miss, gegen Gottes Gesetz verstoßen, wie ich schon sagte.«
»Nun kommen Sie endlich auf den Punkt, Sie langweiliger Schwätzer«, unterbrach ihn St. James brüsk. »Die Wahrheit ist, Schwester«, er wandte sich wieder Mary Ann zu und betonte das letzte Wort mit merkbarem Zynismus: »Man hat heute morgen deine Diener in flagranti ertappt.«
»In flagranti ertappt?« wiederholte Mary Ann und war weit davon entfernt, die Geschichte zu verstehen. Es mußte sich um etwas Verabscheuungswürdiges, durch und durch Schlechtes handeln, soviel war sicher. Doch was um alles in der Welt konnten Kitty und Al Brown Verabscheuungswürdiges getan haben? »Kannst du mit dieser Geschichte ganz von vorn beginnen, Bruder?« bat sie matt. »Ich verstehe nicht, was du meinst.«
Bevor Seine Lordschaft mit der Erzählung beginnen konnte, meldete sich Mr. Finch zu Wort: »Es war heute morgen«, erklärte er. »Ich war wie immer in die Küche hinuntergegangen, um das Frühstück für Seine Lordschaft abzuholen. Sie fragen sich wahrscheinlich, warum ich dies selbst tue und keinen Diener damit beauftrage. Die Frage ist natürlich berechtigt. Aber ich muß Ihnen erklären, daß dies eine sehr heikle Aufgabe ist. Und darum habe ich beschlossen, mich

selbst ihrer anzunehmen. Schließlich sorge ich dafür, daß das Frühstücksei Seiner Lordschaft exakt drei Minuten gekocht wird und daß das Porridge...«

Seine Lordschaft war bereits auf das äußerste gereizt und damit so unhöflich, wie Mary Ann ihn noch nie erlebt hatte: »Das interessiert doch keinen«, unterbrach er unhöflich. »Wenn Sie schon die ganze Geschichte erzählen wollen, dann tun Sie es auch. Aber kurz und bündig.«

»Mr. Finch war gerade in der Küche, als Molly eintraf. Dieses blasse Mädchen, Sie kennen sie ja. Von dem man immer denkt, es habe Rachitis. Nun, das Mädchen war außer sich, was ja verständlich ist...«, nützte Mrs. Aldwin die kurze Gesprächspause, erfreut, ihr Wissen selbst weitergeben zu können.

»Wenn Sie gestatten, werde ich weitererzählen, Madam«, fiel ihr Mr. Finch ins Wort. »Sie waren schließlich nicht dabei. Aber ich war es.« Er unterbrach sich kurz und warf Mary Ann, die ihm gegenübersaß, einen vorwurfsvollen Blick zu. »Ich war also in der Küche, als Molly hereingelaufen kam. Sie haben ja eben gehört, Molly ist die Spülmagd, ein kleines unscheinbares Ding. Doch ich kenne sie schon lange, keine Spur von Rachitis.« Diese letzten Worte waren an Mrs. Aldwin gerichtet, die indigniert die Lippen verzog. »Man hatte sie geschickt, um Ihre Dienerin zu wecken«, fuhr Mr. Finch fort. »Zu wecken, Miss Rivingston! Welche absurde Idee an und für sich. Wie pflichtvergessen muß diese Person sein, wenn man jemanden ausschicken muß, um sie zu wecken. Aber gut, es ist Ihre Dienerin, Miss. Sie müssen wissen, wen Sie einstellen.« Der Kaplan machte eine weitere kurze Pause, um dann noch eine Spur lauter fortzufahren: »Und was sieht Molly, das arme unschuldige Kind, als sie eben das Zimmer dieser Kitty – ein unchristlicher Name für einen unchristlichen Menschen – das Zimmer dieser Kitty betritt? Was sieht sie da? Ihren Diener, Miss. Ihren Diener Al, der sich, ich wage es gar nicht auszusprechen, soeben die Hosen anzog.«

»Herr Kaplan!« Mrs. Aldwin schien einer Ohnmacht nahe.

Mary Ann erging es ähnlich: »Sie müssen sich irren!« rief sie aus. »Das kann ich nicht glauben.« Sie konnte es wirklich nicht glauben. Kitty mochte Al nicht besonders. Die beiden stritten doch ständig, und Kitty hatte immer wieder am Benehmen und an der Sprache ihres Dieners etwas auszusetzen. Gut, die beiden waren viel zusammen in letzter Zeit. Wußte sie wirklich, immer was sie taten?

»Ich sehe, Sie sind entsetzt, Miss Rivingston. Das gereicht Ihnen zur Ehre«, meldete sich Mr. Aldwin zu Wort.

»Ich habe Seine Lordschaft, den Viscount, umgehend von dem Vorfall in Kenntnis gesetzt«, fuhr Mr. Finch fort. »Natürlich teilt Seine Lordschaft meine Meinung. Ein derart unsittliches Betragen kann unter diesem frommen Dach nicht geduldet werden. Das Lumpengesindel muß heiraten.«

»Heiraten!« rief Mary Ann völlig entgeistert. Der Geistliche nickte, und wieder wackelte sein Doppelkinn bei dieser Bewegung. »Heiraten oder es wird ausgepeitscht und fortgejagt«, erklärte er mit sichtlicher Befriedigung.

Kitty sollte Al heiraten? Die Tochter eines Herzogs sollte einen Pferdeknecht heiraten? Das war unmöglich. Mary Ann beschloß, St. James die Wahrheit zu sagen. Sie mußte ihm sagen, wer Kitty wirklich war. Vielleicht wußte er einen Ausweg aus dem Dilemma.

»Ich habe mit Al erst unlängst gesprochen«, meldete sich der Earl nun überraschend zu Wort. »Er sagte mir, daß seine Absichten ehrbar sind und daß er Kitty zu heiraten beabsichtige.«

Mary Ann schnappte nach Luft: »Das sagte er? Ich meine, du hast mit Al über Heirat gesprochen? Und er sagte tatsächlich, er wolle Kitty zu seiner Frau machen?« Es schien, als habe nun auch St. James völlig den Verstand verloren. Doch dieser saß da, ruhig und aufrecht wie gewöhnlich, und nickte gelassen: »So ist es. Ich habe ihm natürlich gesagt, daß dies ein Wahnsinn wäre.«

Dem konnte Mary Ann nur aufatmend zustimmen. Doch seine nächsten Worte setzten sie erst recht in Entrüstung. »Es wäre doch ein Wahnsinn, wenn er sich so wegwerfen würde«, fuhr der Earl fort und faltete seine Serviette zusammen.

Nun war sich Mary Ann sicher, daß sie nicht richtig gehört hatte. »Wenn er sich so wegwerfen würde?« wiederholte sie. »Er, er sich so wegwerfen würde?«

Der Earl hob überrascht eine Augenbraue: »Das sagte ich doch deutlich und klar, meine Teure, oder etwa nicht? Wir wissen doch beide, was Kitty in Wirklichkeit ist, nicht wahr? Ich kann dir versichern, daß Al hoch über ihr steht.«

Mary Ann war, als sehe sie den Earl mit völlig neuen Augen. Sie verbot sich, St. James mit einer schnippischen Bemerkung zu erwidern. Hatte sie bisher nicht gemerkt, was für ein eingebildeter Mensch St. James in Wahrheit war? Nur weil er Kitty für eine Detektivin hielt, fand er, ein Stallknecht sei ihr haushoch überlegen? Oder war er etwa der Meinung, niemand könne eine Frau, die einer geregelten Arbeit nachging, heiraten wollen? Nicht einmal ein Stallknecht? Nun, sie war sich zu gut, auf diesen Unsinn zu antworten. Sie mußte umgehend mit Kitty sprechen. Was konnte bloß dran sein an der unglaublichen Geschichte? Vielleicht gab es eine harmlose Erklärung, warum Al seine Hosen in Kittys Zimmer anzog? Sie überlegte, allein es fiel ihr keine harmlose Erklärung ein. Al hatte St. James gegenüber erklärt, er wolle Kitty heiraten. Das war tatsächlich seltsam. Wollte Kitty ihn denn auch heiraten? Wenn das tatsächlich der Fall war, dann würde sie nichts tun, um zu verhindern, daß diese Ehe tatsächlich geschlossen wurde. Wenn Kitty es so wollte, sollte sie den Stallknecht heiraten. Sie blickte zum Earl hinüber, der mit unbewegtem Gesicht in Gedanken versunken vor sich hinstarrte. Wie erhaben er sich fühlt, dachte sie. Wie unendlich erhaben und dünkelhaft. Sie fühlte Schadenfreude wie einen Triumph in sich aufsteigen. Was für ein Skandal, wenn Kitty tatsächlich Al Brown heiratete. Was für ein Affront gegenüber dem hochmütigen Earl. Sein Mündel heiratet einen Stallknecht. Und das vor seinen eigenen Augen. Da würde es ihm verflixt schwerfallen, diese Heirat nachträglich, wenn er einmal die Wahrheit kannte, für ungültig erklären zu lassen. Welch willkommene Lehre für seine eingebildete, hochfahrende, selbstgerechte, verabscheuungswürdige Arroganz.

Al ging in Kittys Zimmer auf und ab wie ein wildes Tier im Käfig. Molly hatte, einen Skandal witternd, die beiden eingesperrt, und niemand im Haus dachte daran, sie aus ihrem Gefängnis zu befreien.
»Wie konnte mir das nur passieren?« fragte Al nicht zum erstenmal und ballte seine Hände zu Fäusten. »Es tut mir so leid, Missy. Ich habe noch nie verschlafen. Noch nie seit ich diese dumme Die-

nerlaufbahn eingeschlagen habe. Und nun ausgerechnet heute...«
Zum Unterschied von Kitty, die noch immer in ihrem Bett saß, die
Decke bis zum Kinn hinaufgezogen, war Al vollkommen angezogen.
Sein Schnupfen schien sich etwas gebessert zu haben. Auch seine
Stimme klang nicht mehr so rauh wie am Tag zuvor. »Wenn ich nur
wüßte, was da unten im Gange ist. Was für eine verdammt verzwickte Situation.« Er schwieg und blickte gedankenvoll aus dem
Fenster in der Hoffnung, es würde ihm ein Ausweg einfallen.
Kitty betrachtete versonnen seine großgewachsene, durchtrainierte
Gestalt. Er war wirklich ein gutaussehender Mann, ihr Alexander. Sie
hatte beschlossen, ihn in Gedanken Alexander zu nennen. Der Name
Al hatte ihr nie gefallen. Daß er, ihr Diener Al Brown, der Sohn eines
Herzogs sein sollte, das war wirklich unglaublich. Fast zu schön, um
wahr zu sein. Was konnte ihr da schon anhaben, daß man sie dabei
erwischt hatte, wie sie gemeinsam in einem Zimmer übernachteten?
Sollten sich doch die anderen den Mund zerreißen. Sollten sie sich
empören, soviel sie nur wollten. Ihr war das egal. Was scherte sie die
Meinung irgendwelcher Aldwins oder die eines alten Pfarrers, der
halb blind war und nichts als aus dem Zusammenhang gerissene
Zitate aus der Bibel von sich gab? Sie wäre auch gerne aufgestanden,
doch sie wagte nicht, im Nachthemd aus dem Bett zu steigen.
Gestern, als sie sich ausgekleidet hatte, war es bereits dunkel gewesen. Ob sie Al wohl bitten könnte, sich umzudrehen, dachte sie errötend.
»Wenn ich nur wüßte, was sie vorhaben«, wiederholte Al nachdenklich. »Ich könnte Molly, dieses dumme Ding, erwürgen. Warum
mußte ausgerechnet sie heraufkommen, um dich zu wecken? Normalerweise ist doch Betty für diese Aufgaben zuständig. Und die
hätte sich gehütet, unser Geheimnis preiszugeben.«
Kitty zuckte mit den Schultern: »Ja, das glaube ich auch«, bestätigte
sie. »Doch warum machst du dir unnötige Sorgen? Was sollen die
anderen uns anhaben können? Du bist der Sohn eines Herzogs, ich
bin die Tochter eines Herzogs. Wir werden einfach die Wahrheit
verkünden, unsere Koffen packen und abreisen.«
Al ging mit langsamen Schritten zu ihr und setzte sich auf die Bettkante: »Ich glaube, du hast einiges nicht bedacht, Missy«, sagte er

ernst und strich ihr mit liebevoller Geste eine Haarlocke aus der Stirn. »Wir können nicht so mir nichts, dir nichts die Wahrheit sagen. Was gäbe das erst für einen Wirbel, wenn man erfährt, daß die hochwohlgeborene Miss Charlotta Stapenhill sich als Dienerin ausgab, ebenso wie der ehrenwerte Viscount Lornerly? Wir haben unseren Gastgeber mit Absicht getäuscht. Und dann würde man auch hinter das Geheimnis von St. James und Miss Rivingston kommen. Nein, die beiden dürfen wir in diesen Skandal auf keinen Fall hineinziehen.«

Kitty machte ein betroffenes Gesicht: »Heißt das, wir müssen bis zu unserem Lebensende Diener spielen? Ich glaube, ich halte es keinen Tag länger aus.«

Al lächelte zustimmend: »Mir macht es auch nicht den geringsten Spaß, das kannst du mir glauben. Und dennoch, wir müssen uns eine Möglichkeit überlegen, von hier fortzukommen, ohne daß unser Ruf unwiederbringlichen Schaden erleidet. Und ohne daß St. James und Mary Ann in die Geschichte verwickelt werden. Und überhaupt: Wohin wollen wir uns wenden, wenn es uns gelingt, von hier fortzukommen?«

»Ich dachte, ich dachte…«, stammelte Kitty und wagte vor Verlegenheit nicht, ihr Gesicht ihrem Bräutigam zuzuwenden. »Ich dachte, wir würden zu dir nach Hause fahren, du wolltest doch zum Landsitz deiner Eltern, nicht wahr?«

»Aber sicher wollte ich das, meine Süße«, bestätigte Al. »Doch Windon Hall liegt eine Reise von mindestens zwei Tagen von hier entfernt. Du kannst doch unmöglich annehmen, du könntest mit mir, einem unverheirateten Mann, eine Nacht im Gasthaus verbringen. Ohne eine passende Dame als Begleitung. Wenn uns jemand dabei sieht, das wäre erst ein gefundenes Fressen für die Klatschbasen. Was hier im Haus geschehen ist, das wissen nur Viscount Bakerfield und der Kaplan. Und die beiden verlassen das Haus Jahr und Tag nicht. Na, und die Aldwins. Ich hoffe, die können davon überzeugt werden, die Angelegenheit nicht herumzuerzählen.«

Kitty war nun wirklich ratlos: »Es ist zu dumm, daß man immer auf die Konventionen achten muß«, warf sie unwillig ein. »Da denkt man, man sei ein freier Mensch, und dabei müssen so viele unsinnige Regeln beachtet werden. Ach, wenn wir doch schon verheiratet wären und tun und lassen könnten, was wir wollen.«

Al strahlte: »Du willst mich also wirklich noch heiraten?« erkundigte er sich in scherzhaftem Ton. »Wenn das so ist, hast du gegen eine sofortige Heirat etwas einzuwenden? Oder gibt es Verwandte, die du bei deiner Trauung dabeihaben möchtest?«

»Eine sofortige Trauung?« Kitty klatschte in die Hände. »Du meinst hier? Auf Bakerfield-upon-Cliffs? Was für eine amüsante Idee. Natürlich habe ich nichts einzuwenden. Mary Ann ist die einzige, die ich bei meiner Hochzeit dabeihaben will, und sie ist ja hier. Denkst du wirklich, daß sich das machen läßt?«

»Ich glaube nicht nur, daß sich das machen läßt«, antwortete Al amüsiert. »Ich denke, man wird uns dazu zwingen.«

»Zwingen?« Kitty konnte es nicht glauben.

»Aber natürlich, Missy. Man wird die unehrenhaften Diener dazu zwingen zu heiraten.« Er hob anklagend den Zeigefinger, wie es Mr. Finch gerne tat, und erklärte, indem er sich bemühte, dessen Tonfall zu treffen: »Moral muß Moral bleiben. Nur eine Ehe kann das sündhafte Vergehen tilgen!«

Über diesen frechen Vortrag mußte Kitty kichern, und er stimmte in ihr Lachen ein. Sie fielen sich in die Arme und lachten herzlich, während sie sich gegenseitig immer wieder kleine Küsse auf Wangen und Nacken verteilten. In diesem Augenblick drehte sich der Schlüssel im Schloß, die Tür wurde aufgerissen, und Mary Ann stürmte ins Zimmer: »Diese dumme Person hat euch tatsächlich eingeschlossen!« begann sie und unterbrach erschrocken: »Kitty! Werdet ihr wohl aufhören, wenn ich mit euch spreche!« Sie gab der Tür einen unsanften Stoß, so daß diese krachend ins Schloß fiel.

Die beiden Verliebten stoben auseinander, und Mary Ann war, als habe sie ihre Freundin noch nie so schuldbewußt erlebt. Al hatte sich rasch wieder gefangen. Er erhob sich von der Bettkante und kam Mary Ann entgegen: »Nun, ich denke, Miss Mary Ann, man hat Sie bereits von den skandalösen Vorfällen der heutigen Nacht unterrichtet«, sagte er, und sein Lächeln wirkte etwas unsicher. »Wir brennen darauf zu erfahren, ob das hohe Gericht bereits ein Urteil über uns gefällt hat.«

»Ach, Annie, so schau doch nicht so schockiert«, forderte Kitty ihre Freundin auf, bevor diese noch etwas äußern konnte. »Es ist doch nichts passiert.«

Mary Ann ließ sich auf einen der Stühle neben dem Kamin nieder. »Ich bin nicht schockiert«, erklärte sie, tapfer bemüht, ein Lächeln aufzusetzen. »Na ja, oder zumindest nur ein bißchen. Vor allem aber bin ich überrascht. Ich habe nie gedacht, daß ihr beide ein Tendre füreinander empfindet. Ihr habt doch immer gestritten.« Sie warf Kitty einen Blick zu, als hoffte sie, sie könne in den Zügen ihrer Freundin lesen, wie es wirklich um diese stand. »Und überdies, warum bist du noch im Bett? Mr. Finch wird bald heraufkommen, und ich fürchte, St. James auch. Ich halte es nicht für gut, wenn sie dich im Bett vorfinden.«

Dem konnte Al nur zustimmen: »Ja, wirklich, Missy«, sagte er und lächelte, als er bemerkte, wie seine Braut errötete. »Ich schau solange aus dem Fenster. Und Miss Mary Ann erzählt uns, was man im Frühstückszimmer über uns sprach. Wie will man mit den unmoralischen Dienern verfahren?«

Mary Ann war aufgestanden, um Kitty das Kleid zu geben, das außer ihrer Reichweite lag. »Man will euch auspeitschen und davonjagen«, verkündete sie düster. »Es sei denn, ihr erklärt euch bereit zu heiraten. Mr. Finch will euch trauen. In der Kapelle. Hier in Bakerfield-upon-Cliffs. Aber da ihr natürlich nicht einverstanden sein könnt, müssen wir uns etwas ausdenken, wie wir am schnellsten von hier wegkommen. Eine verzwickte Geschichte, auf die ihr euch da eingelassen habt.«

Kitty hatte das Kleid über den Kopf gezogen, und Mary Ann half ihr, die Häkchen im Rücken zu schließen.

»Wir haben uns so etwas gedacht.« Al nickte. »Dennoch, wir sehen keinen Grund zu fliehen. Natürlich möchten wir sobald wie möglich von hier aufbrechen. Aber einer Heirat steht nichts im Wege. Wir wollten uns ohnehin vermählen.« Kitty war zu ihm getreten und hatte ihm mit liebevoller Geste beide Hände auf die Schultern gelegt. »Ja, Annie«, bestätigte sie mit strahlendem Lächeln, während sich Al ihr zuwandte und zärtlich zu ihr hinunterblickte. »Willst du meine Trauzeugin sein?«

Mary Ann war für einen Moment sprachlos: »Versteht mich recht«, stammelte sie schließlich, »nicht daß ich, …ich meine, ich will gewiß nicht… aber denkst du denn, Kitty, dein Vormund würde einer Hochzeit mit einem Nichtadeligen je zustimmen? Ich meine, natürlich würde es dem arroganten Kerl nur recht geschehen, verzeihen Sie mir, Al, ich bin so durcheinander, daß ich gar nicht weiß, was ich sagen wollte.«

Al hatte den Arm um Kitty gelegt und schien nicht im geringsten böse zu sein. »Sie meinen, es würde St. James guttun, wenn seine hochmütige Art einen Dämpfer erhielte. Wenn sein Mündel unter seinen Augen einen Diener heiratet, und er würde es nicht einmal bemerken.«

Mary Ann nickte.

»Ich fürchte, daraus wird nichts«, erklärte er und grinste bedauernd. »St. James weiß, wer ich wirklich bin. Die einzige Überraschung, die ihm noch bevorsteht, ist die, daß Kitty sein Mündel ist. Er hält mich zwar zur Zeit noch für verrückt. Sobald er jedoch die Wahrheit kennt, nehme ich an, daß er uns zu unserer Hochzeit beglückwünscht.«

Mary Ann runzelte die Stirn: »Was weiß St. James?« fragte sie. »Wer sind Sie wirklich, Al?«

»Annie, komm, setz dich nieder. Ich glaube, Al und ich sollten dir etwas erzählen.« Kitty drängte ihre Freundin auf den nächsten Stuhl. Dann begann sie zu berichten. Mit knappen Worten schilderte sie die Geschichte, die ihr ihr Verlobter erst letzte Nacht gebeichtet hatte.

Mary Ann war fassungslos: »Sie sind ein Viscount? Ein wahrhaftiger Viscount! Ich kann doch keinen Viscount von der Straße aufgelesen haben! Wo haben wir bloß unsere Augen gehabt, Kitty! Warum hatten wir nie den leisesten Verdacht! Einmal wunderte ich mich, welch tadelloses Englisch Sie sprechen konnten, aber sonst… Kein Wunder, daß Ihnen die Wirtin von der ›Blauen Ente‹ glaubte, Sie seien ein Lord. Nein, so etwas! Sie haben Ihre Rolle großartig gespielt. Sie waren ein perfekter Diener.«

»Vielen Dank.« Al verbeugte sich leicht. »Höre ich aus Ihren Worten Bedauern darüber, daß ich nicht wirklich ein Stallbursche bin?«

»Aber nein!« entgegnete Mary Ann entschieden. »Natürlich ist mir lieber, daß Sie ein Viscount sind, Mylord. Ich freue mich darüber, daß eure Ehe standesgemäß sein wird. Glauben Sie mir, obwohl auch Kitty ihre Rolle als Kammerzofe fantastisch spielt, so ist sie doch viel besser für ein Leben als Viscountess geeignet als zur Frau eines Stallknechts.« Sie stand auf, um Kitty herzlich zu umarmen. »Ach, meine Liebe, ich freue mich ja so für dich. Meine allerbesten Glückwünsche! Ich bin sicher, daß ihr großartig zusammenpaßt. Und auch an Sie, Viscount Lornerly...« Al ergriff ihre Hand, um sich galant darüber zu verbeugen: »Bitte, Miss Mary Ann, wir kennen uns jetzt schon so gut«, sagte er mit treuherzigem Blick. »Wir wollen doch nicht auf einmal förmlich miteinander werden. Ich heiße Al, und ich möchte, daß sie mich weiter so nennen. Schließlich bin ich bald der Mann Ihrer besten Freundin.«

»Gerne«, erklärte Mary Ann lächelnd. »Und ihr wollt wirklich hier heiraten? In diesem unfreundlichen Gemäuer? Das ist doch keine richtige Hochzeit! Ohne jeden Verwandten. Wo willst du so schnell ein weißes Brautkleid herbekommen? Und du brauchst doch auch einen Schleier!«

»Ich brauche kein Brautkleid«, erklärte Kitty entschieden. »Das wichtigste ist doch, daß ich Al zum Mann bekomme. Dafür verzichte ich sogar auf einen Schleier. Und auf die große, prächtige Feier, die ich mir als Kind immer ausgemalt habe. Und Verwandte? Mein spanischer Großpapa ist zu alt, um zu reisen. Und Tante Jane? Nein danke, auf die kann ich sehr gut verzichten. Und Onkel St. James wird ja ohnehin anwesend sein. Willst du ihn in die Neuigkeit einweihen, daß ich sein Mündel bin, Annie?«

Mary Ann erwog diese Idee. »Das muß ich mir überlegen«, sagte sie schließlich vage, »St. James und ich verstehen uns zur Zeit nicht besonders gut. Doch als ich von Verwandten sprach, da dachte ich eigentlich auch an die Familie des Bräutigams, Kitty.«

Diese schlug sich erschrocken die Hand auf den Mund. »Aber natürlich!« rief sie aus. »Natürlich, Al, wie konnte ich das nur vergessen? Du mußt Seine Gnaden den Herzog einladen, und deine Mutter, deinen Bruder Freddy und deine Schwägerin, die Kinder der beiden, von denen du mir erzählt hast. Sicher kommt für dich nur eine glanzvolle

Trauung in Frage. Im Kreise deiner ganzen Familie, vor den Augen des Bischofs...«

»Was Gott verhüten möge«, erklärte Al und rollte die Augen. »Freddy und seiner Sippschaft stehe ich noch bald genug gegenüber. Meine Eltern respektieren meine Meinung. Sie werden uns verstehen, wenn ich ihnen erkläre, wie die Hochzeit zustande kam. Doch die große Feier, von der du träumtest, werden wir nachholen, meine Süße. Wir werden eine große Soiree geben und alles einladen, was Rang und Namen hat. Natürlich erst, sobald wir von unseren Flitterwochen zurück sind.«

Kitty schenke ihm ein strahlendes Lächeln.

Ich bin neugierig, was St. James dazu sagt, dachte Al. Wie wird er wohl darauf reagieren, wenn er erfährt, daß Kitty in Wirklichkeit sein Mündel ist? Er freute sich schon darauf, das Gesicht seines Freundes zu sehen. Doch noch viel mehr freute er sich auf das Gesicht seines dünkelhaften Bruders. Freddy hatte die Tochter eines Barons geheiratet. Er, Alexander, das schwarze Schaf der Familie, würde die Tochter eines Herzogs zum Altar führen. Nicht, daß das für ihn auch nur im geringsten wichtig war oder gar den Ausschlag für seinen Entschluß zu heiraten gegeben hatte. Aber erfreulich war es schon.

XXIII.

St. James war außer sich. Gut, Lornerly hatte ihm bereits einmal heldenhaft erklärt, er wolle diese Kitty heiraten. Aber zwischen einem frommen Vorsatz und der tatsächlichen Ausführung lag ein himmelweiter Unterschied. Es konnte doch nicht sein, daß sich Al tatsächlich mit einer Weibsperson zweifelhafter Herkunft vermählte. Er war ein Viscount, Sohn eines Herzogs. Sie eine Detektivin, ein Mädchen der unteren Klasse. Seine Gnaden, Als Vater, würde ihm den Hals umdrehen, wenn er davon erfuhr, daß er bei dieser Vermählung anwesend war. Doch was in aller Welt hätte er dagegen unternehmen können? Der verdammte Pfaffe! Wußte nichts Besseres, als in scheinheiliger Entrüstung auf eine Hochzeit zu drängen, die nicht anders als fatal enden konnte.

Natürlich hatte er umgehend Al zu sich rufen lassen. Doch sosehr er auch auf seinen Freund einsprach, dieser hatte nur ein spöttisches Lächeln für ihn übrig. Er wisse genau, was er tue, hatte Al erklärt. Und daß er doch mit Mary Ann sprechen solle, wenn er nähere Auskünfte über Kittys Herkunft erhalten wolle. Was interessierte ihn Kittys Herkunft! Und mit Mary Ann wollte er lieber nicht reden. Nicht nach dem, was gestern vorgefallen war. Er hätte gute Lust, mit Viscount Bakerfield ein ernstes Gespräch zu führen. Ein Machtwort des Hausherrn hätte genügt, um den Pfarrer von seinem Vorhaben abzubringen. Doch Lornerly hatte sich jede Einmischung strikt verbeten. Zudem hieße, Bakerfield über die wahre Identität von Al Brown aufzuklären, auch seine eigene Identität preisgeben zu müssen. Allein dieser Gedanke ließ St. James erschaudern. Nein, da war es ihm schon lieber zu schweigen. Lornerly mußte selbst wissen, was er tat. Er war alt genug.

Eben in diesem Augenblick wurde der Hausherr von Mr. Finch wortreich über die skandalösen Vorkommnisse in Kenntnis gesetzt, die sich unter seinem Dach abspielten. Als der Geistliche geendet hatte, antwortete ihm der Viscount nicht sofort, sondern blickte starr vor sich hin und trommelte nachdenklich mit den Fingern auf die Tischplatte. »Man hat sie also in flagranti erwischt, so, so«, murmelte er. »Wie unvorsichtig von ihm. Doch eine Heirat? Nein Mr. Finch, ich denke, hier schießen Sie über das Ziel hinaus. Schicken Sie nach diesem Diener. Ich möchte mit ihm sprechen.«

Dem Geistlichen war, als könne er seinen Ohren nicht trauen. Seine Wangen liefen rot an, und seine Augen schienen noch mehr aus den Höhlen zu quellen, als dies üblicherweise der Fall war. »Aber Sir, Mylord!« rief er aus. »Die Sünde. Denken Sie doch an die Sünde. Wer sündigt, verstößt gegen Gottes Gesetz. Hier, im Haus eines Christen, Mylord, im Haus eines...«

»Es ist immer noch mein Haus, vergessen Sie das nicht, Mr. Finch. Schicken Sie den Diener her«, entgegnete der Hausherr mit strengem Tonfall. Der Kaplan war fürs erste zum Schweigen gebracht und zog mit beleidigter Miene am Glockenstrang.

»Ich möchte, daß Sie uns alleine lassen, wenn der Diener kommt«, erklärte der Hausherr. Mr. Finchs Unmut wuchs ins Unermeßliche. Und doch, als der Butler mit Al zurückkam, verließ Mr. Finch das Schlafzimmer. Seine gemurmelten Worte über Sündenfall und ewige Verdammnis ließen Al die Stirne runzeln. Als die Tür geschlossen war, verbeugte er sich: »Sie haben mich rufen lassen, Mylord?«
Der Viscount machte eine ungeduldige Handbewegung: »Kommen Sie näher, kommen Sie näher, Junge. Ich habe nicht die Absicht, mich mit Ihnen quer durch das Zimmer zu unterhalten.«
Al beeilte sich, diesem Befehl Folge zu leisten. Nun würde er also nach St. James eine weitere Moralpredigt über sich ergehen lassen müssen. Wie hatte er diese Verkleidung satt! Es war höchste Zeit, daß er wieder nach Hause kam.
»Sie sind also Al Brown.« Diese Feststellung klang eher wie eine Frage. Der prüfende Blick Seiner Lordschaft glitt über die Gestalt des Dieners. Al, der nicht wußte, worauf dieser hinauswollte, nickte.
»Man hat Sie im Zimmer eines der Mädchen vorgefunden, Al Brown, so sagte man mir. Man sagte mir, ihr beide hättet euch der Sünde hingegeben. *Honi soit qui mal y pense.*«
Al runzelte die Stirn: »Ich verstehe Sie nicht, Sir.«
Ein kleines Lächeln trat in die Mundwinkel Seiner Lordschaft. »Ich denke, wir verstehen uns ganz gut, Al Brown«, sagte er lächelnd. »Doch einerlei. Wollen Sie wissen, was ich über diesen Vorfall denke?«
Wahrlich ein seltsames Gespräch, das Seine Lordschaft mit einem Diener führt, dachte Al. »Aber gewiß, Sir«, antwortete er laut.
»Ich denke, Sie haben sich nur im Zimmer des Mädchens aufgehalten, um Holz im Kamin nachzulegen. Habe ich nicht recht, Bursche? Das war der Grund, weswegen man dich in diesem Raum antraf.«
Als Verwunderung stieg mit jedem Wort, das der Hausherr äußerte. Irrte er sich, oder wollte ihm dieser eine goldene Brücke bauen? Und vor einer Heirat bewahren, zu der er gezwungen werden sollte und die er vielleicht gar nicht eingehen wollte? Al wußte nicht, was er von diesem Verhalten denken sollte. Er wußte allerdings genau, daß er den Strohhalm, der ihm seine Freiheit erhalten sollte, nicht ergreifen würde. Es war sein ernsthafter Wunsch, Kitty Stapenhill zu seiner

Frau zu machen, je eher, je lieber. Und daher beschloß er, in die Rolle des beschränkten Dieners zurückzufallen.
»Ach nein, Sir. Das Holz war's nicht«, entgegnete er im breiten Yorkshire-Dialekt. »Und ich will ja die Kitty wirklich heiraten. Weil sie ein liebes Mädel ist. Sie haben doch nichts dagegen, Sir, Mylord?«
Der Viscount schenkte ihm noch einen letzten durchdringenden Blick: »Durchaus nicht«, sagte er schließlich. »Falls dies dein ernsthafter Wunsch ist, den du dir gut überlegt hat. Doch ich nehme an, das hast du.«
Al nickte.
»So soll es denn sein«, erklärte Seine Lordschaft. »Geh zu Mr. Finch und richte ihm aus, er hat die Erlaubnis, euch zu trauen. Die Zeremonie möge am heutigen Nachmittag stattfinden. Ich selbst werde zugegen sein. Du kannst jetzt gehen, Bursche.«
Al bedankte sich, machte auf der Stelle kehrt und verließ den Raum.

Die Nachricht, daß Kitty und Al heiraten würden, versetzte das Dienergeschoß in hellste Aufregung. Natürlich waren sowohl der ehrenwerte Mr. Shedwell als auch die strenge Mrs. Bobington empört darüber, daß man die zwei in einer Kammer angetroffen hatte. Doch diese Empörung war nichts gegen die Entrüstung, die sie darüber empfanden, daß Molly, die Spülmagd, nichts Besseres zu tun gehabt hatte, als Mr. Finch von diesem Vorkommnis in Kenntnis zu setzen. Wäre dies nicht geschehen, so hätte man den Vorfall auf sich beruhen lassen, und ein strenges Wort von Mr. Shedwell hätte Al Brown sicher in seine Schranken verwiesen. So jedoch war viel Staub aufgewirbelt worden und eine Aufregung entstanden, die dem Gesundheitszustand des alten Viscount sicher abträglich war. Und schließlich lag das Wohl des Hausherrn allen besonders am Herzen. Doch nun sollte also eine Hochzeit gefeiert werden. Und dies war alles in allem eine willkommene Abwechslung zum eintönigen Alltag. Frank, der eben in den Stall gehen wollte, um nach den Pferden zu sehen, als ihm diese Nachricht überbracht wurde, blickte mit unsicherem Blick zu Al Brown hinüber. Es war hoch anständig von diesem, daß er ihn nicht verraten hatte. War wirklich ein netter Bursche, dieser Al, wenn auch etwas sonderbar. Man wurde nicht schlau aus dem Kerl. Und natürlich war diese Kitty eine blitzsaubere Person, wenn sie auch manchmal Allüren an den Tag legte, als sei sie eine Noble. Doch heiraten – nein, das hätte er nie getan. Er schlief doch auch schon über ein Jahr, Nacht für Nacht, in Bettys Kammer. Und dennoch gehörte sein Lohn weiterhin zur Gänze ihm alleine. Doch Al schien gar nicht so unglücklich zu sein, daß er zu dieser Eheschließung gezwungen wurde. Er machte einen gelassenen, ja direkt fröhlichen Eindruck. Frank kratzte sich nachdenklich im Nacken und stapfte in Richtung Stall davon.

»Wir haben doch so hübsche Papierblumen für den Weihnachtsabend, Mrs. Bobington. Erlauben Sie mir, daß ich damit die Kapelle schmücke?« meldete sich Betty mit schüchterner Stimme zu Wort. »Ach bitte, erlauben Sie es mir. Es wäre doch zu traurig, wenn die Braut in eine kahle Kapelle geführt würde.«
Mrs. Bobington wischte sich ihre Hände an der weißen Küchenschürze ab und erteilte dem Mädchen gnädig die Erlaubnis. Dann wandte sie sich an Kitty und erklärte mit der ihr eigenen schroffen Art von Freundlichkeit: »Ich muß oben noch irgendwo den Schleier haben, den die alte Gräfin anläßlich ihrer Hochzeit getragen hat. Ich bin sicher, Seine Lordschaft hat nichts dagegen, daß du ihn dir ausborgst. Komm mit, mein Kind, wir wollen sehen, wie wir eine würdige Braut aus dir machen.« Sie legte den Arm um Kittys Schulter und tätschelte ihr mit der anderen die Wange. »Du bleibst hier, Molly, und schrubbst das Geschirr«, befahl sie über die Schulter hinweg der blassen Küchenmagd. »Und wehe, es befinden sich noch Fettspuren im Topf oder Ruß am Boden der Pfannen, dann kannst du was erleben.« Mit energischem Griff schob sie Kitty zur Tür hinaus.
Al entschied sich, den Tag am besten damit zu verbringen, daß er seinen gewöhnlichen Tätigkeiten nachkam. Dann würden die Stunden bis zur Trauung schneller vergehen. Doch Mr. Finch, den er im Salon vorfand, als er Holz für den Kamin brachte, machte diesen Plan umgehend zunichte: »Da sind Sie ja, Bursche«, begrüßte er ihn, als er mit dem eisernen Korb, in dem die Buchenscheite gestapelt waren, eintrat. »Ich habe mir eben das Kirchenbuch geholt. Eine Schande ist

das, wie ihr das christliche Haus entweiht, wie ihr die Sünde über die Schwelle getragen...« Er ging zu dem Diener hinüber, der sich eben hingekniet hatte, um Holz nachzulegen, und blickte durch die dicken Brillengläser strafend zu ihm hinab. »An Frauenschönheit sind schon viele zugrunde gegangen«, erklärte er und hob belehrend den Zeigefinger. »Hättest du die Bibel gelesen, dann wüßtest du, wovon ich rede. Doch bei euch Dienerpack...«

»Ich habe die Bibel sehr wohl gelesen, Sir.« Al erhob sich von den Knien, und seine Stimme klang scharf: »Und ich weiß sie auch zu zitieren. Wie gefällt Ihnen dieses Zitat, Sir: Wenn sich jemand für fromm hält, aber seine Zunge nicht im Zaum halten kann, ist seine Frömmigkeit wertlos.«

Der Geistliche schnappte nach Luft, und seine Wangen verfärbten sich in dunkles Violett: »Das ist eine Frechheit, die ich mir nicht gefallen lassen werde. Das ist nie und nimmer ein Zitat aus der Heiligen Schrift...«

»Doch, ist es, Mr. Finch. Aus dem Brief des Jakobus. Das sollten Sie doch eigentlich wissen.« Als Tonfall hatte an Schärfe verloren, als er diese Worte aussprach. Er hatte nicht die Absicht, den Geistlichen weiter zu reizen. Was für einen Gewinn könnte er auch aus einem Streit mit diesem ziehen? Mit großen Schritten ging er zu dem Tisch hinüber, auf dem das Kirchenbuch lag. »Sie müssen unsere Trauung darin festhalten, Mr. Finch, nicht wahr?« erkundigte er sich und schlug die Seite auf, auf der die letzte Eintragung geschrieben war. Die Tinte, mit der diese Eintragung vorgenommen war, war bereits verblaßt. Die letzte Eheschließung, die in der Kapelle stattgefunden hatte, war die Trauung des Viscounts selbst mit Miss Agathe Glitchfield gewesen. Mr. Finch war, so schnell er es vermochte, an seiner Seite. »Lassen Sie das Buch los!« forderte er und machte Anstalten, Al den Lederband zu entreißen. »Ich muß eure Namen darin eintragen. Damit alles seine Ordnung hat. Doch das Schreiben fällt mir schwer. Meine Augen sind wieder schlechter geworden. Ich habe Mrs. Aldwin gebeten, die Eintragung für mich vorzunehmen. Sie wird in wenigen Minuten hier sein. Am besten, du bleibst hier und sagst ihr eure Namen selbst.«

Al zuckte zusammen. Nun würde das unwürdige Versteckspiel endgültig ans Tageslicht kommen. Er verzog unwillig die Lippen, wenn er an das aufgeregte Geschnatter dachte, in das Mrs. Aldwin sicherlich ausbrechen würde, wenn sie erfuhr, wer er und Kitty wirklich waren. Finden die unliebsamen Ereignisse nie ein Ende? Sein Blick fiel aus dem Fenster hinter dem Schreibtisch. Es hatte aufgehört zu schneien. Er hatte gute Lust, die Pferde vor Kittys Kutsche zu spannen und noch heute abzureisen. Und doch, es war noch zu riskant. Was war, wenn sie im Schnee steckenblieben? Die Straße führte meilenweit durch unbewohntes Gebiet. Aufseufzend griff er nach dem Federkiel und tauchte ihn in das Tintenfaß. »Es ist nicht notwendig, Mrs. Aldwin zu bemühen«, erklärte er in einem Tonfall, der keinen Widerspruch zuließ. »Ich selbst werde die Namen ins Kirchenbuch eintragen. Sie brauchen sich dann nur die Vornamen zu merken, Mr. Finch. Meine Braut heißt Charlotta. Ich selbst Alexander.«

Mr. Finch nickte, baß erstaunt über den Tonfall, den der Diener ihm gegenüber anschlug. Al nahm auf dem schweren Ledersessel hinter dem Schreibtisch Platz und trug mit raschen Bewegungen ihrer beider Namen in das in Leder gebundene Buch ein. Dann streute er Sand auf die Schrift, wartete kaum, bis sie getrocknet war, und klappte das Buch zu. »Hier, Mr. Finch.« Al erhob sich. »Am besten, Sie bringen das Buch in die Kirche zurück und sperren es gut ein. Es wäre doch unverantwortlich, wenn es verlorenginge.« Ehe der Pfarrer noch etwas erwidern konnte, griff er nach dem eisernen Korb, verbeugte sich und verließ den Raum.

Mary Ann ging unterdessen unschlüssig in ihrem Zimmer auf und ab. Kitty und Al hatten es ihr überlassen, St. James die Wahrheit zu enthüllen. Die widersprüchlichsten Gefühle kämpften in ihrer Brust. Die Vernunft sagte ihr, daß sie ohne zu zögern und ohne weiteren Aufschub vor den Earl hintreten mußte, um ihm zu sagen, daß es sein Mündel war, das sich da eben zu vermählen gedachte. Was konnte er ihnen schon anhaben? Er konnte toben, er konnte schneidende Bemerkungen machen. Und doch würde er der Verehelichung seiner Schutzbefohlenen mit dem zweiten Sohn eines Herzogs seine Zustimmung nicht verwehren. Welche Überlegungen hielten sie davon ab, diesen Schritt zu tun? Sicher war er wütend darüber, daß sie ihm

nicht schon längst gesagt hatte, wer sie wirklich waren. Am Ende gab er ihr die Schuld, daß Kitty in die Verlegenheit kam, so überstürzt heiraten zu müssen. Sie sah ihn förmlich vor sich, wie er arrogant die Augenbrauen hob, die Lippen zu einem Strich zusammengepreßt. Wenn sie wenigstens am Vortag nicht gestritten hätten... einerlei! Mary Ann straffte energisch die Schultern. St. James hatte ein Anrecht darauf, die Wahrheit zu erfahren. Je schneller sie das unangenehme Gespräch hinter sich brachte, je besser. Sie warf einen raschen Blick in den Spiegel über dem Waschtisch, schob eine vorwitzige Locke zurecht, die sich aus ihrer strengen Frisur gelöst hatte, und zupfte die Spitzen des Kragens auseinander. Nun denn, Mylord, Sie können sich auf eine Überraschung gefaßt machen.
Als Mary Ann das Erdgeschoß betrat, stieß sie fast mit Al zusammen, der, mit dem leeren Brennholzkorb in der Hand, eben aus der Tür zum Wohnzimmer trat.
»Ihr Diener, Miss Rivingston«, grüßte er mit einem Augenzwinkern und hielt ihr bereitwillig die Tür auf. »Nur hinein in die gute Stube.«
Mary Ann wollte eben mit einem freundlichen Kopfnicken an ihm vorüber, als sie es sich anders überlegte: »Ich suche meinen Bruder.« Sie wandte sich wieder ihrem vermeintlichen Diener zu. »Wissen Sie, wo er sich aufhält, Al?«
Mr. Finch war nähergekommen und drückte sich mit gewichtiger Miene an Mary Ann vorbei, die im Türrahmen stand: »Sie entschuldigen, Miss.« Er deutete auf den dicken braunen Lederband, den er unter den rechten Arm gepreßt hatte. »Ich muß dringend das Kirchenbuch in die Kapelle zurücktragen. Es darf keinesfalls in falsche Hände geraten...«
»Tun Sie das, Kaplan«, antwortete Mary Ann zerstreut. »Nun, Al? Mein Bruder ist nicht im Wohnzimmer, wie ich sehe.«
Lornerly blickte dem Geistlichen nach und wartete mit seiner Antwort, bis dieser außer Hörweite war. »St. James ist oben auf seinem Zimmer«, erklärte er schließlich mit gedämpfter Stimme. »Er ist fassungslos darüber, daß ich dabei bin, eine Mesalliance einzugehen, und er dies nicht verhindern kann. Ich denke, wir sollten ihn nicht länger im ungewissen lassen.«

»Das finde ich auch. Und darum bin ich heruntergekommen, Al«, bestätigte Mary Ann. »Am besten, ich setze mich ins Wohnzimmer und warte auf ihn. Er kann ja schließlich nicht den ganzen Tag auf seinem Zimmer bleiben.«

Doch Mylord konnte. Er hatte nicht die geringste Lust, an den Gesprächen teilzunehmen, die ihn im Salon erwarteten. Mrs. Aldwins lautstarke Entrüstung hatte ihm bereits beim Frühstück den Appetit verdorben. Und Kaplan Finch sollte andere Ohren mit seinen Zitaten belästigen. Und dann war da noch Mary Ann. Sicher wartete sie auf eine Erklärung darüber, warum er sie geküßt hatte. Doch wie hätte er ihr das erklären sollen, wenn er es selbst nicht wußte? Nein, da war es schon besser, allein vor dem Kamin zu sitzen und im *Morning Chronicle* zu blättern, über den sich Mr. Finch erst kürzlich wortgewaltig alteriert hatte. Er ließ sich von Frank einige Sandwiches zum Lunch aufs Zimmer bringen und verließ es erst wieder, als es Zeit war, in der Kapelle zu erscheinen. Lornerly hatte ihn gebeten, die Rolle des Brautführers und seines Trauzeugen zu übernehmen. Er hatte nicht gewußt, wie er hätte ablehnen können. Obwohl er, weiß Gott, viel darum gegeben hätte, mit dem unseligen Ereignis nichts zu tun zu haben.

Und dann war es soweit. Erhobenen Hauptes schritt die Braut am Arm ihres Vormundes in die Kapelle. Sie trug ein schlichtes hellblaues Kleid, das sie sich einmal in Bath hatte schneidern lassen, als ihr Mrs. Clifford erlaubte, ein Konzert in den Assembly Rooms zu besuchen. Der Schleier, den ihr Mrs. Bobington ins Haar gesteckt hatte, umrahmte ihr hübsches, vor Aufregung gerötetes Gesicht. Mit strahlendem Lächeln blickte sie Al entgegen, der vor dem Altar auf sie wartete. Die Kirchenbank in der ersten Reihe war schon vor Jahren von einem Schreiner gekürzt worden, um dem Rollstuhl des Viscounts Platz zu machen. Dort saß er nun und beobachtete mit unergründlichem Lächeln das Geschehen. Mary Ann, die als Kittys Trauzeugin fungieren sollte, saß auf der harten Bank und wagte kaum, zu St. James hinüberzublicken. Wenn sie doch nur die Gelegenheit gehabt hätte, ihm die Wahrheit zu enthüllen. Nun war es zu spät. Wenn nur die Trauungszeremonie schon vorüber wäre.

Mr. Finch dachte nicht daran, sich zu beeilen. Mit langsamen, mahnenden Worten sprach er die Trauungsformel, zitierte nach jedem seiner Sätze die Bibel und sprach in einem Tonfall, der eher zu einer Beerdigung gepaßt hätte als zu einer Hochzeit. Dem Brautpaar schien dies nichts auszumachen. Sie standen vor dem Altar und lächelten sich zu. Mrs. Bobington, die in der zweiten Reihe neben Mr. Shedwell und den Dienern der Aldwins Platz genommen hatte, schneuzte sich gerührt ins Taschentuch. Betty warf Frank einen sehnsüchtigen Blick zu. Rasch schaute dieser in die andere Richtung. Es wäre ja noch schöner, wenn diese Trauung Betty auf dumme Gedanken brächte. Die Aldwins waren nicht in die Kapelle gekommen. Um nichts in der Welt hätten sie einem Brautpaar niederer Geburt die Ehre ihrer Anwesenheit erwiesen.

Endlich kam Mr. Finch zur Sache: »Und nun frage ich auch dich, Charlotta«, wandte er sich an die Braut, nachdem er dem Bräutigam dieselbe Frage gestellt hatte, »bist du hierhergekommen, um aus freiem Willen den hier anwesenden Alexander zu deinem Mann zu nehmen, ihn zu lieben, zu achten und zu ehren, bis daß der Tod euch scheidet, so antworte mit Ja.«

»Ja.« Kittys Stimme klang laut und vernehmlich durch das kleine Kirchenschiff. Mary Ann atmete auf. Nun noch wenige Worte des Pfarrers, dann war die Trauung vorüber. Mr. Finch segnete den Ring, reichte ihn Al auf einem Silbertablett, dieser ergriff ihn und steckte ihn seiner Braut an den Finger. Er paßte wie angegossen. Kein Wunder, denn er war Kittys Eigentum. Ein schmaler Goldreif mit einem kleinen Brillanten, der einst ihrer Mutter gehört hatte. Nun war er ihr Ehering geworden. Zumindest für kurze Zeit, denn Al hatte ihr versprochen, ihr in London einen neuen Ring zu kaufen.

»Und so erkläre ich Euch im Angesicht Gottes für Mann und Frau«, erklärte Mr. Finch und hob pathetisch beide Arme zum Himmel. Dann wandte er sich wieder dem Brautpaar zu und nickte knapp. »Ihr könnt gehen, die Trauung ist beendet. Wenn ich nun die Trauzeugen bitten dürfte, hier ist das Kirchenbuch.« Er wies mit der Hand auf das lederne Buch, das neben ihm auf dem Altar lag. »Wenn Sie sich nun eintragen würden. Es ist nötig, daß Sie bestätigen, daß die Eheschließung stattgefunden hat.«

Mary Ann hielt die Luft an. Daran hatte sie nicht gedacht. St. James konnte doch nicht auf diese Weise die Wahrheit erfahren. Hilfesuchend warf sie einen Blick auf Al. Doch der schien die letzten Worte des Geistlichen gar nicht wahrgenommen zu haben. Seine Aufmerksamkeit war ausschließlich auf seine junge Frau gerichtet. Er zog eben ihre Hand zu seinen Lippen und hauchte einen kleinen Kuß auf die Fingerspitzen, wobei er ihr tief in die Augen blickte. Mary Ann seufzte. Nun denn, es blieb ihr nichts anderes übrig, als St. James zum Altar zu folgen. Das Kirchenbuch war aufgeschlagen. Deutlich und unverkennbar war Als Schrift zu entziffern. St. James griff zur Feder und wollte eben das Tintenfaß zurechtrücken, als er abrupt in der Bewegung innehielt. Es war, als könne er seinen Blick nicht vom Kirchenbuch lösen. Dann drehte er sich langsam um und warf Mary Ann einen durchdringenden Blick zu. »So ist das also«, erklärte er, und seiner Stimme war deutlich anzumerken, daß er die Wahrheit nicht fassen konnte. »Das kleine Ding ist tatsächlich Charlotta Stapenhill?«

Mary Ann wagte kaum, zu ihm aufzuschauen, und nickte.

»Ich denke, Sie sind mir eine Erklärung schuldig, Miss... wie heißen Sie denn in Wirklichkeit?«

Mary Ann schlug die Augen auf und blickte dem Earl gerade ins Gesicht. Sie hätte zu gerne gewußt, was er eben dachte. »Rivingston«, beantwortete sie seine Frage. »Ich bin tatsächlich Mary Ann Rivingston.«

Mr. Finch war zu ihnen getreten: »Sie sollten unterschreiben, Mr. Rivingston«, erklärte er und klopfte mit dem Zeigefinger auffordernd auf die Stelle, an die St. James seinen Namen setzen sollte. »Und wenn Sie des Schreibens nicht mächtig sind, dann machen Sie eben drei Kreuze.«

Mary Ann konnte ein Kichern nur mit Mühe unterdrücken. Der Earl warf ihr einen strafenden Blick zu und setzte dann seinen Namen schwungvoll an die gewünschte Stelle. Mary Ann beeilte sich, es ihm gleichzutun. Dann umarmte sie ihre Freundin und wünschte ihr von ganzem Herzen Glück. Der Viscount schloß sich den Glückwünschen an, die gesamte Dienerschaft folgte. Daraufhin reichte Al seiner Braut den Arm und führte sie stolz und glücklich aus der Kirche.

In der Küche würde ein besonders guter Imbiß auf sie warten, und der Viscount hatte Mr. Shedwell gestattet, zwei Flaschen Wein aus dem Keller zu holen, um auf das Glück des jungen Paares anstoßen zu können. So verließ also das Brautpaar die Kirche, gefolgt von St. James, der Mary Ann den Arm gereicht hatte, und der Dienerschaft. Der Viscount und der Pfarrer blieben noch einige Minuten in der Kapelle zurück.

Der Hochzeitszug strebte in Richtung des Küchentraktes. Ohne zu überlegen, wollte sich Mary Ann ihm anschließen. St. James' Stimme hielt sie zurück: »Halt, Schwester«, meinte er und verharrte im Schritt, »ich denke, wir sollten uns in Ruhe unterhalten. Du weißt, worüber ich mit dir sprechen möchte.«

Mary Ann blickte sich um: »Natürlich weiß ich das. Aber doch nicht jetzt. Meine beste Freundin hat geheiratet. Ich möchte auf ihr Wohl anstoßen.«

»Das kannst du, aber später. Zuerst will ich alles haargenau wissen. Ich bestehe darauf...«

»Du bestehst darauf?« Mary Anns Zerknirschung war wie weggeblasen. Ihre Augen blitzten. Sie mochte es nicht, wenn er sie behandelte wie einen Dienstboten. Schon gar nicht nach dem, was gestern vorgefallen war. »Wie interessant. Doch auch ich warte auf eine Erklärung, wie du weißt. Und auch ich mußte mich gedulden. Daher hat auch meine Erklärung Zeit bis später. Zuerst möchte ich mit Kitty anstoßen. Wenn du nicht mitkommen willst, dann gehe ich alleine.« Sie machte kehrt und war mit raschen Schritten hinter der Tapetentür verschwunden.

St. James starrte einige Minuten regungslos auf die geschlossene Tür. Diese Frau konnte einen wirklich in Wut versetzen. Was bezweckte sie bloß damit, ihn hinters Licht führen zu wollen? Warum hatte sie ihm nicht von vorneherein reinen Wein eingeschenkt? Er mußte herausbekommen, wie sie von seinem Auftrag an Mr. Goldsmith erfahren hatte. Daß er ihr Spiel nicht gleich durchschaut hatte! Das lag sicher nur daran, daß er bisher keinen Umgang mit Detektivinnen hatte. Wie hätte er wissen sollen, wie sich diese in Wirklichkeit verhielten! Kitty war also Charlotta Stapenhill. Sein Mündel, über dessen unziemliches Verhalten ihn seine Schwester Jane stets auf dem laufenden halten zu müssen sich bemüßigt fühlte. Es war nicht zu glauben! Es war einfach nicht zu glauben! Es war Mary Ann Rivingston gelungen, ihn die ganze Zeit im Glauben zu halten, sie sei nicht die, für die sie sich ausgab. Er hatte ihr vertraut, er hatte seine kostbare Zeit für sie geopfert. Doch sie hatte ihn zum Narren gehalten.

»Ach, Sie sind das, Mr. Rivingston«, Paulinas Stimme, die von der Tür zum Salon zu ihm hinüberklang, veranlaßte ihn, sich umzuwenden. Sie kam gerade im richtigen Augenblick. Er schenkte ihr sein charmantestes Lächeln: »Ja, ich bin es, Miss Aldwin. Wie reizend, Sie zu sehen.« Er machte einige Schritte auf sie zu.

»Warum stehen Sie in der kalten Halle, Sir? Gibt es hier etwas zu sehen?«

»Nun, da Sie sie betreten haben, Miss Aldwin, ist die Halle nicht mehr kalt«, antwortete er galant. Na warte, Mary Ann, du sollst mich nicht ungestraft hinters Licht führen.

»Sie schmeicheln mir, Sir.« Miss Aldwin schlug sittsam die Augen nieder. »Ich war eben auf dem Weg zur Bibliothek, um meine Stickerei zu holen. Ich habe sie schon überall gesucht. Vermutlich habe ich sie gestern abend dort vergessen.«

»Ich werde Sie begleiten«, machte er sich umgehend erbötig. »Ich werde Sie bei der Auswahl der Farbsträhne beraten, wenn Sie gestatten.« Paulina lächelte und erklärte, sie gestatte es ihm gerne.

Ha, St. James hätte den Triumph hinausschreien können. Nun war es also endlich soweit, er und Paulina alleine in der Bibliothek. Nun hatte er endlich Gelegenheit, seinen Heiratsantrag vorzubringen. Mary Ann würde schauen, wenn sie diese Nachricht erfuhr. Sie konnte Paulina nicht leiden. Es geschah ihr ganz recht, daß er eine Frau heiratete, die sie nicht mochte. Ein Gefühl tiefer Genugtuung breitete sich in ihm aus. Er würde Mary Ann schon zeigen, daß man ihn nicht ungestraft zum Narren hielt.

»Ist die Trauung schon zu Ende?« erkundigte sich Paulina, die neben ihm ging. »Ich hätte so gerne der Zeremonie beigewohnt. Doch Mama meinte, es schicke sich nicht, bei Hochzeiten von Dienstboten dabeizusein.« Sie wartete, bis St. James die Tür geöffnet hatte, und betrat dann vor ihm den Raum.

»Da ist ja meine Stickerei!« Sie eilte zu dem Körbchen, das sich selt-

sam klein auf dem weit ausladenden Ledersofa ausnahm. »Gefällt Ihnen das Motiv, Mr. Rivingston?« Sie hielt mit freudigem Lächeln ein quadratisches Stück Stoff in die Höhe, an dessen unterem Rand mehrere Reihen in verschiedenen Rosatönen gestickt worden waren. Ein Motiv war beim besten Willen noch nicht zu erkennen.
»Es soll ein Kissen für mein Zimmer zu Hause werden, über und über mit Rosen bestickt. Finden Sie das hübsch?«
»Sehr hübsch. Doch noch viel hübscher finde ich Sie, Miss Aldwin«, antwortete der Earl und legte ein wohldosiertes Timbre in seine Stimme. Das hatte noch nie die Wirkung bei Damen verfehlt. Doch heute war nicht Mylords Glückstag. Wider Erwarten war Paulina weit davon entfernt, dieses Kompliment entsprechend zu würdigen: »Ja, das stimmt«, erklärte sie ruhig. »Obwohl Mama meint, ich hätte besser getan, ihre Nase zu bekommen. Ich habe Papas Nase geerbt, wie Sie vielleicht schon gemerkt haben, Mr. Rivingston. Und diese ist etwas kurz.«
Diese Worte hätten Mylord beinahe aus dem Konzept gebracht. »Ich finde Ihre Nase entzückend«, meinte er, um das Thema abzuschließen. »Doch nun gestatten Sie mir bitte, daß ich die Gelegenheit nütze, mit Ihnen über die Zukunft zu sprechen. Dazu ist es nötig, daß ich Ihnen die Wahrheit…«
Doch Paulina ließ ihn nicht aussprechen. Zwar hatte sie sich von ihm zu dem breiten Lehnsessel führen lassen und dort auch gehorsam Platz genommen, doch nun unterbrach sie ihn mit großen Augen: »Über die Zukunft, Sir? Sie möchten über meine Zukunft mit mir sprechen?«
St. James hatte sich nicht niedergesetzt, da er seinen Antrag lieber im Stehen vorbringen wollte. Über ihre Unterbrechung war er alles andere als erfreut: »So ist es, Miss Aldwin«, erwiderte er steif. »Obwohl korrekterweise…«
»Ich werde nach London gehen und mein Debüt geben«, unterbrach sie ihn abermals, »das habe ich Ihnen doch bestimmt schon erzählt, Sir. Onkel Frederick, der Bruder meiner lieben Mama, Lord Frederick Woolwich, hat versprochen, einen Ball für mich auszurichten. Und Mama ist sicher, daß ich Karten für den Almacks Club erhalten werde, da ich ja aus einer erstklassigen Familie…«

»Miss Aldwin!« Die Stimme Seiner Lordschaft klang fast ein wenig ungehalten. »Würden Sie wohl die Freundlichkeit haben, mir zuzuhören! Natürlich sollen Sie Ihr Debüt haben, einen eigenen Ball und alles, was Sie sich wünschen...«

»Alles, was ich mir wünsche?« wiederholte Paulina erstaunt.

St. James ließ ein ungeduldiges Schnauben hören. Wollte ihn das Mädchen nicht verstehen, oder war sie tatsächlich so schwer von Begriff? Es war besser, er brachte den Antrag hinter sich, bevor er ernsthaft die Geduld verlor. Er atmete tief durch und bemühte sich um ein betörendes Lächeln: »Wäre es nicht schön, wenn wir diese erfreuliche Zukunft gemeinsam verbringen würden?«

»Gemeinsam? Heißt das, Sie kommen auch nach London?« Sie klatschte in die Hände. »Fein. Es ist immer nett, wenn man ein bekanntes Gesicht wiedertrifft. Ich werde Mama um die Erlaubnis bitten, Ihnen eine Einladung zum Ball schicken zu dürfen. Obwohl...« Sie überlegte und fuhr schließlich mit betrübtem Gesicht fort: »Ich hoffe, Onkel Frederick hat nichts dagegen einzuwenden. Er ist ein Viscount, wie Onkel Robert, aber nicht so leutselig, wenn Sie wissen, was ich meine. Er verkehrt nur mit dem Hochadel.«

Der Earl nickte: »Gewiß. Doch ich versichere dir, Lord Woolwich wird mit Freuden mein Kommen erwarten, Paulina. Darf ich dir nun endlich das sagen, was ich schon so lange möchte...«

Mit Erstaunen stellte er fest, daß sein Gegenüber aufgesprungen war: »Paulina!« rief sie aus. »Ich kann mich nicht erinnern, daß ich Ihnen die Erlaubnis gegeben habe, mich beim Vornamen anzusprechen. Oh, Mama hatte recht!«

Sie griff nach ihrer Stickerei und eilte fluchtartig zur Tür: »Erst locken Sie mich hierher in diesen abgelegenen Raum, dann schließen Sie auch noch die Tür, obwohl Sie wissen, daß das ganz und gar nicht den Konventionen entspricht, und nun wagen Sie es auch noch, mich zu beleidigen!« Sie hatte bereits die Hand an der Türklinke. »Ich fühle mich ja so gedemütigt.«

St. James blickte mit zusammengepreßten Lippen zu ihr hinüber. Seine Wangen waren unnatürlich weiß geworden: »Sie beleidigt?« wiederholte er mit hochgezogenen Augenbrauen. »Inwiefern sollte ich Sie beleidigt haben, Miss?«

Paulina war stehengeblieben, nun doch unsicher geworden, ob ihre Reaktion die richtige gewesen war. »Sie haben mich Paulina genannt, Sir«, erklärte sie und schluckte. »Mama hat mir erklärt, daß fremde Männer dann den Vornamen einer Dame verwenden, wenn sie ihr einen Antrag machen wollen. Und zwar einen ehrenhaften oder einen unehrenhaften. Und Mama hat doch recht, Sir, nicht wahr? Sie waren eben dabei, mir einen Antrag zu machen. Darum sprachen Sie von meiner Zukunft, meinen Wünschen und all das...« Sie war so aufgeregt, daß rote Flecken auf ihre Wangen traten und daß sie kaum noch verständlich sprechen konnte.
»Bitte fahren Sie fort, Miss Aldwin«, gebot der Earl emotionslos. »Ich sehe noch nicht, wie Sie meine Worte beleidigen konnten.«
»Nicht beleidigen?« rief Paulina aus. »Sie sind doch nur ein Bastard, und ich bin eine Lady. Und da soll mich Ihr Antrag nicht beleidigen!« Sie brach in Tränen aus, und einen Moment lang hatte es den Anschein, als würde ihr die Stickerei aus der Hand gleiten. »Mama hatte ja so recht: Sie sind ein schändlicher Mitgiftjäger, der versucht, Anschluß an die noble Gesellschaft zu finden. Erst haben Sie sich bei Onkel Robert eingenistet, sagt Mama, und nun wollen Sie mich umgarnen. Weil ich aus einer erstklassigen Familie komme und eine Lady bin. Darum haben Sie mir einen Antrag...«
Mit versteinertem Gesicht war St. James näher gekommen: »Antrag?« wiederholte er, und seine Stimme klang kalt. »Ich habe Ihnen keinen Antrag gemacht, Miss Aldwin. Und ich bedaure bereits heute den Mann, der dies tun wird. Eine erstklassige Familie, Miss, macht noch keine Lady aus einem verwöhnten Mädchen. Dazu bedarf es einer guten Kinderstube und des Stils, Miss Aldwin. Vor allem des Stils. Sie gestatten?«
Er schlug die Hacken zusammen, verbeugte sich korrekt und ließ sie stehen.

XXIV.

Mary Ann war unruhig. Nur mit halbem Ohr hörte sie die salbungsvolle Ansprache, die Butler Shedwell für das Brautpaar hielt. Sie prostete Kitty und Al mechanisch zu, ein stets gleichbleibend freundliches Lächeln auf ihren Lippen. Doch in Wahrheit war sie mit ihren Gedanken weit weg von der Szene, die sich vor ihren Augen abspielte. Sie sah St. James vor sich, wie er ihr mit zusammengekniffenen Lippen nachgestarrt hatte. Es war nicht richtig, ihn in der zugigen Eingangshalle so brüsk zurückzulassen. Er hatte eine Erklärung gefordert. Und er hatte alles Recht dazu. Es war an der Zeit, daß sie ihm reinen Wein einschenkte. Mary Ann erschauderte. Besser, sie zögerte nicht mehr länger. Mit lautem Klirren stellte sie ihr Glas auf den Küchentisch. »Wenn ihr mich jetzt entschuldigen wollt.« Sie lächelte Kitty noch einmal zu und hätte sie gerne in die Arme genommen, um sie auf beide Wangen zu küssen. Doch natürlich war dies vor der Dienerschaft nicht möglich. Es erschien dieser seltsam genug, daß die vornehme Lady sich zu ihnen in die Küche gesellt hatte, um auf das Wohl ihrer Dienstboten anzustoßen. Frank öffnete ihr die Tür, und sie rauschte mit geschürzten Röcken nach draußen.

Mit raschen Schritten eilte sie die Treppe in das Erdgeschoß zurück. Ob St. James in der Bibliothek war? Sie konnte sich nicht vorstellen, daß er sich in der Stimmung befand, mit den Aldwins über Nichtigkeiten zu plaudern. Da fiel ihr Blick aus dem hohen Spitzbogenfenster des Treppenhauses nach draußen, und sie blieb unvermittelt stehen. Eine einsame, großgewachsene Gestalt stapfte durch den Schnee. Sie schritt zügig den schmalen Weg entlang, den Frank jeden Tag freischaufelte. Nach wenigen Augenblicken war sie hinter der Weggabelung verschwunden. Trotz des dicken Kutschermantels und des breitkrempigen Huts hatte Mary Ann den einsamen Wanderer sofort erkannt. Es war ohne Zweifel der Earl of St. James. Wohin mochte er gehen? Was suchte er in der einsamen Stille des verlassenen, verschneiten Parks? Ohne zu zögern eilte sie auf ihr Zimmer. Sie riß die Türen ihres wuchtigen Kleiderschrankes auf und holte ihr wärmstes Reisekleid vom Haken. Ein dickes graues Gewand aus gewirkter Wolle mit doppeltem Kragen und einem schwer zu Boden fallenden Rock. Zum erstenmal war sie John dafür dankbar, daß er für warme, derbe Stiefel gesorgt hatte. Ein Wollmantel und ein Hut, der die Ohren bedeckte, wenn man die Bänder unter dem Kinn zu einer Schleife band, vervollkommneten die zweckmäßige Garderobe.

Es würde ihr nicht schwerfallen, den Earl zu finden. Sie brauchte nur den Abdrücken der großen Stiefel im Schnee zu folgen. Rasch griff sie nach ihren pelzgefütterten Handschuhen und eilte die Treppe hinunter in die Halle zurück.

Die Dienerschaft war noch immer vollzählig im Küchentrakt versammelt, und so blieb es ihr überlassen, selbst die schwere Eichentür zu öffnen. Der Riegel war bereits zurückgeschoben worden. Dann trat sie ins Freie. Die kalte Schneeluft blies ihr entgegen und ließ sie frösteln. Sie schlug den Kragen ihres Mantels hoch und beeilte sich dann, den Spuren des Earls zu folgen. Sie führten den Weg entlang vom Haus weg bis zu der Wegbiegung, an der sie St. James zum letzten Mal gesehen hatte. Kurz darauf gabelte sich der Weg. Eine schmale Spur führte in das kleine Wäldchen, das mit seinen dick beschneiten Nadelbäumen malerisch in der Landschaft lag. Eine andere verschwand zwischen unbelaubten Fliederbüschen. St. James' Schritte folgten eindeutig dem breiteren Weg, der in schmalen Windungen zum Meer hinabführte. Unbeirrt ging Mary Ann den Spuren Seiner Lordschaft nach.

Dieser hatte inzwischen die Hütte erreicht, deren Dach ihm vor wenigen Tagen beim Blick aus seinem Zimmerfenster aufgefallen war. Es handelte sich um eine einfache, doch solide gebaute Holzhütte. Die Fensterläden waren fest verschlossen. Auch die Vordertür war versperrt. Ein zusätzlicher Riegel war vorgeschoben. Es hatte den Anschein, als würde das Haus nur im Sommer benützt. Jetzt, da die Landschaft schneebedeckt und die Tage kalt waren, schien es einen verträumten Winterschlaf zu halten. St. James überlegte, wer die Hütte wohl benützen mochte. Zuerst hatte er gedacht, es sei das Haus eines Gärtners oder das eines Försters. Obwohl sie nicht direkt am Meer lag, konnte sie aber auch durchaus einem Fischer als Unterkunft dienen. Zu schade, daß man aufgrund der geschlossenen Fen-

sterläden nicht ins Innere des kleinen Hauses blicken konnte. Er war tatsächlich neugierig geworden. Warum, so fragte er sich, war der Weg zur Hütte freigeschaufelt worden? Warum gab es so viele verzweigte Weggabelungen, an denen er vorübergekommen war, wenn doch keiner diesen Weg vor ihm begangen zu haben schien. Wer hatte das Freischaufeln veranlaßt? Viscount Bakerfield? Er konnte doch mit seinem Rollstuhl die Wege ohnehin nicht befahren. Die Aldwins hatten ebenfalls keinen Fuß vor die Tür gesetzt, seitdem sie auf Bakerfield-upon-Cliffs angekommen waren. Seine Lordschaft ging langsam um die Hütte herum, klopfte mit fachkundigen Fingern gegen das Holz und bewunderte die stabile Bauweise. Doch was war das? Als er seine Finger auf eines der breiteren Bretter der seitlichen Außenwand legte, gab dieses unter dem Druck seiner Hand leicht nach. Der Earl blieb stehen und stieß einen anerkennenden kleinen Pfiff aus. Er war auf einen schmalen seitlichen Eingang gestoßen, der sich von den Holzbrettern der Wand durch nichts unterschied. Hätte er nicht durch Zufall seine Hand hierhergelegt, mit bloßem Auge hätte er diesen Einlaß nie und nimmer erkannt. Ohne jeden Laut gab das Brett nach, und Seine Lordschaft steckte neugierig seinen Kopf in das Innere der Hütte. Es war stockdunkel darin. Durch den Lichtschein der offenen Tür konnte er zwei Kerzen und eine Packung Streichhölzer erkennen, die auf einer umgestürzten Holzkiste bereitlagen. Nun konnte er seine Neugierde nicht mehr bezähmen. Natürlich, die Hütte ging ihn nichts an. Und es war auch sicher nicht richtig, daß er sich wie ein Einbrecher einschlich, um das Innere zu begutachten. Und doch war es aufregend und spannend. Und es lenkte ihn für kurze Zeit von den Problemen ab, die ihn quälten.
Hatte er denn an diesem angebrochenen Nachmittag etwas Besseres vor, als eine geheimnisvolle Fischerhütte zu erkunden? Hätte er sich zu den Aldwins in den Salon setzen sollen? Sicher hatte Paulina ihre Eltern bereits davon in Kentnnis gesetzt, daß er drauf und dran gewesen war, ihr einen Heiratsantrag zu machen. Wie hatte er das nur tun können? Er wollte doch überhaupt nicht mit Paulina Aldwin verheiratet sein. Mary Ann hatte ihn dazu getrieben. Sie war schuld, daß er diese unverzeihliche Dummheit begangen hatte. Warum hatte sie ihm auch nicht die Wahrheit über ihre Identität gesagt? Sie mußte

doch gemerkt haben, daß er sie schätzte. Sie war ihm wirklich wie eine Schwester geworden in den letzten Wochen. Nein, nicht wie eine Schwester. Eher wie ein Freund. Nein, auch nicht wie ein Freund, dafür war sie zu weiblich, zu reizvoll. Nun hatte er schon zum zweiten Mal diesen seltsamen Gedanken. Aber es stimmte. Er fand Mary Ann außergewöhnlich anziehend. Also konnte sie nicht sein Freund geworden sein. Er überlegte, was denn sie ihm geworden war. Doch anscheinend gab es dafür nicht das richtige Wort. Energisch ließ er das Streichholz aufflammen und hielt es an die erste Kerze. Dann an die zweite. Gedämpftes Licht erhellte das Innere der Hütte. Ein kalter Windstoß fuhr ihm ins Gesicht. Schnell zog er die geheime Tür hinter sich zu. Die Hütte war zweckmäßig, aber sehr spartanisch eingerichtet. Der Kamin machte nicht den Eindruck, als sei dort in den letzten Wochen ein Feuer angezündet worden. Und doch lag ausreichend Brennholz ordentlich gestapelt neben der Feuerstelle. Im hinteren Eck der Hütte fanden sich eine Reihe von Strohsäcken, die wohl als Nachtlager dienen konnten. Er öffnete den mannshohen Schrank, begierig zu erfahren, was dieser beinhalten würde. Doch zu seiner Enttäuschung war der Schrank leer. Ein lautes Klopfen an der Eingangstür ließ ihn erschreckt zusammenzucken. Wer konnte das sein? Hatte ihn jemand dabei beobachtet, wie er in die Hütte eingedrungen war? Oder war dies am Ende jemand, der jemand ganz anderen in der Hütte vermutete? Es war zu peinlich, wenn man ihn hier vorfand. Er hatte ja nicht einmal eine plausible Erklärung dafür, was er hier zu suchen hatte. Auf Zehenspitzen, um keinen Laut zu verursachen, schlich er sich zur schmalen seitlichen Eingangstür. Er blies die Kerzen aus und trat ins Freie. Vorsichtig, einen Fuß nach dem anderen langsam in den Schnee setzend, schlich er an der Hüttenwand entlang.

Ein neuerliches Klopfen war zu vernehmen und eine weibliche Stimme, die rief: »Hallo, St. James. Bist du hier drinnen?«

Der Earl zog scharf die Luft ein. Diese Stimme kannte er. Sie gehörte ohne Zweifel Mary Ann Rivingston. Erleichtert atmete er auf. Sie war ihm also tatsächlich gefolgt. Ein kleines Lächeln erschien auf seinen Lippen. Sie war ihm gefolgt. Und das freute ihn. Mit einem weiten Satz sprang er um die Hausecke und packte sie mit beiden

Händen an der Schulter. Mit dieser Attacke hatte das Mädchen nicht gerechnet. Sie ließ einen erschrockenen Aufschrei hören, verlor das Gleichgewicht und fiel rücklings in den weichen Schnee. Im Fallen hatte sie sich hilfesuchend an ihren Angreifer geklammert. Und ehe es dieser verhindern konnte, riß sie ihn mit sich zu Boden. Da lagen sie nun und waren beide einigermaßen fassungslos. Wer von ihnen als erster zu lachen begann, konnten sie nachher nicht mehr sagen. Sicher war jedoch, daß Mary Ann den ersten Schneeball formte, um ihn nach ihrem Widersacher zu werfen, der sich eben, von Lachen geschüttelt, mühsam auf die Beine stellen wollte. Das konnte dieser natürlich nicht unbeantwortet lassen. Und ehe sie sich's versahen, war eine regelrechte Schneeballschlacht im Gange.

»Aber Miss Rivingston!« rief St. James schließlich keuchend, »benimmt sich so eine Dame?«

»Ich bin keine Dame!« entgegnete Mary Ann, ebenso mühsam nach Luft ringend. »Wissen Sie es denn nicht mehr: Ich bin eine Frau aus dem Volke.«

Er schüttelte den Schnee von den Handschuhen und öffnete und schloß seine klammen Finger: »Nein, bist du nicht«, sagte er ernst.

Nun blieb auch ihr das Lachen im Hals stecken: »Böse?« fragte sie kleinlaut.

Der Earl verzog keine Miene: »Ich werde es mir überlegen«, sagte er schließlich.

Mary Ann atmete erleichtert auf. Das klang ja gar nicht einmal nach der Empörung, mit der sie gerechnet hatte. Er reichte ihr die Hand: »Komm mit mir, ich zeige dir etwas. Diese Hütte hat eine ganz raffinierte Geheimtür. Wir werden uns ein schönes Feuer im Kamin anzünden, dann kannst du dir deine Hände und Füße wärmen, die sicher halb erfroren sein müssen. Und dabei erzählst du mir haargenau, was du damals wolltest, als du mich in London aufgesucht hast. Und wie es dazu kam, daß du dich als Detektivin ausgegeben hast.«

Gegen diesen Plan hatte Mary Ann nicht das geringste einzuwenden. Und so saßen sie bald einträchtig auf zwei Strohsäcken neben dem prasselnden Feuer. Beide hatten die durchnäßten Stiefel ausgezogen und streckten nun ihre bestrumpften Füße einmütig der Wärme entgegen. Es war ruhig und gemütlich, und beide genossen es, ungestört miteinander zu plaudern. Und sie waren so in ihr Gespräch vertieft, daß sie gar nicht merkten, daß die Sonne am Horizont verschwunden und der Tag der Nacht gewichen war.

Sie wären noch länger so einmütig beisammengesessen, hätte sie nicht ein ärgerlicher Fluch von außerhalb der Hütte abrupt unterbrochen. Mit einer katzenhaften Bewegung war der Earl auf den Beinen. Er griff nach einem Holzscheit und ging neben der Seitentür in Deckung, bereit, jeden etwaigen Angreifer mit einem Schlag zu Boden zu schicken. »Hab keine Angst, meine Liebe«, flüsterte er Mary Ann zu. »Am besten, du gehst nach hinten zu den Strohsäcken. Und blase vorsichtshalber die Kerzen aus.«

Mary Ann beeilte sich, seinem Rat zu folgen. Keinen Augenblick zu spät. Da wurde auch schon die Seitentür aufgestoßen, und eine kleingewachsene Gestalt in rehledernen Hosen und kniehohen Stiefeln betrat den Raum. Der schwere Umhang glitt von den schmächtigen Schultern. Das Gesicht unter dem rehbraunen breitkrempigen Hut war von einer schwarzen Maske verdeckt. »Was soll denn das, ihr Idiotenpack!« rief die fremde Gestalt aus und zündete die Kerze wieder an, die Mary Ann soeben ausgeblasen hatte. »Wie konntet ihr nur den Kamin anheizen? Wollt ihr uns die Rotröcke auf den Hals hetzen, ihr verdammten...«

Mary Ann starrte entsetzt zur Tür: Die Stimme, die ungeniert Schimpfworte von sich gab, gehörte ohne Zweifel einer Frau. Doch ihr Erstaunen war nichts gegen die Fassungslosigkeit, die St. James erfaßt hatte. Er ließ den Prügel sinken und starrte offenen Mundes auf das Wesen, das sich nun wutentbrannt, die Hände in die Taille gestützt, ihm zuwandte.

»Silvie«, entfuhr es ihm entgeistert.

Nun war auch die Fremde fassungslos: »St. James. Eure Lordschaft«, flüsterte sie und riß sich mit geübtem Griff die Maske vom Gesicht. »Wie um alles in der Welt kommst du hierher? Was machst du in meiner Hütte?«

Mary Ann war von ihrem Strohsack aufgesprungen: »Sie sind Lady Silvie?« vergewisserte sie sich und kam langsam näher. »Das ist Lady Silvie? Lady Silvie Westbourne?« wandte sie sich fragend an den

Earl. Sie konnte es nicht glauben. Doch St. James nickte. »Das ist Lady Silvie?« wiederholte sie abermals: »Die zarte, schwache, feenhafte Lady Silvie? Das wunderbare Geschöpf der ersten Kategorie...«

Silvie war kurz abgelenkt: »Was für einer Kategorie?« erkundigte sie sich.

»Sei sofort still, Mary Ann«, befahl der Earl.

Miss Westbourne, die Mary Ann von oben bis unten gemustert hatte, wandte sich nun wieder ihm zu: »Was macht ihr beiden in meiner Hütte?« wiederholte sie ihre Frage.

St. James zuckte betont beiläufig mit den Schultern: »Wir wärmen uns auf, wie du siehst. Wir sind im Schnee naß geworden.«

»Naß geworden?« erkundigte sich Miss Westbourne. »Wie denn das? Es hat doch den ganzen Tag über nicht geschneit.«

St. James machte eine abwehrende Handbewegung: »Das hat Zeit bis später. Zuerst gibt es Wichtigeres zu klären, meinst du nicht auch? Wo du die ganze Zeit gewesen bist, zum Beispiel. Und warum du mich vor dem Altar einfach hast stehenlassen. Und dann möchte ich auch gerne wissen, was dieser seltsame Aufzug soll. Gibt's hier irgendwo ein Kostümfest, oder...« Er verstummte. Da war er wieder, da war er wieder, dieser Pfiff. Diese Melodie, die er bei seiner Trauung gehört hatte und später noch einmal auf Bakerfield-upon-Cliffs.

Silvie ließ einen leisen Fluch vernehmen. »Soldaten!« zischte sie. »Rotröcke. Verdammt, ich muß die anderen warnen.« Sie eilte zu dem Schrank an der hinteren Wand der Hütte, den St. James bereits inspiziert hatte. Mit geübtem Griff öffnete sie die Tür und stieg hinein: »Stell keine Fragen, St. James«, forderte sie ihn auf. »Ich muß dich jetzt um einen Gefallen bitten...«

»Im Namen des Königs, öffnen Sie die Tür!« befahl eine energische männliche Stimme von der Vordertür her.

Silvie warf St. James einen Schlüssel zu: »Da!« rief sie. »Sperr damit die Tür auf. Aber zuerst schließ bitte die Schranktür, und sperr sie ab. Erwähne auf keinen Fall die Seitentür. Und vergiß nicht, du hast mich nie hier gesehen. Ich verlasse mich auf dich, St. James, bitte.« Sie verschwand im Schrank. Der Earl eilte herbei und schloß die Tür zu.

»Habe ich dein Wort?« vergewisserte sich Silvie flüsternd. Ihre Stimme klang gedämpft durch die geschlossene Schrankwand.
»Habe ich das deine, daß du all meine Fragen beantworten wirst, wenn wir uns wiedersehen? Und daß dieses Wiedersehen heute, spätestens morgen stattfindet? Habe ich dein Wort, daß du nicht wieder verschwindest?« fragte der Earl zurück, der seinen Mund nahe an die Schranktür hielt.
An der Vordertür wurde energisch gerüttelt: »Im Namen des Königs!« wiederholte die Stimme.
»Wenn es denn sein muß, du hast mein Wort«, erklang es dumpf aus dem Schrank.
Der Earl lächelte befriedigt. »Dann hast du auch das meine.« Er drehte den Schlüssel des Schrankes um und vergewisserte sich, daß die Tür tatsächlich abgeschlossen war. Dann eilte er zur Vordertür und drehte auch dort den Schlüssel im Schloß und öffnete sie ruckartig. Die Soldaten, die nicht mehr damit gerechnet hatten, daß ihnen freiwillig geöffnet werden würde, hatten sich bereits darauf vorbereitet, die Hüttentür aufzubrechen. Nun waren sie so überrascht, als die Tür plötzlich sperrangelweit aufgerissen wurde, daß nicht viel gefehlt hätte, und sie wären übereinander in den Raum gepurzelt.
Der Kommandant faßte sich als erster: »Im Namen des Königs«, wiederholte er und schlug die Hacken zusammen. »Mr. Flowers. Ich verhafte Sie hiermit wegen des dringenden Verdachtes der Schmuggelei!«
»Verhaften! Schmuggelei!« Diese Worte waren aus Mary Ann herausgeplatzt. Sie hatte sich bewußt im Hintergrund gehalten. Doch nun glaubte sie, ihren Ohren nicht trauen zu können. Es konnte doch nicht möglich sein, daß man St. James verhaftete.
Die Anwesenheit einer Dame brachte den Kommandanten aus dem Konzept. Und auch die drei anderen Soldaten schauten verwirrt in ihre Richtung. »Und wer sind Sie, Madam?« erkundigte sich der Anführer.
»Ich denke, es gebietet der Anstand, sich zuerst vorzustellen, bevor man eine Dame nach ihrem Namen fragt, Offizier.« Die Stimme des Earls hatte wieder jenen hochnäsigen nasalen Tonfall angenommen, der ihm schon in mancher verzwickten Lage geholfen hatte. Er zog

eine Augenbraue in die Höhe und musterte den Kommandanten langsam von oben bis unten. Dieses autoritäre Verhalten zeigte die gewünschte Wirkung. Sichtlich beeindruckt, schlug der Kommandant abermals die Hacken zusammen: »Leutnant, Sir. Leutnant Edward Mason!« Er salutierte und beeilte sich dann, seine Kollegen vorzustellen.
»Gut.« Der Earl nickte. »Und nun haben Sie das Recht, nach unseren Namen zu fragen. Ich bin Justin Tamworth, Earl of St. James. Die Dame in meiner Begleitung ist Miss Mary Ann Rivingston. Sicher sind Sie damit zufriedengestellt.«
Die Erwähnung seines Namens ließ den Leutnant erblassen. Sollte es sich hier tatsächlich um eine Verwechslung handeln? Es brachte nichts als Unannehmlichkeiten, wenn man sich mit den Mitgliedern des Hochadels anlegte. Das wußte er. Und dennoch: Er war nicht bereit, klein beizugeben. Waren sie denn nicht schon lange genug vergebens hinter diesem mysteriösen Mr. Flowers her? Sollten sie die Suche noch einmal von vorne beginnen? Nein, das wollte er keinesfalls.
»Sie gestatten, daß ich gewisse Zweifel an Ihren Worten hege, Sir«, erklärte er, allen Mut zusammennehmend. Mit einer energischen Handbewegung forderte er seine Kameraden, die sich bereits eilig zurückziehen wollten, zum Bleiben auf. »Was sollte einen Earl auch veranlassen, sich in dieser...«, er blickte sich mit abfälliger Miene um, »...schäbigen Fischerhütte aufzuhalten? Das ist doch wohl kaum anzunehmen. Ein wirklicher Earl zieht sicherlich den Salon von Bakerfield-upon-Cliffs vor. Und was sollte eine Lady veranlassen, ohne Begleitung einer Anstandsdame in Gesellschaft eines Herrn...«
»Sie vergessen sich!« Nun war die Empörung des Earls echt. Sein Tonfall ließ keinen Widerspruch zu: »Was meine Verlobte und ich hier zu suchen haben, geht Sie nicht das geringste an.«
Mary Ann schnappte überrascht nach Luft. Wie hatte er sie genannt?
Der Kommandant salutierte abermals: »Verzeihen Sie, Sir. Ich wollte Ihnen nicht zu nahetreten. Und auch Ihnen nicht, Madam. Ich bitte um Vergebung. Und doch sei mir noch eine Frage gestattet: Sie beide wohnen hier in dieser Hütte?«

St. James zog eine Augenbraue hoch und entgegnete in seinem arrogantesten Tonfall: »Natürlich nicht. Wir sind Gäste des Viscounts Bakerfield, dessen Landsitz Sie ja bereits erwähnten.«
»Ja, ja, der Viscount. Selbstverständlich. Das hätte ich denken können. Sie haben doch keine Einwände, daß meine Untergebenen die Hütte nach Schmuggelgut durchsuchen?«
Der Earl überlegte fieberhaft, was er unternehmen könnte. Sicher würden sie den Schlüssel für den Schrank verlangen, notfalls das Möbelstück aufbrechen. Und dann fanden sie Silvie darin vor. Und doch wußte er nicht, wie er die dienststeifrigen Rotröcke von ihrem Vorhaben abhalten sollte.
Diese warteten nicht auf seine Erlaubnis, sondern folgten dem Befehl ihres Kommandanten und machten sich umgehend ans Werk. Einer von ihnen stach seinen Degen in jeden der Strohsäcke. Die anderen durchsuchten die Winkel des Raumes. »Den Schlüssel des Schrankes, Sir«, forderte der Kommandant und hielt St. James auffordernd die Hand entgegen.
»Wie kommen Sie darauf, daß ich im Besitz dieses Schlüssels sein könnte«, näselte Seine Lordschaft. »Ich hab keine Ahnung, was sich in diesem Schrank befindet. Er war bereits zugesperrt, als ich die Hütte betrat.«
»Der Schlüssel wird nicht notwendig sein, Leutnant Mason«, erklärte einer der Soldaten. Er war großgewachsen und muskulös und hatte Hände von beeindruckenden Ausmaßen. Ohne zu zögern packte er den Griff des Schrankes und riß mit einem vehementen Ruck die Tür auf. Mary Ann stöhnte leise auf. Sie wagte gar nicht, ihren Blick zu erheben, und wartete mit bangem Herzen, daß die Soldaten über Miss Silvie herfielen. Doch kein Laut war zu vernehmen. Da ging Mary Ann näher, und ihr Blick fiel in den Schrank: Er war leer.
»Hier ist nichts, Leutnant«, bestätigte der großgewachsene Soldat.
St. James atmete auf. Gott allein wußte, wo Silvie hingekommen war. Doch sein Aufatmen hielt nicht lange an: »Wenn Sie uns jetzt bitte folgen wollen, Eure Lordschaft. Sie haben doch sicher nichts dagegen, wenn wir Sie nach Bakerfield-upon-Cliffs zurückbegleiten, nicht wahr? Sicherlich kann der Viscount Ihre Identität bestätigen.«

Der Earl schluckte. Würden die Komplikationen und Probleme denn nie aufhören? Was sollte er den Rotröcken erklären, wenn ihn der alte Bakerfield als Mr. Rivingston begrüßte? Und doch schickte er sich ins Unvermeidliche. Was wäre ihm denn anderes übriggeblieben, als die Idee des Leutnants gutzuheißen? Jede Weigerung hätte die Soldaten stutzig gemacht. Und einmal mußten sie ohnehin zurück zum Haupthaus. Und einmal wurde es auch Zeit, daß sie ihrem Hausherrn die Wahrheit eingestanden. Was dieser allerdings davon halten würde, daran wollte er lieber nicht denken.

XXV.

Als sie das Herrenhaus erreichten, war der Abend noch weiter fortgeschritten. In allen Fenstern des mittleren Gebäudes war Licht angezündet, geradeso, als wollte man ihnen den Weg durch die sternklare Nacht erleichtern. Die Dinnerzeit war lang schon vorüber, und Mary Ann dachte mit Unbehagen daran, daß ihr Fortbleiben die anderen wohl in Angst und Schrecken versetzt haben mochte. Sicher würde Mr. Finch sie mit warnenden Worten aus der Bibel begrüßen. Er war ein Mann, dem Sitte und Moral über alles gingen. Wenn sie nun den wahren Namen des Earls enthüllen mußten, würden alle bemerken, daß sie gar keine Geschwister waren. Sie konnte das empörte Gesicht des Kaplans bereits vor sich sehen.
Leutnant Mason erreichte als erster das Eingangsportal und betätigte energisch den Türklopfer. Die drei anderen Soldaten eskortierten St. James und Mary Ann, als wären sie tatsächlich ihre Gefangenen. Shedwell erschien, kaum war der letzte Ton des Türklopfers verklungen.
»Sie wünschen?« fragte er, und sein Ton klang noch um eine Spur arroganter als sonst. Dann fiel sein Blick auf die Umstehenden, und seine Augen weiteten sich: »Miss Rivingston!« rief er erstaunt. »Mylord! Was ist geschehen? Kommen Sie herein. Sie müssen völlig erfroren sein.« Er hielt den Portalflügel auf. Als die Soldaten sich anschickten, die Halle zu betreten, erhob er abwehrend die Hand: »Sie

können gehen, meine Herren«, erklärte er barsch. »Sie werden nicht mehr gebraucht.« Er wollte ihnen den Rücken zukehren, aber das konnte der Leutnant nicht zulassen: »Wir verlangen auf der Stelle, Seine Lordschaft, den Viscount of Bakerfield, zu sprechen«, forderte er.
Shedwell war damit beschäftigt, Mary Ann über die Stufen zu helfen: »Morgen, Herr Leutnant, morgen. Kommen Sie zu einer christlichen Stunde wieder, dann werde ich sehen, was ich für Sie tun kann.«
St. James konnte sich nicht erinnern, einem Diener jemals so dankbar gewesen zu sein.
Doch Mr. Mason ließ sich nicht abschütteln. Mit vor Zorn geröteten Wangen und kaum verhohlener Entrüstung stürmte er am Butler vorbei in die Vorhalle, »im Namen des Königs!« rief er und richtete sich dabei kerzengerade auf, »im Namen des Königs verlange ich, auf der Stelle Seine Lordschaft, den Viscount of Bakerfield, zu sprechen.«
»Kein Grund, sich zu echauffieren, Leutnant«, sagte eine strenge Stimme von der Tür zum Salon her. »Sagen Sie, was Sie mir zu sagen haben, und dann gehen Sie. Ich bin müde. Es war ein langer Tag.« Der Viscount war, von allen unbemerkt, von Mr. Finch in die Halle geschoben worden. Seine gelähmten Beine waren, wie stets, in eine dunkelgrüne Wolldecke gehüllt. Sein Gesicht war blaß und wirkte müde. In seinen Augen jedoch brannte ein Feuer, als würde er sich für eine Schlacht rüsten. Eine Schlacht, die er zu gewinnen beabsichtigte.
Der Offizier schlug abermals die Hacken zusammen, und auch seine Untergebenen salutierten: »Leutnant Mason, Sir. Vom siebten Regiment. Wir sind auf der Suche nach einem gewissen Mr. Flowers. Wir haben Grund zu der Annahme, daß er als das Haupt einer Schmugglerbande in dieser Gegend sein Unwesen treibt.«
Der Viscount neigte den Kopf und hörte interessiert zu, sagte jedoch kein Wort.
»Und wir haben den dringenden Verdacht, daß es sich bei diesem Mann...«, Mr. Mason sprach nun mit zunehmendem Eifer und zeigte mit anklagender Geste auf St. James, »...um den gesuchten Mr. Flowers handelt. Und darum sind wir hergekommen, Eure Lordschaft.

Würden Sie wohl die Güte haben, uns den Namen dieses Mannes zu nennen.«
»Aber natürlich habe ich die Güte, Leutnant«, antwortete der alte Herr mit grimmigem Lächeln. Mary Ann hielt die Luft an.
»Einen Augenblick, Mylord!« unterbrach ihn St. James und trat einige Schritte vor. Sofort waren zwei Soldaten wieder an seiner Seite. »Ich muß...«
Lord Bakerfield hob abwehrend seine knochige Hand: »Später, mein Lieber, später. Zuerst hat der Offizier das Recht auf eine Antwort. Also Leutnant: Es handelt sich hier um Seine Lordschaft Justin Tamworth, den Earl of St. James. Seine Lordschaft ist Gast in meinem Haus. Und ich liebe es nicht, wenn meine Gäste belästigt werden. Von wem und aus welchem Grund auch immer. Habe ich mich verständlich ausgedrückt?«
Mr. Masons Wangen waren stark gerötet. Von diesen strengen Worten eingeschüchtert, beeilte er sich zu salutieren: »Sehr wohl, Eure Lordschaft. Entschuldigen Sie, Sir.« Er wandte sich an St. James: »Und auch an Sie, Eure Lordschaft, meine Entschuldigung. Aber Sie wissen, der Schmuggel...«
»Wir wissen«, unterbrach ihn der Viscount. »Shedwell, die Herren möchten gehen.«
Die Soldaten salutierten noch einmal. »Wenn Sie etwas Verdächtiges wahrnehmen, Sir, darf ich damit rechnen, daß Sie uns verständigen?« beharrte Mr. Mason. Ein kalter Luftzug fuhr in die Halle. Shedwell hatte das Portal weit aufgerissen.
»Werde ich, seien Sie versichert. Ich werde Ihnen dieselbe Hilfe und Unterstützung angedeihen lassen, wie ich sie der Zollwache in der Vergangenheit angedeihen ließ«, erklärte der Viscount. Damit mußte sich Mr. Mason zufriedengeben.
Als die Soldaten die Halle verlassen hatten, senkte sich Schweigen über die Anwesenden. St. James trat zum Rollstuhl seines Hausherrn: »Ich weiß, ich bin Ihnen eine Erklärung schuldig«, unterbrach er die Stille.
»Gewiß sind Sie das«, antwortete der Viscount und hob abermals abwehrend seine zitternde Hand. »Aber nicht heute. Ich bin müde, St. James. Morgen ist auch noch ein Tag.«

»Der Tag ist zu Ende, wir wollen nicht schwätzen, sondern beten«, sagte Mr. Finch, der immer das letzte Wort haben mußte. Dann schob er seinen Gastgeber in seine Gemächer.

Die in der Halle Zurückgebliebenen starrten gebannt auf die geschlossene Tür. Irrten sie sich, oder hörten sie tatsächlich schallendes Gelächter, das sich langsam von ihnen wegbewegte?
St. James drehte sich fassungslos zu Mr. Shedwell um, doch keine Regung im Gesicht des ehrwürdigen Butlers ließ erkennen, ob er dieses seltsame Geräusch ebenfalls vernommen hatte. »Ihren Mantel, wenn ich bitten darf, Sir.« Er nahm St. James Umhang und Hut ab.
»Wenn es Ihnen recht ist, Sir, so werde ich in Kürze einen Imbiß für Eure Lordschaft und Miss Rivingston richten lassen. Es sei denn, Sie haben bereits auswärts gespeist.«
»Oh, das wäre uns sehr recht.« St. James lächelte dankbar. »Ich habe tatsächlich großen Hunger. Du bist doch einverstanden, Mary Ann?«
Diese hatte die Bänder ihres Hutes aufgeknöpft, ihn abgenommen und schüttelte nun ihre vom Schnee nassen Locken: »Das wäre sehr freundlich«, stimmte sie zu. Dann eilte sie hinauf auf ihr Zimmer, um sich für das Abendessen zurechtzumachen. St. James beeilte sich, es ihr gleichzutun.
Als er eine gute Viertelstunde später, korrekt für ein ländliches Abendessen gekleidet, in das vollgeräumte Wohnzimmer zurückkam, fand er dieses zu seiner Erleichterung nahezu menschenleer vor. Es schien, als hätten sich nicht nur der Hausherr und Mr. Finch, sondern auch die Aldwins bereits zurückgezogen. Mary Ann war noch nicht wieder heruntergekommen. Und dennoch war er nicht alleine im Salon. Eine hübsche junge Dame in einem reizenden kobaltblauen Samtkleid saß auf dem Lederfauteuil vor dem Kamin. Sie hatte ihre langen blonden Locken am Hinterkopf aufgesteckt und mit farblich dazu abgestimmten Bändern geschmückt. Ihre Wangen waren von der Wärme des Feuers leicht gerötet, und sie schien ganz in ihre Stickerei vertieft zu sein, die sie in ihrem Schoß hielt. Sie bot ein Bild stiller Weiblichkeit. Für einen unbeteiligten Beobachter hätte sich kein Anlaß zum Erstaunen geboten, außer, daß der Anblick besonders lieb-

lich und die junge Frau ungewöhnlich hübsch war. St. James jedoch war, als könne er seinen Augen nicht trauen.

»Silvie!« rief er aus. »Ich kann es nicht glauben. Nun bist du wieder die junge Dame, die ich in meiner Erinnerung hatte.« Er eilte zu ihr hin und ergriff die zum Gruß dargebotene Hand, um sich galant darüber zu verbeugen. »Wer war das wohl am Nachmittag, der mich in Angst und Schrecken versetzt hat?«

Silvie lachte glockenhell auf: »Ich habe dich nicht in Angst und Schrecken versetzt, St. James, gib es zu. Natürlich habe ich dich erstaunt und wahrscheinlich das Bild, das du dir von mir machtest, ein für allemal zerstört. Aber ich habe dich nicht in Angst und Schrecken versetzt. Möchtest du dich nicht zu mir setzen? Es dauert sicher noch einige Zeit, bis Shedwell mit dem Abendessen kommt. Wir könnten die Gelegenheit dazu nützen, daß du mir die Fragen stellst, die dir sicher auf der Zunge brennen.«

Er nahm ihr Angebot gerne an. »Ich habe tatsächlich einige Fragen«, gab er zu. »Doch bevor ich diese stelle: Du hast deinen Großvater über meine wahre Identität in Kenntnis gesetzt, nicht wahr?«

Silvie nickte. »Aber nicht erst heute, mein Lieber. Ich habe dies bereits an deinem Ankunftstag getan.«

St. James riß die Augen auf: »Du meinst, der alte Herr wußte bereits seit Anbeginn, wer ich wirklich bin? Das ist ja allerhand. Wenn ich bedenke, wie ich dieses Versteckspiel gehaßt habe. Und dennoch sah ich keinen Weg, es auf ehrenvolle Weise zu beenden. Wie hat dein Großvater reagiert, als du ihm die Wahrheit sagtest? War er sehr schockiert?«

Silvie lächelte: »Ich denke, schockiert ist nicht das richtige Wort. Erheitert würde ich es eher nennen.«

»Erheitert! Was um alles in der Welt meinst du damit?« erkundigte sich Seine Lordschaft, und das Gelächter, das er vor kurzem gehört hatte, als der Viscount die Halle verließ, fiel ihm wieder ein.

»Großpapa hat manchmal einen seltsamen Sinn für Humor«, erklärte Silvie. »Er war, seitdem ich ihn verlassen hatte, um nach London zu gehen, sehr einsam. Es war still geworden hier auf Bakerfield-upon-Cliffs. Und Mr. Finch, du kennst den Geistlichen, ist nicht der richtige Umgang für meinen Großvater. Der sehnt sich nach Leben, nach La-

chen, nach Fröhlichkeit. Und darum freute er sich, als ich zurückkam. Wenn meine derzeitigen Umstände auch wenig erfreulich waren, so hatte er doch wieder die gewohnte Gesellschaft. Und dann kamt ihr. Und mit euch kam wieder Leben in das Haus. Und die Vorstellung, daß sich der ehrenwerte Earl of St. James als der uneheliche Sohn des Earls of Ringfield ausgibt, hat Großvater sehr erheitert. Es machte ihm diebischen Spaß, dein Gesicht zu sehen, wenn Tante Sarah oder Mr. Finch unpassende Bemerkungen machten.«
Silvie lächelte.
»Wirklich äußerst unterhaltsam«, erklärte Seine Lordschaft trocken. Doch er war nicht ernsthaft böse.
Nun mußte Silvie wirklich lachen: »Was habt ihr euch bloß dabei gedacht, als ihr hierherkamt? Ich nehme an, ihr hattet den Verdacht, daß ich mich bei Großpapa befinde. Damit hatte ich wirklich nicht gerechnet. Wie seid ihr auf diese Spur gekommen?«
»Ich habe mit all deinen Verwandten gesprochen, doch auf deinen Großvater wäre ich nie gekommen«, gab St. James ehrlich zu. »Mary Ann hatte die Idee. Sie kennt deinen Bruder Bernard aus Bath, mußt du wissen. Sie war eine seiner Schülerinnen in diesem Internat, an dem er unterrichtet. Und so haben wir beschlossen, hierherzufahren.«
»Und dachtest du wirklich, allein der Umstand, daß du dich als ein Mr. Rivingston ausgibst, würde dich davor schützen, erkannt zu werden?« Silvie schüttelte den Kopf. »Ich habe dich schon erkannt, bevor du aus der Kutsche gestiegen bist. Ich war damals im westlichen Flügel und habe zufällig aus dem Fenster gesehen.«
St. James mußte wider Willen lachen: »Das hätte ich mir eigentlich denken können«, sagte er. »Was allerdings hätte ich denn anders machen können? Mich bis zur Unkenntlichkeit verkleiden? Nein, es ging schon diese Maskerade bis an die Grenzen des Erträglichen. Doch glaube mir, es hat Zeiten gegeben, da hätte ich fast alles gemacht, um dich endlich aufzuspüren. Ich habe mir den Kopf zermartert, was der Grund dafür sein konnte, daß du so plötzlich verschwunden bist. Ich habe mir das Wiedersehen mit dir oft in Gedanken ausgemalt. Allerdings...«, er unterbrach sich und lachte abermals auf, »nicht in meinen kühnsten Träumen hätte ich mir

vorstellen können, dich als Schmugglerbraut in einer Fischerhütte wiederzutreffen.«

»Nicht Schmugglerbraut«, widersprach Silvie lächelnd. »Schmuggler. Habe ich dich sehr schockiert?«

St. James überlegte: »Nein, nicht eigentlich schockiert«, antwortete er langsam. »Sagen wir eher: überrascht.«

Silvie musterte ihn prüfend von der Seite: »Du hast dich verändert, St. James«, stellte sie schließlich fest.

St. James war schlagartig ernst: »Inwiefern?« Fragend hob er eine Augenbraue.

Silvie überlegte: »Das weiß ich nicht genau. Ich spüre es einfach. Und ich denke, daß es dich vor wenigen Wochen noch ganz schön schokkiert hätte, mich in Hosen und mit einer schwarzen Gesichtsmaske zu sehen, und dann erst die unflätigen Ausdrücke, die ich dir an den Kopf geworfen habe.« Sie lachte wieder glockenhell auf. »Du hättest dein überraschtes Gesicht sehen sollen, als du erkanntest, wer vor dir stand. Und dennoch hast du mein Spiel mitgespielt. Dein Verhalten den Soldaten gegenüber war großartig. Und es paßt so gar nicht zu dem Bild, das ich von dir hatte. Ist sie schuld daran, daß du dich so verändert hast?«

»Sie? Wen meinst du?« erkundigte sich St. James, obwohl er sehr wohl wußte, von wem Silvie sprach.

»Na, dieses rothaarige Mädchen mit dem klugen Gesicht, das du mir heute in der Fischerhütte vorgestellt hast«, sagte Silvie auch schon.

St. James überlegte: »Wenn ich mich tatsächlich verändert habe, dann ist sicherlich sie daran schuld«, gab er mit einem kleinen Lächeln zu.

Silvie sah es mit wachsender Verwunderung: War dies der stolze St. James, den sie kannte? Ihr Verlobter, der stundenlang über sich sprechen konnte, ohne daß ihn die Meinung seiner Braut auch nur im geringsten interessierte? Ja, der nicht einmal in Erwägung zu ziehen schien, daß eine Frau überhaupt eine Meinung hatte. Sicher, er war charmant und amüsant, das war er stets gewesen. Und doch...

»Ihr scheint gut zusammenzupassen«, sagte Silvie schließlich.

St. James fuhr aus seinen Gedanken auf: »Wer?« erkundigte er sich verständnislos. »Du meinst Mary Ann und ich? Ich und Mary Ann?«

Welch absurder Gedanke. Mary Ann war nicht still und bescheiden, wie er sich seine Frau vorgestellt hatte. Mary Ann war... Er versuchte, sie sich als seine Frau vorzustellen. Und da lächelte er abermals. Eine wahrlich erfreuliche Vorstellung.

In diesem Augenblick ging die Tür auf, und Mary Ann erschien im Türrahmen. Sie trug wie immer ein Kleid aus ihrer grauen Garderobe, hochgeschlossen und schlicht. Ihre roten Locken waren frisch frisiert und glänzten im Schein des Feuers.
St. James erhob sich sofort und eilte auf sie zu, um sie zu ihrem Platz zu führen.
»Entschuldigt bitte, daß ich euch warten ließ.« Mary Ann nickte Lady Silvie lächelnd zu. »Doch kaum hatte ich mein Zimmer betreten, wollte Kitty wissen, was um alles in der Welt mir widerfahren wäre. Und es dauerte geraume Zeit, bis ich all ihre Fragen beantwortet hatte. Ihr könnt euch denken, wie aufregend meine liebe Freundin die Geschichte mit den Schmugglern und den Zollbeamten gefunden hat. Doch nun bin ich hier, und ich habe einen großen Hunger. Ich hoffe, Mr. Shedwell läßt nicht mehr lange auf sich warten.«
Wie auf Geheiß ging die Tür abermals auf, und der Butler trat ein, ein großes, ausladendes Silbertablett in seinen Händen. Frank folgte mit einer Reihe von Schüsseln, aus denen es verlockend duftete.
Zu dritt setzten sie sich an den großen Eßtisch. Kurze Zeit später hatten die Diener den Salon verlassen, und alle drei machten sich heißhungrig über die angerichteten Speisen her. Die nächsten Minuten vergingen schweigend, und nur das Ticken der Wanduhr unterbrach die einträchtige Stille.
»Ihr wart so ins Reden vertieft, als ich kam. Ich habe euch hoffentlich nicht in der Unterhaltung gestört«, nahm Mary Ann das Gespräch schließlich auf.
Lady Silvie lächelte: »Nein, natürlich nicht«, sagte sie. »Obwohl St. James und ich uns einiges zu erzählen haben. Und doch denke ich, daß keiner von uns etwas dagegen hat, wenn Sie dabei anwesend sind. Schließlich betrifft es ja auch Sie, gewissermaßen...« Sie nahm St. James' warnenden Blick wahr und schwieg etwas abrupt. Mary Ann schien jedoch an ihren Worten nichts überraschend zu finden.

»Ich bin wirklich neugierig, das muß ich gestehen. Haben Sie bereits erzählt, warum Sie die Hochzeitskirche so fluchtartig verlassen haben?« wollte sie wissen.

»Nein, das habe ich noch nicht. Aber wenn es euch recht ist, möchte ich jetzt damit beginnen. Das heißt, am besten greife ich noch weiter zurück«, begann Silvie und lehnte sich in ihrem Stuhl zurück. Sie blickte sich im Zimmer um: »Ich bin hier aufgewachsen, wie Sie bereits wissen. Gemeinsam mit meinem Bruder Bernard. St. James hat mir eben erzählt, daß Sie Bernard kennen. Er war so ein fröhliches und aufgewecktes Kind, und er war mir bei weitem der liebste meiner Geschwister. Wenn Sie wüßten, was für Streiche wir gemeinsam ausgeheckt haben...« Silvie schüttelte in Gedanken den Kopf. »Wenn mir je jemand gesagt hätte, daß Bernard einmal Pfarrer wird, ich hätte es nicht geglaubt. Daran ist nur Mr. Finch schuld.« Sie blickte ihre beiden Gesprächspartner an, und ihre Miene wurde ernst. »Bernard war vielleicht zwölf oder dreizehn, als Mr. Finch zu uns kam. Und er war es, der ihm einredete, Geistlicher zu werden.« Sie verharrte einige Augenblicke in Gedanken und zuckte schließlich abwehrend mit den Schultern. »Na ja, wie dem auch sei. Als Kinder haben wir viel miteinander unternommen. Wir waren auch aufeinander angewiesen, denn es gab kaum noch andere Kinder in der Gegend. Außer Matthew natürlich. Matthew Sandham. Ich weiß nicht, ob du schon einmal von ihm gehört hast, St. James. Sein Vater war ein Baronet. Er ist vor einiger Zeit gestorben. Matthew war sein einziger Sohn. Er ist so alt wie Bernard, und da war es natürlich, daß er unser ständiger Spielkamerad war. Das Anwesen der Sandhams grenzt direkt an das Gut meines Großvaters. Natürlich sind ihre Ländereien viel kleiner als die unseren. Und auch das Herrenhaus ist zwar wunderschön gelegen, aber nur ein bescheidener, behaglicher Bau. Leider befindet er sich zur Zeit in einem desolaten Zustand.« Sie nahm einen Schluck aus dem Kristallglas, das Shedwell für sie bereitgestellt hatte. Es war offensichtlich, daß es sie Überwindung kostete, die nächsten Sätze auszusprechen: »Wir wuchsen heran, und Matthew wurde mir bald mehr als ein guter Freund. Ich hoffe, du verzeihst mir meine Offenheit, St. James, aber ich denke, du hast ein Anrecht, die Wahrheit zu erfahren.«

Der Earl blickte von seinem Teller auf und nickte gespannt: »Aber natürlich, es ist höchste Zeit, daß wir uns die Wahrheit sagen.«
»Ich verliebte mich in Matthew, und er sich in mich. Wir verlobten uns an meinem siebzehnten Geburtstag. Großvater wußte davon, doch er war der einzige, der in unser Geheimnis eingeweiht war. Denn mein Vater wäre nie und nimmer damit einverstanden gewesen.« Sie seufzte. »Und dann begann dieser unselige Krieg in Spanien. Ich weiß nicht, warum Männer immer Krieg führen müssen. Na ja, jedenfalls hielt Matthew es für seine Pflicht, für das Vaterland zu kämpfen. Ein Onkel kaufte ihm ein Offizierspatent. Natürlich fiel uns der Abschied beiden schwer. Doch Matthew war Feuer und Flamme für seine neue Aufgabe. Er wollte nur zwei Jahre in Spanien bleiben, das hatte er mir fest versprochen. Doch wie es im Leben so ist: Es gibt Versprechen, da steht es einfach nicht in der eigenen Macht, sie auch einzuhalten.« Silvie schwieg gedankenverloren und nahm noch einmal einen Schluck aus ihrem Glas: »Ich will euch nicht mit Einzelheiten langweilen«, sagte sie schließlich, »aber es war eine schlimme Zeit. Zudem starb ein Jahr später Matthews Vater bei einem Reitunfall. Seine Mutter war schon lange vorher bei einer Epidemie ums Leben gekommen. Da Matthew keine Geschwister hat, wurde das Haus geschlossen. Und es verfiel zusehends. Zwar gibt es einen alten Verwalter, doch der lebt auch nur auf dem Gut, weil er keine andere Unterkunft gefunden hat. Geld, um ihn zu bezahlen, ist schon lange keines mehr vorhanden. Ich ging immer wieder hinüber und sah nach dem Rechten. Ich stellte mir vor, wie es sein würde, mit Matthew im Herrenhaus der Sandhams zu leben und…« Sie unterbrach sich kurz. »Und dann, vor einem Jahr etwa, kam die Nachricht aus dem Feld, daß Matthew tot sei. Gestorben für den König und das Vaterland. Ich weiß nicht, ob sich irgend jemand vorstellen kann, wie sehr ich damals gelitten habe. Ich war so traurig, am Boden zerstört. Großvater war der einzige, dem es gelang, mich aufzurichten, und natürlich auch die liebe Mrs. Bobington, die sich immer wie eine Mutter um mich gekümmert hat. Doch meinen Eltern waren meine Sorgen und meine Trauer egal. Papa bestand darauf, daß ich nach London ging, um mein Debüt zu geben. Ich sollte mich schön herausputzen, flirten und lachen. Ihr könnt euch vorstel-

len, daß mir nicht danach zumute war. Doch wie hätte ich mich wehren können? Ich besitze keinen Penny eigenes Geld, das ließ Papa mich nur zu deutlich spüren. Und er befahl, daß ich mich noch während meiner ersten Saison zu verheiraten hätte. Mit einem Mann von hohem Rang selbstverständlich. Obwohl ihm das gar nicht das Wichtigste war. Wichtig war allein, daß mein Ehemann über ein enormes Vermögen verfügte. Ein Vermögen, das ausreichte, die Familie Westbourne mitzuerhalten. Denn Papa, aber das hat sich sicherlich herumgesprochen, ist selbst erheblich verschuldet. Und wenn ihm Großpapa nicht ab und zu unter die Arme gegriffen hätte, dann säße er bestimmt schon im Schuldturm. Das behauptet zumindest Großpapa.«

St. James hatte längst aufgehört zu essen und das Besteck zur Seite gelegt. Mary Ann hatte mit ihrer Vermutung recht gehabt. Er fragte sich, warum er nicht schon damals selbst die wahren Hintergründe seiner Verlobung durchschaut hatte. Es war skandalös, welches Spiel der Earl of Westmore mit ihm getrieben hatte, ohne daß er es bemerkte. Er hatte ihm seine schöne Tochter auf einem Silbertablett präsentiert, und er hatte den Köder geschluckt. Sicher, es wäre ihm in der Folge bestimmt etwas eingefallen, um sich die Westbournes vom Leibe zu halten. Aber dennoch, daß er dumm genug war, in eine derartige Falle zu gehen, das war eine demütigende Erfahrung.

»Papa erklärte mir rundheraus, daß er einen Ehemann für mich suchte. Und ich rechnete mit dem Schlimmsten, doch war es mir eigentlich gleichgültig. Jetzt, da Matthew tot war, war mir egal, wen ich zum Mann bekam. Trotzdem war ich froh, als Papas Wahl auf dich fiel.« Sie zwinkerte St. James belustigt zu. »Verglichen mit Lord Lutherhan, meine ich.«

»Lutherhan!« rief St. James aus. »Du meinst doch nicht den alten Lutherhan! Der ist doch schon weit über siebzig.«

»Das hat Papa nicht gestört«, erklärte Silvie mit einem Schulterzukken. »Ich sagte dir doch schon, daß die Hauptsache war, der Bräutigam schwamm in Geld.«

»Ich verstehe.« Der Earl nickte, froh, daß Westmores Pläne nicht Wirklichkeit geworden waren. »Du hast also der Heirat mit mir zugestimmt. Doch was war dann am Tage unserer Trauung?«

»Bitte, St. James, glaube mir, daß ich dich wirklich schätze. Und ich hätte alles getan, um dir eine gute Ehefrau zu werden. Wenn ich auch glaube, daß du es nun bei weitem besser getroffen hast.«
St. James warf ihr abermals einen warnenden Blick zu. Er mußte unbedingt mit Silvie allein sprechen. Es war zu dumm, daß sie die Situation so völlig verkannte und dachte, Mary Ann sei seine Braut. Silvie blickte verstohlen zu Mary Ann hinüber. Diese jedoch löffelte genußvoll ihr Apfelmus. Es schien, als würden sie die Erzählungen von Lady Silvie nur am Rande interessieren.
»Wo war ich stehengeblieben? Ach ja, bei unserer Trauung«, fuhr Silvie fort: »Bitte glaub mir, ich hatte wirklich vor, mich mit dir zu vermählen. Keinesfalls wollte ich einen Skandal provozieren, und nicht im geringsten hatte ich die Absicht, dich bloßzustellen. Doch dann stand ich vor dem Altar und wollte mein Gelübde ablegen, und da hörte ich eine kleine Melodie. Du wirst vielleicht nicht darauf geachtet haben, aber...«
»Der Pfiff!« rief der Earl aus. »Natürlich, ich erinnere mich sehr gut. Ich habe ihn bereits zweimal in der Zwischenzeit wiedergehört.«
Silvie lächelte: »Du hast ein gutes Ohr«, erklärte sie anerkennend. »Weißt du, dieser Pfiff war unser geheimes Erkennungszeichen, als wir Kinder waren. Nur Bernard, Matthew und ich kannten diese Melodie. Und nun, bei unserer Hochzeit, hörte ich sie plötzlich. Du kannst dir vorstellen, daß mein Herz beinahe zu versagen drohte. Denn Bernard war mein Trauzeuge, das weißt du. Er stand neben mir in der Kirche. Ich wußte, daß er in einem Gotteshaus niemals pfeifen würde, er ist schließlich Geistlicher. Und außerdem hätte er doch gar keine Veranlassung gehabt zu pfeifen. Also konnte das nur bedeuten...«
»Dein Verlobter war zurückgekommen«, ergänzte der Earl atemlos. Silvie nickte, und in der Erinnerung an diesen Augenblick stiegen Tränen in ihre Augen. St. James ergriff ihre Hand und drückte sie fest. Mary Ann beobachtete diese liebevolle Geste, ohne ihren Blick von ihrem Teller zu wenden. »Das freut mich für dich«, hörte sie St. James sagen. »Glaub mir, das meine ich aus ganzem Herzen.«
Silvie lächelte und wischte sich mit einer energischen Geste die Tränen aus ihren Augen: »Es freut mich, daß du so denkst, St. James. Ich

war mir sicher, du würdest mich dein ganzes Leben lang hassen. Wenn ich denke, was für ein entwürdigendes Schauspiel ich geboten habe. Aber glaube mir, ich konnte nicht anders. Obwohl es dir gegenüber nicht fair war...«

»Vergiß es«, forderte er sie auf und lächelte ihr beruhigend zu. »Natürlich war ich wütend, wer könnte es mir verdenken. Ich mußte der ganzen Gesellschaft Rede und Antwort stehen und wußte doch selbst nicht, was geschehen war. Doch jetzt, im nachhinein gesehen, war es wohl am besten so. Und was geschah, als du aus der Ohnmacht erwacht bist?«

»Meine Brüder brachten mich nach Hause. Es gelang mir, Bernard zu überreden, mich hierherzubringen. Ich weiß, das verstieß gegen alle seine Grundsätze, und doch scheint das Band zwischen uns so fest zu sein, daß er es nicht übers Herz brachte zu sehen, daß ich mit einem anderen Mann verheiratet wurde, während Matthew noch lebte. Da das Haus der Sandhams im Augenblick nicht bewohnbar ist, hat Großpapa Matthew hier aufgenommen. Und da war es doch kein Wunder, daß ich auf schnellstem Weg hierherkommen wollte. Du mußt wissen, es war gar nicht Matthew, der die kleine Melodie pfiff, die wir in der Kirche hörten. Es war sein treuer Diener, Jam. Matthew ist verletzt, er wäre gar nicht in der Lage gewesen, in der Kirche zu erscheinen.«

»Dein Verlobter ist verletzt?« wiederholte St. James erstaunt. »Und ich dachte, er sei jener Mr. Flowers, den die Soldaten gesucht haben.«

Silvie schüttelte den Kopf. »Nein, dieser Mr. Flowers bin ich«, erklärte sie, und es war klar zu erkennen, daß dieses Geständnis, so peinlich es ihr auch sein mochte, sie auch mit Stolz erfüllte.

Mary Ann warf ihr einen bewundernden Blick zu. St. James konnte sich nicht genug wundern. Wo hatte er bloß seine Augen und seinen Instinkt gehabt, als er Silvie in London kennenlernte?

»Das heißt, ich war Mr. Flowers«, berichtigte sich Silvie. »Matthew und ich haben beschlossen, mit der Schmuggelei aufzuhören. Es wird allmählich zu riskant. Mit der Lieferung, die wir heute abend an Land gezogen haben, haben wir ausreichend Geld verdient, um...«

»Heute!« rief der Earl aus. »Ihr habt heute Schmuggelgut an Land geholt? Aber wie war denn das möglich? In der Gegend wimmelt es doch nur so von Soldaten?«
»Du warst uns eine große Hilfe«, erklärte Silvie lächelnd. »Und Sie natürlich auch, Miss Rivingston. Die Soldaten haben euch beide hierhereskortiert. Damit hatten wir die Möglichkeit, in Ruhe die Fässer und die übrigen Waren in den Kellern an den Klippen zu verstauen.« Sie kicherte fröhlich. »Der gute Mr. Mason wird schön schauen, wenn er merkt, daß ihm auch diese Ladung wieder durch die Lappen ging.« Sie schlug sich erschrocken mit der Hand vor den Mund. »Oh, entschuldigt bitte, meine Sprache hat sich wirklich schon der der Schmuggler verdächtig angenähert. Ich muß aufpassen, was ich sage.«
»Ihr versteckt die Schmuggelware in Kellern in den Klippen?« erkundigte sich St. James. »Und wie bringt ihr die Ware dann von dort weg, ohne daß man euch erkennt?«
Silvie lächelte und beugte sich in ihrem Stuhl vor: »Das klingt ja sehr interessiert«, stellte sie fest. »Hast du auch vor, dich den Schmugglern anzuschließen, St. James?«
Nun war es an Mary Ann, amüsiert zu lächeln.
»Nein«, sagte der Earl auch schon. »Mir steht der Sinn nicht nach weiteren Abenteuern, das kannst du mir glauben. Und dennoch interessiert es mich: Wie kommt die Ware von den Kellern weg?«
»Bakerfield-upon-Cliffs ist ein altes Gemäuer, St. James. Und es diente bereits allen möglichen Leuten als alle möglichen Arten von Versteck. Und so gibt es einen Geheimgang von diesem Keller in das Haupthaus. Und natürlich gibt es auch noch einen zweiten Geheimgang von der Fischerhütte hierher. Hast du dich denn nicht gewundert, wo ich geblieben bin, nachdem du mich heute in den Schrank gesperrt hast?«
Der Earl stieß einen anerkennenden Pfiff aus: »Was für eine unglaubliche Geschichte. Und der Geheimgang hier in dieses Haus führt direkt aus dem Schrank? Es ist nicht zu glauben. Doch wie um alles in der Welt bist du in diese Schmugglergeschichte verwickelt worden?«
»Es war reiner Zufall«, erklärte Silvie. »Und als ich mich darauf ein-

ließ, wußte ich nicht, welche Gefahren auf mich lauern würden. Ich muß sagen, es war trotzdem ein Abenteuer, das ich auch gar nicht missen will. Trotzdem bin ich froh, daß es jetzt vorüber sein wird. Matthew befindet sich auf dem Weg der Besserung.«

»Ist Ihr Verlobter schwer verletzt?« erkundigte sich Mary Ann, die sich nun das erste Mal zu Wort meldete.

Silvie nickte: »Ja, leider ist das der Fall. Sein rechtes Bein ist von einer Kugel getroffen worden. Man muß von Glück reden, daß es ihm nicht abgenommen werden mußte. Und doch, es wird für immer steif bleiben. Und auch den linken Arm trägt er noch in einer Schlinge. Doch das zählt alles nicht. Hauptsache ist doch, daß er lebt und daß sein Kopf keinen bleibenden Schaden davongetragen hat.«

»Das ist sicher richtig«, bestätigte Seine Lordschaft. »Und ich bin froh, das zu hören. Doch nun erzähle, wie kamst du dazu, Schmugglerin zu werden? Was veranlaßte dich dazu, dich dieser Gefahr auszusetzen?«

»Wie schon gesagt, es war purer Zufall. Vielleicht auch eine günstige Fügung, wenn du so willst. Frank, ihr kennt doch Frank, unseren Hausburschen, nicht wahr? Er geht abends immer ganz gerne ins Wirtshaus, um Männer aus der Gegend zu treffen und den neuesten Klatsch auszutauschen. Da sagt man immer, Frauen klatschen gerne, aber das ist wohl nichts gegen einen wirklichen Stammtisch im Wirtshaus. Na, jedenfalls eines Abends erfuhr Frank, daß ein Fischerboot mit Schmuggelgut noch in derselben Nacht erwartet wurde. Der Mann, der ihm das erzählte, war ein Fremder. Frank hatte ihn in der Gegend noch nie gesehen. Und er war so strockbetrunken, daß er Frank sein Geheimnis anvertraute. Na ja, wahrscheinlich tat Frank das Seine dazu, um alle Einzelheiten zu erfahren. Unser Hausbursche ist schon immer neugierig gewesen, und außerdem hat er eine Nase dafür, wie man rasch zu Geld kommen kann. Als er in den Plan eingeweiht war, da trug er den Betrunkenen auf ein Zimmer im Wirtshaus hinauf und machte sich davon, um an seiner Stelle zum vereinbarten Treffpunkt zu gehen. Und als er sich in der Dunkelheit auf den Weg machte, da fiel ihm ein, daß er für sein Unternehmen Geld brauchen würde. Schließlich wollten die Leute, die ihr Schiff zur Verfügung

gestellt und die den Ärmelkanal bei Nacht und Nebel überquert hatten, ihren Anteil sofort ausbezahlt haben. Und dann brauchte er auch noch Lohn für die Leute, die die Kisten und Fässer schleppen sollten. Er getraute sich nicht, sich an Großpapa zu wenden. Denn auch wenn mein Großvater von den Zollbehörden nichts hielt und früher ab und zu mit Vergnügen ein Gläschen geschmuggelten Brandy schlürfte, so war es doch nicht zu erwarten, daß er die aktive Teilnahme an der Schmuggelei gutheißen würde. Also kam Frank zu mir. Ich überlegte nicht lange und beschloß, meine Ersparnisse in dieses Unternehmen zu investieren. Doch natürlich wollte ich das ganze Geld nicht Frank alleine auf den Weg mitgeben. Es erschien mir zu riskant. Frank ist zwar schlau, daran besteht kein Zweifel. Aber war er auch schlau genug, sich von den anderen Männern nicht übers Ohr hauen zu lassen? Verzeihung, ich meine natürlich, sich um seinen gerechten Anteil bringen zu lassen. Also weihte ich Matthew in den Plan ein, und dann suchten wir gemeinsam passende Kleidung für mich aus. Denn natürlich war es ausgeschlossen, daß ich mich als Frau auf den Weg machen konnte. Zum Glück, obwohl das ja eigentlich kein Glück ist, ist Matthew sehr schlank geworden in den Jahren des Krieges. Und darum waren mir auch seine Hosen nicht allzuweit, wenn ich sie auch mit einem Gürtel fest um die Taille zusammenziehen mußte.«
»Du meinst, dein Verlobter wußte über die Eskapaden Bescheid?« entfuhr es St. James. Der Earl war sichtlich fassungslos. »Und er hat nichts dagegen unternommen?«
Silvie sah ihn mit großen Augen an: »Nichts dagegen unternommen?« wiederholte sie. »Aber was hätte er denn dagegen unternehmen sollen? Nein, nein, Matthew kennt mich viel zu gut. Er weiß, daß ich mich nicht von einem Vorhaben abbringen lasse, wenn ich einmal einen Entschluß dazu gefaßt habe. Und überhaupt, ich tat doch das ganze nicht für mich. Ich tat es doch für uns beide. Schließlich brauchten wir dringend Geld, um Sandham wieder aufzubauen und uns ein standesgemäßes Leben dort zu ermöglichen.«
Mary Ann nickte: »Das scheint mir vernünftig«, erklärte sie. »Und Sie schlüpften also in Männerkleidung, sagten Sie?« Der Earl blickte

kopfschüttelnd von einer Frau zur anderen. Was hätte er da noch für Einwände vorbringen sollen?
Silvie nickte: »Ja, so war es. Und alles in allem ging es viel reibungsloser, als ich es mir vorgestellt hatte. Frank hatte einen schwarzen Strumpf mit Augenschlitzen versehen und ihn mir über den Kopf gezogen. Darüber setzte ich Großpapas alten breitkrempigen Hut. Glücklicherweise konnte ich mir bei den Männern umgehend Respekt verschaffen. Da waren sicher auch die blinkenden Goldmünzen schuld. Geld ist oft viel wirksamer als jedes Argument. Und es ersetzt bisweilen auch körperliche Stärke, wie ich zu meinem Glück feststellen konnte. Das erste Boot wurde in der Nähe der Ortschaft entladen, aber das war natürlich viel zu riskant. Daher beschlossen wir, die Boote nächstesmal nahe Bakerfield-upon-Cliffs anlegen zu lassen. Die geheimen Gänge hatten wir bereits als Kinder entdeckt. Und nun erschien es uns als das einzig Richtige, sie auch zu benützen.«
»Und dein Großvater wußte von all dem Treiben wirklich nichts?« erkundigte sich St. James skeptisch.
»Du hast recht. Natürlich konnten wir es nicht vor ihm geheimhalten. Doch solange wir diskret vorgingen und solange kein Schaden auf den Namen Bakerfield fiel, hatte Großpapa nichts dagegen. Und ich glaube, er genoß es auch, endlich wieder ein Geheimnis zu haben, in das der unermüdliche Mr. Finch nicht eingeweiht war.«
»Und was geschah mit dem betrunkenen Mann, der Ihren Burschen am ersten Abend in das Geheimnis eingeweiht hatte?« erkundigte sich Mary Ann. »Machte euch dieser Bursche keine Schwierigkeiten?«
Silvie kicherte: »Nein, nein. Den hat Frank am nächsten Morgen in eine Kutsche gesetzt. Er hatte ihm erklärt, die Zollfahndung sei auf seinen Fersen. Und er müßte rasch das Land verlassen, wenn er nicht am Galgen baumeln wollte. Es schien, als habe der Mann diese List nicht durchschaut und tatsächlich schleunigst das Land verlassen. Er hieß übrigens Flowers. So bin ich also ohne Probleme in seine Rolle geschlüpft. Wir haben so manche Ladung hier in England verkauft. Und tatsächlich einiges Geld damit verdient.«
»Und dennoch wollen Sie jetzt mit der Schmuggelei aufhören?« er-

kundigte sich Mary Ann, und es klang eine Spur Bedauern in ihren Worten mit.

»Ja, es ist das Klügste. Es ist ohnehin viel zu riskant geworden, seitdem Leutnant Mason hierher abkommandiert wurde. Der Mann ist lästig und steckt seine Nase überall hinein. Es wäre nur eine Frage der Zeit, bis er uns tatsächlich auf die Schliche kommt. Das heißt, auf die Schliche ist er uns ja schon gekommen. Nur die Beweise fehlten ihm bisher. Und auch der Schnee macht uns zu schaffen. Die Fußabdrücke sind so leicht zurückzuverfolgen.«

»Dann dienen also die verschiedenen Wege, die durch den Park freigeschaufelt wurden, als Ablenkung?« warf der Earl ein, dem plötzlich ein Licht aufging.

Silvie nickte: »So ist es. Es ist zwar eine mühevolle Arbeit und doch unbedingt notwendig, wenn wir nicht entdeckt werden wollen. Wenn du gehört hättest, wie Frank deswegen geflucht hat! Er wird auch froh sein, wenn alles zu Ende ist. Sicherlich hatte er sich nicht vorgestellt, daß Schmuggelei mit derart aufreibender Arbeit verbunden ist. Doch er hat auch nicht schlecht verdient bei der Geschichte. Und wir werden Matthews Elternhaus wieder in vollem Glanz erstrahlen lassen und...«

»Das klingt ja erfreulich«, sagte St. James. »Doch wird es dir gelingen, deinen Vater umzustimmen? Wird er je zustimmen, daß du deinen Verlobten heiratest?«

»Zur Zeit bin ich dir noch im Wort«, erklärte Silvie, und es klang überraschend unsicher. Der Earl beeilte sich, ihre Bedenken zu zerstreuen: »Ich denke, es ist in unser beider Sinne, diese Verlobung zu lösen«, erklärte er. »Hätte ich von Anfang an die Wahrheit gewußt, glaube mir, es wäre nie zu dieser Verbindung gekommen.«

»Wie freundlich von dir.« Silvie lächelte ihm aufrichtig zu. »Ich wünschte, du wärst dabei, wenn ich Matthew heirate. Ich hoffe, daß das bald geschehen kann, denn ich möchte nicht auf meine Volljährigkeit warten. Ich bin sicher, Großpapa wird Mittel und Wege finden, Papa davon zu überzeugen, daß eine Ehe mit Matthew die beste Lösung für mich ist. Und nach dem Skandal, den ich verursacht habe, kann ich mir nicht vorstellen, daß es Papa so leicht gelingen wird, einen weiteren reichen Ehemann für mich aufzutreiben.«

»Oh, nein!« rief Mary Ann aus. »Natürlich müssen Sie Ihren Matthew heiraten. Was für eine abenteuerliche Geschichte Sie erlebt haben! Ich freue mich schon darauf, Kitty alles zu erzählen. Sie haben doch nichts dagegen, wenn ich Kitty die Wahrheit anvertraue? Sie ist meine Freundin, müssen Sie wisssen. Miss Charlotta Stapenhill, ach nein, so heißt sie seit heute ja nicht mehr. Sie ist ja nun Lady Alexander Lornerly. Das hatte ich in der Aufregung völlig vergessen.«
»Lornerly!« rief Silvie aus. »Also doch. Großpapa war sich sicher, daß euer Pferdeknecht, dieser Al, in Wahrheit Viscount Lornerly sei. Ich habe ihm das einfach nicht glauben wollen.«
»Dein Großvater wußte auch darüber Bescheid?« erkundigte sich St. James erstaunt.
Silvie nickte: »Großvater ist ein Pferdenarr, müßt ihr wissen. Vor ein paar Jahren, als es ihm gesundheitlich noch besserging und er noch nicht auf den Rollstuhl angewiesen war, da kutschierte ihn Frank einmal nach Ascot. Er wollte um nichts in der Welt dieses Pferderennen versäumen. Und eines der Rennen gewann ein Pferd aus dem Stall des Viscounts. Großpapa vergißt nie ein Gesicht, und so erschien ihm euer Pferdeknecht sofort vertraut, als er ihn das erste Mal sah. Wir haben noch heute mittag über Lornerly gesprochen. Großpapa meinte, er würde sich heute nachmittag Gewißheit verschaffen können, da der Pferdeknecht Al zu heiraten beabsichtigte. Großpapa wollte im Kirchenbuch nachsehen, denn er war sicher, daß sich Lornerly nicht mit einem falschen Namen eintragen würde, wenn er es tatsächlich war.«
Der Earl lachte auf: »Mir scheint, wir haben den alten Viscount tatsächlich unterschätzt«, erklärte er anerkennend.
»Wie kam es, daß Lornerly sich als Ihr Pferdeknecht ausgab?« wollte Silvie wissen. »War das auch ein Teil eures Planes, mich zu finden?«
Nun war es an Mary Ann, Silvie in ihre Geschichte einzuweihen.
»Und darum haben wir beschlossen, Kitty als meine Zofe auszugeben«, erklärte sie, als sie mit der Erzählung geendet hatte. »Und Kitty hat jeden Nachmittag die Seitenflügel des Hauses durchstreift, um Sie zu finden. Und eines Tages war es ja auch soweit, und sie konnte Sie in Ihrem Zimmer einsperren. Damals erschien uns das als sehr

gute Idee. Aber heute kann ich nur sagen, ich hoffe, Sie sind uns nicht böse.«

»Natürlich bin ich euch nicht böse«, erklärte Silvie lachend. »Schließlich habe ich Kitty ja angeschwindelt und sie in den Glauben versetzt, ich sei Barbara und sei noch ein Kind. Ich habe mich königlich darüber amüsiert, daß mir dieser Streich gelungen ist. Doch ich habe Kittys Hartnäckigkeit unterschätzt. Damals hatte ich Glück, daß sie mich in meinem eigenen Zimmer einsperrte. Denn dieser Raum hat eine Holzvertäfelung, und dahinter befindet sich eine geheime Treppe in einen Nebenraum der Küche. Man muß nur die Stelle im Schnitzwerk kennen, an der man drehen muß.«

»Etwas Ähnliches habe ich mir gedacht«, murmelte der Earl.

»Das Haus steckt voller Geheimnisse«, stellte Mary Ann fest.

»Und doch hoffe ich inständig, daß wir jetzt alle kennen«, meinte Seine Lordschaft trocken. »Mein Bedarf an Geheimnissen ist für die nächste Zeit gedeckt.« Er erhob sich, als Silvie Anstalten machte, sich ebenfalls zu erheben. »Ich hoffe, es macht euch nichts aus, wenn ich euch jetzt verlasse. Aber ich muß zu Matthew, um ihm zu berichten, was ich heute erlebt habe. Er wird schon vor Neugierde brennen, wie ich ihn kenne. Nun, da ihr in die Geheimnisse eingeweiht seid, besteht kein Anlaß mehr, ihn oben im Westflügel zu verstecken. Morgen werdet ihr ihn also kennenlernen.« Sie knickste und wollte sich eben zurückziehen, als St. James noch etwas einfiel: »Wußte Paulina Aldwin Bescheid?« erkundigte er sich. »Ich meine, hast du sie darüber aufgeklärt, wer ich in Wirklichkeit bin?«

Silvie schüttelte überrascht den Kopf: »Paulina?« wiederholte sie. »Nein, keinesfalls. Sie ist nicht das Mädchen, das ich je in Geheimnisse einweihen würde.«

»Warum sind die Aldwins überhaupt gekommen?« erkundigte sich nun Mary Ann. »Ich meine, es hatte den Anschein, als stünde ihr Kommen in irgendeinem Zusammenhang mit Ihnen, Lady Silvie.«

Silvie nickte lachend: »Ja, das ist richtig. Sosehr ich mich auch dagegen gewehrt habe, denn ich kann Tante Sarah beim besten Willen nicht ausstehen. Und Paulina schon gar nicht. Doch Großpapa meinte, es sei einfach nicht das richtige, wenn ich mit Matthew unter einem Dach lebe, ohne daß eine Anstandsdame hier im Haus weilt.

Und dann, nachdem Sie hier aufgetaucht waren, Miss Rivingston, in Begleitung eines jungen Mannes, der nicht mit Ihnen verwandt war, auch wenn Sie ihn als Ihren Bruder ausgaben, da hatte Großpapa auch noch die Bedenken, daß Sie kompromittiert würden. Um so erfreuter war er, als Tante Sarah am nächsten Tag hier eintraf.«

»Der alte Herr hat wirklich an alles gedacht«, nickte der Earl anerkennend. Mary Ann erhob sich nun ebenfalls: »Ich denke, es ist das beste, ebenfalls zu Bett zu gehen.« Sie beeilte sich, sich Lady Silvie anzuschließen. »Es war ein aufregender Tag, und ich bin rechtschaffen müde.« Auch sie versank in einen kleinen Knicks, und dann verließen die beiden jungen Frauen das Zimmer. St. James, der sich noch gerne mit Mary Ann unterhalten hätte, blieb unschlüssig im Salon zurück.

XXVI.

Der nächste Morgen brachte einen überraschenden Wärmeeinbruch. An den Fenstern schmolzen die Eisblumen im Schein der wärmenden Sonne. Die Eiszapfen, die zahlreich von den Dachfirsten hingen, lösten sich langsam in schillernde Tropfen auf. Der Himmel war nahezu wolkenlos, die Sonne stand hoch über dem Horizont. Noch ein, zwei so schöne Tage, und einer Abreise stand nichts mehr im Wege.

Bakerfield-upon-Cliffs erfüllte sich mit Unruhe. Aufbruchstimmung war in den dumpfen Hallen zu spüren. Der Viscount bemerkte es mit einer Mischung aus Wehmut und stiller Zufriedenheit. Die Gäste würden gehen, doch Silvie und Matthew blieben. Und so würde die Stille und Eintönigkeit nicht zurückkehren. Nein, den beiden würde es gelingen, die ehrwürdigen Hallen mit neuem Leben zu erfüllen. Und über kurz oder lang würden sich Kinder einstellen, und ihr fröhliches Lachen würde durch das Haus klingen. Der Viscount schöpfte neuen Lebensmut. Er mußte es einfach noch erleben, seine Urenkelkinder heranwachsen zu sehen. Natürlich, er hatte nichts dagegen, daß die beiden jungen Leute Sandham House von Grund auf renovieren wollten. Und doch hoffte er, daß sie noch lange bei ihm im Herrenhaus lebten. Ein Klopfen an der Zimmertür unterbrach seine Gedanken. Der Earl of St. James und Viscount Lornerly standen einmütig im Türrahmen und blickten mit betretenen Gesichtern zu ihm hin. Der Viscount mußte lächeln. Die beiden erinnerten ihn zu sehr an Schulbuben, die bei einem dummen Streich erwischt worden waren. Gutgelaunt forderte er sie auf, Platz zu nehmen.

Kitty war bereits am frühen Morgen in das Zimmer ihrer Freundin geeilt, um sie herzlich zu umarmen: »*Buenos días, querida!* Alles Gute zum Geburtstag!« rief sie aus und küßte Mary Ann stürmisch auf beide Wangen. »*Mis felicitaciones!* Ich wünsche dir, daß du bald ebenso glücklich bist, wie ich es bin. Ach, du ahnst ja gar nicht, was für eine Freude es ist, verheiratet zu sein.« Mary Ann lächelte wehmütig. Doch Kitty bemerkte dies nicht: »Ich bin bereits dabei, die Koffer zu packen«, erklärte sie und rieb aufgeregt die Hände aneinander. »Spätestens in ein, zwei Tagen wollen wir abreisen. Ich bin schon so aufgeregt, Windon Hall zu sehen. Denkst du, der Herzog wird mich mögen? Ach, bitte, Mary Ann, halte mir die Daumen, daß mir die Herzogin es nicht verübelt, ihren Lieblingssohn so heimlich geheiratet zu haben.«
Als Mary Ann nichts erwiderte, hielt Kitty abrupt in ihrem Redestrom inne und musterte ihre Freundin von oben bis unten: »He, was ist denn das für ein Gesicht? Du sollst doch fröhlich sein an deinem Geburtstag. Du bist jetzt volljährig, Annie, hast du das vergessen? Du bist endlich die Vormundschaft deines Bruders losgeworden. Ist das nicht allein schon ein Grund zum Feiern?«
Mary Ann zuckte mutlos mit den Schultern. »Ja, natürlich ist das ein Grund. Und doch, weißt du, Kitty, es wäre mir viel wohler, wenn ich wüßte, wie es nun weitergehen soll. Du bist verheiratet. Was bleibt mir also anderes übrig, als doch wieder reumütig zu John zurückzukehren?«
»Das wirst du nicht tun!« rief Kitty energisch aus. »Wir haben dir doch angeboten, dich mit nach Windon Hall zu nehmen. Al hat mir ausdrücklich versichert, daß er nichts dagegen hat, wenn du mit uns kommst.« Doch Mary Ann schüttelte ebenso energisch den Kopf:

»Nein, Kitty, ich weiß dein hochherziges Angebot zu schätzen. Wirklich, es ist zu freundlich von euch, daß ihr an mich denkt, doch ich werde nicht mit euch nach Windon Hall fahren. Um nichts in der Welt möchte ich euer junges Glück stören. Und was sollte ich auf Windon Hall bei all den wildfremden Menschen? Nein, da ist es schon klüger, nach Ringfield Place zu fahren und zumindest die Weihnachtsfeiertage bei John und den Kindern zu verbringen. Dann kann ich ja weitersehen.«

Kitty seufzte. Sie verstand St. James nicht. Sie hatte ihren Vormund in den letzten Tagen beobachtet. Sie konnte sich doch nicht täuschen, St. James hatte eindeutig ein Auge auf Mary Ann geworfen. Warum um alles in der Welt erklärte er sich dann nicht? All die Probleme ihrer Freundin wären mit einem Schlag gelöst. Doch so konnte sie dieses Thema natürlich nicht ansprechen. Was war, wenn sie sich irrte und Mary Ann unerfüllbare Hoffnungen in den Kopf setzte?

»Als alleinstehende Frau kann ich unmöglich einen Hausstand gründen«, spann Mary Ann ihre Gedanken fort. »Na ja, es wird mir schon etwas einfallen.« Sie bemühte sich um ein zuversichtliches Lächeln. »Da gibt es noch eine alte Freundin von Mama in Bedfordshire. Vielleicht schreibe ich dieser Dame einmal. Möglicherweise kann sie eine Betreuerin gebrauchen.« Mary Ann seufzte und ließ sich auf der Bettkante nieder. Das Leben war schwer, wenn die Zukunft im dunkeln lag. Daran änderte auch die Tatsache nichts, daß sie heute ihren Geburtstag feierte. Sie war endlich einundzwanzig, endlich volljährig. Wie lange hatte sie mit Sehnsucht auf diesen besonderen Tag gewartet. Sie hatte sich vorgestellt, Freudentänze darüber aufzuführen, endlich aus Johns Vormundschaft entlassen zu werden. Und doch, nun hatte es den Anschein, als müßte sie sich freiwillig wieder dem Willen ihres Bruders beugen. Ohne Geld nützte ihr die Volljährigkeit nichts. Kitty konnte diesen traurigen Blick nicht ertragen. Es war ohnehin Zeit, daß sie sich mit ihrem Vormund aussprach.

»Ich muß dich leider verlassen, um die Koffer zu packen«, erklärte sie, als hätte sie Mary Anns trübe Stimmung nicht bemerkt. »Am Nachmittag wollen Al und ich das erste Mal ausreiten. Ich glaube, es steht dir nicht der Sinn danach, uns zu begleiten?«

Mary Ann lächelte gequält: »Nein, wahrhaftig nicht«, bestätigte sie.

»Doch laß dich nicht aufhalten, Kitty. Wir sehen uns zum Dinner. Wie ich gehört habe, hat der Viscount Anweisung gegeben, daß du und Al heute abend bei uns eßt. Ich bin wirklich froh darüber, dich wieder an meiner Seite zu wissen. Ich hatte stets ein schlechtes Gewissen, daß du bei der Dienerschaft essen mußtest, während ich mich im Salon vergnügte.«

Kitty lächelte: »Es war gar nicht so schlimm, wie du dir vorstellen kannst. Und wer weiß, vielleicht hätte ich Al nie richtig kennengelernt, wenn uns diese Stunden in der Küche nicht zusammengeführt hätten.« Sie drückte ihrer Freundin noch einen raschen Kuß auf die Wange, und dann verließ sie das Zimmer.

Mary Ann hätte heulen können. So saß sie da auf ihrer Bettkante und starrte aus dem Fenster. Natürlich gönnte sie ihrer Freundin all das Glück und die Freude, die sie jetzt empfand. Und doch. Sie hatte ihr künftiges Leben mit Kitty gemeinsam geplant. Und nun war sie allein übriggeblieben. Am besten, sie begann auch, die Koffer zu packen. Lieber einen Nachmittag alleine in ihrer Kammer als unten im Salon. Sie hatte nicht die geringste Lust zuzusehen, wie St. James mit Paulina flirtete. Wenn sie daran dachte, wie begierig er war, von Lady Silvie zu erfahren, ob Paulina seine wahre Herkunft kannte. Sicher würde er seine Identität dem Mädchen noch heute nachmittag enthüllen. Wenn sie Paulina richtig einschätzte, so würde diese nichts lieber tun, als dem Earl um den Hals zu fallen. Die Chance, eine Countess zu werden, nein, die würde sich Paulina Aldwin nicht entgehen lassen. Und ihre Mutter schon gar nicht.

Die Uhr im Salon schlug mit dumpfen Tönen sechsmal die volle Stunde. Der Earl, bereits für das Dinner umgekleidet, ging unruhig auf und ab. Es war nicht auszuhalten. Neben dem Kamin hatte sich Familie Aldwin vollzählig versammelt. Der Viscount und Mr. Finch hatten sich zu ihnen gesellt, und gemeinsam besprachen sie die Pläne für die kommenden Festtage. Bei dieser Gelegenheit erinnerte sich Mrs. Aldwin an all die Weihnachtsfeiern, die sie in den letzten Jahren in den verschiedenen ersten Häusern des Landes verbracht hatte. Sie ließ, wie unabsichtlich, die Namen bedeutender Persönlichkeiten in ihre Erzählungen einfließen und zählte weitschweifig die einzelnen

Gänge des Festmenüs auf, das Lady Addlethorpe im letzten Jahr aufgetischt hatte.

St. James hätte sie am liebsten aufgefordert, endlich den Mund zu halten. Er wußte selbst nicht, warum er derart gereizt war. Und doch war er in diesem Augenblick Mr. Finch geradezu dankbar, als dieser mit düsterer Stimme verkündete, daß Völlerei ein Werk des Teufels sei. Damit war Mrs. Aldwin für kurze Zeit zum Schweigen gebracht.

Ihr Gemahl und Viscount Bakerfield nutzten den kurzen Augenblick der Stille, um ihr Gespräch über den Neubau eines Pferdestalls wieder aufzunehmen. Ein schier unerschöpfliches Thema für die beiden, dem St. James ebenso nicht das geringste abzugewinnen vermochte. Auf dem kleinen Sofa saß Paulina Aldwin und schwieg. Ihre Stickerei lag achtlos auf ihren Knien, und ihre einzige Beschäftigung bestand darin, ihm kokette Blicke zuzuwerfen, sobald sich sein Blick in ihre Richtung verirrte.

Dumme Gans, dachte er mit sichtlichem Mißvergnügen. Es war zu offensichtlich, daß Paulina in der Zwischenzeit wußte, wer er in Wirklichkeit war. Und nun versuchte sie mit allen Mitteln, ihre Ablehnung vom Vortag wiedergutzumachen. Doch er dachte nicht im Traum daran, ihr die Freude zu machen und sie tatsächlich mit einem Antrag zu beehren. Einmal war er knapp an dieser Dummheit vorbeigeschlittert. Das war ihm mehr als eine Lehre. Im hinteren Teil des großen Raumes saßen Silvie und ihr Verlobter, ein blasser junger Mann mit kurzgeschnittenen rötlichblonden Haaren. Sie hatten das Schachspiel vor sich aufgestellt, doch es schien, als wären sie eher in ein amüsantes Gespräch denn in das Spiel vertieft. Hätte St. James diese idyllische Zweisamkeit stören und sich zu ihnen setzen sollen?

Er schnappte sich den *Morning Chronicle* von dem kleinen Tischchen an der Wand und ließ sich in den breiten Lehnstuhl zwischen den beiden hohen Spitzbogenfenstern fallen. Lustlos blätterte er in der Zeitung. Wenn Lornerly wenigstens hier wäre. Oder Kitty. Er hatte heute nachmittag ein interessantes Gespräch mit seinem ehemaligen Mündel geführt. Und er war zur Ansicht gelangt, daß seine gute Schwester Jane Kitty falsch beurteilt hatte. Das Mädchen war eine intelligente kleine Person, und Lornerly konnte man zu seiner Braut nur beglückwünschen. Wo Mary Ann so lange blieb? Kitty hatte ihm erzählt, daß sie heute Geburtstag hatte. Und er hatte noch gar nicht Gelegenheit gehabt, ihr zu gratulieren. Er hatte nicht einmal ein Geschenk für sie. Wie gerne hätte er sie mit irgendeiner kleinen Kostbarkeit verwöhnt. Doch hier, auf Bakerfield-upon-Cliffs, eingeschneit, fern von jeder Stadt, da war es natürlich ausgeschlossen, daß er ihr etwas besorgen konnte.

In diesem Augenblick ging die Tür auf, doch es war nicht Mary Ann, die eintrat, sondern Viscount Lornerly mit seiner frisch angetrauten Gemahlin. St. James hatte seinem Freund Abendkleidung zur Verfügung gestellt, damit dieser nicht in dem Gewand eines Dieners an der Dinnertafel Platz nehmen mußte. Nun stand Lornerly also im Türrahmen und war kaum wiederzuerkennen. Die Haare waren ordentlich aus der Stirn gebürstet, das Halstuch in korrekte Falten gelegt. Obwohl ihm die Jacke an den Schultern eine Spur zu eng war, trug er sie mit angeborener Grandezza. Kitty im himmelblauen Kleid an seinem Arm strahlte vor Stolz. Sie zwinkerte ihrem Vormund belustigt zu, bevor sie sich von ihrem Gatten zu den Aldwins führen ließ. Der Hausherr beeilte sich, die beiden seinen Verwandten vorzustellen.

St. James fing den neidischen Blick auf, den Paulina Kitty zuwarf. Es hätte nicht viel gefehlt, und er hätte laut aufgelacht. Sein ehemaliges Mündel sah wirklich wie eine Prinzessin aus. Kaum zu glauben, daß sie noch gestern die Rolle eines Dienstboten mit so viel Überzeugung gespielt hatte. Nun war die Gesellschaft also vollzählig versammelt. Nur Mary Ann fehlte.

St. James' Ungeduld wuchs von Minute zu Minute. Nun kam Silvie näher, um Kitty zu begrüßen. Liebevoll stützte sie ihren Verlobten, dessen verletztes Bein noch immer geschont werden mußte. Dem Earl war, als hätte er noch selten drei so hübsche Damen in einem Raum gesehen. Silvie in ihrem dottergelben Kleid, die Wangen zart gerötet, ein Anblick vollkommenen Liebreizes. Daneben Kitty, deren dunkle Locken bei jeder Bewegung wippten, die dunklen Augen mit einem strahlenden Lächeln in die Runde gerichtet.

Paulina hatte sich an die Seite ihrer Eltern gestellt und wirkte in ihrem blütenweißen Kleid zart und zerbrechlich. Eine doppelreihige Perlenkette schmückte ihren Schwanenhals, die blonden Locken kringelten sich vorwitzig im Nacken. Sie war vielleicht die makelloseste Schönheit von den dreien. Und doch: Sie hatte ihren Reiz auf ihn völlig eingebüßt.

Endlich ging die Tür auf. St. James fuhr mit einem Ruck herum. Hatte er eben noch gedacht, die drei schönsten Damen seien bereits im Raum versammelt? Ohne zu zögern verwarf er diese Überlegung auf der Stelle, denn im Türrahmen stand Mary Ann. Aber nicht die Mary Ann, die ihm bekannt und vertraut war. Nein, eine rothaarige Schönheit in einem mitternachtsblauen Abendkleid. Die langen, kupferroten Locken waren nur mit einem Band aus demselben Blau aus der Stirn gehalten und fielen in weichem Schwall über ihre makellosen Schultern. War dieses reizvolle Wesen wirklich Mary Ann? Die vertraute Gefährtin, die kluge Gesprächspartnerin, die Frau, mit der er ungezwungen lachen und so verbissen streiten konnte? Es war ihm, als sehe er sie plötzlich mit ganz anderen Augen.

Mary Ann hatte diesen bewundernden Blick sofort bemerkt. Genauso hatte sie sich die Wirkung ihres Kleides damals ausgemalt, als sie den Ball von Mrs. Nestlewood besuchte. Der Ball von Mrs. Nestlewood, wie lange war das schon her! Damals war es Reverend Westbourne gewesen, den sie in Entzücken versetzen wollte. Und nun war es ihr unerwartet bei einem anderen Mann gelungen. Um wie vieles lieber war es ihr, diesem Mann zu gefallen, als Bernard Westbourne. Ihr Herz klopfte bis zum Halse, als sie St. James auf sich zukommen sah.

»Ich bitte zu Tisch«, hörte sie die Stimme des Viscounts wie von weiter Ferne her sagen. St. James bot ihr seinen Arm. Mary Ann fühlte sich seltsam befangen. So hatte sie sich in seiner Gegenwart noch nie gefühlt. Und auch ihm schien das Sprechen schwerzufallen. Doch es war nicht nötig, daß sie sprachen.

Die Unterhaltung bei Tisch wurde, wie so oft, nahezu alleine von Mrs. Aldwin bestritten. Sie hatte das Gespräch wieder aufgenommen, das Mr. Finch vor geraumer Zeit durch seine strenge Bemerkung kurz unterbrochen hatte. Sie sprach über frühere Weihnachtsfeste, schmiedete Pläne für den Christtag und fügte mit kaum verhohlener Freude hinzu, wie schade es sei, daß Viscount Lornerly und seine

Gemahlin die Gesellschaft schon vor diesem Ereignis verlassen wollten.

»Aber Sie werden doch noch hier sein, Eure Lordschaft?« wandte sie sich mit einschmeichelndem Lächeln an St. James. Die Freundlichkeit, die sie ihm nunmehr zuteil werden ließ, unterschied sich deutlich von der kühlen Haltung, mit der sie ihm bisher begegnet war. »Paulina ist bereits außer sich vor Vorfreude, mit Ihnen das Weihnachtsfest verbringen zu dürfen, Mylord. Sie hat einige ganz besonders reizende Lieder einstudiert. Und es ist ihr eine besondere Freude, sie Ihnen vorzutragen.«

St. James fiel es schwer, den Blick von Mary Ann zu wenden, die ihm bei Tisch gegenübersaß. Doch nun wandte er sich Mrs. Aldwin zu und sagte in nicht gerade freundlichem Tonfall: »Es tut mir unendlich leid, Ihre Tochter enttäuschen zu müssen. Doch auch ich muß abreisen, sobald es die Wetterverhältnisse zulassen. Wir haben die Gastfreundschaft von Viscount Bakerfield bereits über Gebühr in Anspruch genommen.«

Diesen Einwand konnten weder Paulina noch ihre Mutter unwidersprochen hinnehmen. Die nächsten Minuten vergingen damit, daß beide versuchten, den Earl mit allerlei Schmeicheleien dazu zu bringen, ihnen das Versprechen zu geben, er werde mit ihnen Weihnachten auf Bakerfield-upon-Cliffs verleben.

»Nun sag doch auch etwas, Onkel Robert«, wurde Viscount Bakerfield von seiner Nichte aufgefordert. »Bitte, lieber Onkel. Dir wird es gelingen, Seine Lordschaft davon zu überzeugen, daß er einfach noch nicht abreisen darf!«

Mr. Shedwell und Frank hatten in der Zwischenzeit den Tisch abgeräumt und Portweingläser für die Herren aufgedeckt. Es war auf Bakerfield-upon-Cliffs nicht üblich, daß sich die Damen nach Tisch zurückzogen, um die Herren in Ruhe ihrem Portwein zu überlassen.

St. James unterbrach brüsk die Überredungskünste der Damen, indem er sich erhob: »Wenn Sie gestatten, Mary Ann und ich möchten uns gerne in die Bibliothek zurückziehen.« Er wartete die Zustimmung nicht ab, sondern ging um den Tisch herum und blieb neben Mary Anns Stuhl stehen. Diese blickte mit überraschter Miene zu ihm empor, erhob sich jedoch, ohne zu zögern. Paulina beeilte sich, es ihr gleichzutun: »Wartet auf mich, ich komme mit!« Rasch legte sie ihre Serviette auf den Tisch. Mit wenigen Schritten war sie bei dem kleinen Sofa vor dem Kamin und griff nach der achtlos weggelegten Stickerei. St. James erstarrte.

»Einen Moment, Paulina«, meldete sich Lady Silvie zu seiner großen Erleichterung zu Wort. »Es gibt da etwas, was Matthew und ich mit dir besprechen wollen. Nicht wahr, mein Lieber?« Es war offensichtlich, daß Lord Sandham keine Ahnung hatte, was er mit Paulina besprechen sollte, dennoch beeilte er sich, seiner Verlobten recht zu geben: »Ja, gewiß wollen wir das«, erklärte er bereitwillig.

Dieser Aufforderung konnte sich ihre Cousine nicht gut widersetzen. Schmollend schob sie die Unterlippe vor und trottete widerwillig mit ihrer Cousine und deren Verlobten in den hinteren Teil des Salons. St. James warf seiner ehemaligen Verlobten einen dankbaren Blick zu. Diese zwinkerte zurück. Sie fand es nur recht und billig, ihm auch einmal einen kleinen Gefallen erweisen zu können.

In der Bibliothek zündete Mary Ann die Kerzen in den Wandleuchtern an, wie sie dies an den vielen Abenden zuvor getan hatte. Und St. James legte ein weiteres Holzscheit in den Kamin. Auch das war wie jeden Abend. Und doch war alles ganz anders. Mary Ann drehte sich zu St. James um: »Shakespeare?« erkundigte sie sich, und ihre Stimme zitterte ganz leicht. Sie hob ihre Hand, um den dicken Wälzer vom Regal zu nehmen. Der Earl war zu ihr getreten und hielt ihren Arm fest. »Nein, nicht Shakespeare«, sagte er, und seine Stimme klang rauh. »Mir steht heute nicht der Sinn nach Lesen.« Er lächelte zu ihr hinunter: »Ich dachte, du würdest dich freuen, wenn wir gemeinsam deinen Geburtstag feiern. Nur wir beide. Ich habe Shedwell gebeten, eine Flasche Champagner zu bringen. Du weißt, eine der Flaschen, die die tollkühne Silvie erst vor wenigen Tagen hat an Land bringen lassen.«

»Eine aufregende Frau, Lady Silvie«, erklärte Mary Ann und fühlte sich ungewohnt befangen. »Bist du sehr traurig darüber, daß sie einen anderen liebt?«

St. James stand noch immer nahe bei ihr und blickte mit unergründlichem Lächeln zu ihr hinunter: »Nicht im geringsten«, erklärte er.

»Und so aufregend Silvie auch ist, sie ist nicht annähernd so aufregend wie die Frau, die ich heiraten werde.«
Mary Ann trat rasch einige Schritte zurück: »Also, ich kann an Paulina Aldwin nichts Aufregendes finden«, platzte sie heraus.
Ebenso rasch war St. James wieder bei ihr: »Wer spricht denn von Paulina Aldwin?« erkundigte er sich. »Vergiß Paulina, ich weiß, daß du sie nicht leiden kannst. Und du hast recht. Sie ist eine dumme, dünkelhafte Gans.«
»Oh, oh, oh.« Mary Ann lächelte spöttisch. »Wie kommen Mylord zu dieser weisen Erkenntnis? Vor wenigen Tagen hast du doch noch ganz anders gesprochen...«
St. James stand nun ganz nah vor ihr: »Habe ich nicht«, widersprach er hartnäckig.
»Hast du doch.« Sie blickte zu ihm empor, und sein Gesichtsausdruck verschlug ihr beinahe die Sprache.
»Wenn du vielleicht die Güte hättest, endlich Paulina Aldwin zu vergessen, dann könnte ich dir etwas Wichtigeres mitteilen.«
»Schon vergessen«, hauchte Mary Ann fast lautlos. Sie blickte so voll unschuldiger Erwartung zu ihm auf, daß es St. James mit einem Male schwerfiel, ihr das zu sagen, was er ihr schon den ganzen Abend sagen wollte. Brüsk drehte er sich um und ging zum Kamin hinüber. Mit nervösen Fingern klopfte er gegen den messingbeschlagenen Sims. Verdammt, wie sagte man einer Frau, daß man sie liebte? In dieser Verlegenheit war er noch nie gewesen. Und was tat er, wenn sie seine Liebe nicht erwiderte? Eine höllische Situation. Und doch, er holte tief Luft, eine Situation, die es zu meistern galt: »Du bist doch jetzt volljährig?« fragte er und musterte eingehend seine Stiefelspitzen.
Mary Ann wußte nicht, was sie von dem abrupten Stimmungswechsel Seiner Lordschaft halten sollte. »Ja, das bin ich«, bestätigte sie und wartete gespannt, was er wohl als nächstes fragen würde.
St. James hob den Kopf und lächelte ihr etwas unsicher zu: »Das ist gut. Das ist sehr gut.« Langsam kam er näher. »Denn nun bist du deine eigene Herrin, nicht wahr? Du kannst selbst entscheiden, wen du heiraten möchtest?«
Mary Ann nickte beklommen.

»Wie schön!« fuhr St. James fort. »Nichts hätte ich weniger gerne getan, als bei deinem Bruder um deine Hand anzuhalten. Er ist ein verflixt selbstgerechter, aufgeblasener Kerl, der gute John.«
»Um meine Hand anhalten?« erkundigte sich Mary Ann mit leiser Stimme.
»Natürlich, um deine Hand anhalten!« rief der Earl, wie immer leicht ungeduldig, aus. »Wovon rede ich denn die ganze Zeit? Mußt du es mir so schwermachen? Sag bloß, du liebst mich nicht?«
»Seit wann hat denn bei dir Ehe etwas mit Liebe zu tun?« Sein vorwurfsvoller Ton forderte sofort ihren Widerspruch heraus.
»Hat sie ja auch gar nicht«, widersprach er trotzig. Und dann riß er sie ungestüm in seine Arme. »Im allgemeinen, meine ich. Doch bei uns beiden ist es etwas anderes. Dich liebe ich nämlich, Mary Ann Rivingston. Und nun spann mich doch nicht länger auf die Folter. Sag schon, liebst du mich, und willst du mich heiraten?«
Mary Ann konnte nicht glauben, was sie da hörte. »Meinst du das ernst, St. James?« erkundigte sie sich.
Er hielt sie noch immer mit seinen Armen fest umfangen. »Merkst du das nicht?«
Mary Ann sah die Zärtlichkeit in seinem Gesicht und nickte. »Doch, tatsächlich, du meinst es wirklich und wahrhaftig ernst. Ich liebe dich auch, St. James.« Weiter kam sie nicht. Mit einem glücklichen Lächeln hatte er sie an sich gezogen, und nun küßte er sie mit lang aufgestauter Leidenschaft. Glücklich stellte er fest, daß ihre Leidenschaft der seinen in nichts nachstand. Was für eine aufregende Ehe sie führen würden.
»So, da bin ich wieder«, meldete sich Paulinas Stimme von der Tür her. »Es war gar nicht so wichtig, was mir Silvie ... aber was macht ihr denn da? Mama! Ich werde sofort Mama holen. Ich dachte, ihr lest wieder in dem alten Buch.«
Aufseufzend gab St. James Mary Ann frei. Nun tauchte auch Lady Silvie im Türrahmen auf: »Entschuldige bitte, St. James. Ich habe alles versucht. Ich konnte sie einfach nicht länger aufhalten«, sagte sie reuevoll.
Der Earl wandte sich wieder Mary Ann zu, den Arm noch immer um ihre Schulter gelegt: »Hast du eben ja gesagt?« wollte er wissen.

Mary Ann wußte sofort, was er meinte: »Ja!« sagte sie laut und deutlich.
Er blinzelte ihr glücklich zu: »Es ist schon gut, Silvie. Paulina kann ruhig hierbleiben«, erklärte er fröhlich. »Und ihr alle auch«, fügte er hinzu, als er Kitty und Al im Türrahmen erblickte. »Mary Ann hat eben eingewilligt, meine Frau zu werden. Wir haben also in Zukunft noch genügend Zeit, alleine...«
Mary Ann errötete zutiefst, als sie die lachenden Gesichter ihrer Freunde wahrnahm. »...Shakespeare zu lesen«, vervollständigte sie.

Sophia Farago
Maskerade in Rampstade
Roman
Band 11430

Auf die dringende Bitte ihres Jugendfreundes George Willowby reist die junge Adlige Sophia Matthews von Winchester nach Rampstade Palace in York, dem Herzogsitz von Georges Großmutter. Kurz vor der Ankunft dort eilt ihr nach einem Kutschenunfall ein stattlich wirkender Straßenräuber zu Hilfe und geleitet Sophia bis zum nahe gelegenen Adelssitz Grandfox Hall, wo sie gastfreundliche Aufnahme findet. Jojo, der Straßenräuber, verabschiedet sich allerdings am Portal. Nach diesem Zwischenfall erreicht Sophia Rampstade Palace. George bittet sie, sich gleich gegenüber der kränklichen reichen Herzogin als seine Verlobte auszugeben, damit diese ihn in ihrem Testament zum Haupterben bestimmt. Dadurch glaubt er sich seinem Cousin und Erbschaftsrivalen, dem benachbart wohnenden Earl of Cristlemaine, im Vorteil. Die auf sympathische Weise selbstbewußte Sophia geht mit spielerischer Leichtigkeit darauf ein und amüsiert sich vor allem auf einem inzwischen stattfindenden Maskenball, auf dem auch Jojo, der Straßenräuber wieder auftaucht.

Fischer Taschenbuch Verlag

Sophia Farago
Die Braut des Herzogs
Roman
Band 11495

Der Herzog von Wellbrooks ist einer der tonangebenden Dandys im London der Regency-Zeit. Damals lag Englang im Krieg mit Napoleon, ein Kampf, der erst in Waterloo endete. In den adligen Zirkeln von London geht indessen das gesellschaftliche Leben seinen gewohnten Gang: Debütantinnen-Bälle, Tea-Partys, Wettrennen mit Pferden. Auch Wellbrooks frönt allerlei Vergnügungen in einer Zeit, die für ihren lockeren Lebensstil noch heute berühmt und berüchtigt ist. Erschien der vermögende, gutaussehende und hochadlige Wellbrooks auf einem der zahlreichen Debütantinnen-Bälle, so war ihm die Aufmerksamkeit der Damenwelt gewiß. Die Mütter drängten sich um ihn, denn der unverheiratete Wellbrooks war zweifellos der begehrenswerteste Junggeselle Londons. Um diesem Ansturm auf seine Person zu entgehen, macht Wellbrooks auf Anraten seiner lebensklugen Großmutter der ihm völlig unbekannten Miss Olivia Redbridge einen Heiratsantrag, mit der Absicht einer Vernunftsehe. Olivia lebt bei Bath auf dem Lande, führt den Gutshaushalt ihres verwitweten Vaters und ist mit dem mondänen Treiben in der Hauptstadt überhaupt nicht vertraut. Als Olivia nun zur Ballsaison erstmals nach sechs Jahren wieder nach London kommt, und die beiden sich kennenlernen, sind sie voneinander sehr beeindruckt...

Fischer Taschenbuch Verlag

Sophia Farago
Hochzeit in St. George
Roman

Band 12156

Catharine de la Falaise, die Tochter des Herzogs von Milwoke, stand schon einmal vor dem Traualtar in St. George. Beim ersten Mal war sie, als unerfahrene Braut, als bis über beide Ohren verliebte junge Frau, betört vom Charme eines verführerischen Franzosen, blind in eine fatale Ehe getappt. Als Angetraute eines französischen Barons hat sie die schönsten Jahre ihres jungen Lebens auf einem einsamen, windumtosten Schloß in der Normandie verbringen müssen. Nach dem Tod ihres ungeliebten Gemahls, um dessen nicht unbeträchtliche Hinterlassenschaft sie kämpft, ist Catharine inkognito ins heimatliche England zurückgekehrt. Eigentlich ist es ihr Wunsch, Abstand zu gewinnen von den Jahren, die hinter ihr liegen, und im abwechslungsreichen, glänzenden Gesellschaftsleben in Englands Hauptstadt zur Regency-Zeit Zerstreuung zu finden. Doch es kommt anders als erwartet. Catharine de la Falaise, diese ungewöhnliche, selbstbewußte junge Frau, steht zum zweiten Mal in St. George vor dem Altar. Keine überstürzte »Liebesheirat« diesmal, sondern eine höchst praktische Vernunftehe. Doch bald fällt ein düsterer Schatten auch auf diesen Bund. Ein schwerwiegender Mordfall beunruhigt die Familie. Ein Vatermord?

Fischer Taschenbuch Verlag

Penelope Williamson

Im Herzen des Hochlandes

Roman

Aus dem Amerikanischen
von Helga Weigelt

Band 13119

Englisch-schottische Grenze: elisabethanische Zeit. Alexia Carleton ist die Tochter des englischen ›Warden‹, und als sie sich mit vierzehn als Junge verkleidet, um an einem der Gerichtstreffen zwischen Engländern und Schotten teilzunehmen, begegnet sie zum ersten Mal Jamie Maxwell, Sohn des schottischen ›Warden‹ und Clanführers. Sie rauft sich mit schottischen Jungs; er rettet sie, küßt sie... Die Handlung macht einen Zeitsprung. Vor dem Hintergrund englisch-schottischer Rivalitäten und intrigenhafter Familienfehden kommt es zu Eheschließungen mit Dritten, Entführungen, Mißverständnissen, Rettungsaktionen in letzter Minute.

Fischer Taschenbuch Verlag

Penelope Williamson

Manchmal in all den Jahren

Roman

Aus dem Amerikanischen
von Brigitte Gruss

Band 13038

Dieser Roman der Erfolgsautorin Penelope Williamson führt in die erste Hälfte des 19. Jahrhunderts. McCady Trelawny, der jüngste Sohn von Lord Caerhays, experimentiert mit einer Dampfmaschine, die eine Lokomotive werden soll, doch seine Versuchsanordnung explodiert. Jessalyn Letty, die Hauptfigur dieses Romans, kümmert sich um den leicht verletzten jungen Mann. Und von da an wird die Beschäftigung mit dieser neuen technischen Erfindung – und natürlich mit McCady selbst – zum Hauptinhalt ihres Lebens. Gegen unzählige Widerstände und zähe Widersacher versucht sie, dem von seiner Idee geradezu besessenen Ingenieur zum Durchbruch zu verhelfen.

Fischer Taschenbuch Verlag

Penelope Williamson

Aus ruhmreichen Tagen

Roman

Aus dem Amerikanischen
von Helga Weigelt

Band 13037

Romantischer Liebesroman, der im Mittelalter in Wales spielt. Wales wird hier als düsteres, noch halbwegs heidnisches Gebiet geschildert, das die Normannen im 14. Jahrhundert zu unterwerfen versuchen. Die mit übersinnlichen Kräften begabte neunzehnjährige walisische Fürstentochter Arianna und ihre festungsartige Burg Rhuddlan sind quasi die Trophäe für den adligen normannischen Bastardsohn Raine. Schlachten und Turniere zu gewinnen ist für diesen kampferprobten, innerlich dennoch verletzlichen »Schwarzen Ritter« kein Problem, aber die Hochzeitsnacht mit der stolzen und widerspenstigen, dennoch durchaus verführbaren, Arianna wird zum Fiasko.

Fischer Taschenbuch Verlag

Penelope Williamson

Westwärts

Roman

Aus dem Amerikanischen
von Manfred Ohl und Hans Sartorius

752 Seiten. Geb.

Neu-England 1879: Trotz ihres noch jungen Lebens kennt Clementine Kennicutt das Gefühl der ruhelosen Sehnsucht. Im Boston der besseren Kreise erzogen, kann sie es kaum erwarten, den Ketten der puritanischen Weltsicht ihres Vaters zu entkommen. Als sie auf den zwar wohlhabenden, aber gesellschaftlich geächteten Gus McQueen trifft, werden ihre Träume wahr. Und als der Rancher mit den lachenden Augen und den großen Zielen sie zur nächtlichen Flucht bittet, hat sie bereits gepackt. Montana 1883: Die Enttäuschung läßt nicht lange auf sich warten, Gus McQueens Ranch ist eine Bruchbude am Ende der Welt, das Leben außerhalb der Zivilisation birgt statt der großen Freiheit nur große Mühsal – und Clementine erfährt den Zwiespalt des Herzens durch Zach, den Bruder ihres Mannes, tollkühn, gutaussehend und ein dorfbekannter Taugenichts: ihre wirkliche, aber unerfüllbare Liebe. Doch auch an der Grenze der zivilisierten Welt bleibt Clementine ihrer Erziehung treu. Weder das wilde Land noch ihre zwiespältigen Gefühle dürfen ihre Ehe in Gefahr bringen. »Vergiß nie, wie zäh du sein kannst«, die Worte ihrer Tante beflügeln sie eher. Der große Roman über den weiten Westen, die Auseinandersetzung mit einem wilden Land und der Rettung einer großen Liebe durch eine starke Frau.

Wolfgang Krüger Verlag

BIBLIOTHEK DER
KLASSISCHEN ABENTEUERROMANE

Wilkie Collins
Der rote Schal
Roman
Aus dem Englischen von Eva Schönfeld
Band 12533

Zwei junge Freunde, die beide den verhängnisvollen Namen Allan Armadale tragen, stehen unter dem Fluch ihrer Väter gleichen Namens, Rivalen bis zum Mord. Zwanzig Jahre nach der unentdeckten Tat auf einem französischen Frachter erfährt der Sohn des Mörders, der sich Ozias Midwinter nennt, das Geheimnis der tödlichen Feindschaft und den Fluch, der über dem Namen Armadale liegt. Der sensible Grübler mit den dunklen Augen kämpft verzweifelt gegen die Schatten der Vergangenheit an, die seinen Freund, den ahnungslosen, ewig heiteren Allan Armadale bedrohen.

FISCHER TASCHENBUCH VERLAG

BIBLIOTHEK DER
KLASSISCHEN ABENTEUERROMANE

Wilkie Collins
Die Frau in Weiß
Roman

Aus dem Englischen von Arno Schmidt
Band 12532

Die Geschichte der mysteriösen Erbschaft von Limmeridge ist spannend von der ersten bis zur letzten Zeile. Die beiden Helden sind ein echt viktorianisches Liebespaar, und für die Aufklärung des Verbrechens, dem die Frau in Weiß zum Opfer fällt und das nun Laura, die junge Erbin von Limmeridge, bedroht, bedient sich Collins einer sehr modernen Methode. Die Personen der Handlung selbst enthüllen nach und nach in raffinierten Briefen und Berichten das Geheimnis um die Frau in Weiß.

FISCHER TASCHENBUCH VERLAG

Barbara Wood

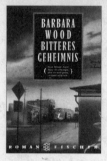  

**Bitteres
Geheimnis**
Roman
Band 10623

**Der Fluch der
Schriftrollen**
Roman
Band 12031

**Haus der
Erinnerungen**
Roman
Band 10974

Herzflimmern
Roman
Band 8368

**Lockruf der
Vergangenheit**
Roman
Band 10196

Das Paradies
Roman
Band 12466

**Rote Sonne,
schwarzes Land**
Roman
Band 10897

Seelenfeuer
Roman
Band 8367

**Die sieben
Dämonen**
Roman
Band 12147

**Spiel des
Schicksals**
Roman
Band 12032

Sturmjahre
Roman
Band 8369

Traumzeit
Roman
Band 11929

Barbara Wood/
Gareth Wootton
Nachtzug
Roman
Band 12148

Fischer Taschenbuch Verlag

fi 1720 / 9